엘러리 퀸 Ellery Queen

20세기 미스터리를 대표하는 거장. 작가 활동 외에도 미스터리 연구가, 장서가, 잡지 발행인으로 잘 알려져 있다. 또한 '엘러리 퀸'은 그의 작품 속에 등장하는 탐정 이름이기도 한데, 셜록 홈스와 명성을 나란히 하는 금세기 최고의 명탐정이다.

엘러리 퀸은 한 사람의 이름이 아니라 만프레드 리(Manfred Bennington Lee, 1905~1971)와 프레더릭 다네이(Frederic Dannay, 1905~1982), 이 두 사촌 형제의 필명이다. 둘은 뉴욕 브루클린 출신으로 각각 광고 회사와 영화사에서 일하던 중, 당시 최고 인기 작가였던 밴 다인(S. S. Van Dine)의 성공에 자극받아 미스터리 소설에 도전하기로 마음먹는다. 그들의 계획을 현실로 만든 것은 〈맥클루어스〉 잡지사의 소설 공모였다. 탐정의 이름만 기억될 뿐 작가의 이름은 쉽게 잊힌다고 생각한 그들은, '엘러리 퀸'이라는 공동 필명을 탐정의 이름으로 삼았다. 그들이 응모한 작품은 1등으로 당선됐으나, 공교롭게도 잡지사가 파산하고 상속인이 바뀌어 수상이 무산된다. 하지만 스토크스 출판사에 의해 작품은 빛을 보게 되는데, 이것이 바로 엘러리 퀸의 역사적인 첫 작품 《로마 모자 미스터리》(1929)였다.

이후 엘러리 퀸은 논리와 기교를 중시하는 초기작부터 인간의 본성을 꿰뚫는 후기작까지, 미스터리 장르의 발전을 이끌며 역사에 길이 남을 걸작들을 생산해냈다. 대표작은 셀 수 없을 정도이나, 그가 바너비 로스 명의로 발표한 《Y의 비극》(1932)은 '세계 3대 미스터리'로 불릴 만큼 높은 평가를 받고 있으며 중편 〈신의 등불〉(1935)은 '세계 최고의 중편'이라는 별칭을 가지고 있다. 이외 《그리스 관 미스터리》(1932), 《이집트 십자가 미스터리》(1932), 《X의 비극》(1932), 《재앙의 거리》(1942), 《열흘간의 경이》(1948) 등은 미스터리 장르에서 언제나 거론되는 걸작들이다. '독자에의 도전'을 비롯해 그가 작품에서 보여준 형식과 아이디어는 거의 모든 후대 작가들에게 영향을 미쳤으며 특히 일본의 본격, 신본격 미스터리의 기반이 됐다.

작품 외에도 엘러리 퀸은 미스터리 장르의 전 영역에 걸쳐 두각을 나타냈다. 비평서, 범죄 논픽션, 영화 시나리오, 라디오 드라마 등에서도 활동했으며, 미국미스터리작가협회 회장을 역임했다. 또 현재에도 발간 중인 〈EQMM 엘러리 퀸 미스터리 매거진〉(1941년 시작됨)을 발간해 앤솔러지 등을 출간하며 수많은 후배 작가를 발굴하기도 했다. 미국미스터리작가협회는 이런 엘러리 퀸의 공을 기려 1969년 《로마 모자 미스터리》 발간 40주년 기념 부문을 제정하기도 했으며, 1983년부터는 미스터리 분야에서 두각을 나타낸 공동 작업에 '엘러리 퀸 상'을 수여하고 있다.

SIGONGSA *design* 홍지연
photo © *Eric Schaal*

중국 오렌지 미스터리

The Chinese Orange Mystery

Copyright©1934 by Frederick A. Stokes Co. Copyright renewed by Ellery Queen.
Korean Translation Copyright©2012 by Sigongsa Co., Ltd.

Korean edition is published by arrangement
with The Frederic Dannay Literary Property Trust,
The Manfred B. Lee Family Literary Property Trust and their agent JackTime.

· 이 책은 《The Chinese Orange Mystery》(1970, The New American Library, Inc.)를 토대로 번역하였으며 《The Chinese Orange Mystery》(1941, TRIANGLE BOOKS)를 참고해 개정했습니다.
· 옮긴이 주를 제외한 작품 속 모든 주는 원주입니다.
· 번역권자의 연락을 기다립니다.
· 원문 대조 및 교정 : 김예진

중국 오렌지 미스터리

엘러리 퀸 지음

이원두 옮김

A Problem in Deduction

차례

1 다이버시 양의 목가 · 11
2 막간의 이상한 사건 · 30
3 뒤죽박죽 살인 · 49
4 신원미상, 정체불명 · 67
5 오렌지와 추측 · 82
6 8인의 만찬 · 105
7 탄제린 · 119
8 거꾸로 된 세계 · 139
9 푸저우 우표 · 165
10 이상한 도둑 · 188
11 미지수 · 210

12 보석 선물	228
13 내실에서	260
14 파리에서 온 남자	271
15 덫	299

독자에의 도전 ··· 326

16 실험 ·· 328
17 거꾸로 돌아보다 ·· 343

가상 인터뷰 ·· 382

서문

솔직히 말해 나는 내 친구 엘러리 퀸을 무조건적으로 편드는 경향이 있다. 우정이란 비판 능력을 무디게 만들곤 하며, 특히 우정을 통하여 명성을 함께 나누는 경우에는 더욱 그렇다. 아주 오래전 처음 엘러리에게 그의 메모들을 정리해서 소설을 꾸며보라고 권했던 이래 그가 겪은 수많은 모험들을 글로 옮긴 흥미진진한 소설들이 출간되었다. 하지만 나는 그 전부를 통틀어 봐도, 여기 소개하는 《중국 오렌지 미스터리》의 원고를 읽었을 때만큼 깊은 감명을 받은 적은 별로 없는 것 같다.

이 소설에는 '거꾸로 범죄'라는 부제를 붙여도 좋을 듯하다. 거기다 부연 설명을 덧붙인다면 '현대에 일어난 가장 놀라운 살인 사건'을 다룬 작품이라고 할 수 있겠다. 그러나 앞서 밝혔듯 나는 엘러리의 작품이라면 무조건 호의적으로 보는 습관이 있기 때문에 아마 이러한 견해는 과장돼 보일 수도 있을 것이다. 내 말의 요점은 범죄 자체가 특수할 경우 이 문제를 해결하는 두뇌 역시 아주 출중해야 한다는 점이다. 사건의 해답을 알고 있는 지금도 믿어지지 않을 때가 있을 정도이다. 그러나 사건의 모든 전말은 극히 단순하면서도 논리적이다……. 다만 문제는 엘러리가 입버릇처럼 말하는 대로, 수수께끼란 해답을 알기 전까지는 안달이 날 정도로 머리가 아프지만 일단 해답을 알고 나면 왜 그렇게나 오랫동안 애를 먹어야 했는지 알 수가 없게 된다는 점이다. 그러나 솔직히 말해서 나는 그러한 견해에는 동의할 수가 없다. '거꾸로 범죄'를 해결하는 데는 천재적인 재능이 필요했기 때문이다. 비록 지옥의 불이 얼어붙고 내 친구를 잃는 한이 있더라도(실제로 그럴 가능성이 있지만) 이러한 주장을 굽힐 생각은 조금도 없다.

나는 때때로 나 자신이 이 사건에 관련되지 않았다는 것을 다행으로 생각하기도 한다. 엘러리는 어떤 의미에서 '생각하는 기계'이며, 상대방의 논리적 허점을 비판할 때에는 아무리 친한 친구라도 봐주지 않는 사람이다. 내가 어떤 방식으로든 이 사건에 관련이 되었다면, 가령 도널드 커크의 변호사로 등장하기라도 했다면, 엘러리는 저 선량한 벨리 경사를 시켜 주저 없이 내 빈약한 양 손목에 수갑을 채웠을지도 모를 일이다. 왜냐하면 나는 대학 시절 두 운동 종목에서 잠깐이나마 명성을 날린 적이 확실히 있기 때문이다. 당시 나는 수영부의 배영 챔피언이었으며 조정팀의 일원으로서 노를 저었다.

이렇듯 평범한 사실이 어째서 나를 이번 살인 사건의 잠재적인…… 아니, 아주 유력한 용의자로 몰고 갈 근거가 되는 걸까? 독자 여러분이 스스로 규명할 수 있도록, 완벽한 즐거움을 손상하지 않기 위해 해답은 생략하기로 한다.

뉴욕에서
J. J. 맥

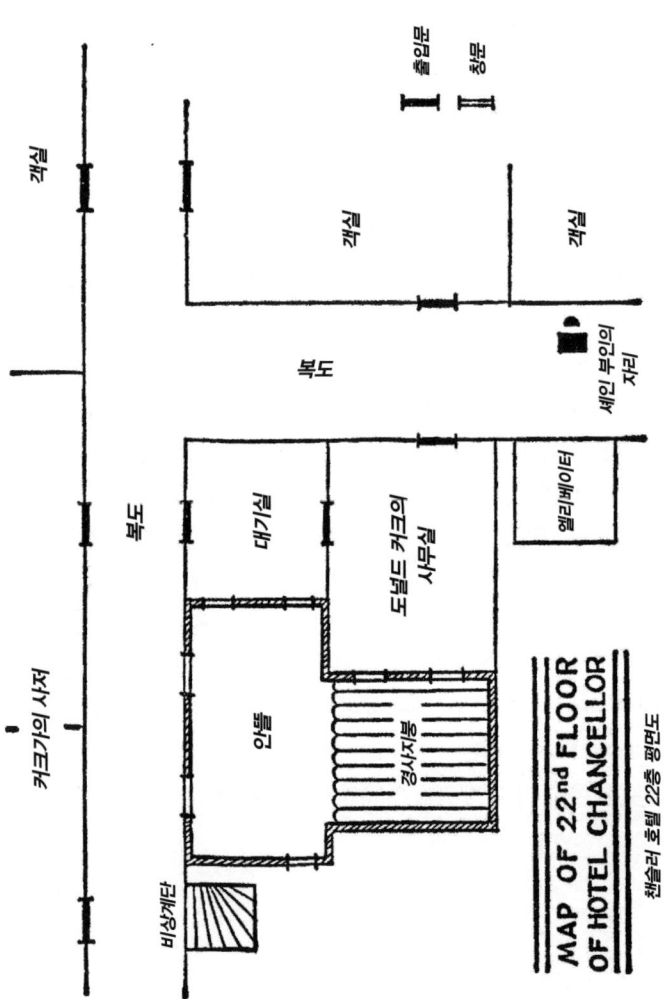

범죄의 추리, 다시 말해서 해결은 과학자와 탐정으로서 완벽한 경지에 도달한 예언자가 완전히 결합했을 때에만 가능하다. 어떤 사건을 보고 그것을 토대로 예측하는 것은 대단히 특별한 천부적 재능이며, 그러한 최고의 재능이 주어진 것은 선택받은 극히 소수의 사람들뿐이다…….

여기서 나는 슐레겔이 《아테네움》에서 밝힌 흥미로운 관찰을 재고해보고자 한다.

"*Der Historiker ist ein rückwärts gekehrter Prophet.*(역사가는 뒤를 돌아보는 예언자이다.)"

이 말은 즉 '탐정은 과거를 바라보는 예언자'라는 의미이다. 칼라일의 절묘한 역사 관찰 역시 이를 뒷받침하고 있다. 그에 따르면 (역사라기보다는) 추론의 과정은 '소문의 증류'라고 할 수 있다.*

*칼라일은 저서 《프랑스 혁명》에서 '역사는 소문을 증류한 것'이라고 말했다. —옮긴이

―일본의 저명한 서양 문명 연구가 마쓰오유마 다후키의 영향을 받은 익명의 논문 〈아메리카 밀교〉에서 발췌

1
다이버시 양의 목가

다이버시 양은 흉악한 괴물의 울부짖음 같은 호통 소리에 쫓겨 커크 박사의 서재에서 뛰쳐나왔다. 발갛게 상기된 얼굴로 노신사 방 앞 복도에 조용히 멈추어 선 그녀는 지친 손으로 분노로 타오르는 가슴을 꾹 눌렀다. 불같이 노한 칠십 노인이 서재 안에서 갈라파고스 거북처럼 휠체어를 뒤뚱거리면서 그녀가 벗어놓고 나온 흰 간호사 모자를 향해 고대 히브리어, 고대 그리스어, 프랑스어, 영어를 뒤죽박죽 섞이 퍼붓는 저주가 여기까지 들려왔다.

'저 늙어 빠진 영감탱이. 이건 인간 백과사전이랑 같이 사는 거나 마찬가지야!'

다이버시 양은 머리에서 김을 풀풀 뿜으며 생각했다.

커크 박사가 방 안에서 제우스의 천둥처럼 으르렁거렸다.

"돌아올 생각은 하지도 마! 알았나?"

이어서 다시 노학자의 머릿속을 빽빽하게 점령하고 있는 각국의 괴상한 은어가 줄줄이 쏟아져 나왔다. 만일 다이버시 양이 고급문화에 수상쩍은 지식이라도 가지고 있었다면 한층 더 분통을 터뜨렸을지도 모른다.

"어유, 지겨워!"

다이버시 양은 문을 노려보면서 내뱉듯이 쏘아붙였다. 대답은 없었다. 적어도 속 시원한 반응은 없었다. 그녀는 적잖이 실망했다. 들려오는 거라고는 기분 나쁘게 킬킬거리는 웃음소리와 누군가의 무덤에서 발굴해 온 것 같은 먼지투성이 책을 내던지는 소리뿐이었다. 저 짜증 나는 늙어 빠진 영감……. 그녀는 하마터면 그렇게 내뱉을 뻔했다. 아니, 실제로 거의 혀끝까지 나왔다. 그러나 그녀의 선량한 양심이 승리하여 파랗게 질린 입술을 꼭 다물었다. 정 그러고 싶다면 옷도 혼자 한번 갈아입어 보라지 뭐. 솔직히 말해 늙은이 옷 갈아입히는 일은 언제나 지긋지긋했다……. 그녀는 상기된 얼굴로 잠시 망설이다가, 결국은 낯빛을 가라앉히지 못한 채 전문직 간호사 특유의 침착한 자세로 복도를 또박또박 걸어갔다.

보안 통제가 엄격한 챈슬러 호텔 22층은 마치 수도원처럼 조용했다. 그런 조용한 분위기가 엉망이 된 다이버시 양의 마음을 진정시켜 주었다. 유별나고 심술궂은 성격에 만성 류머티즘과 통풍에 시달리는(하늘이시여 감사합니다. 정의란 정말로 존재하는군요!) 악마 같은 늙은이의 전담 간호사 노릇을 하는 데는 그래도 두 가지 이점이 있다고 다이버시 양은 생각했다. 하나는 보수가 매우 후하다는 점으로, 아버지를 돌보는 일이 결코 쉽지 않다는 것을 누구보다도 더 잘 이해하는 아들 도널드 커크가 다이버시 양의 급료를 넉넉하게 책정해주었다. 또 하나는 커크가(家)가 살고 있는 곳이 뉴욕 중심가의 일류 호텔이라는 점이었다. 넉넉한 봉급과 지리적 이점이 다른 모든 문제들을 보상하고도 충분하다는 사실에 그녀는 소름 끼치는 만족감을 느꼈다. 메이시스나 김벨스 등의 백화점들이 여기서 겨우 몇 분밖에 걸리지 않았고, 현관을 한 발짝 나서기만 하면 영화관과 극장은 물론 여러 유흥 시설이 즐비했다. ……그리하여 다이버시 양은 버틸 수 있었다. 인생은 괴롭지만 그에 따르는 보상도 있는 법이다.

견디기 어려울 만큼 괴로울 때도 있었지만, 그것을 참아내는 것이 바로 그녀의 일이었다. 지금까지 그녀가 많은 변덕쟁이, 심술쟁이의 비위를 맞추느라고 얼마나 속을 썩여왔는지를 하느님은 알고 있었다. 늙은 커크 박사도 지긋지긋한 사람이었다. 비위를 맞춰낼 재간이 없었다. 사람이라면 그래도 가끔은 인간미 있게 마음을 열고 고맙다거나 미안하다는 정도의 인사쯤은 할 법도 하지만, 늙은 바알세불마태복음에 나오는 악마의 왕—옮긴이과는 무관한 이야기였다. 폭군이 정말 존재한다면 커크 박사야말로 틀림없는 폭군이었다. 그 눈빛은 사람을 몸서리치게 했고, 백발은 자기 자신에게서 될 수 있는 대로 멀리 도망치려는 듯 삐죽삐죽 솟아 있었다. 식사를 가져가면 안 먹겠다고 심술을 부렸고, 마사지를 해주러 하면 신발을 집어 던졌다. 주치의인 안지니 박사가 걸어 다니면 안 된다고 하면 방 안을 비틀비틀 돌아다녔고, 운동을 해야 한다고 처방을 내리면 꿈쩍도 하지 않았다. 단 한 가지 그래도 고마운 게 있다면, 그 주름진 보라색 코를 책에 처박고 있을 때만은 조용해진다는 점이었다.

게다가 마르셀라도 있었다. 마르셀라, 그 건방진 애송이 계집애! 분명 걔는 오십 년만 지나면 아버지의 복사본 같은 노파가 될 게 틀림없어. 아, 하지만 물론 그녀에게도 장점이 있다는 것을 다이버시 양은 떨떠름하게나마 인정했다. 그러나 범죄자들에게도 그 정도의 장점은 있다. 그녀의 장점과 단점을 다 합치면 별로 대단치는 않았다. 물론 다이버시 양은 대단히 공평한 사람이었으므로, 그렇다고 그녀가 아무짝에도 쓸모없는 아가씨는 아니라고 결론을 내렸다. 그렇지 않고서야 친절하고 키가 훤칠하며 뺨이 발그레한 멋쟁이 맥고언 씨가 마르셀라에게 푹 빠져 있을 리가 없지 않은가. 세상에는 참 별별 사람이 다 있는 법이다! 그렇더라도 맥고언 씨가 도널드 커크 씨의 친구만 아니었다면 결코 커크 씨의 여동생과 약혼을 하지는 않았을 거라고 다이버시 양은 확신했다. 그 모든 것이 다 든든한 오빠와 넉넉한 재산 덕분이라고, 다이버시 양은 울적한 기분으로 생각했다. 돌고 도는 사교계로 들어가(다이버시 양은 신문의 사교계 가십난을 비판적으로 정독하곤 했다.) 가장 좋은 먹잇감을 올가미로 잡는 일은 별로 어렵지도 않았다. 어쨌든 두 사람이 결혼을 하고 나면 맥고언 씨도 마르셀라가 어떤 여자인지 알게 될 터였다. 인간이 가진 여러 귀중한 재능 중에서 냉소적인 비판력을 소유한 사람이라면 당연히 그러리라고 다이버시 양은 생각했다. 그렇게 되면 사교계 사람들에 대하여 수다를 떨 수 있는 멋진 얘깃거리가 생기는 셈이 아닌가! …… 한편 도널드 커크는 다이버시 양과는 전혀 다른 방식으로 살아가는 사람이었다. 그는 이른바 속물이었다. 다이버시 양 같은 사람들에게 마음씨 좋게 잘해주긴 하지만, 그 태도에는 관용이 없었다.

다이버시 양은 복도를 터벅터벅 걸어가면서, 자신의 내면에 있는 여성적 부분을 묻어버리고 살아갈 수 있는 가장 손쉬운 방법은 간호사가 되는 것이라고 생각한 지난날을 회상해보았다. 지금 그녀는 서른둘……. 아니, 자신을 속일 필요는 없었다. 이제 곧 서른세 살이 될 테니까. 그런데 앞날은? 로맨틱한 꿈이 이루어질 수 있을까? 아무것도 기대할 수가 없다. 다이버시 양은 직업상 그녀가 접촉하는 남자들이 대체로 두 부류에 속한다는 사실을 씁쓸하게 되새겼다. 자기에게 전혀 관심이 없거나 지나치게 관심이 많거나. 첫 번째 부류에 속하는 남자들은 의사나 돈 많은 환자들이었고, 두 번째 부류는 인턴과 돈 많은 환자의 고용인들이었다. 첫 번째 부류의 남자들은 그녀를 여자로는 전혀 인정하지 않았다. 단지 기계로만 여겼을 뿐이었다. 도널드 커크도 이 첫 번째 부류에 속했다. 두 번째 부류는 지저분한 손으로 더듬거리며 치근덕대는 녀석들이었다. 천박한 허벨 생각이 나자 그녀는 입술을 삐죽거렸다. 그는 커크 씨의 집사 겸 시종으로 있으면서 온갖 허드렛일을 도맡아 처리하는 사람이었다. 자신이 섬기는 사람 앞에서는 아주 말 잘 듣는 하인인 양 고개도 제대로 못 들었지만, 오늘 아침만 해도 다이버시 양은 그 시퍼런 뺨을 있는 힘껏 때렸어야만 했다. 환자들은 물론 문제될 것이 별로 없었다. 옆에 요강을 끼고 사는 주제에 여자에게 추파를 던지다니 말도 안 되는 일이지. 하지만, 오즈번 씨만은 다른 사람들과 다르다······.

다이버시 양의 굳었던 얼굴이 환하게 풀리고 마치 소녀 같은 미소가 번졌다. 오즈번 씨 생각만 하면 언제나 마음이 밝아지곤 했다. 다이버시 양은 그 마음을 숨길 생각도 없었다. 누가 뭐래도 그는 신사였고, 결코 허벨처럼 치졸한 장난질을 치지도 않았다. 말하자면 그는 단 한 사람만으로 이루어진 세 번째 부류의 남자라 할 수 있었다. 부자는 아니었지만, 그렇다고 남의 하인도 아니었다. 커크 씨의 심복 조수이니까 그 중간쯤이라고 볼 수 있었다. 가족과 같은 대우를 받고 있는 건 사실이었으나 물론 실제 가족은 아니었다. 그녀 자신처럼 월급을 받고 일하는 사람이었다. 바로 그 점에서 다이버시 양은 더할 나위 없는 만족감을 느꼈다······. 퍽 오래전의 일이었지만 오즈번 씨와 처음 만나 인사를 나누던 날, 혹시 주책이나 떨지 않았던지 그녀는 지금도 걱정이 되었다. 그녀는 얼굴을 어렴풋이 붉혔다. 그때 '결혼'에 대해서 어떤 이야기를 나눴더라? 아, 물론 특정인을 염두에 둔 이야기는 아니었다. 그녀는 다만 평범하게 안정된 생활을 보장해줄 만한 남자가 아니면 절대로 결혼할 생각이 없다고 말했을 뿐이었다. 그건 진심이었다. 돈 문제 때문에 갈라서는 커플을 그녀는 너무도 많이 보아왔다. 그리고 마치 그녀의 말에 상처를 받기라도 한 듯 오즈번 씨는 몹시 당혹스러워했다. 도대체 그 이유는 무엇이었을까? 설마 오즈번 씨가 그런 생각을 하고 있었을 리가⋯⋯.

다이버시 양은 문득 상념에서 깨어났다. 느긋하게 걷다 보니 어느 사이엔가 커크 씨 일가가 사는 스위트룸 맞은편 문 앞까지 와 있었던 것이다. 그 문은 복도를 사이에 두고 맞은편 벽 끝 부분에 자리했고, 엘리베이터 층에서 커크 씨네 아파트로 통하는 복도에서는 가장 가까웠다. 다른 문에 비해 특별할 것은 하나도 없는 평범한 문짝이었으나, 그 문을 바라보는 순간 다이버시 양의 뺨이 살짝 달아올랐다. 거기에는 물론 커크 박사의 신성모독적인 유황불 세례 때문에 분노로 불타올랐던 홍조와는 다른 뜻이 담겨 있었다. 그녀는 문손잡이를 돌려보았다. 잠겨 있지 않았다.

살짝 들여다본다고 해서 별로 문제될 건 없겠지. 이 시간에 대기실에 누군가 기다리는 사람이 있다면, 그것은 바로 그 사람⋯⋯ 오즈번 씨가 대단히 바쁘다는 의미로 봐야 했다. 대기실이 비어 있다면⋯⋯ 그런 경우에는 별 문제 없지 않을까⋯⋯. 그 빌어먹을 영감쟁이, 무슨 말을 그딴 식으로 할 수 있지? 난 사람도 아닌가?

그녀는 문을 열었다. 다행스럽게도 방 안에는 아무도 없었다. 반대편의 또 다른 문은 굳게 닫혀 있었다. 저 문 저편에는……. 한숨을 푹 내쉬면서 발길을 되돌리려던 다이버시 양은 돌연 얼굴이 환해지면서 서둘러 방 안으로 들어갔다. 창과 창 사이 벽면에 붙어 있는 독서용 탁자 위에 신선한 과일이 수북이 담겨 있는 게 눈에 띄었기 때문이었다. 친절한 도널드 커크 씨는 비록 낯선 이라 해도 자기를 만나러 오는 사람에겐 세심한 배려를 아끼지 않는 훌륭한 사람이었다. 따라서 많은 사람들이 영국제 떡갈나무 가구가 놓여 있고 장서와 램프가 있으며 카펫이 깔려 있고 꽃 등으로 장식된 이 작은 대기실을 찾는 것이었다.

그녀는 어느 것을 고를까 망설이느라 과일을 이것저것 만지작거렸다. 이 큼직한 설탕배를 먹을까? 온실에서 기른 것 같은데. 하지만 금방 저녁을 먹어야 해. 그럼 사과로 할까……. 아, 탄제린크기가 조그맣고 껍질이 부드러운 오렌지의 변종—옮긴이이 괜찮겠다! 그러고 보면 탄제린은 그녀가 가장 좋아하는 과일이기도 했다. 오렌지보다 껍질 벗기기가 쉽고 한 쪽 한 쪽 깨끗이 떼어낼 수도 있으니까!

그녀는 다람쥐처럼 재주 좋게 탄제린 껍질을 벗긴 다음 한 쪽씩 떼어내서 튼튼한 이로 꼭꼭 씹어 달착지근한 과즙을 마음껏 즐겼다. 뱉어낸 씨앗은 손바닥에 꼭 쥐었다.

다 먹고 난 그녀는 주위를 한 바퀴 휘 둘러보았지만, 방 안이나 탁자는 티끌 하나 없이 깨끗했기 때문에 탄제린 씨와 껍질을 버릴 만한 곳이 여의치 않았다. 어쩔 수 없이 한 손 가득 움켜쥔 찌꺼기를 창밖 네 개 층 아래쪽의 안뜰로 힘껏 내던졌다. 되돌아서 탁자 옆을 지나치려던 그녀는 잠시 망설였다. 한 개만 더 먹을까? 과일 그릇에는 아직도 맛있어 보이는 탱글탱글한 탄제린이 두 개나 남아 있는데……. 그러나 그녀는 단호히 고개를 저으면서 복도로 나와 등 뒤로 문을 닫았다.

 기분이 조금 나아진 그녀는 모퉁이를 돌아 큰 복도로 천천히 발걸음을 옮겼다. 이제 어떻게 할까? 지금 돌아가 봤자 고작 그 늙은 악마에게 발길질이나 당할 게 분명한데. 그렇다고 자기 방으로 가서 처박혀 있기도 싫었다. 순간적으로 그녀의 얼굴이 한결 더 환하게 바뀌었다. 엘리베이터 바로 앞 복도에 있는 책상에 검정 드레스를 입은 반백의 몸집 좋은 중년 여성이 앉아 있는 게 눈에 띄었다. 22층 담당 직원인 셰인 부인이었다.

 다이버시 양은 복도 오른쪽에 있는 문을 지나면서 눈을 질끈 감았다. 그리고 다시 얼굴을 붉혔다. 그 문 너머에는 조금 전에 들어갔던 대기실과 이어진 도널드 커크 씨의 사무실, 즉 언제나 친절한 오즈번 씨가 일하는 곳이 있었다. 그녀는 한숨을 내쉬면서 문 앞을 지나쳤다.

 "안녕하세요, 셰인 부인. 오후에 한가하세요?"

 그녀는 쾌활한 목소리로 뚱뚱한 중년 여인에게 말을 걸었다.

 셰인 부인이 싱긋 웃었다. 그녀는 주의 깊게 복도 좌우를 곁눈질하면서도 한시도 엘리베이터 입구에서 눈을 떼지 않았다.

 "어머나, 다이버시 양 아냐? 두 번 다시 못 보는 줄 알았네. 그 수전노 같은 늙은이가 잠시도 쉴 틈을 안 주나 봐?"

 "그 빌어먹을 노인네."

 다이버시 양은 별로 악의가 없는 저주를 내뱉으면서 말했다.

 "그건 사탄이에요, 셰인 부인. 지금도 생트집을 부리면서 날 쫓아냈지 뭐예요. 이게 말이나 되나요?"

 셰인 부인은 깜짝 놀라며 혀를 끌끌 찼다.

 "커크 씨의 파트너가 오늘 유럽인가 어디서 돌아오셨어요. 번 씨라고, 아시죠? 그래서 커크 씨가 환영 만찬회를 연대요.

그 늙은이도 물론 참석해야 하고요. 그런데 어쨌는지 아세요? 만찬회에 참석하자면 옷을 입어야 할 것 아니에요?"

"옷을 입어야 한다니? 홀딱 벗고 있기라도 한 거야?"

셰인 부인은 어이가 없다는 듯이 눈을 휘둥그렇게 떴다.

"설마요!"

다이버시 양이 웃음을 터뜨렸다.

"턱시도 말예요, 턱시도. 혼자서는 옷도 못 갈아입는 사람 아녜요? 류머티즘 때문에 관절이란 관절이 모두 휘어져 제 발로 설 수도 없는 상태란 말이에요. 일흔다섯이나 됐으니까 무리도 아니죠, 뭐. 그런데 어쨌는지 아세요? 옷을 입히려니까 싫다지 뭐예요. 악을 버럭버럭 쓰면서 저를 쫓아내더라고요."

"그랬구나. 남자들이란 다 그렇게 이상한 족속들이라 그래. 죽은 우리 남편 대니도 요통으로 고생할 때 그런 적이 있었는데, 그래서 내가……."

갑자기 셰인 부인이 이야기를 중단하고 자세를 똑바로 했다. 엘리베이터가 멈추고 손님이 한 사람 내렸다. 여자 손님이었다. 그러나 여자 손님은 호텔 종업원이 근무 중에 잡담을 나누고 있는 것을 전혀 눈치채지 못한 것 같았다. 그녀는 희미한 알코올 냄새를 풍기면서 비틀비틀 걸어 셰인 부인이 앉아 있는 책상 앞을 지나 복도 안쪽으로 걸어갔다.

"저 정신 나간 여자 봤지?"

셰인 부인이 다이버시 양 쪽으로 상체를 기울이며 귓속말을 했다. 다이버시 양이 고개를 끄덕였다.

"저 여자 얘기 좀 한번 들어봐! 여기 청소하는 아가씨들한테서 들은 건데, 글쎄 저 여자 방에서 아주 흉측한 걸 봤다지 뭐야. 바로 지난주에 방바닥에 떨어져 있는 걸……."

하지만 다이버시 양은 허둥지둥 말을 끊었다.

"저 그만 가야 해요. 저어…… 커크 씨 사무실에…… 커크 씨가 지금……."

셰인 부인은 긴장을 풀면서 다이버시 양에게로 짓궂은 눈길을 던졌다.

"말하자면 오즈번 씨가 혼자 있나, 그게 궁금한 거지?"

"아, 아녜요, 그런 게 아니라……."

다이버시 양의 얼굴이 빨개졌다.

"어이구, 다 알아. 이 아가씨야. 오즈번 씨 혼자야. 적어도 요 한 시간 동안 그 사무실을 찾은 사람은 단 한 사람도 없었는걸."

"정말이에요?"

다이버시 양은 심호흡을 하면서 모자 밑으로 흘러내린 빨간 머리카락을 깔끔하게 손톱이 손질된 손가락으로 쓸어 올렸다.

"그럼, 당연하지! 내가 오후 내내 여길 지키고 있었잖아. 내 눈을 피해선 어느 누구도 저 방에 들어갈 수 없다는 거 알잖아?"

"그럼…… 여기까지 온 김에 잠시 들러보기로 하죠, 뭐. 지금 돌아가 봤자 할 일도 없어 따분하기만 할 테고. 게다가 오즈번 씨도 하루 종일 이야기 상대도 없이 사무실에 처박혀 있다니까……."

다이버시 양은 관심 없는 척 대꾸했다.

"어머, 그렇지도 않은데? 오늘 아침만 해도 눈이 번쩍 뜨일 정도로 예쁘고 젊은 아가씨가 찾아왔었어. 커크 씨가 하고 있는 출판 관계 일인가 봐. 내 보기엔 작가 같더라. 그 아가씨, 꽤 오랫동안 오즈번 씨와 함께 있었어."

셰인 부인이 짓궂은 얼굴로 말했다.

"그게 뭐 어때서요?"

다이버시 양이 중얼거렸다.

"저하곤 아무 관계도 없는 일이에요, 셰인 부인. 그런 게 바로 오즈번 씨 일이잖아요. 게다가 오즈번 씨는 그런 사람이 아니고요……. 저, 그만 가볼게요."

"그래, 또 만나."

셰인 부인도 상냥하게 작별 인사를 했다.

다이버시 양은 돌아서서 매혹적인 그곳으로 발걸음을 옮기기 시작했다. 하지만 그녀는 도널드 커크의 사무실에 가까워짐에 따라 보폭이 점점 작아졌다. 문 앞에 이르자 무슨 마술에라도 걸린 것처럼 발걸음이 딱 멈추었다. 얼굴이 빨개진 그녀는 고개를 돌려 셰인 부인 쪽을 흘끔 살폈다. 현명한 부인은 뚱뚱한 중년 큐피드 역할을 훌륭히 해낸 것을 흡족해하며 환하게 웃고 있었다. 다이버시 양도 멋쩍게 웃으면서 더는 체면 따위 차릴 것 없다는 태도로 문을 노크했다.

"네, 들어오세요."

제임스 오즈번은 건성으로 노크에 대답했을 뿐, 다이버시 양이 두근거리는 마음을 안고 사무실로 들어왔는데도 그 창백한 얼굴을 들 생각조차 하지 않았다. 오즈번은 책상 앞 회전의자에 몸을 묻은 채 입을 꾹 다물고 특이하게 생긴 바인더식 앨범에 온 정신을 쏟고 있었다. 반투명 간지가 끼워져 있는 앨범 페이지에는 자그마하고 네모진 색색의 종잇조각들이 붙어 있었다. 오즈번은 올해 마흔다섯의 꾀죄죄한 중년으로, 모래 빛깔의 머리는 이미 관자놀이께부터 하얗게 세고 있었으며 코는 뾰족하지만 뭉개진 모양이었고 눈은 피로가 겹겹이 쌓인 주름살 속에 파묻혀 있었다. 그는 극도로 집중한 채, 작은 니켈 핀셋을 익숙한 솜씨로 다루며 온갖 정성을 다해 작은 종잇조각들을 매만지는 데 정신이 쏙 팔려 있었다.

다이버시 양은 헛기침을 했다.

깜짝 놀란 오즈번이 회전의자를 빙그르르 돌렸다.

"아니, 다이버시 양!"

그는 고함을 지르며 핀셋을 내동댕이치고는 허둥지둥 몸을 일으켰다.

"자, 자, 이리 와 앉아요. 정말 미안합니다……. 일에 열중하느라고 그만……."

창백한 뺨이 붉게 물들었다.

"하시던 일 계속하세요."

다이버시 양이 지시하듯 말했다.

"그냥 잠깐 들렀을 뿐이에요. 바쁘신 것 같으니 전 이만……."

"아, 아닙니다, 다이버시 양. 그렇지도 않아요. 자, 이리로 앉아요. 이틀 만에 이렇게 만났는데……. 커크 박사 때문에 무척 바쁜 모양이군요?"

다이버시 양은 의자에 걸터앉으면서 풀을 먹여 빳빳한 스커트 자락을 여몄다.

"이젠 저도 제법 익숙해졌어요, 오즈번 씨. 그분은 좀 까다롭긴 해도 정말 훌륭한 노신사세요."

"그렇고말고요. 정말 그래요."

오즈번은 고개를 끄덕였다.

"그분은 대단한 학자예요, 다이버시 양. 젊었을 때는 언어학계에 많은 공헌을 한 분이세요. 대학자시죠."

다이버시 양은 뭔가 입속으로 중얼거렸다. 오즈번은 긴장한 태도로 비뚜름하게 서 있었다. 방 안은 조용하고 따뜻했다. 사무실이라기보다는 서재라고 하는 게 어울릴 듯한 분위기였으며, 누군가의 섬세한 손이 구석구석까지 닿아 있었다. 안뜰이 내다보이는 유리창에는 부드럽고 얇은 비단 커튼과 갈색 벨벳 휘장이 드리워져 있었다. 방 한쪽 구석에 자리 잡은 도널드 커크의 책상 위에는 책과 앨범이 수북이 쌓여 있었다. 순간적으로 두 사람은 방 안에 단둘만 있다는 사실을 깨달았다.

"또 옛날 우표를 정리하고 계셨군요."

다이버시 양이 떨리는 목소리로 말했다.

"그래요, 그것도 내 일이니까요."

"도대체 남자분들이 우표 수집에 열을 올리다니 이해할 수가 없어요! 철없는 짓이라는 생각 안 드세요, 오즈번 씨? 다 큰 어른들이! 그런 건 어린아이들이나 재미있어하는 줄 알았는데."

"천만에요, 그렇지 않습니다."

오즈번 씨가 항의했다.

"우표 수집의 문외한들은 대부분 그렇게 생각하죠. 하지만 전 세계적으로 수백만 명의 사람들이 그 매력에 흠뻑 빠져 있습니다. 세계 공통의 취미란 말입니다, 다이버시 양. 한 장에 무려 5만 달러란 가격이 매겨진 우표도 있다는 걸 알고 있나요?"

다이버시 양의 눈이 휘둥그레졌다.

"말도 안 돼요!"

"정말입니다. 당신이 보기에는 그저 지저분한 종잇조각일 뿐이겠지만요. 나도 사진으로만 봤어요."

오즈번의 게슴츠레한 눈이 빛을 뿜었다.

"영국령 기아나 우표였어요. 그 종류의 우표는 이 세상에 단 한 장밖에 없습니다. 지금은 고인이 된 로체스터의 아서 하인드 씨 컬렉션 중 하나죠. 영국 식민지 우표를 수집하는 조지 왕이 몹시 탐내는 물건이기도 하고요……."

"그럼…… 조지 왕도 우표 수집가란 말씀이세요?"

다이버시 양이 헐떡거리며 물었다.

"그럼요. 위인들 가운데는 우표 수집가가 많습니다. 루스벨트, 아가 칸……."

"세상에, 맙소사!"

"그리고 커크 씨도 있죠. 도널드 커크 씨 말입니다. 그분의 중국 우표 컬렉션은 전 세계 그 누구의 것과 견주어봐도 손색이 없습니다. 우표 수집도 각각 전문 분야가 있거든요. 이를테면 맥고언 씨는 지방 우표만 수집하지요. 전국적인 우편 제도가 확립되기 전, 각 지방 주나 공공단체가 발행한 우표를 지방 우표라고 부르죠."

다이버시 양은 길게 숨을 내쉬었다.

"정말 재미있는 이야기네요. 커크 씨는 다른 것도 수집하고 계시죠?"

"그럼요. 보석을 모으고 있어요. 나는 그쪽은 잘 모르지만요. 수집품은 모두 은행 금고에 보관되어 있습니다. 수집한 우표를 일목요연하게 정리하는 것과 '만다린 프레스' 출판사 관계 기밀 업무를 커크 씨 대신 처리하는 것 등이 내가 주로 하는 일이죠."

"그럼 일이 매우 재미있겠네요!"

"그럼요."

"정말 재미있겠어요."

다이버시 양은 같은 말을 되풀이하면서 도대체 왜 둘이서 이런 얘기나 나누고 있어야 하는 걸까 하는 생각에 약이 올랐다.

"저도 만다린 출판사에서 나온 책을 한 권 읽은 적 있어요."

"아, 그래요?"

"《반역자의 죽음》이라고……, 저자 이름이 좀 낯설고 이상하던데요."

"메레진스키의 책이군요. 펠릭스 번 씨가 발굴해낸 러시아 작갑니다. 그는 항상 유럽 여러 나라를 돌아다니면서 숨은 외국인 작가를 찾아내는 게 일이거든요……. 그러니까 번 씨 말입니다. 그리고……."

오즈번이 갑자기 입을 다물었다.

"그렇군요."

다이버시 양도 입을 다물었다.

오즈번은 턱을 쓰다듬었다. 다이버시 양은 머리를 쓸어 올렸다.

"그랬었군요."

다이버시 양은 약간 신경질적인 말투로 입을 열었다.

"그래서 그런 '예술'적인 책들을 출판하는 거로군요."

"그런 셈이죠! 이번에도 틀림없이 번 씨는 새 원고를 트렁크에 가득 넣어 들고 돌아올 겁니다. 항상 그러거든요."

오즈번은 신이 나서 말했다.

"어머, 그러세요?"

다이버시 양은 한숨을 내쉬었다. 분위기가 점점 더 안 좋아지고 있었다. 오즈번은 감탄과 존경이 담긴 눈길로 다이버시 양의 발랄하고 청초한 모습을 물끄러미 바라보았다. 다이버시 양이 갑자기 밝은 얼굴로 말했다.

"번 씨는 혹시 템플 양을 모르시는 거 아닌가요?"

"네?"

오즈번은 한순간 흠칫했다.

"아, 템플 양 말이군요. 글쎄요. 커크 씨가 번 씨한테 그녀의 새 작품에 대해 편지로 알려줬을 겁니다. 참 좋은 분이죠, 템플 양은."

"그렇게 생각하세요? 저도 그래요."

다이버시 양의 넓은 어깨가 움찔거렸다.

"그럼, 이만……."

"왜요, 벌써 가려고요?"

오즈번이 허둥지둥 말했다.

"하지만……."

다이버시 양은 몸을 일으키면서 속삭이듯이 말했다.

"이젠 가봐야죠. 지금쯤 틀림없이 커크 박사가 발작을 일으켜 야단법석을 떨고 있을 거예요. 세상에 그런 난리가 없다니까요! 어…… 재미있는 얘기 들려주셔서 고마웠어요, 오즈번 씨."

다이버시 양은 문 쪽으로 걸어갔다.

"저기…… 다이버시 양."

오즈번이 마른침을 꿀꺽 삼키고는 조심스럽게 다이버시 양에게로 다가갔다. 깜짝 놀란 다이버시 양은 뒷걸음질을 치면서 숨을 헐떡거렸다.

"왜 그러세요? 오즈번 씨. 무, 무슨 일이에요?"

"혹시…… 그러니까…… 만약에……."

"무슨 말씀이세요? 오즈번 씨."

다이버시 양이 중얼거리듯 물었다.

"오늘 밤에 무슨 계획이라도 있습니까?"

"네? 딱히 없는데요, 오즈번 씨."

다이버시 양이 말했다.

"그럼…… 밤에 같이 영화라도 보러 가지 않겠어요?"

"오, 그럼요."

"배리모어의 신작이 라디오 시티에서 상영되고 있어요. 평판이 대단해요. 별이 네 개라는군요."

오즈번은 열띤 목소리로 말했다.

"존인가요, 라이어넬인가요?"

다이버시 양은 미간에 주름을 잡으면서 물었다.

"존입니다."

오즈번은 놀란 얼굴로 대답했다.

"그렇다면 당연히 보러 가야죠!"

다이버시 양이 외쳤다.

"전 존의 팬이에요. 라이어넬도 좋아하긴 하지만, 존만큼은……."

그녀는 황홀한 눈길을 천장으로 던졌다.

오즈번이 띄엄띄엄 말했다.

"난 잘 모르지만…… 최근 몇 작품에선 다소 나이가 든 것 같더군요. 존 같은 대배우도 나이는 이기지 못하나 봅니다, 다이버시 양."

"어머, 오즈번 씨. 질투하세요?"

"질투라니, 내가요? 천만에……."

"존은 정말 근사해요."

다이버시 양의 목소리에는 애교가 담겨 있었다.

"그 사람 보러가는 데 절 데려가 주시겠다니 정말 멋진걸요, 오즈번 씨. 벌써부터 흥분되네요. 아주 즐거운 시간이 될 것 같아요."

"고마워요."

오즈번의 얼굴이 어두워졌다.

"어떨까 싶어서 그냥 한번 물어본 건데……. 괜찮아요, 아니 좋아요, 다이버시 양. 지금이 6시 십오 분 전이니까……."

"5시 43분이에요."

다이버시 양은 직업상 몸에 밴 재빠른 동작으로 손목시계를 보고는 기계적으로 말했다.

"그럼 이렇게 하기로 하죠. 8시 15분 어때요?"

그녀는 목소리를 낮춰 다정하게 말했다.

"좋아요."

오즈번은 안도의 한숨을 길게 내뿜었다. 두 사람은 눈길이 마주쳤지만 서로 금방 피해버렸다. 다이버시 양은 풀을 먹여 빳빳한 앞치마 밑에서 느닷없이 따스한 무언가가 치솟아 오르는 것을 느꼈다. 그녀는 멍하니 무의식적으로 머리카락을 쓸어 올렸다.

엘러리 퀸 씨는 혼자서 과거를 회상할 때, 죽은 사람의 존재가 사라지는 것 자체가 평범한 사람들의 평범한 일상에 끼치는 영향은 거의 없다는 사실을 떠올리곤 한다. 그 순간에는 모든 일들이 극히 일상적으로 돌아가고 있었다. 다이버시 양은 커크 씨 개인 사무실에서 오즈번 씨의 마음을 가지고 장난치는 중이었다. 도널드 커크는 외출 중이었고, 조 템플은 커크 씨 아파트 객실에서 새로 맞춘 검은색 드레스로 갈아입고 있었다. 커크 박사는 14세기 유대 경전의 필사본에 뾰족한 코를 처박고 들여다보고 있었다. 허벨은 커크의 방에서 주인의 야회복을 정돈하고 있었다. 글렌 맥고언은 브로드웨이에서 걸음을 재촉하고 있었다. 펠릭스 번은 이스트 60번가에 있는 자신의 독신자 아파트에서 이국풍의 여인과 키스하는 중이었다. 아이린 르웨스는 챈슬러 호텔의 자기 침실에서 거울에 비친 자신의 멋진 나신을 이리저리 바라보고 있었다.

그리고 몇 분 전에 큐피드 역할을 했던 세인 부인은, 갑자기 '중국 오렌지의 비극' 서막에 새로운 역으로 불려 나왔다.

2
막간의 이상한 사건

셰인 부인의 시계가 정확히 5시 44분을 가리켰을 때, 그녀의 반대편에서 엘리베이터 문이 열리고 약간 뚱뚱하고 온후하게 생긴 중년 남자가 내렸다. 호기심을 자극하거나 남들이 보고 재미있어할 만한 구석은 하나도 없는 평범한 사람이었다. 수수한 옷에 녹색이 섞인 검정 펠트 모자, 번쩍거리는 검은 외투, 싸늘한 날씨에 대비하여 굵은 목에는 털실로 짠 스카프를 두르고 있었다. 털이 별로 없는 두툼한 손에는 흔해 빠진 회색 양가죽 장갑이 들려 있었다. 싸구려 모자에서 검은색 불도그 구두_{발끝 부분이 볼록하게 부푼 구두–옮긴이}에 이르기까지 이 남자는…… 글쎄, '투명 인간'이라고나 할까, 특별할 것 하나 없이 하루하루를 살아가는 몇백만 명의 평범한 인간 중 하나였다.

"어떻게 오셨죠?"

셰인 부인은 사내가 조금 허둥댄다는 사실을 단번에 알아차리고 다소 날카롭게 따지듯 물었다. 아무리 보아도 하룻밤에 10달러씩이나 하는 챈슬러 호텔의 손님 같지는 않았다.

"도널드 커크 씨 개인 사무실이 어디인지 좀 알려주실 수 있겠습니까?"

뚱뚱한 사내가 조심스럽게 말했다. 부드럽고 상냥하며 결코 불쾌하지 않은 목소리였다.

"아, 커크 씨 사무실 말이군요."

그것이 모든 사실을 설명해주었다. 22층의 도널드 커크 사무실은 온갖 별난 신사들이 다 찾아오는 이른바 항구 같은 곳이었다. 커크는 챈슬러 호텔에 있는 자신의 사무실을 보석상과 우표상들이 내밀한 만남을 가질 수 있는 장소로 제공했으며, 비교적 공개된 장소인 만다린 프레스의 사무실은 다루기 껄끄러운 출판 관계의 기밀 사무들을 처리하는 곳으로도 이용했다. 따라서 세인 부인도 온갖 별난 사람들을 상대하는 데에 익숙했다.

"복도 저쪽 2210호실이에요."

퉁명스레 대답한 세인 부인은 반쯤 열린 책상 가장 위 서랍에 교묘하게 숨겨둔 누드 잡지에 다시 빠져들었다.

"고마워요."

뚱뚱한 사내는 상냥한 목소리로 말하고는 조금 전 다이버시 양이 노크했던 문 쪽으로 터벅터벅 걸어갔다. 그는 퉁퉁한 주먹으로 문을 두드렸다.

방 안에서는 한동안 응답이 없다가, 이윽고 묘하게 억눌린 듯한 오즈번의 목소리가 들려왔다.

"들어오세요."

뚱뚱한 사내는 빙긋 웃으며 문을 열었다. 오즈번은 창백한 얼굴로 눈을 깜박거리면서 책상 옆에 서 있었고, 얼굴이 발갛게 상기된 다이버시 양은 문 언저리에 있었다. 방금 남자의 맨살에 스친 그녀의 오른손이 불덩이처럼 화끈거렸다.

"커크 씨 되십니까?"

낯선 사내는 부드럽게 물었다.

"커크 씨는 외출 중입니다. 무슨 용건이신지……."

오즈번이 어색하게 대꾸했.

"그럼 전 이만 가볼게요."

다이버시 양은 약간 갈라진 목소리로 말했다.

"아니, 그러실 것 없습니다. 저는 기다려도 괜찮습니다. 저한테 신경 쓰실 것 없이……."

방문객은 다이버시 양의 간호사 유니폼을 눈부신 듯 바라보았다.

"아무튼 저는 가야 해요."

다이버시 양은 두 뺨을 감싸면서 달아나듯 뛰쳐나갔다. 문이 쾅 닫혔다.

오즈번은 한숨을 내쉬면서 고개를 약간 숙였다.

"그래서…… 무슨 용건이십니까?"

"실은 말이죠……."

낯선 사내는 모자를 벗었다. 훌링 벗어진 분홍색 성수리 수변에 회색 머리카락이 둥그렇게 나 있었다.

"제가 실은 커크 씨…… 도널드 커크 씨를 찾고 있습니다. 꼭 뵈어야 할 일이 있어서 말입니다."

"전 커크 씨의 조수인 제임스 오즈번입니다. 무슨 일로 커크 씨를 만나려 하시는지요?"

낯선 사내는 잠시 망설였다.

"출판 관계 일이십니까?"

남자는 고집스럽게 꽉 다문 입술을 아주 살짝 움직였다.

"내 용건은 아주 비밀스러운 것입니다, 오즈번 씨."

오즈번의 눈이 차갑게 반짝였다.

"분명히 말해두지만, 커크 씨의 은밀한 일은 모두 내가 처리하고 있습니다. 나는 신뢰를 저버린 적이 한 번도 없습니다."

뚱뚱한 남자는 무표정한 눈길로 오즈번의 책상 위 우표 앨범을 응시하다가 불쑥 내뱉듯이 입을 열었다.

"저건 뭡니까? 우표 같군요."

"맞습니다. 그럼 용건부터……."

그러나 뚱뚱한 사내는 고개를 가로저었다.

"아니, 기다리겠습니다. 커크 씨는 곧 돌아오시겠죠?"

"정확히는 모르겠습니다만, 금방 오실 겁니다."

"고맙습니다, 고맙습니다. 혹시 저쪽에서 기다려도……."

남자가 안락의자들 쪽을 쳐다보았다.

"기다리실 거라면 이리로 오시죠."

그렇게 말하면서 오즈번은 문 쪽으로 가서 두 번째 문을 열었다. 그쪽 방은 해거름 탓인지 벌써 어둑어둑했다. 오즈번은 방으로 들어가 오른쪽 책장 위의 스위치를 찾아 불을 켰다. 조금 전 다이버시 양이 탄제린을 슬쩍 집어 먹었던 방 안이 훤하게 밝아졌다.

"여기서 편하게 기다리십시오."

오즈번은 뚱뚱한 사내를 돌아다보면서 말했다.

"탁자 위 담배 상자에 엽궐련과 시가가 들어 있습니다. 과자, 잡지, 과일도 있고요. 커크 씨가 돌아오시는 대로 연락드리죠."

"고맙습니다. 정말 친절하시군요, 여러 가지로……."

사내는 중얼거리듯이 말하고는 목에 스카프를 두른 채 책상 옆 의자에 걸터앉았다.

"꼭 무슨 클럽 같군요. 정말 훌륭한 방입니다. 게다가 장서도 엄청나군요."

사내는 상당히 흡족하다는 듯이 고개를 끄덕였다.

반대편의 문과 장식 난로가 있는 벽을 제외한 삼면이 모두 개가식 책장으로 빽빽했다. 난로 위 벽에는 아프리카 토인이 쓰던 창 두 자루가 서로 엇갈려 걸려 있었고 그 뒤로 울퉁불퉁한 임피족 방패가 보였다. 탁자는 창문이 두 개 달린 네 번째 벽 쪽에 자리 잡고 있었으며, 책장 앞에는 푹신한 의자가 마치 파수꾼처럼 여기저기 놓여 있었다.

"암, 그럼요."

오즈번은 사무적인 말투로 말하고서 사무실로 돌아가면서 등 뒤로 손잡이를 돌려 문을 닫았다. 그와 동시에 낯선 사내는 안도의 한숨을 내쉬면서 잡지를 집어 들었다.

오즈번은 고용주의 책상 위에 있는 전화로 커크 일가의 방을 호출했다.

"여보세요, 허벨인가? 커크 씨 돌아오셨나?"

오즈번은 조급하게 물었다.

"아뇨, 아직입니다만……."

허벨은 칭얼거리는 듯한 영국식 발음으로 대답했다.

"몇 시쯤 돌아오실 것 같아? 방금 손님이 찾아와서 기다리고 있는데……."

"아, 오즈번 씨. 조금 전에 커크 씨가 전화하셔서 만찬회에 늦을 것 같다고, 옷을 준비해놓고 기다리라고 하셨습니다."

허벨의 목소리가 날카로워졌다.

"커크 씨는 언제나 그렇다니까요! 항상 생각지도 못한 일을 하셔서 사람을 당황하게 만드시죠. 조금 전 전화에서도 7시 15분까지는 돌아간다, '예상치 못한 손님'을 모시고 갈 테니까 자리를 하나 더 마련하라고 하셨어요. 킹 씨인지 퀸 씨인지, 뭐 그런 이름이라고 하시더군요. 그리고 또……."

"그래? 그럼 만찬회 자리를 하나 더 마련해놔야겠군. 이런, 세상에."

오즈번은 전화를 끊고 의자에 앉으면서 멀리 허공으로 시선을 던졌다.

6시 25분이 지났을 무렵 사무실 문이 열리면서 글렌 맥고언이 서두르며 들어왔다. 야회복 차림에 모자와 외투는 손에 들고 있었다. 그는 가느다란 시가를 난폭하게 피워댔다. 수정처럼 맑은 눈동자에는 왠지 난처한 기색이 어려 있었다.

"여전히 우표 손질인가?"

그는 묵직한 목소리로 말하면서 거대한 몸집을 내던지듯 의자에 털썩 걸터앉았다.

"언제나 충실한 오지오즈번의 애칭-옮긴이가 아닌가. 돈도널드의 애칭-옮긴이은 어디 갔지?"

우표 앨범에 푹 빠져 있던 오즈번은 깜짝 놀라면서 고개를 들었다.

"아, 맥고언 씨! 음, 저는 잘 모르겠습니다. 여기는 안 오셨는데요."

몸집이 큰 맥고언은 깨끗이 다듬은 손톱을 깨물면서 말했다.

"그 사람 행동은 내년 더비 우승마 맞히기만큼이나 예측하기 어렵단 말이야. 약속 시간을 지키나 못 지키나 천 달러 내기까지 한 적이 있었는데 허허, 두말할 것도 없이 내가 이겼지! 한데 마르셀라는?"

"못 봤습니다. 그분은 좀처럼 이쪽에 들르시지 않으니까요. 그리고 나는……."

"이봐, 오지."

맥고언은 신경질적으로 뻐끔뻐끔 시가를 피워댔다. 의자가 초라하게 보일 만큼 거대한 몸집이 위압감을 풍겼다. 그러나 그 넓은 어깨 위에 얹혀 있는 얼굴은 홀쭉했고 벗어진 이마는 창백했다.

"나는 지금 당장 돈을 만나야 하는데. 자네 정말 모르나?"

오즈번은 깜짝 놀랐다.

"하지만 오늘 저녁 만찬회에서 만나실 것 아닙니까?"

"그래, 그렇지만 저녁 식사 전에 꼭 만나야 할 일이 있어. 그 사람 지금 어디 있는지 자넨 정말 모른단 말인가?"

맥고언이 짜증스레 물었다.

"죄송합니다. 행선지도 말씀하시지 않고 일찌감치 외출하시는 바람에……."

맥고언은 미간을 찡그렸다.

"연필과 종이 좀 주게."

오즈번이 내민 연필과 종이를 받아 든 그는 서둘러 무어라 적더니 봉투에 넣어 봉한 다음 커크의 책상 위에 던졌다.

"만찬회 전에 이걸 그 사람에게 전해주게. 알았나? 대단히 중요한 용건이야. 비밀이기도 하고."

"알겠습니다."

오즈번은 봉투를 집어 주머니에 넣었다.

"그런데 맥고언 씨. 보여드리고 싶은 게 있는데 잠깐 시간 괜찮으십니까?"

맥고언은 문 앞에서 걸음을 멈추었다.

"난 대단히 바쁘다네, 친구."

"하지만 틀림없이 보고 싶어 하실 거라고 생각합니다, 맥고언 씨."

오즈번은 벽 금고로 가서 가죽 장정이 된 커다란 장부를 하나 꺼내 자기 책상 위에 펼쳤다. 페이지마다 우표들이 빽빽하게 붙어 있었다.

"뭐지? 뭐 새로운 거라도 구했나?"

맥고언이 갑자기 관심을 보이며 물었다.

"그럼요. 새로운 게 하나 들어왔습죠."

오즈번은 우표 한 장을 손가락으로 가리키고는 책상 위에 흩어져 있는 우표 정리용 도구 가운데서 조그만 확대경을 집어 맥고언 앞으로 내밀었다.

"난징에서 발행된 용 우표로구면."

맥고언은 확대경으로 녹색과 장미색이 섞인 우표를 들여다보면서 말했다.

"문자 인쇄가 좀 이상한 것 같지 않아? 게다가 세상에, 맨 아래쪽 글자가 빠졌잖나!"

"맞습니다."

오즈번은 힘차게 고개를 끄덕였다.

"세로 글자는 '충 후아 밍 쿠오⋯⋯.' 이렇게 읽는 게 맞는지 잘 모르겠지만, 여하간 그런 글자가 들어 있어야 합니다. '한가운데서 빛나는 인민들의 나라' 중화민국(中華民國) 말입니다. 그러나 이 우표에는 어떤 까닭인지 '나라'라는 뜻의 마지막 글자가 빠져 있습니다. 중국 우표를 다룰 때 가장 골치 아픈 게 바로 글자 부분이죠. 표의 문자에 대한 지식이 없으면 인쇄된 글자가 맞는지 틀리는지조차 알 수가 없을 테니까요. 하지만 이 우표는 비교적 수월했습니다. 저야 중국어와 그리스어의 차이점조차 모르지만, 커크 박사님이 읽어주셨거든요. 어떻습니까? 재미있는 물건이죠?"

"굉장한데. 돈은 어디서 이걸 입수했다고 하던가?"

"경매에서 사셨답니다. 삼 주쯤 전에요. 무슨 사정이 있었던지 물건은 어제 배달이 왔습니다. 아마 진품 감정에 시간이 걸린 모양입니다."

"행운은 혼자 다 가졌구먼, 젠장. 난 몇 주일 동안 지방 우표 진품 한 장 찾아내지 못했는데."

맥고언이 확대경을 내려놓으면서 투덜거렸다. 그러고는 어깨를 으쓱한 다음 이상하리만큼 차분한 말투로 물었다.

"오지, 돈은 이 난징 우표에 돈깨나 썼겠지?"

오즈번은 갑자기 입을 꼭 다물었다. 눈빛까지 차가워졌다.

"그건 말씀드릴 수 없습니다, 맥고언 씨."

맥고언은 오즈번을 물끄러미 바라보다가 느닷없이 그의 여윈 등을 툭 쳤다.

"좋아, 좋아. 자넨 알아주는 충복 아닌가. 돈한테 아까 준 쪽지나 잊지 말고 전해줘. 내가 급한 일이 있어서 일부러 찾아왔더란 말도 전해주고. 만찬에 늦지 않도록 다시 오지. 몇 군데 볼일이 있어 일단 내려가야겠어."

"알겠습니다, 맥고언 씨."

오즈번은 미소 띤 얼굴로 대답한 다음, 다시 자기 책상 앞에 앉았다.

그날 저녁 일어난 일들은 하나같이 이상하기 짝이 없었다. 모든 것이 손에 딱 맞는 숙녀의 새 장갑처럼 무엇 하나 막힘없이 물 흐르듯 진행되었다. 그리고 모든 것은 일에만 열중하는 초라한 중년, 딱한 오즈번의 머리 위에서 소용돌이를 쳤다.

그러는 내내 대기실 문은 굳게 닫혀 있었다. 정적 이외에는 아무것도 없었다.

정확히 6시 35분, 사무실 문이 열리는 바람에 오즈번은 후다닥 고개를 들었다. 키가 훤칠하고 아주 매력적인 여인이 의식적으로 자세를 취하며 문간에 서서 새빨간 입술에 미소를 흘리고 있었다. 오즈번은 반쯤 귀찮은 얼굴로 부스스 몸을 일으켰다.

"어머!"

마치 미소 짓는 일도 방에 들어오는 절차의 하나였던 양, 여인의 얼굴에서 미소가 사라졌다.

"커크 씨 안 계셔?"

"네. 르웨스 양."

"그게 도대체 무슨 말도 안 되는 소리야!"

여인은 생각에 잠겨서 열려 있는 문에 기대 선 채 초록색 눈동자로 방 안을 둘러보았다. 몸에 착 달라붙는 번쩍거리는 드레스 차림이었다. 짤막한 흰족제비 모피 숄 아래로 드러난 두 팔은 맨살이었다. 두 가슴 사이의 깊은 골이 숨을 쉴 적마다 탱탱해졌다 느슨해졌다 했다.

"꼭 할 말이 있는데."

"죄송합니다. 르웨스 양."

오즈번이 보기에 다이버시 양이 이 여자만큼은 아름답지 않을지도 모르지만 훨씬 더 실질적인 품위가 있어 보였다. 이 여인은 스크린을 통해 보는 그레타 가르보처럼 비현실적인 느낌을 주었다. 눈으로 볼 수는 있지만 만질 수는 없는 존재 같았다.

"그래……. 고마워."

목소리까지도 비현실적이었다. 약간 허스키하고 낮은 목소리에는 열정이 밑바닥에 애매하게 깔려 있었다. 오즈번은 빨려 들듯 눈을 깜박거리면서 그녀의 초록빛 눈동자를 응시했다. 여인은 천천히 미소를 지어 보이고는 사라졌다.

두 여인은 사무실 문 앞에서 딱 마주쳤다. 모든 것을 듣고, 보고, 알고 있는 셰인 부인의 날카로운 눈초리가 두 여인에게로 쏠렸다. 아이린 르웨스의 족제비 모피가 커크 일가의 방에서 지금 막 나온 검정 야회복 차림의 몸집 작은 여인의 팔에 스쳤다. 두 여인은 똑같이 혐오감을 느끼면서 그 자리에서 굳고 말았다. 셰인 부인은 눈을 반짝거리며 두 사람을 쳐다보았다.

그들은 족히 십오 초가량 꼼짝도 않고 서로를 노려보았다. 키 큰 여인은 몸을 약간 숙이고, 작은 쪽은 눈을 치뜬 채였다. 두 사람 모두 말 한마디도 하지 않았다. 이윽고 르웨스 양은 초록빛 눈동자에 보란 듯이 승리의 빛을 반짝이면서 옆 복도 쪽으로 걸어갔다. 그녀는 마치 관능적인 쾌감이라도 즐기는 듯이 느릿느릿 엉덩이를 흔들면서 걸었다.

조 템플은 작은 주먹을 꼭 쥐면서 르웨스 양의 뒷모습을 노려보았다. 르웨스 양이 엉덩이를 흔드는 모습은 지극히 대담하고 도발적이었다.

템플 양은 숨을 죽이고 쏘아붙였다.

"그래, 참 잘났다. 그런 천박한 몸짓을 나는 흉내도 못 낸다는 걸 잘 알면서 저러는 거지? 저 교활한 악마 같으니. 홍! 그런 게 섹스어필이라는 건가 보네? 저 닳아빠진 바람둥이 계집!"

템플 양은 어깨를 으쓱하더니 미소를 지으면서 서둘러 사무실로 들어갔다.

일하다 말고 고개를 든 오즈번은 이번에야말로 정말 귀찮다는 표정을 지으며, 몸을 일으켜 어쩔 수 없다는 투로 입을 열었다.

"커크 씨는 아직 안 돌아오셨습니다, 템플 양."

"어머, 오즈번 씨. 당신 정말 천리안이네. 내가 도널드 씨를 만나러 왔다는 걸 어떻게 단번에 알아맞혔지?"

템플 양이 중얼거리듯 물었다.

오즈번은 저도 모르게 미소를 지었다.

"템플 양, 실은 당신이 네 번째거든요. 잠깐밖에 안 되는 시간 동안 커크 씨를 찾아온 사람이 당신까지 네 명입니다……. 오늘은 커크 씨가 무척 바쁜 날인가 봅니다. 그래서 숨어버린 건지도 모르죠."

"그럼 커크 씨가 나까지 피하고 있단 말이야?"

템플 양은 입을 삐죽거리며 말했다.

"그렇진 않을 겁니다, 템플 양."

"빈말이라도 고마워요. 어휴, 참! 그 전에 그 사람을 꼭 만나야 하는데……. 어쩔 수 없지 뭐. 자, 그럼 실례했어요, 오즈번 씨."

"죄송합니다. 제가 도울 일이 있으면……."

"사실은 별것 아니었어."

템플 양은 미소를 지어 보이더니 물러갔다.

오즈번이 안도의 숨을 내쉬면서 막 자리에 앉으려는 찰나, 전화벨이 울렸다.

그는 낚아채듯이 수화기를 집어 들고는 퉁명스럽게 외쳤다.

"여보세요?"

"도널드? 펠릭스인데. 미안하지만, 나 말이야……."

"아, 여보세요. 전 오즈번입니다, 번 씨. 돌아오셨군요. 여행은 즐거우셨습니까?"

"아주 좋았지."

번은 쌀쌀맞게 말했다. 말투에서 다소 외국인 같은 분위기가 풍겼다.

"커크는 자리에 없나?"

"곧 돌아오실 것 같습니다, 번 씨."
"그럼, 만찬에 좀 늦을 것 같다고 전해주게, 오즈번. 피치 못할 일이 생겨서 말이야."
"알겠습니다."
오즈번은 정중하게 대답했지만, 곧이어 지금까지 꾹 참고 있던 감정을 한꺼번에 터뜨리듯이 고함을 질렀다.
"그런 일이라면 아파트로 직접 전화를 거시지 왜 이리로 거셨습니까?"
그러나 전화는 이미 끊긴 뒤였다.

정확히 6시 45분. 도널드 커크가 야회복 차림에 코안경을 끼고 키가 큰 젊은이를 데리고 성큼성큼 걸어 엘리베이터에서 내렸다.
커크를 언뜻 보고 그가 유명한 젊은 백만장자라는 사실을 바로 알아채기는 힘들었다. 그는 만다린 프레스의 소유주이며 뉴욕 사교계에서 평판이 자자한 청년 유망주였다. 그런데도 커크는 볼품없는 트위드 슈트에 구겨진 코트를 입고 다녔다. 홀쭉한 콧구멍 한쪽에는 잉크가 묻어 있었다. 어깨는 빈약했고 코트 주머니에는 펠트 모자 하나를 아무렇게나 욱여넣었다. 사람들이 상상하는 젊은 백만장자와는 전혀 딴판으로 잔뜩 지친 얼굴이었다. 항상 파이프를 피워댔기 때문에 셰인 부인은 항상 재채기를 하면서 그를 싫어했다.
"안녕하십니까, 셰인 부인. 퀸, 이쪽으로 오게. 아래층에서 자네와 마주치다니 정말 운이 좋았어. 잠깐 사무실에 다녀와도 되겠나? 그렇게 오래 걸리진 않을 거야."
"그럼, 이쪽엔 신경 쓰지 말고 자네 일을 보게. 난 단순한 기계의 톱니바퀴일 뿐이잖나. 움직이게 하는 건 자네야. 그런데 도대체 뭐가 어떻게 된 건가, 커크?"

엘러리 퀸이 점잖게 말했다.

하지만 커크는 이미 사무실로 뛰어 들어가고 있었다. 엘러리는 어슬렁어슬렁 뒤를 쫓아가 문틀에 기대어 섰다.

오즈번의 찌푸렸던 얼굴이 마치 마법에라도 걸린 것처럼 금방 미소로 바뀌었다.

"커크 씨! 돌아오셨군요. 이제야 살 것 같습니다. 정말 미쳐 버리는 줄만 알았습니다. 오후 내내 눈이 빠지게 바빠서……."

"일에 붙들려서 그랬어, 오지."

책상으로 다가간 커크는 개봉해서 수북이 쌓아둔 편지 더미를 뒤적거렸다.

"뭐 중요한 건 없었나? 참, 내 정신 좀 봐. 퀸, 이 사람은 지미 오즈번이야. 내 오른팔이지. 오지, 이쪽은 엘러리 퀸 씨야."

"처음 뵙습니다, 퀸 씨……. 별로 이렇다 할 만한 일은 없었습니다, 커크 씨. 조금 전에 르웨스 양이 찾아오셔서……."

"아이린?"

커크의 손에서 서류가 미끄러져 떨어졌다.

"오지, 그 사람이 무슨 용건으로 왔지?"

커크가 느린 말투로 물었다.

오즈번은 어깨를 으쓱했다.

"아무 말씀도 하시지 않았는데요. 그리고 템플 양도 찾아오셨고요."

"그 사람도?"

"네. 만찬이 시작되기 전에 꼭 드릴 말씀이 있다고 하더군요."

커크는 눈살을 찌푸렸다.

"알았어, 오지. 다른 건 더 없었나? 곧 끝낼게, 퀸."
"괜찮아. 염려 말고 일이나 봐."
오즈번은 모래 빛깔 머리를 긁적거렸다.
"아, 참. 맥고언 씨가 한 이십 분쯤 전에 찾아오셨습니다."
"글렌이 왔다고?"
커크는 정말 놀란 듯 물었다.
"만찬 시간을 잘못 알고 일찍 온 게 아니고?"
"그렇진 않습니다. 뭔가 급한 용무로 꼭 만나야겠다고 하시더군요. 이렇게 편지까지 남겨두셨습니다."
오즈번은 주머니에서 봉투를 꺼냈다.
"퀸, 잠시 실례하겠네. 도대체 무슨 일이기에……."
커크는 봉투를 찢어 편지를 꺼낸 다음 서둘러 펼쳐 들고는 빨려 들어갈 듯이 읽어 내려갔다. 편지를 읽는 동안 그의 얼굴에 심상치 않은 기색이 역력하게 드러났으나 그 표정은 금방 사라졌다. 그는 얼굴을 찌푸리며 서둘러 재킷 왼쪽 주머니에 편지를 쑤셔 넣었다.
"뭐 잘못된 일이라도 있나, 커크?"
엘러리가 느린 말투로 물었다.
"응? 아니야, 아무것도 아니야. 다만……."
말끝을 흐리면서 커크는 오즈번 쪽으로 얼굴을 돌렸다.
"자, 됐어, 오지. 이제 사무실 닫고 퇴근해도 돼."
"네. 그렇게 하겠습니다. 참, 깜빡 잊을 뻔했군요. 조금 전에 번 씨가 전화를 주셨습니다. 피치 못할 용건 때문에 만찬에 조금 늦으실 거라면서."
"자기를 위한 파티인데 늦는단 말이지."
커크는 쓴웃음을 지었다.

"그것참 펠릭스다운 짓이로군. 알았어, 오지. 기다리게 해서 미안하네, 퀸. 자, 그만 가세."

복도로 나오던 두 사람은 오즈번이 깜짝 놀라 외치는 바람에 발걸음을 멈추었다.

"무슨 일이야? 왜 그래?"

오즈번이 쩔쩔매면서 입을 열었다.

"정말 죄송하게 됐습니다. 깜빡 잊고 있었습니다. 대기실에서 어떤 분이 줄곧 기다리고 계셨습니다. 한 시간 전부터 와 계셨어요. 성함도 용건도 밝히려 하지 않더군요. 그래서 저 방에서 기다리시라고 했습니다."

"도대체 누구야?"

커크는 짜증스럽게 내뱉었다. 엘러리도 커크와 함께 다시 사무실로 들어왔다.

오즈번은 두 손을 위로 번쩍 쳐들었다.

"글쎄요, 잘 모르겠습니다. 처음 뵙는 분이었어요. 단 한 번도 이 사무실을 찾아온 적이 없는 사람이 분명합니다. 대단히 은밀한 용건이란 말 이외는 입을 굳게 다물어버리더군요."

"이름은 뭐랬는데? 이거 난처하게 됐군. 지금 엉뚱한 일로 시시덕거릴 형편이 못 되는데……. 도대체 누구래?"

"모릅니다. 아무 말씀도 없으셔서."

커크는 잠시 햇볕에 그을린 윗입술을 깨물다가 곧 한숨을 내쉬었다.

"할 수 없지. 얼른 만나보고 끝내야지. 미안하네, 퀸. 자네 먼저 아파트로 가보게."

엘러리는 싱긋 웃었다.

"서두를 것 없어. 게다가 난 상당히 낯을 가리거든. 기다릴게."

"항상 나를 만나고 싶어서 안달하는 사람들이 있단 말이야."

커크는 못마땅하다는 듯 중얼거리면서 대기실 문 쪽으로 걸음을 옮겼다. 문 밑 틈으로 한 줄기 불빛이 스며 나오는 게 보였다.

"책 관계 일이거나 우표 때문이겠지. 아니면 보석 일이든가. ……이게 어떻게 된 거야, 오지? 문이 잠겨 있잖아?"

커크는 신경질적으로 주위를 두리번거렸다. 문은 꿈쩍도 하지 않았다.

"문이 잠겨 있다고요? 그럴 리가 없습니다, 커크 씨."

오즈번은 어이없다는 표정으로 말했다.

"하지만 잠겨 있어. 누군지 모르지만 그 멍청한 녀석이 안에서 잠가버린 모양이야."

오즈번이 허둥지둥 다가와 손잡이를 돌려보았다.

"이거 이상한데요. 아시다시피 제가 이 문을 잠근 적은 한 번도 없지 않습니까? 이 문엔 잠금장치조차 없으니까요. 안쪽에 빗장이 있기는 하지만……. 도대체 무엇 때문에 그 손님이 빗장까지 걸었을까?"

"저 방에 귀중한 것이라도 있나, 커크?"

엘러리가 점잖게 한 걸음 앞으로 나오면서 물었다.

커크가 깜짝 놀랐다.

"귀중한 것이라니? 설마 자네……."

"어쩐지 아주 흔한 좀도둑 냄새가 나는데."

"도둑이라고요?"

오즈번이 외치듯 목소리를 높였다.

"하지만 저 방엔 값나갈 만한 거라곤 하나도 없는데……."

"한번 들여다보자고."

엘러리는 외투와 모자, 지팡이를 옆에 있는 의자에 던져놓고는 문 앞에 깔린 종잇장처럼 얇은 인도산 융단 위에 무릎을 꿇었다. 그는 한쪽 눈을 감고 빠끔히 뚫린 열쇠 구멍으로 안을 들여다보고는 재빨리 몸을 일으켰다.

"대기실 출구는 이 문 하나뿐입니까?"

"아닙니다. 건너편 복도 쪽에 또 하나 있습니다. 모퉁이를 돌자마자 커크 일가의 사저와 마주 보는 쪽에 있습니다. 저 안에 무슨 일이라도 벌어졌습니까?"

"아직은 잘 모르겠군요. 뭔가 심상치 않은 일이 일어났다는 사실만은 분명한데……. 같이 가세, 커크. 한번 살펴봐야겠어."

엘러리는 얼굴을 찡그리면서 말했다.

세 사람은 허둥지둥 복도로 나와, 깜짝 놀라는 셰인 부인을 무시한 채 안쪽으로 뛰어갔다. 그들은 모퉁이를 왼쪽으로 돌아 커크 일가 사저 긴너편의 첫 번째 문 앞에서 걸음을 멈추었다. 한 시간쯤 전에 다이버시 양이 드나들었던 바로 그 문이었다.

엘러리가 손잡이를 잡아 돌렸다. 손잡이가 움직이고 엘러리는 문을 밀었다. 문이 천천히 안쪽으로 열렸다.

엘러리는 충격으로 파랗게 질린 채 그 자리에 얼어붙고 말았다. 어깨 너머로 넘겨다보던 도널드 커크와 제임스 오즈번의 얼굴에 경련이 일어났다.

이윽고 커크가 자제하는 것 같은, 그러나 떨리는 목소리로 부르짖었다.

"하느님 맙소사, 퀸!"

방은 마치 거대한 손이 방 전체를 건물에서 몽땅 뜯어내어 주사위를 담은 컵처럼 흔들었다가 제자리에 갖다놓은 것 같았다. 언뜻 보기만 해도 엉망진창이라는 것을 금방 알 수 있었다. 모든 가구들의 배치가 이상했다. 벽에 걸린 그림조차 어딘가 이상하게 느껴졌다. 바닥에 깔린 카펫도 마찬가지였다. 의자와 탁자를 포함하여 모든 것이 그랬다…….

 인간이 아무리 눈을 휘둥그렇게 뜨고 본다 하더라도 한눈에 파괴 상황 전체를 파악하는 데는 한계가 있었다. 처음으로 느낀 인상은 방 안의 모든 것들이 무시무시하게 파괴되고 엉망진창으로 망가져 마치 폐허 같은 모습이라는 것이었다. 그러나 그런 인상은 금세 사라지고 말았다. 단 하나의 무시무시한 현실 앞에서 그것을 신경 쓸 여유가 없었기 때문이었다.

 세 사람의 시선은 사무실 쪽으로 통하는, 빗장을 지른 문 앞 바닥에 쓰러져 있는 물체로 향했다.

 그것은 바로 그 뚱뚱한 중년 남자의 뻣뻣하게 굳은 시신이었다. 분홍빛이었던 대머리는 창백하게 변색되어 있었고 그 위로 듬성듬성 시뻘건 얼룩이 흩어져 있었다. 시커멓게 움푹 파인 정수리 부분에서 젤리처럼 끈끈하게 흘러내린 핏자국이 사방으로 실처럼 이어져 있었다. 얼굴을 바닥에 처박고 엎드린 자세였으며 짤막한 두 팔이 몸 아래에서 엇갈리게 꺾여 있었다. 마치 뿔처럼 기이하게 생긴 쇠붙이 두 개가 코트의 목깃 뒷부분에 불쑥 튀어나와 있었다. 도저히 믿을 수 없는 광경이었다.

3
뒤죽박죽 살인

"죽었나?"

커크가 나직하게 물었다.

엘러리는 움찔했다.

"글쎄. 자네 보기엔 어떤 것 같아?"

무뚝뚝하게 내뱉듯이 말한 엘러리는 한 걸음 앞으로 나아갔다. 일단 걸음을 멈춘 그는 이 상황이 도저히 믿어지지 않는다는 표정으로 난장판이 된 방 안을 재빠르게 구석구석 살폈다.

"맙소사, 살인 아닙니까?"

오즈번이 의문스러운 듯 물었다. 그 목소리 톤은 다소 기이하게 들렸다. 그가 내뿜는 가쁜 숨소리를 등 뒤로 들으면서 엘러리는 천연덕스럽게 입을 열었다.

"쇠로 된 부지깽이로 자기 머리통을 치는 사람은 없겠지요, 오즈번 씨."

세 사람은 무표정한 눈길로 쇠 부지깽이를 멍하니 바라보았다. 장식용 난로 앞 도구 걸이에서 꺼내온 게 분명한 묵직한 놋쇠 부지깽이가 시체 옆에 저만치 떨어져 카펫 위에 내동댕이쳐져 있었다. 뚱뚱하고 몸집 작은 사내의 머리에 엉겨 있는 것과 똑같은, 젤리 상태의 끈끈한 피가 거기에도 묻어 있었다.

이윽고 엘러리는 마치 방 안의 공기 분자 하나라도 흔들리면

큰일이라는 듯 조용한 걸음걸이로 앞으로 나아갔다. 엎어져 있는 사내 옆으로 다가간 그는 무릎을 꿇었다. 관찰해야 할 것도 많았지만, 추리해야 할 것은 더욱더 많았다……. 사내의 옷매무새가 완전히 엉망진창이 된 것에 아연실색하여 엘러리는 눈을 감았다. 그리고 시체 밑으로 손을 밀어 넣고 심장 쪽을 더듬어보았다. 손가락 밑에서 동맥이 맥박 치는 느낌은 전혀 들지 않았다. 엘러리는 싸늘해진 손을 빼내어 이번에는 창백하고 무표정한 얼굴을 만져보았다. 이 세상 것이라고는 생각할 수 없는 차가운 죽음이 만져졌을 뿐이었다.

안면에는 자반(紫斑)이 있는 것 같았다……. 엘러리는 손가락 끝으로 시체의 턱을 잡고 머리 방향을 비스듬하게 돌렸다. 왼쪽 뺨 그리고 코와 입 왼쪽에 자색의 타박상 흔적이 당연한 듯 남아 있었다. 남자는 돌덩이처럼 풀썩 엎어지면서 얼굴 왼쪽 부분을 바닥에 세차게 부딪혔던 것이다.

엘러리는 몸을 일으키더니 입을 꽉 다문 채 출입구 앞, 처음 들어섰던 곳으로 되돌아가서 걸음을 멈추었다.

엘러리는 시체에서 눈길을 떼지 않으면서 혼잣말을 중얼거렸다.

"이건 원근법의 문제로군. 너무 가까이 있으면 오히려 잘 보이지 않거든. 그런데 통 알 수가 없는 게……."

그의 머릿속에는 새로운 경악의 물결이 소용돌이쳤다. 지금까지 엘러리는 폭력의 현장에서 수없이 많은 시체를 보아왔지만 지금 눈앞의 시체와 그의 마지막 쉼터에 가해진 이러한 물리적 혼란은 한 번도 경험한 적이 없었다. 상황 전체에 아주 기묘하고 끔찍한 무언가가 드리워져 있었다. 아주 사악하고, 신성모독적인 무언가가…….

얼마 동안이나 그렇게 우두커니 서 있었는지 세 사람 모두 깨닫지 못했다. 등 뒤의 복도는 아주 조용했다. 때때로 엘리베이터 문이 철커덩하며 여닫히는 소리와 셰인 부인의 쾌활한 목소리가 들려왔을 뿐이었다. 스물두 층 아래의 거리에서 희미한 소음이 들려와 한쪽 창 커튼을 흔들면서 스며들었다. 그런 기묘한 순간에 세 사람은 모두 어떤 인상을 동시에 받았다. 이 땅딸막한 사내는 죽어 있는 것이 아니라 순간적인 변덕으로 방 안을 제멋대로 휘저어놓은 다음 일부러 우스꽝스러운 자세로 바닥에 널브러져 유쾌한 휴식을 취하고 있는 것이 아닐까 하는 생각이었다. 세 사람 쪽을 향하고 있는 시체의 두툼한 입술에 떠올라 있는 사람 좋은 미소가 그 원인이었다. 그러나 이윽고 그런 인상은 사라지고 엘러리는 소리만이라도 좋으니 뭐가 현실적인 것이 필요하다고 생각한 듯 요란하게 기침을 했다.

"커크, 전에 이 사람을 만난 적 있나?"

엘러리의 등 뒤에서 키 큰 청년의 쌕쌕거리는 숨소리가 들려왔다.

"퀸, 맹세코 말하는데, 이 사람 한 번도 만난 적이 없어. 제발 내 말 믿어줘!"

커크는 엘러리의 팔을 잡고 발작적으로 흔들어댔다.

"퀸! 이건 뭔가 무시무시한 착오가 있었던 거야. 항상 얼굴도 모르는 사람들이 나를 보러 수없이 찾아오지. 하지만 이 사람은 한 번도……"

"쯧……. 정신 단단히 차리게, 커크."

엘러리가 중얼거렸다. 그러면서 고개를 돌리지 않은 채 딱딱하게 굳은 커크의 손가락을 다독거려 주었다.

"오즈번 씨는 어떻습니까?"

오즈번도 가까스로 입을 움직였다.

"퀸 씨, 제가 보증합죠. 이 사람은 한 번도 온 적이 없습니다. 저희는 처음 보는 사람입니다. 커크 씨가 모르는 것도……."

"그래, 알겠어요, 오즈번 씨. 이 사건의 모든 끔찍한 상황으로 미루어 볼 때 그 말을 충분히 믿을 수 있습니다……."

엘러리는 엎어져 있는 시체에서 시선을 떼어내듯 들어 올리더니, 극히 사무적인 목소리로 다시 입을 열었다.

"오즈번 씨, 사무실로 돌아가서 아래에 전화를 걸어 의사와 지배인 그리고 이 호텔 탐정을 불러주십시오. 그런 다음에 경찰에 연락하도록 해요. 반드시 센터 스트리트의 리처드 퀸 경감과 통화해야 합니다. 내가 현장에 와 있으니까 즉시 달려오라고 하세요."

"네. 분부대로 하겠습니다."

오즈번은 떨리는 목소리로 대답하면서 미끄러지듯 물러갔다.

"그리고 커크, 자네는 저 문을 좀 닫아줘. 아무도 들여다보지 못하게 말이야."

"돈."

복도 쪽에서 소녀 같은 목소리가 들려왔다. 두 사람은 후다닥 몸을 돌려 그녀의 시야를 가로막았다. 여인은 눈이 동그래져서 두 사람을 빤히 바라보았다. 커크 못지않게 키가 훤칠했으나 아직 앳돼 보이는 호리호리한 몸매에 커다란 적갈색 눈의 아가씨였다.

"돈, 무슨 일이야? 오지가 허둥지둥 달려가는 걸 봤는데……. 저 방에 뭐가 있어? 무슨 일이야?"

"아무것도 아냐. 아무 일도 없어, 셀라."

메마른 목소리로 잽싸게 대답한 커크가 복도로 달려 나가 반쯤 맨살이 드러난 동생의 어깨에 두 손을 얹었다.

"그냥 사고가 났을 뿐이야. 넌 네 방으로 가서……."

그때 그녀는 대기실 바닥에 널브러져 있는 시체를 발견했다. 얼굴에서 완전히 핏기가 사라지고 눈동자는 숨넘어가는 암사슴처럼 빙글빙글 돌았다. 그녀는 외마디 비명과 함께 망가진 인형처럼 흐물흐물 그 자리에 쓰러졌다.

그녀의 비명을 신호 삼아 그곳은 순식간에 광란 상태에 빠졌다. 복도 건너편의 문이란 문이 죄다 일제히 열렸고 눈이 휘둥그레진 사람들이 저마다 무어라 중얼거리면서 쏟아져 나왔다. 다이버시 양이 모자가 비뚤어진 채 종종걸음으로 뛰어나왔다. 그 뒤로 앉은키가 훌쩍 크고 깡마른 휴 커크 박사가 휠체어 바퀴를 굴리며 잽싸게 따라왔다. 박사는 셔츠 깃도 달지 않고 코트도 입지 않았기에 풀을 빳빳하게 먹인 와이셔츠 앞자락 사이로 백발이 뒤섞인 가슴 털이 엿보였다. 언제 어디서 날아왔는지 검은 드레스 차림의 몸집 작은 템플 양이 기절한 마르셀라에게로 달려가 무릎을 꿇고 앉았다. 셰인 부인도 카랑카랑한 목소리로 무어라 외치면서 복도 모퉁이를 돌아 헐떡이며 달려왔다. 벨보이 한 명이 셰인 부인을 앞질러 달려와서는 주위를 두리번거렸다. 작은 몸집에 깡말랐으며 집사 복장을 한 영국인 같은 남자가 창백한 얼굴로 커크 일가의 아파트 문을 열고 바깥을 내다보았다. 사람들이 서로를 밀치며 앞다투어 쓰러진 아가씨에게로 달려갔다.

이렇게 난장판인 와중에도 엘러리는 문 앞에서 꼼짝도 하지 않았다. 이윽고 그는 한숨을 내쉬면서 대기실로 들어가 문을 잠갔다. 바깥 복도에서 웅성거리는 소리가 생생하게 메아리쳤다. 엘러리는 문에 등을 기대어 선 채 널브러져 있는 시체와 방 안의 가구들을 찬찬히 살피다가 다시 한 번 시체 쪽으로 눈길을 돌렸다. 그러나 그 어느 것에도 손을 대지는 않았다.

 호텔 전속 의사는 어깨가 넓고 몸집이 작달막하며 눈매가 차가운 사내였다. 그는 돌덩이처럼 냉담하던 얼굴에 놀란 빛을 가득 띠고 몸을 일으켰다. 나이라는 이름의 지배인은 모닝코트 깃에 치자꽃 한 송이를 꽂고 있는 우아한 사람이었으나, 그 꽃은 지금 나이처럼 시들어 풀이 죽어 있었다. 그는 엘러리와 나란히 서서 입술을 잘근잘근 깨물어댔다. 건장하게 생긴 호텔 경비원 브루머는 열려 있는 창가에 서서 다소 감상에 젖은 얼굴로 면도 자국이 새파란 턱을 연신 쓰다듬었다.
 "어떻습니까, 박사님?"
 엘러리가 불쑥 물었다.
 의사는 깜짝 놀라서 대답했다.
 "아, 그래요······. 이 사람이 죽은 지 얼마나 되었는지가 궁금하겠죠? 일단 6시쯤에 사망한 것으로 보입니다. 약 한 시간쯤 더 전에요."
 "머리에 입은 부상이 문제였나요?"
 "물론입니다. 부지깽이가 두개골을 아주 박살을 냈어요. 즉사였을 겁니다."
 "아하. 그게 치명타가 됐군요, 박사님······."
 "그렇다고 봐야겠죠."
 의사가 차가운 웃음을 흘리면서 대답했다.
 "하하, 즉사란 점에 박사님은 전혀 의문이 없는 모양이군요."
 "이것 보시오!"
 "죄송합니다. 하지만 모든 걸 분명히 해야 하는 저희 입장을 이해해주셨으면 합니다. 얼굴의 멍에 대해서는 어떻게 생각하십니까?"

"쓰러질 때 바닥에 부딪혀서 생긴 것이겠죠, 퀸 씨. 그땐 아마 이미 숨이 끊겨 있었겠지만."

엘러리의 눈이 반짝거렸다. 의사는 문 쪽으로 발걸음을 옮기면서 한마디 덧붙였다.

"물론 나는 당신네 검시관 앞에서도 기꺼이 같은 의견을 진술할 수 있습니다. 그럴 필요는 아마 없겠지만……."

"네, 필요 없을 겁니다. 그런데 혹시 다른 사인은 고려할 수 없을까요?"

"말도 안 됩니다."

작달막한 의사가 퉁명스럽게 말했다.

"물리적인 검사와 해부를 해보기 전에는 또 다른 폭력이 있었을 가능성에 대해 단언할 수 없지만, 어쨌든 두개골에 입은 타격이 죽음을 유발한 주요 원인이라는 것은 확실합니다. 내 말을 믿으셔도 좋습니다. 모든 외부적 징후가 그걸 가리키고……."

그때 의사가 어떤 생각이 떠오른 듯 차가운 두 눈이 반짝 빛났다.

"보아하니 지금 그러니까 당신은 두개골 부상이 다른 이유 때문에 '사후에' 가해진 것이라고 생각하는 모양이로군요?"

"그런 바보 같은 생각이 마음속을 스쳐 지나갔습니다."

엘러리는 혼잣말처럼 중얼거렸다.

"그렇다면 그런 생각은 털어버리는 것이 좋겠군요."

의사는 뭔가 망설이는 것 같았다. 침묵을 지키도록 훈련이 된 직업상의 버릇과 잠시 갈등을 빚는 듯했다. 이윽고 그는 어깨를 으쓱하고는 말했다.

"퀸 씨, 아시다시피 난 탐정이 아닙니다. 따라서 이런 이야기를 하는 게 어울리지 않는다는 것도 잘 압니다. 그러나 당신이 뭔가 이상한 점을 찾고 있다면 이 사내의 상의를 살펴보는 게 어떨까 싶군요."

"복장 말입니까? 좋습니다, 알겠습니다. 그렇다면 무엇이 이상한지 지적해주시기 바랍니다. 게임의 현 단계에선 비전문가의 견해도 하찮게 볼 수 없으니까요."

의사는 날카로운 눈으로 엘러리를 쏘아보았다. 그의 목소리에는 쇠로 된 가시가 돋친 듯했다.

"물론……. 퀸 씨, 당신 이야기는 나도 많이 들었소. 당신은 경험이 풍부하니 이 사내의 옷차림이나 특징이 무엇을 의미하는지 알아내기가 어처구니없을 정도로 쉽겠지요. 그러나 내 미숙한 머리로는 그저 경악스럽기만 할 뿐입니다. 이 사내는 옷을 몽땅 거꾸로 입고 있지 않습니까!"

"거꾸로 입었다고? 맙소사, 세상에."

나이 지배인이 신음하듯 말했다.

"나이 씨, 여태 눈치채지 못했습니까?"

"이렇게 어처구니없는 건 살면서 본 적이 없구먼!"

경비원 브루머가 얼굴을 찡그리면서 으르렁거리듯 말했다.

"잠시만요, 신사 여러분. 박사님, 좀 더 구체적으로 이야기해주십시오."

엘러리가 나직이 말했다.

"상의를 반대로 잘못 입은 것 같은데요. 마치 누군가가 이 사내 앞에서 상의를 펼쳐 들고 있을 때 소매를 꿰어 입은 다음, 등 쪽에서 단추를 잠근 것처럼 말이죠."

"훌륭합니다! 반드시 독창적인 진단이라곤 할 수 없지만요. 계속해주세요, 박사님."

"도대체 왜 윗옷을 거꾸로 입은 거야? 정신이라도 나갔나?"

브루머가 언짢은 얼굴로 말했다.

"강렬한 표현이긴 하지만 브루머 씨, 적절한 표현은 아니군요. '있을 수 없는 일'이라고 해야 하지 않겠습니까? 당신은 옷을 저런 식으로 입은 적이 있나요?"

"그건 무슨 뜻이오?"

경비원은 잡아먹을 듯이 되물었다.

"물론 없을 테지요. 절대로 불가능한 일이니까. 상의를 거꾸로 입는 게 그렇다는 게 아니라 등 뒤의 단추를 잠그는 일이 불가능하다는 뜻입니다."

"어째서 불가능하다는 거요?"

"상의를 거꾸로 입으면 단추가 척추뼈와 밀착하지 않습니까? 그걸 혼자 힘으로 잠글 수 있다고 생각해요? 게다가 옷을 거꾸로 입으면 소매 위치도 잘못되어 팔을 올리기가 어려울 텐데요."

"알겠습니다. 하지만 난 할 수 있어요."

"그래요, 그럴 수도 있겠죠."

엘러리는 한숨을 내쉬었다.

"계속해주십시오, 박사님. 말을 끊어서 죄송합니다."

"나는 이쯤에서 실례했으면 합니다. 그냥 당신의 주의를 환기하고 싶었을 뿐이라……."

의사는 불쑥 내뱉었다.

"하지만 박사님, 당신은……."

"만약 경찰이 내게 볼일이 있다면……."

차가운 눈매의 의사는 두 번째 단어를 살짝 강조했다.
"내 사무실로 연락하라고 하시오. 그럼 이만!"
의사는 엘러리 옆을 스치듯이 지나쳐 방 밖으로 나갔다.
"명백한 욕구 불만 증상의 전형적인 케이스로군, 저 멍청한 작자!"
엘러리는 내뱉듯이 말했다.

의사가 등 뒤로 문 닫고 나가는 소리가 참담한 침묵을 뒤흔들며 덜컹 울렸다. 일동은 다양한 표정으로 시체를 응시했다. 나이는 멍청한 얼굴로, 브루머는 침울한 눈길로 그리고 엘러리는 사납게 찡그린 표정으로 바라보고 있었다. 눈앞의 현실을 믿을 수 없다는 분위기가 방 안을 가득 메웠다. 피살자의 상의뿐만 아니라 바지 역시 앞뒤를 거꾸로 입었으며 단추도 뒤에서 채워져 있었다. 흰색 무명 셔츠와 조끼도 마찬가지였다. 번쩍이는 금단추로 목 부분에 고정된 폭이 좁고 빳빳한 칼라도 뒤집혀 있었다. 속옷들도 모두 뒤집혀 있는 것이 분명했다. 죽은 사람의 복장 중에서 오로지 신발만이 정상적인 모습으로 남아 있었다.
남자의 코트, 모자, 장갑 그리고 모직 스카프는 탁자 언저리 의자 위에 너저분하게 쌓여 있었다. 엘러리는 의자 쪽으로 어슬렁어슬렁 걸어가서 스카프를 집어 들었다. 스카프 중간 부분 가장자리엔 띄엄띄엄 핏자국이 묻어 있었다. 코트 칼라 뒷부분에도 이미 굳어버린 작은 혈흔이 보였다. 엘러리는 미간을 찡그린 채 스카프와 코트를 있던 자리에 내려놓고는 허리를 굽혀 바닥을 살피기 시작했다. 특별히 눈길을 끌 만한 것은 없었다. 아니, 있었다. 양탄자 끄트머리 너머, 딱딱한 떡갈나무 마룻바닥에 눈에 띄는 핏자국이 있었다! 의자 바로 옆에……. 엘러리는 잰걸음으로 방을 가로질러 시체 쪽으로 다가가서는 그 위로 허리를 굽혔다. 시체 주변 마룻바닥은 깨끗했다. 엘러리는 몸을 일으켜 이번에는 뒤로 물러섰다. 나머지 두 사람은 멍청한 눈길로 엘러리의 행동을 좇았다. 시체는 문 입구 양쪽의 책장과 책장 사이 거의 중간에 문지방과 평행선으로 쓰러져 있었다. 문 쪽을 향하고 선 엘러리의 왼쪽에 있는 책장은 벽에 딱 붙어 있었던 원래 자리보다 앞으로 당겨져 나와서, 왼쪽 모서리는 문 경첩에 닿고 오른쪽 모서리는 방 한복판을 향해 툭 튀어나와 문과 예각을 이루었다. 시체는 그 책장 뒤에 반쯤 숨겨져 있었다. 문 오른쪽 책장은 원래 위치에서 훨씬 오른쪽으로 밀려나 있었다.

"당신은 이걸 어떻게 생각하죠, 브루머 씨?"

엘러리가 몸을 홱 돌리면서 불쑥 물었다. 비아냥거리는 말투는 아니었다.

"내 장담하건대 이건 미친 짓거리요."

브루머는 버럭 화를 냈다.

"이보쇼, 퀸 씨. 나도 당신 아버님이 관할서 서장으로 일할 때 경찰관 노릇을 해본 적이 있지만, 이런 건 여태까지 한 번도 본 적이 없어요. 누가 이런 짓을 했는지 모르겠지만 그놈을 잡아다 정신병원에 처넣어야겠소."

"정말 그렇게 생각하십니까?"

엘러리가 생각에 잠긴 얼굴로 말을 이었다.

"한 가지 분명한 사실을 무시할 수만 있다면, 브루머 씨, 나도 당신 의견에 동의하겠습니다……. 이 신사의 뺨은 어떻습니까? 그것도 범인의 불합리한 짓들 중 하나라고 설명하실 참입니까?"

"뿔이라니요?"

엘러리는 시체 목덜미 뒤에 뾰족 솟아 있는 쇠막대기 두 개를 몸짓으로 가리켰다. 그것은 아프리카인들이 사용하는 끝이 날카롭고 날이 넓적한 창이었다. 죽은 사내가 엎드린 채 쓰러져 있는 탓에 옷 아래로 창 자루의 윤곽이 불룩하게 보였다. 창들은 양다리에 한 자루씩 발뒤꿈치 쪽 바짓단으로 들어가 바지 허리께에서 잠시 모습을 드러냈다가 다시 상의 안으로 쑤셔 들어갔다. 그리고 창끝은 V자를 이루며 목뒤로 삐죽 튀어나와 있었다. 죽은 사람의 고무로 된 구두 뒤축 부분에 창 손잡이 끝이 가까스로 보였다. 두 자루 모두 적어도 180센티미터는 됨 직한 길이였다. 창날은 피투성이가 된 대머리 저 위쪽에서 번쩍번쩍 빛을 뿜었다. 단정하게 단추를 채운 상의와 바지 안쪽으로 창 두 자루를 찔러 넣은 탓에 시체의 겉모습은 정말 기이하게 보였다. 마치 도살당한 짐승이 두 자루 장대에 묶여 높이 매달린 모습 같기도 했다.

브루머는 창밖으로 침을 탁 뱉었다.

"빌어먹을! 끔찍해서 소름이 끼칠 정도구먼. 이 창······, 이것 보쇼, 퀸 씨. 이건 미친놈 짓이 틀림없다니까요."

엘러리가 약간 당혹스러운 얼굴로 대꾸했다.

"진정하세요, 브루머 씨. 똑같은 말을 그렇게 되풀이해봤자 소용없어요. 창 문제는, 솔직히 말해 나도 잘 모르겠습니다. 하지만 충분히 똑똑하거나 운이 좋은 사람이 단 한 명만 있다면 이 세상에 못 풀 문제는 없다는 게 내 지론입니다. 나이 씨, 이 임피족 창은 호텔 건가요? 고급 호텔에 이런 원시적 장식품이 유행하는 줄은 몰랐군요."

"다, 당치도 않은 말씀입니다, 퀸 씨. 그건 커크 씨 개인 소장품입니다."

지배인이 펄쩍 뛰었다.

"바보 같은 질문을 했군요. 물론 그렇겠죠."

엘러리는 난로 위의 벽 쪽으로 눈길을 보냈다. 아프리카 원주민의 방패가 벽 쪽을 향해 걸려 있었다. 뒤집혀 걸린 방패 뒤로 벽 페인트 색깔보다 조금 밝은 선 네 개가 마치 X자로 솟아난 팔처럼 드러나 보였다. 그것이 창이 걸려 있었던 자국이라는 것 그리고 범인이 벽에서 창들을 떼어냈다는 것은 명백했다.

브루머는 집요하게 물고 늘어졌다.

"범인이 혹시 미친놈이 아니라 정신 멀쩡한 놈인지도 모른다는 생각이 들다가도, 방 안의 가구들을 휙 둘러보면 금방 그 생각이 날아간단 말입니다, 퀸 씨. 내 말 못 알아듣겠습니까? 실성한 놈이 아니고서야 이렇게 비싸고 좋은 가구들을 이 모양으로 뭉개놓을 수 있겠어요? 도대체 이런 짓을 한 이유가 뭘까요? 전부 다 엉망진창이군. 이건 뭐 마치 운율이 안 맞는 시처럼 완전히 개판이잖소."

"브루머 말이 맞습니다. 이건 틀림없이 미친놈 짓이에요."

지배인이 끙끙 앓으며 맞장구쳤다.

엘러리도 호텔 경비원에게로 감탄 어린 눈길을 던졌다.

"브루머 씨, 문제의 핵심을 찔렀군요. 운이 안 맞는 시라……. 정말 명언입니다. 정말 그래요. 이 기괴한 현장에 들어선 순간부터 내 속을 썩이던 게 바로 그겁니다. 운율이었어요!"

엘러리는 코안경을 휙 벗어 흔들어댔다. 마치 나이 지배인나 브루머가 아니라 자기 스스로 확신을 가지려는 듯한 모습이었다.

"운율! 모든 분석을 완벽하게 거부하는, 상상을 초월한 운율이 도사리고 있습니다. 만약 전혀 운율이 없다면 난 그걸로 만족, 아니 대만족할 겁니다. 하지만 여기엔 운율이 있단 말입니다. 그것도 너무나 완벽하고 완전무결한 운율 말이죠. 내가 생각하기에 이건 논리학의 오랜 역사에도 전례가 없을 만큼 놀라운 예가 아닐까 싶습니다!"

"운율이라뇨? 저는 무슨 말씀이신지 전혀 알아들을 수가 없군요."

나이는 어리둥절한 얼굴로 멍청하게 되물었다.

시커먼 눈썹을 꿈틀대며 브루머가 말했다.

"혹시 가구 얘기를 하시는 겁니까, 퀸 씨? 내 보기엔…… 허허, 그냥 모든 게 다 어수선하고 난잡하기만 한데 말입니다. 이만큼이나 방을 어지럽히려면 그 미친놈도 고생깨나 했을 거요. 도대체 뭐가 뭔지…….'"

"뭐라고요?"

엘러리가 고함을 질렀다.

"당신들 둘 다, 눈뜬장님이 따로 없군요. 이봐요, 브루머 씨. 도대체 어딜 봐서 '어수선하고 난잡하다'는 겁니까?"

"당신 눈엔 이 꼴이 안 보입니까? 온 방 안을 휘젓고 다니면서 뒤죽박죽 섞어놓았잖소."

"그것밖에 안 보입니까? 나 참. 잘 봐요, 여기 뭐 부서진 거 있습니까? 박살 나거나 망가진 물건이 있느냐 이 말입니다."

브루머는 쿨럭쿨럭 기침을 했다.

"글쎄요. 그런 건 안 보이는군요."

"당연히 안 보여야죠! 처음부터 물건을 부수려는 의도는 아니었을 테니까요. 이건 말입니다, 단순한 파괴 충동 때문에 저지른 일은 아닙니다. 아주 냉정한 목적을 가진 누군가가 일부러 벌인 일이지요. 아직도 모르시겠습니까, 브루머 씨?"

"모르겠는데요."

경비원은 풀이 죽은 목소리로 대답했다.

엘러리는 한숨을 내쉬며 비쩍 마른 콧등에 코안경을 고쳐 썼다. 그러고는 혼잣말처럼 중얼거리기 시작했다.

"어떤 의미에선 이건 귀중한 경험이 될 것 같은데. 신이 나를 위해 준비해놓기라도 한 건가……. 그런데 잠깐만요, 브루머 씨. 당신이 말한…… '어수선하고 난잡한' 꼴이 되었다는 책장 말인데요, 당신 눈엔 그게 어떻게 보입니까?"

"책장요?"

호텔 경비원은 어리둥절한 눈으로 책장을 물끄러미 바라보았다. 광택제를 칠하지 않은 조립식 떡갈나무 책장들이 여러 개 서 있었다. 대부분이 깨끗하게 정리되어 있었지만, 책장들은 기묘하게도 방 한복판 쪽으로 등을 돌린 채 세 면의 벽을 향해 세워져 있었다.

"아니, 전부 방향이 잘못되어 있군요. 전부 벽을 바라보고 서 있는데요."

"훌륭합니다, 브루머 씨. 게다가 말이죠……."

엘러리는 약간 당황한 표정으로 미간을 찡그리면서 말을 이었다.

"저쪽 사무실로 통하는 문 양쪽에 있는 책장 두 개도 역시 마찬가지로 반대 방향으로 돌려져 있어요. 내가 특히 흥미롭게 여기는 것은 문 왼쪽의 책장이 문 앞으로 옮겨져 있다는 점입니다. 그것도 문과 예각을 이루도록 비스듬하게 말이죠. 문 오른쪽 책장이 오른쪽으로 벌려져 있는 것도 흥미로운 일이고요. 자, 카펫은 어떻게 되어 있죠?"

"뒤집혀 있소, 퀸 씨."

"네, 맞습니다. 당신 눈에도 이제야 뒤집힌 게 보이는 모양이로군요. 벽에 걸린 그림은요?"

"도대체 무엇 때문에 자꾸 그런 걸 묻는 거요?"

브루머는 얼굴을 붉은 벽돌 빛깔로 물들이며 무뚝뚝하게 중얼거리듯 대꾸했다.

"나이 씨, 당신은 어떻게 생각하십니까?"

엘러리가 점잖게 물었다.

지배인은 살집 좋은 어깨를 으쓱해 보이면서 걸쭉한 말투로 입을 열었다.

"전 이런 일에 대해서는 전혀 모릅니다, 퀸 씨. 제가 지금 걱정스러운 것은 이 일로 해서 끔찍한 스캔들이나 나쁜 평판이 번지게 된다면……."

"흠. 그럼, 브루머 씨. 어쨌든 좋은 실례가 있으니 운율의 원리에 대해 설명을 해드리죠."

엘러리는 담배를 꺼내어 천천히 불을 붙였다.

"책장은 벽 쪽을 향하게끔 방향이 돌려져 있죠. 그림도 벽 쪽으로 뒤집혀 걸려 있고. 바닥 카펫도 뒤집혀 깔려 있고요. 저 탁자는 뒤쪽에 선이 두 개가 있는 걸 보니 서랍이 하나 달려 있는 모양이지만, 마찬가지로 벽 쪽을 향해 돌려져 있어서 우리 쪽에서는 서랍이 안 보이죠. 저기 있는 대형 괘종시계도 마찬가지로 벽을 보고 서 있고, 몹시 푹신할 것 같은 저 의자들 역시 등받이가 앞쪽으로 돌려진 채 앉는 자리가 벽을 향하고 있습니다. 브리지 게임 때 쓰는 플로어 스탠드도 거꾸로 돌려져서 벽을 비추고 있고요. 대형 램프 하나와 탁상 램프 두 개는 위아래가 뒤집혀서 갓을 바닥 쪽으로 한 채 받침대를 허공에

세우고 가까스로 서 있는 것 보이죠? 전부 다 거꾸로, 거꾸로 되어 있단 말입니다!"

엘러리는 경비원 쪽으로 담배 연기를 훅 내뿜었다.

"자, 브루머 씨. 이건 전체적으로 무엇을 의미할까요? 이걸 하나로 묶으면 무슨 뜻이 되죠?"

브루머는 당황한 얼굴로 엘러리를 쏘아보았다.

"운율입니다. 브루머 씨, 운이란 말입니다! 일종의 대구운(對句韻)이라고요. 무시무시할 정도로 단조로워서 저는 그저 경악스러울 뿐이군요. 피살자의 옷까지 벗겨 거꾸로 입혔을 뿐만 아니라 이 방 안에 있는 가구는 물론 움직일 수 있는 모든 것이 거꾸로 뒤집혀 있잖아요. 안 그렇습니까?"

두 사람은 입을 떡 벌린 채 엘러리를 바라보았다.

"그렇군요, 퀸 씨. 당신이 정확히 짚었어요!"

브루미가 고함을 질렀다.

엘러리가 우울하게 말했다.

"브루머 씨, 추후 이 사건이 해결된다면…… 정말로 해결된다면, 그때는 이 운율만으로도 탐정의 역사를 새로 쓸 수 있을 겁니다. 모든 것이 뒤죽박죽이에요! 전부 다 말입니다. 잘 보세요. 움직일 수 있는 것 가운데 거꾸로 놓이지 않은 게 두세 개는커녕 단 한 개도 없단 말입니다. 이게 바로 운율이란 거죠. 하지만 왜 그랬을까요?"

엘러리는 다시 어슬렁어슬렁 방 안을 왔다 갔다 하면서 중얼거렸다.

"도대체 왜? 어째서 모든 것을 뒤죽박죽으로 뒤집어놓아야만 했을까? 도대체 이건 무엇을 의미하는 것일까? 브루머 씨, 당신은 어떻게 생각합니까, 네?"

"모르겠습니다. 나는 모르겠어요, 퀸 씨."

경비원은 쉰 목소리로 말했다.

엘러리는 걸음을 멈추고 경비원을 물끄러미 바라보았다. 나이는 완전히 혼미해진 얼굴로 문에 기댄 채 서 있었다.

"나도 모르겠습니다, 브루머 씨. 아직은요."

엘러리는 이를 악문 채 말했다.

4
신원미상, 정체불명

퀸 경감은 작은 새를 연상시키는 사람이었다. 회색 깃털의 나이 든 새 말이다. 기묘한 눈빛을 띤 눈은 잘 깜박이지 않았고, 마치 뿔을 깎아 만든 것 같은 자그마한 부리 같은 코 밑에는 뻣뻣한 회색 콧수염을 길렀다. 게다가 필요한 경우엔 새가 곧잘 그러듯이 돌처럼 뻣뻣이 굳어 꼼짝도 않는 능력이 있었고, 이때다 싶으면 새처럼 잽싸게 뛰쳐나갈 줄도 알았다. 또한 어떤 때에는 그런 모습을 벗어던지고, 으르렁거리는 대신 천연덕스럽게 병아리처럼 삐악거릴 줄도 알았다. 그러나 이 노신사가 지닌 새를 닮은 특성에는 결코 침범할 수 없는 무언가가 숨어 있었다. 이를테면 덩치 크고 얼굴이 시뻘건 사내들조차 그가 부드럽게 몇 마디 삐악거리기만 해도 금세 움츠러들곤 한다는 소문이 있었다. 때문에 경감이 자신의 날개 밑에 거느리고 있는 형사들은 그를 존경하기도 했지만, 그만큼 두려워하기도 했다.

지금 그들은 경감을 존경하는 것 이상으로 두려워하고 있었다. 경감의 삐악거리던 울음소리에 점점 짜증이 섞이며 카랑카랑해지고 있었기 때문이었다. 부하들이 냄새를 쫓는 사냥개 무리처럼 방 안을 분주히 돌아다니면서 정해진 순서대로 살인 현장을 살피는 동안에는 만사가 순조로웠다. 그러나 모든 것이 거꾸로 뒤집혀 있는 범죄 현장의 모습은 그를 당황스러운 혼란에 빠뜨렸다. 경감은 익숙지 않은 무력감에 시달렸다.

 경감은 오랜 습관에 따라 거의 무의식적으로 현장 수사를 지휘했다. 지문팀은 방 안 여기저기에 지문 검출 가루를 뿌렸고, 사진 담당자들은 시체와 가구, 문 등을 열심히 찍었다. 부검시관 프라우티는 시체 옆에 무릎을 꿇고 앉아 있었으며 벨리 경사가 지휘하는 강력계 형사들은 참고인들의 이름과 증언 수집에 여념이 없었다. 그러나 노경감은 이 충격적이고 영문을 알 수 없는 살인 사건을 일개 경찰이 과연 명명백백하게 규명해낼 수 있을까 하는 의구심이 점점 들기 시작했다. 경감은 방 안에 남아 있는 단서가 될 만한 모든 것이 뒤죽박죽 뒤집혀 있다고 해서, 깊이 생각도 해보지 않고 어떤 미친 녀석이 아무런 목적도 없이 휘저어놓은 것이라고 치부해버릴 만큼 경솔한 사람이 아니었다. 하지만 이 모든 사실들을 도대체 어떻게 받아들여야 한단 말인가?

 "넌 어떻게 생각하니?"

 부하들이 쿵쿵 발소리를 울리며 방 안을 수색하는 동안, 경감은 엘러리를 향해 사납게 물었다.

 "아직 아무것도 말씀드릴 수 없어요."

 엘러리의 목소리에는 초조감이 뒤섞여 있었다. 그는 침울한 얼굴로 열려 있는 창문에 기대어 담배 한 개비를 물끄러미 바라보았다.

 "아니, 지금 말에는 어폐가 있네요. 떠오르는 생각들은 엄청나게 많아요. 하지만 그 대부분은 설득력이 없고 얼토당토않은 것들뿐이라 깊이 생각할 마음조차 들지 않는 거죠."

 "이번 사건 자체가 워낙 얼토당토않으니 말이다."

 경감도 툴툴거렸다.

"난 모든 게 거꾸로 된 이 뒤죽박죽 미치광이 같은 사건은 말끔히 잊기로 했다. 내 단순한 머리로는 어림도 없을 테니까 말이야. 그냥 평소에 하던 식으로 수사를 진행해야 안 되겠구나……. 신원 조회, 대인 관계, 동기, 알리바이, 용의자, 증인 점검 등등 말이다."

"행운을 빌겠습니다."

엘러리는 중얼거리듯 말했다.

"그게 현명할지도 모르죠. 하지만 만약 이 놀라운 짓을 저지른 녀석을 지금 당장 아버지께서 검거하신다면, 왜 이런 쓸데없는 반대 방향 짓거리를 벌였는지 꼭 한번 물어보고 싶군요."

"너만 그런 게 아니다. 나나 청장님도 마찬가지야."

경감은 퉁명스럽게 내뱉었다.

벨리 경사가 그들의 앞에 모습을 드러냈다.

"아, 토머스. 저 사람들한테서 뭐 좀 알아냈나?"

"이번 사건은 꽤 속을 썩이겠는데요."

우렁우렁 울리는 경사의 목소리에는 놀라움이 담겨 있었다.

"허어?"

"이 호텔 지배인인 나이라는 사람 말에 따르면 그 시체는 전에 한 번도 본 적이 없는 사람이라고 합니다. 다른 종업원들이나 잡일꾼들도 모두 그렇다고 하더군요. 한 가지 분명한 것은 피살자가 챈슬러 호텔의 투숙객이 아니라는 사실입니다. 엘리베이터 담당 얘기로는 6시 15분쯤에 이 사람을 태운 기억이 있답니다. 또 22층 담당자인 뚱뚱한 셰인 부인은 그 사람에게 커크 씨 사무실 위치를 가르쳐줬다고 말했어요. 커크 씨 사무실 위치를 물을 때 피살자는 분명하게 '도널드 커크'라는 이름을 말했다는군요."

"커크한테는 낯선 손님이 자주 찾아와요. 그 친구는 이 두 방을 보조 사무실처럼 사용하고 있죠, 아버지. 우표와 보석을 수집하는 친구거든요."

엘러리가 멍하니 말했다.

"출판업자라고도 하지 않았느냐?"

경감이 콧방귀를 뀌며 말했다.

"만다린 프레스를 설립한 건 그 친구네 아버님이신데 이 노인이 말도 못 하게 불평이 많고 시끄럽지요. 하지만 이 양반은 만성 류머티즘 때문에 수년 전에 은퇴한 상태예요. 커크 박사가 물러나기 직전에 펠릭스 번이라는 사람을 공동 경영자로 영입했는데, 지금은 이 사람과 제 친구 커크가 함께 출판사를 경영하고 있죠. 만다린 프레스와 관련된 내밀한 사안들은 모두 여기서 논이 처리하고 있습니다."

"잘 어울리는구먼! 책에 우표에 보석이라. 한데 토머스, 자넨 뭘 그러고 멍하니 서 있나?"

"아, 네!"

거구의 경사가 빠른 말투로 말하기 시작했다.

"셰인 부인 말로는 이 땅딸막한 오리 같은 남자가 그녀가 가르쳐준 대로 사무실로 갔다는 겁니다. 커크 박사의 전속 간호사인 다이버시 양이 커크의 조수 오즈번과 함께 그 사무실에 있었다고 하더군요. 다이버시 양은 이 사내가 커크 씨를 만나러 왔다기에 곧바로 물러 나왔다고 합니다. 오즈번이 아무리 물어도 사내는 용건을 말하지 않으려고 부득불 고집을 피웠기 때문에, 오즈번은 저쪽에서 여기로 통하는 문을 열어 이곳으로 안내한 다음 문을 닫았다고 하더군요. 그게 이 작고 통통한 사내의 살아 있는 마지막 모습이 된 셈입니다."

"그다음은 아버지도 잘 아시겠죠."

엘러리가 우울한 표정으로 고개를 끄덕였다.

"우리가 사무실 쪽에서 문을 열려고 했지만 빗장이 걸려 있었어요. 보시는 바와 같이 이 방에서 빗장을 건 거죠."

경감은 복도 쪽으로 난 다른 쪽 문으로 눈을 돌렸다가 엘러리의 어깨 너머를 바라보았다.

"창은 별로 문제가 될 것 같지 않군."

그는 중얼거리듯이 말했다.

"날개라도 달리지 않고서야 여기까지 기어 올라올 수는 없겠지. 그리고 요즘 날개 달린 인간이 살인을 저지르고 다닌다는 이야기도 못 들어봤고. 외벽에 발판이 될 만한 곳은 한 군데도 없으니 문제는 복도 쪽 문이야. 저 빗장은 조사해봤나, 토머스?"

"물론입니다. 기름칠이 잘 되어 있어서 빗장을 걸고 벗길 때 전혀 소리가 나지 않습니다. 오즈번이 빗장 거는 소리를 못 들었다는 것도 무리는 아닙니다. 게다가 오즈번은 굉장히 학구적인 사람 같더군요. 그 사람 말에 따르면 커크 씨 우표를 정리하느라고 아무 소리도 못 들었다고 합니다."

"아무리 그래도 이 많은 가구들을 이렇게 거꾸로 돌려놓는 소리는 들렸을 게 아닌가!"

경감이 고함을 쳤다.

엘러리가 지친 목소리로 입을 열었다.

"휴, 아버지. 오즈번 같은 타입의 사내에 대해선 저보다 아버지가 더 잘 아실 텐데요. 옆에서 살인이 벌어지고 있어도 자기 일에 열중하다 보면 귀도 멀고 눈도 멀고 바보가 되는 사람이란 말입니다. 오즈번은 마치 사랑에 빠진 여인처럼 커크에게 충성스러워요. 커크에게 이익이 되는 일이라면 눈이 뒤집힌 광신자가 되죠."

"그래. 알았다, 알았어. 결국 문제는 복도 쪽 문에 있다는 뜻이로군."

경감이 내뱉었다.

"비상계단에서는 뭐 찾아낸 거 없나, 토머스?"

"비상계단은 이 바깥 홀 아래쪽에 있습니다, 경감님. 커크 일가의 아파트 안쪽 방 앞 복도 건너편쯤 됩니다. 더 자세히 말하자면 커크 박사의 침실과 비상계단 문이 마주 보고 있습니다. 비상계단을 통해 복도로 숨어들어서 커크 일가 아파트 앞을 슬쩍 지나면 바로 이 방 문이 나옵니다. 여기서 일을 해치우고 나서 왔던 길로 도망치는 건 누구에게나 다 가능하다고 봅니다."

"그렇다면 그럴 경우 엘리베이터 앞의 셰인 부인은 아무도 볼 수 없다는 말이군? 복도와 복도가 교차하는 곳 이외엔 모두 셰인 부인의 시야 밖이란 뜻인가?"

"그렇습니다. 셰인 부인 말로는 이 죽은 사내가 찾아온 이후엔 아무도 보지 못했답니다. 다만 간호사와 템플 양은 제외하고……."

경사는 수첩을 보면서 말을 이었다.

"템플 양과 아이린 르웨스라는 여자, 이 두 사람은 초대를 받은 손님이라는군요. 커크 씨의 친구 글렌 맥고언 씨는 예외입니다만. 세 사람 모두 사무실로 들어가서 오즈번과 이야기를 나눈 사람들입니다. 그 뒤 맥고언은 엘리베이터로 다시 내려갔다고 합니다. 르웨스라는 여자는 안으로 들어갔다는데 커크 일가의 아파트에는 들르지 않았습니다. 아마 비상계단으로 내려갔겠죠. 그녀의 방이 바로 아래층에 있다고 하니까요. 템플 양은 커크 일가의 아파트로 돌아왔다는군요. 손님이니까 당연한 일이겠죠. 간호사도 마찬가지였습니다. 간호사 다이버시 양은 사무실로 들어가기 전에 이 방에 잠깐 들렀다고 했는데, 그땐 모든 게 아주 깔끔했다고 합니다. 이상입니다, 경감님. 관계된 사람들은 이게 전붑니다. 정리하자면 여기를 난장판으로 만든 범인은 저쪽 비상계단을 통해 숨어 들어왔지만 복도 모퉁이에까지는 모습을 드러내지 않았습니다. 때문에 셰인 부인은 아무것도 볼 수 없었던 겁니다."

"그렇다면…… 커크 일가의 아파트에 있는 인물 중엔 범인이 없겠군."

경감이 내뱉듯이 말했다.

"저도 그렇게 생각합니다. 제가 보기에 범인이 사무실 쪽 문에 빗장을 건 이유는 이 방에서 가구들을 가지고 야릇한 요술을 부리는 동안 오즈번이나 다른 누군가가 들어오지 못하게 하려고 한 것 같습니다."

경사는 험상궂은 눈빛으로 낮게 말했다.

"범인이 복도 쪽 문을 잠근 이유도 같은 이유겠군."

경감은 머리를 끄덕이며 말을 이었다.

"물론 우리는 아마 마지막까지 진상을 알 수 없겠지만 말이다. 확인된 사실로 미루어 볼 때, 일을 끝낸 범인은 이 복도 쪽 문으로 나간 뒤 문을 닫았지만 잠그지는 않았어. 그러나 사무실 쪽 문의 빗장은 그대로 걸려 있었어. 그것까지 풀어놓으려면 시간을 너무 많이 잡아먹을 거라고 생각했던 거겠지. 음!"

경감은 한숨을 푹 내쉬었다.

"다른 건 더 없나?"

엘러리는 여섯 개비째의 담배에 불을 붙여 물고서 몹시 멍한 표정으로 벨리 경사의 말을 들었다. 엘러리의 시선은 무릎을 꿇고서 검시에 여념이 없는 부검시관 프라우티 박사에게 못 박혀 있었다.

"있습니다, 경감님. 오즈번과 셰인 부인이 이곳을 드나든 다른 사람들에 대해서도 말했습니다. 또 셰인 부인은 오즈번이 줄곧 사무실에 틀어박혀 있었다는 사실도 증언했습니다. 죽은 사내가 찾아온 이후, 커크 씨와 퀸 군이 이리로 올 때까지 '오지'는(그렇게 부르더군요.) 줄곧 사무실을 떠나지 않았다고 합니다. 그래서……."

"네, 그렇군요."

엘러리가 불쑥 말했다.

"범인이 대기실로 들어올 때와 나갈 때 모두 복도 쪽 문을 이용했다는 사실은 틀림없군요."

하지만 그 목소리에는 미심쩍다는 느낌이 어려 있었다.

"그런데 벨리 경사님, 이 사람 신원은 알아내셨나요? 뭔가 실마리가 있을 법한데……. 전 아직 이 사람 옷을 건드리지도 않았습니다."

"사실 이 범행에는 또 하나 이상한 점이 있다네, 퀸 군."

경사는 부글부글 끓는 화산 분화구 같은 저음으로 말했다.

"네? 그게 무엇인가요, 토머스?"

엘러리가 눈을 휘둥그렇게 떴다.

"신원을 확인할 수가 없다는 거야."

"뭐라고요?"

"주머니에 아무것도 없었네, 퀸 군. 단서가 될 만한 게 하나도 없어. 흔히 들어 있는 옷감이 해져 생긴 실밥 같은 먼지뿐이야. 일단 감식반이 분석은 해보겠지만 별달리 주목할 가치는 없을 거야. 담뱃가루조차 없는 걸 보면 담배도 안 피우는 사람인가 보더군. 정말 아무것도 없었네."

"세상에, 몽땅 강탈당한 모양이군요. 그건 정말 이상한데요! 내 생각에는……."

엘러리는 혼잣말처럼 중얼거렸다.

"내가 옷을 한번 살펴보지. 옷에 상표 정도는 붙어 있을 텐데."

경감이 앞으로 성큼 다가섰다.

벨리 경사가 서까래처럼 큼직한 팔을 뻗어 경감을 제지하면서 안타까운 말투로 말했다.

"소용없습니다, 경감님. 아무것도 없어요. 제가 장담할 수 있습니다. 단서가 될 만한 건 깨끗하게 잘라내 버렸더군요."

경감이 눈을 번득였다.

"이런 빌어먹을 놈!"

"점점 더 이상해지는군요. 전 이제 이 파괴자 친구에게 무한한 경의를 표하고 싶어질 지경입니다. 아주 철저한데요. 벨리 경사님, 정말로 아무것도 없나요? 씻은 듯이 깨끗한가요? 속옷은 어떻죠?"

엘러리가 생각에 잠긴 채 말했다.

"아주 흔한 위아래 속옷일세. 단서는 없어. 상표도 다 도려냈더구먼."

"구두는요?"

"치수까지 몽땅 긁어냈어. 그 자리에는 저기 저 책상 위에 있는 잉크로 덧칠을 해놓았고. 아니, 잉크가 아니라 먹물이군."

"놀랍습니다! 칼라는요?"

"마찬가질세. 세탁소 마크 같은 게 있지만 판독할 수가 없었어. 셔츠도 그렇고."

벨리 경사는 우람한 어깨를 움찔거리면서 말했다.

"이건 아까도 말했지만 아주 골치 아픈 사건이야, 퀸 군. 이런 건 처음 보는군."

"이 모든 것이 피해자의 신원을 파악할 수 없게 하기 위해서 기울인 노력이라는 뜻이군요. 의심의 여지가 없네요. 이거 아주 대단한 집착이 보이는데요. 비논리의 신의 이름으로 이 짓거리를 한 걸까요? 상표도 몽땅 도려냈고, 세탁소 마크나 구두 치수 등 신원을 밝힐 수 있는 단서란 단서는 모두 찢어버렸거나 먹칠을 해놓았어요. 게다가 주머니도 몽땅 털어 갔고……."

엘러리는 중얼거리듯 말했다.

"그래도 뭐 하나라도 남아 있지 않겠니?"

노경감이 끙끙거렸다.

"옷을 고친 흔적 같은 것 말인가요? 옷은 모두 싸구려지만 새것 같군요. 혹시 뭔가 단서가 될 만한 게 있을지도 모르죠……. 호! 이게 뭐지?"

모두 깜짝 놀라 엘러리를 바라보았다. 엘러리는 코안경을 휙 벗어 들면서 도저히 믿을 수 없다는 눈길로 피살자를 응시했다.

"이 사람…… 넥타이가 없어졌는데요!"

"아, 그것 말이군."

벨리 경사가 어깨를 으쓱했다.

"그렇다네. 우리는 벌써 알고 있었는데 여태 못 봤나?"

"음, 지금껏 눈치채지 못했습니다. 이건 극도로 중대한 일이에요!"

"정말 그렇군."

경감도 미간을 찡그리면서 한마디 했다.

"넥타이가 없어진 걸 보니, 범인이 바보인지 천재인지 아니면 미친놈인지 알 수 없지만 여하간 그자가 그걸 가지고 갔다는 뜻인데. 도대체 이유가 또 뭘까?"

"전들 알겠습니까? 제가 보기에는 그냥 전체적으로 아주 정신 나간 짓거리 같을 뿐입니다. 아주 깔끔하고 평범한 살인 사건이었으면 얼마나 좋겠습니까!"

벨리 경사가 기가 막힌다는 듯 대꾸했다.

"아니, 잠깐만요."

엘러리가 조급한 태도로 벨리 경사의 말을 막았다.

"벨리 경사님, 그런 게 아닙니다. 방향이 완전히 틀렸어요. 범인은 미친놈이 아니에요. 오히려 아주 영리한 자예요. 분명히 뭔가 의미가 있을 겁니다. 범인은 왜 넥타이를 가지고 갔을까요? 이건 아주 중요한 문제군요."

엘러리는 격한 기세로 중얼중얼 말을 토했다.

"즉 넥타이에서 상표를 잘라내도 시체의 신원을 증명하는 데는 아무런 무리가 없다는 뜻이 돼요. 그것만 있으면 추적을 할 수 있다는 겁니다!"

"도대체 어떻게 그럴 수가 있단 말이냐? 말이 안 된다. 싸구려 넥타이 하나로 특정인의 신원을 밝힌다는 건 쉬운 일이 아니야."

경감은 코웃음을 쳤다.

"어쩌면 뭔가 특수한 재료로 만든 것인지도 모릅니다. 그럴 경우엔 추적하기도 쉽겠죠."

벨리 경사가 낙관적인 예측을 했다.

"특수한 재료? 그렇다면 비싼 물건이란 말인데……."

경감은 고개를 설레설레 흔들었다.

"자네 생각을 해보게. 지금 이 땅딸보가 입은 옷들은 하나같이 싸구려지 않나. 그런데 거기다 넥타이만 고급이라니, 그건 좀 이상하지 않겠나? 그럴 리가 없지."

경감은 무기력하게 두 손을 처들었다.

"도대체 뭘 어떻게 이해해야 할지 모르겠군. 점점 더 수렁으로 빠지는 것 같은데……. 뭐지, 헤스?"

형사 한 명이 거친 말투로 무어라 내뱉는 목소리를 듣고 노경감은 후다닥 달려갔다. 엘러리와 벨리 경사는 아무 말 없이 서 있었다. 이윽고 경감이 잔뜩 흥분한 채 돌아왔다.

"머리통이 깨진 곳은 문 근처가 아니었어! 저쪽 의자 옆에서 혈흔을 찾아냈다."

경감은 벽에 붙은 탁자 앞에 놓인 의자를 손가락으로 가리켰다.

"분명히 저 의자 근처에서 머리를 맞고 쓰러진 게야."

"아, 아버지 눈에는 그렇게 보이는군요? 재미있군요. 그렇다면 도대체 이 남자는 사무실 문 옆으로 끌어낸 책장 뒤에서 도대체 뭘 하고 있었던 걸까요?"

엘러리가 천천히 말했다.

"빌어먹을! 갈수록 태산이로군. 이봐, 프라우티, 자네 보고부터 들어보자고."

경감은 으르렁거리듯이 말했다.

때마침 프라우티 박사는 자리에서 일어서서 무릎을 툭툭 터는 중이었다. 천으로 된 모자는 대머리 위에 아슬아슬한 각도로 걸쳐져 있었고, 이마에는 가볍게 땀이 났다. 경감은 그쪽으로 달려가서 뭔가 사납게 다그쳤다. 벨리 경사는 복도 쪽 문을 지키고 있는 형사에게로 어슬렁어슬렁 다가갔다.

창틀에 기대서 있던 엘러리는 기지개 켜듯 몸을 한번 쭉 뻗었다. 이마에는 마치 노움(옛날이야기에 나오는 난쟁이-옮긴이)처럼 주름이 깊게 잡혀 있었다. 한동안 꼼짝도 않고 그렇게 서 있던 엘러리는 가볍게 쥔 주먹으로 관자놀이께를 툭툭 치면서 아버지와 프라우티가 있는 쪽으로 발걸음을 옮겼다. 그러던 도중 그는 돌연 걸음을 멈추었다. 뭔가 번쩍이는 것이 시선을 잡아끌었기 때문이었다. 탁자 위에 번쩍거리는 무언가가 흩어져 있었다……. 그는 탁자 쪽으로 다가갔다. 광택제를 바르지 않은 흰 나무 탁자 위에 모든 것이 거꾸로 뒤집힌 채 놓여 있었다. 과일 그릇도 예외는 아니었다. 과일 그릇 옆에는 탄제린 껍질과 씨앗 등이 지저분하게 흩어져 있었다. 어쩐지 전에 이런 것을 한번 본 듯한 느낌이 들었다……. 엘러리는 뒤집혀 있는 과일 그릇을 들어 올려 속에 담긴 과일을 물끄러미 바라보았다. 배, 사과, 포도…….

엘러리는 고개도 돌리지 않고 말했다.

"경사님."

벨리가 쿵쿵거리며 다가왔다.

"그 다이버시 양이라는 간호사가 이 작자…… 죽은 사람이 찾아오기 몇 분 전에 이 방에 들렀다고 증언했다고 하셨죠?"

"음, 분명히 그렇게 말했네."

"그 간호사 좀 잠깐 이쪽으로 불러주세요. 주위 사람들이 눈치채지 못하게 조용히요. 한 가지 물어볼 게 있습니다."

"알았네, 퀸 군."

엘러리는 잠자코 기다렸다. 벨리 경사는 잠시 후 키가 큰 간호사를 데리고 돌아왔다. 그녀의 얼굴은 새파랗게 질려 있었다. 다이버시 양은 시체를 애써 외면했다.

"이 아가씨라네, 퀸 군."

"아, 다이버시 양."

엘러리는 그녀 쪽으로 고개를 돌렸다.

"제가 알기로 당신은 오늘 저녁 5시 30분쯤에 이 방에 들어왔다고 증언했다는데요."

"네. 그랬어요."

그녀는 불안한 얼굴로 대답했다.

"그때, 이 과일 그릇에 대해 뭔가 느낀 게 없었나요?"

그녀의 눈이 반짝 빛났다.

"과일 말씀이세요? ……네, 거기 있는 걸 분명히 봤어요. 사실은…… 저도 한 개 집어 먹었고요."

"아주 멋지군요!"

엘러리의 얼굴에 미소가 번졌다.

"내가 기대하던 것보다 일이 훨씬 잘 풀릴지도 모르겠는걸. 혹시 여기 탄제린도 함께 있었나요?"

"탄세린 말인가요?"

다이버시 양은 겁먹은 얼굴이었다.

"제…… 제가 한 개 까먹은 게 그거예요."

"음."

엘러리는 몹시 실망한 표정을 지었다.

"그럼 여기 있는 이 껍질들은 아가씨가 까놓은 건가요?"

다이버시 양은 문제의 탄제린 껍질을 물끄러미 바라보았다.

"아, 아니에요. 제가 까먹은 껍질은 씨와 함께 이 창밖으로 던져버렸어요."

"아, 그래요?"

엘러리의 얼굴에서 실망의 빛이 사라지고, 대신 그 자리를 열렬한 호기심이 채웠다.

"혹시 당신이 한 개를 먹은 뒤에 탄제린이 몇 개 남아 있었는지 기억합니까?"

"네. 두 개였어요."

"좋습니다. 이제 다 끝났어요, 다이버시 양. 아주 도움이 되었습니다. 자, 됐습니다. 벨리 경사님."

엘러리가 나직하게 말했다.

벨리 경사는 희미하게 미소를 짓고는 간호사를 데리고 밖으로 나갔다.

엘러리는 몸을 돌려서 대단히 흥미롭다는 눈빛으로 탁자 위에 쌓여 있는 과일 무더기를 뚫어져라 쳐다보았다. 탄제린은 하나밖에 없었다.

5
오렌지와 추측

프라우티 박사는 냄새가 지독한 시커먼 시가를 문 채 잇새로 폭포처럼 말을 쏟아냈다.

"유감스럽게도 제가 드릴 수 있는 정보는 이게 전부입니다, 경감님. 이 호텔 전속 의사가 말한 것 이외에는 한마디도 덧붙일 게 없습니다."

그 순간 엘러리가 그들의 뒤로 다가와서 부검시관의 어깨 너머로 불쑥 끼어들었다.

"아버지, 죄송하지만 이 방 안을 좀 조용하게 만들어주실 수 없으세요?"

노인은 아들을 빤히 바라보았다.

"이번엔 또 뭘 생각했기에?"

그러고는 목소리를 높였다.

"자, 모두 잠깐만 조용히 해!"

방 안이 쥐 죽은 듯 조용해졌다.

엘러리가 나지막한 목소리로 말했다.

"여러분, 지금부터 이상한 질문을 하나 하겠습니다. 하지만 대답은 확실히 해주시기 바랍니다. ……누구 탁자 위 그릇에서 과일을 가져간 사람 없나요?"

순간, 모두가 어이없다는 표정을 지었다. 대답하는 사람은 한 사람도 없었다. 경감이 탁자로 총총 다가가서 오렌지 껍질과 씨앗을 한동안 노려보았다.

"탄제린 슬쩍한 사람 없나?"

모든 사람이 세차게 고개를 가로저었다.

"알았습니다. 이상입니다."

엘러리는 중얼거리듯 말하면서 아버지와 프라우티 박사에게 가까이 오라고 손짓을 했다.

"피해자가 이 방으로 안내되기 몇 분 전까지만 해도 저 그릇에는 탄제린이 두 개 들어 있었다는 사실이 확인되었습니다. 그런데 지금은 한 개밖에 안 남아 있어요. 이상하지 않습니까?"

프라우티는 물고 있던 불 꺼진 시가를 빼 들었다.

"이상하다고? 도대체 뭐가 이상하다는 건가?"

그러나 금방 눈빛이 반짝였다.

"아! 독 이야기를 하고 싶은 건가?"

"아뇨, 전혀 아닙니다. 그런 기상천외한 이야기가 아니에요. 우리의 친구, 이 신원미상 씨가 두개골을 끔찍하게 얻어맞고 숨졌다는 박사님의 검시 보고를 믿습니다. 하지만 묘한 일이거든요……. 여타의 상호 보완적인 상황으로 미루어 볼 때 말이죠."

"예를 들면 어떤 건가?"

엘러리는 어깨를 으쓱했다.

"아직 거기까지는 추론해보지 못했습니다. 그러나 이 탄제린 껍질 문제는 마음에 새겨두는 게 좋을 겁니다."

"도대체 자꾸 그러는 이유가 뭐냐? 범인이 이 왜소한 사내의 머리통을 박살낸 다음에 간식으로 오렌지 한 조각 먹고 가기라도 했단 말이냐?"

경감이 코웃음을 쳤.

"그랬는지도 모르죠. 아니, 어쩌면 범인에게 습격당하기 전에 이 사람이 오렌지를 까먹었다고 생각하는 편이 더 가능성이 높아 보이는데요."

엘러리가 중얼거렸다.

"그런 건 조사해보면 금방 알 수 있지."

프라우티가 자기 가방 쪽으로 손을 뻗으면서 말을 이었다.

"해부를 서두르겠네. 이 사내가 탄제린을 까먹었다면 배 속에 아직 남아 있을 거야. 신사 여러분, 이 사람 배를 좀 보시오! 지금껏 내가 본 배 중에서 가장 깜찍하고 통통한 배로구먼……. 경감님, 지시서 여기 있습니다. 시체 안치소 버스가 곧 이리로 올 겁니다. 그곳 녀석들이 크랩 게임주사위 두 개로 하는 도박의 일종-옮긴이을 끝내는 대로 말입니다."

프라우티는 노경감에게 서류를 건네준 다음 성큼성큼 걸어 나갔다. 복도로 나온 그는 갑자기 생각이 난 듯이 뒤를 돌아보면서 버럭 고함을 질렀다.

"아무튼 독살당했을 가능성도 고려해보겠네, 퀸 군!"

프라우티 박사는 낄낄 웃으면서 빠른 걸음으로 자취를 감췄다.

엘러리는 시체 쪽으로 다가가서 뭔가 생각에 잠긴 표정으로 물끄러미 내려다보았다. 프라우티 박사가 검시를 하느라고 유쾌하게 들쑤셔 놓은 탓에 땅딸막한 사내의 옷차림새는 엉망이 되어 있었다. 엎드려 있던 시체는 이제 평화롭게 천장을 바라보며 반듯하게 누워 있었다. 지문 감식반원 한 명이 시체 위로 다리를 벌리고 서서 사무실로 이어지는 문에 회색 가루를 뿌리는 중이었다.

"당신이 말만 할 수 있었다면 얼마나 좋을까요……."

엘러리는 한숨을 푹 내쉬었다.

"딱한 사람! 어쩌면 당신이 이 광기 어린 범죄 과시증을 해명할 한 줄기 빛이라도 던져줄 수 있을 텐데……. 그쪽에 지문 남은 것 없습니까?"

엘러리는 지문 감식반원을 향해 물었다.

"없는 것 같습니다, 퀸 씨. 하지만 만약 범인이 직접 이 문 오른쪽에 있는 빗장을 걸었다면 남아 있을 겁니다. 기름을 쳐놓은 덕분에 지문이 상당히 눈에 띌 테니까요. ……뭐야, 없잖아! 이런, 전부 다 닦아버렸나 봅니다. 젠장, 요만큼도 안 남았는데요."

"다른 곳에도 없습니까?"

"켈리가 있는 저쪽은 어떤지 몰라도, 제가 살펴본 곳엔 아무것도 없군요."

가까이서 일에 열중해 있던 아일랜드인 켈리가 고개를 들어 설레설레 흔들었다.

"이쪽도 마찬가지입니다, 퀸 씨. 이럴 바에야 차라리 그냥 영화라도 보러 가는 게 더 나을 것 같습니다."

엘러리는 건성으로 고개를 끄덕였다. 바로 그때, 출입구 쪽에서 들려온 도널드 커크의 목소리 때문에 그는 생각에서 깨어났다.

"전혀 모르는 사람이라니까요!"

커크는 경감을 향해 고함을 질렀다. 그 뒤로는 마치 거대한 네메시스그리스 신화에 나오는 복수의 여신—옮긴이처럼 벨리 경사가 버티고 있었다.

"아까 퀸한테 다 말했습니다. 맹세할 수도 있어요. 완전히 모르는 사람이란 말입니다……."

"그렇지만 다시 한 번 시체를 잘 살펴보는 것쯤이야 어려울 것 없지 않겠소, 커크 씨. 걱정할 건 없어요. 젊은이를 괴롭히려는 건 아닙니다……. 한 번만 더 잘 살펴봐주구려."

경감이 부드러운 목소리로 토를 달았다. 그러고는 헝클어진 머리의 청년을 슬며시 앞쪽으로 밀었다.

"퀸!"

커크가 비틀거리며 엘러리에게 다가갔다.

"난 이 부당한 처사를 더는 참을 수가 없어, 퀸. 왜 이렇게나 집요하게 날 못살게 구는 건가? 이 사내, 내가 한 번도 본 적이 없는 녀석이란 건 자네도 잘 알고 있잖아? 내가 그렇게 말했잖나! 난 말이야……."

"자, 자. 자네 좀 흥분한 것 같군, 커크. 불안해할 필요는 없네. 물론 그 누구도 자넬 괴롭히진 않아. 정신 차려!"

엘러리가 그를 달랬다.

커크는 두 주먹을 불끈 쥐고 침을 꿀꺽 삼켰다.

"좋아."

커크는 혼잣말처럼 중얼거린 뒤 시체 쪽으로 천천히 발걸음을 옮겨서는 힘겹게 내려다보았다. 그러는 그의 옆얼굴을 경감이 집요한 눈빛으로 지켜보았다. 천장을 향해 반듯하게 누워 있는 사람의 얼굴에는 온화한 미소가 배어 있었다. 커크는 다시 한 번 마른침을 삼키고 나서 아까보다 훨씬 또렷한 어조로 말했다.

"모르는 사람입니다."

"좋아요, 이젠 됐소."

경감이 즉시 대답했다.

"하지만 딱 한 가지 더 물어볼 게 있어요, 커크 씨. 이 사내는 마치 당신을 잘 알고 있는 양 당신 이름을 대며 찾아왔다는데, 그건 어떻게 설명할 겁니까?"

"그건 이미 모두 이쪽에 있는 경사님에게 설명했습니다."

커크는 지친 목소리로 말했다.

"정말 집요하군요. 지긋지긋해요. 낯선 사람들이 이 사무실로 날 찾아오는 건 드문 일이 아니에요. 난 보석도 수집하고, 또 우표 수집에는 전문가란 말입니다. 게다가 만다린 출판사와 연관된 비밀스러운 일도 있고 해서 많은 사람들이 날 찾아오곤 합니다. 이 사람이 내 이름을 알고 찾아온 것도 틀림없이 그런 일 때문일 겁니다."

"그렇다면 이 사내가 보석상이나 우표상 대리인이라고 생각하오?"

커크는 널찍한 어깨를 으쓱했다.

"그럴 가능성이 높겠죠. 출판 관계 일보다는 그쪽의 가능성이 더 높지 않을까 싶습니다. 출판 관계로 찾아오는 사람들은 대부분 작가이거나 그 대리인들입니다. 하지만 이 사내는 그 어느 쪽도 아닌 것 같군요."

"우표와 보석이라."

경감은 혀로 콧수염 끄트머리를 핥았다.

"음. 어쨌든 그 정도라도 알게 됐으니까 다행이군. 토머스!"

벨리 경사가 내키지 않는 발걸음으로 앞으로 나왔다.

"이렇게 한번 찾아보지. 서둘러 시체의 얼굴 사진을 제작해서 우표와 보석을 다루는 곳들 한 곳도 빠짐없이 뿌리도록 하게. 어쩐지 이 사내의 신원을 파악하는 게 쉽지 않을 것 같군."

경사는 느릿느릿 물러갔다.

경감은 눈을 가늘게 뜨고 키가 큰 젊은이를 쳐다보았다.

"그런데 커크 씨. 이 사람 말이오. 주머니는 몽땅 털렸고, 옷의 마크나 라벨 등 신원을 파악할 단서가 될 만한 것은 깡그리 오려내 버렸더군요."

커크의 얼굴에 당혹한 표정이 번졌다.

"도대체 왜 그렇게까지……?"

"피해자의 신원이 밝혀지는 걸 꺼리는 사람이 있다는 뜻이오. 나는 살인 사건을 오래 다루어왔지만 이런 발상은 처음 보는구먼. 보통은 살인자가 자기 신원을 숨기는 데 온갖 노력을 다 기울이곤 하는데 말이지요……. 이번 사건의 범인은 한 수 높은 놈 같소. 그건 그렇고……. 이봐, 자네들. 이제 여기선 더 알아볼 게 없는 것 같네. 커크 씨, 이제 당신 집에 가서 당신네 가족들과 가벼운 대화를 좀 나누었으면 싶은데."

"얼마든지 마음대로 하십시오."

커크는 무기력한 목소리로 대답했다.

"하지만 경감님, 내 가족 가운데 어느 누구도 이 사건과는 절대로 관계가 없습니다……. 그건 말도 안 되는 일입니다."

"말도 안 된다고요, 커크 씨? 너무 단정적인 말투로군요. 음, 잠깐만 기다리시오. 그쪽 아파트 방문은 잠시 보류하는 게 좋을 것 같소."

경감은 목소리를 높였다.

"피고트!"

형사 한 명이 급히 달려왔다.

"객실 담당 하녀한테 홑이불 같은 걸 가져와서 시체 좀 덮으라고 전해. 아, 얼굴은 내놓고 덮으라고 말이야."

형사는 부리나케 달려 나갔다.

커크의 얼굴이 새하얗게 질렸다.

"설마, 경감님……."
"왜, 안 됩니까?"
경감은 부드러운 미소를 지으면서 말했다.
"살인이란 언제나 끔찍한 사건이오, 커크 씨. 더군다나 그걸 수사한다는 건 더욱 힘든 일이죠. 인간의 삶과 죽음에 관한 진실한 모습을 관찰할 수 있는 일이기도 하고요. 우표나 다이아몬드 따위를 수집하는 것과는 엄청나게 달라요……. 아, 피고트. 그래, 됐어. 아주 좋아. 딱 그렇게 내버려둬. 좋아! 토머스. 커크 일가의 아파트에 있는 사람들을 모두 이쪽으로 데리고 와."

모두가 입을 꼭 다문 채 불안한 모습으로 느릿느릿 걸어 들어왔다. 그러나 커크 박사만은 꼿꼿한 모습 그대로였다. 그는 험악한 얼굴로 정장까지 차려입고 왔다. 다이버시 양이 미는 휠체어에 실려 들어오는 그의 가슴팍에서는 흰 셔츠가 성난 듯 유난히 반짝거렸다. 끔찍할 정도로 바싹 마른 노박사는 분노가 가득 담긴 모습이었다.

"그까짓 사람 하나 죽은 걸 가지고 왜 이렇게 야단법석이야?"
박사는 길고 뼈만 앙상한 손을 휘저으면서 호통을 쳤다.
"정말 무례하기 짝이 없군. 도널드! 넌 어째서 우리가 이런 북새통에 끌려드는 걸 보고만 있는 거냐?"
"아버지, 진정하세요. 이분들은 경찰이에요."
커크가 지친 목소리로 말했다.
커크 박사는 흰 콧수염을 치켜세우며 으르렁거렸다.
"경찰? 눈하고 귀만 붙어 있으면 그 정도는 안다. 아니, 귀만 있어도 돼. 항상 시시한 옛날 일들을 끈질기게 물고 늘어지면서 다니는 게 경찰들 일 아니냐."

그는 한 쌍의 빙산 같은 눈으로 경감을 쳐다보았다.

"자네가 여기 책임자인가?"

"그렇습니다."

경감은 차갑게 대답한 다음 나직하게 덧붙였다.

"박사님의 시시한 옛날 일들을 끈질기게 물고 늘어질 사람이지요!"

그러고는 무시무시한 미소를 지으면서 말했다.

"그러니 소란 피우는 일은 삼가주셨으면 합니다."

"소란을 피워? 소란을 피운다고? 가당찮은 소리! 누가 소란을 피우고 있는지 오히려 내가 알고 싶군. 도대체 자네 용건이 뭐야? 일이 있으면 제발 부탁이니 빨리 끝내."

커크 박사가 으르렁거렸다.

"아버지."

마르셀라 커크가 얼굴을 찌푸렸다. 그녀는 큰 충격을 받았는지 달걀처럼 갸름한 얼굴에 핏기가 하나도 없었다.

"넌 입 다물고 있어, 마르셀라. 자, 시작해보시지, 경찰 나리."

엘러리, 커크, 피고트 형사 세 사람은 군기가 바짝 잡힌 군인처럼 어깨를 나란히 하고 사무실 쪽을 막아서서 시체가 보이지 않도록 가렸다. 사진팀과 지문팀은 이제 물러가고 없었다. 벨리 경사와 피고트 형사 이외에는 또 한 사람이 남아 있었을 뿐, 조금 전까지 방 안에서 와글거리던 본청 요원들은 경감의 여러 가지 수사 지시를 받은 뒤 뿔뿔이 뛰쳐나가고 없었다. 정복 경찰관 두 사람이 지키고 있는 바깥 복도에는 나이, 브루머, 셰인 부인 등과 또 다른 두세 명이 몰려 서 있었다. 언제 몰려왔는지 신문기자들이 그들을 에워싸고 있었다.

벨리 경사가 그들의 코앞에서 매몰차게 문을 닫아버렸다.

경감은 방 안에 있는 사람들을 찬찬히 관찰했다. 마르셀라 커크는 아버지의 어깨를 손으로 지그시 누르며 휠체어 옆에 서 있었다. 다이버시 양은 그 뒤에서 축 처진 모습이었다. 검은 드레스 차림의 자그마한 여인, 템플 양은 대단히 의심스럽다는 눈초리로 도널드 커크를 주시하고 있었다. 하지만 도널드는 그녀의 눈초리를 의식하지 못한 듯 똑바로 앞을 보고만 있었다. 글렌 맥고언은 심히 불쾌하다는 듯 찡그린 얼굴로 마르셀라의 옆 의자에 앉아 있었다. 은은하게 빛나는, 딱 달라붙는 드레스 차림으로 서 있는 아이린 르웨스는 기이한 눈빛으로 역시 도널드 커크의 얼굴을 빤히 쳐다보았다. 이들 뒤에서 집사 겸 시종인 허벨과 오즈번이 서 있었다. 오즈번은 다이버시 양 쪽으로 눈길을 돌리지 않으려고 무진 애를 쓰는 것 같았다.

경감은 낡은 담뱃갑에서 코담배를 꺼내어 길쭉한 양쪽 콧구멍에 대고 들이마셨다. 그는 우아하게 세 번 재채기를 한 다음 코담뱃갑을 치웠다.

그는 싹싹한 말투로 입을 열었다.

"자, 신사 숙녀 여러분. 이 방에서 살인 사건이 터졌습니다. 시체는 커크 씨와 엘러리 퀸 그리고 피고트 형사 뒤에 있습니다."

모든 사람의 눈빛이 한순간 동요를 일으켰다.

"커크 박사님, 방금 전에 소란 피우는 걸 원치 않는다고 말씀하셨죠? 우리도 그렇습니다. 이 자리에 있는 사람들 가운데 남자든 여자든 저 작고 딱한 사람을 죽인 사람이 있다면 한 발 앞으로 나와주길 바랍니다."

누군가가 숨을 들이켰다. 엘러리는 그 자리에서 잽싸게 여러 사람들의 표정을 살폈으나, 모두가 한결같이 겁에 질려 돌처럼 굳어 있었다. 커크 박사는 머리칼을 삐죽 세운 채 휠체어에서 엉거주춤 일어서서 밭은 숨을 내뱉으며 말했다.

"당신은 도대체 무슨 근거로…… 여기 있는 우리가 지금 전부 용의자라고 하는가? 이게 다 무슨 파렴치한 짓거리야!"

"박사님 말씀이 맞습니다. 그게 바로 빌어먹을 살인이란 거죠, 커크 박사님. 안 그렇습니까?"

경감은 미소를 지었다.

충격을 받은 듯, 모두가 눈을 내리깔았다.

경감은 한숨을 내쉬었다.

"그럼 좋아요. 자네들은 옆으로 비켜서게."

커크, 엘러리, 피고트는 말없이 시키는 대로 했다.

그 순간 모든 사람들이 자신들을 향해 평화롭게 미소 짓고 있는 시체의 얼굴을 겁에 질린 눈빛으로 바라보았다. 곧이어 동요가 일어났다. 마르셀라 커크가 빌작적으로 마른침을 꿀꺽 삼키고는 새파란 얼굴로 비틀거렸다. 맥고언이 커다란 갈색 손으로 그녀의 맨팔을 붙잡자 그녀는 뻣뻣하게 굳어버렸다. 템플 양은 몸을 한 번 부르르 떨더니 고개를 돌려버렸다. 그녀는 더는 도널드 커크 쪽으로도 눈길 한번 돌리지 않았다. 아이린 르웨스만이 태연했다. 얼굴만 좀 파랗게 질렸을 뿐, 마치 쓰러져 있는 밀랍인형을 보는 것처럼 시체를 응시했다.

"됐어, 피고트. 얼굴도 덮어버려."

경감이 기운차게 말했다. 피고트 형사가 허리를 굽히자 기분 나쁘게 웃고 있던 시체의 얼굴이 가려졌다.

"신사 숙녀 여러분, 제게 뭐 할 말 없습니까?"

대답하는 사람은 한 사람도 없었다.

"커크 박사님!"

경감이 큰 소리로 불렀다. 칠십 노인의 머리가 움찔했다.

"이 사내가 누군지 아십니까?"

커크 박사가 얼굴을 찌푸렸다.

"전혀 모르는 사람이야."

"커크 양은요?"

마르셀라는 침을 꼴깍 삼켰다.

"저, 저도 모르는 사람이에요. 무, 무서워요."

"르웨스 양?"

아이린은 아름다운 어깨를 으쓱해 보였다.

"저도 마찬가지예요."

"맥고언 씨는?"

"유감이지만, 경감님. 저 얼굴은 여태 한 번도 본 적 없군요."

"그런데 맥고언 씨. 당신도 우표 수집가란 이야기를 들었는데, 맞습니까?"

맥고언은 갑자기 흥미를 느낀 듯했다.

"그렇습니다만, 왜죠?"

"우표상 같은 곳에서 이 사내를 혹시 만난 적이 없습니까? 한번 잘 생각해보시죠. 기억이 되살아날지도 모를 테니까."

"전혀 모르겠습니다. 그런데 도대체 무엇 때문에……."

경감은 우아한 손가락을 흔들더니 날카롭게 소리쳤다.

"거기 자네, 집사복을 입은 자네 말이야. 이름이 뭔가?"

허벨이 움찔 놀랐다. 파랗게 질렸던 얼굴이 젖은 모래 빛깔을 띠었다.

"허, 허벨이라고 합니다."

"커크 씨네 집에서 일한 지는 얼마나 됐나?"

"그, 그렇게 오래되지는 않았습니다."

도널드 커크가 한숨을 내쉬며 끼어들었다.

"우리 집에 온 지 일 년 남짓 됩니다."
"당신은 가만 있어요. 허벨, 자넨 죽은 이 사람을 본 적 없나?"
"없습니다, 없어요!"
"틀림없나?"
"그, 그럼요. 없습니다!"
"흠. 다른 사람들 얘긴 이미 들었고……."

경감은 생각에 잠긴 얼굴로 턱을 쓰다듬었다.

"여러분 모두 내 입장을 잘 이해하리라고 믿습니다. 나는 지금 여러분 가운데 어느 누구도 아는 이가 없는 사내가 살해당한 사건을 맡았어요. 이 사내는 도널드 커크 씨를 만나러 22층까지 올라왔다고 하는데, 당사자인 커크 씨는 전혀 모르는 사람이라고 하고 있죠. 자, 누군가가 이 사내가 이 방에 있는 걸 알고 들어와서 그를 죽였습니다. 저기 복도 쪽 문은 잠겨 있지 않았기 때문에 누구든 들어와서 이 사내를 죽일 수 있었지요. 범인은 이 사람이 이리로 올 걸 미리 알고 모든 계획을 세웠던 겁니다. 대개의 경우 전혀 모르는 낯선 사람을 이런 방법으로 살해하지는 않죠. 이 사내와 범인 사이에는 뭔가 분명한 관계가 있습니다……. 여러분 모두가 내 말이 무슨 뜻인지 전부 알아들으셨으리라 믿습니다."

"잠깐만요, 경감님."

글렌 맥고언이 낮고 굵은 목소리로 불쑥 말했다.

"제가 보기에는 경감님이 저희가 이 사건에 관련되었을 가능성을 너무 심각하게 받아들이고 계신 것 같습니다."

"그게 무슨 뜻입니까, 맥고언 씨?"

엘러리가 중얼거리듯 물었다.

"그렇지 않습니까? 누구든 저쪽 비상계단을 타고 올라와 인기척 없는 복도를 거쳐 이 대기실로 들어올 수 있잖습니까? 여기 뉴욕 700만 시민 가운데 어느 누구도 범인일 가능성이 있어요. 어째서 굳이 우리 가운데 한 사람이라고 단정 지으시는 겁니까?"

엘러리가 대답했다.

"흠. 물론 완전히 믿기에는 어려운 '가능성'일 뿐이지요. 반면에 이렇게 생각해볼 수도 있지 않을까요? 이 사람을 한 번도 본 적이 없다는 커크 씨의 말을 그대로 받아들이는 걸 전제로 할 때, 이 가운데 있는 범인이 피해자에게 커크 씨를 찾아가라고 지시함으로써 커크가 이 사건에 말려들게 하려 했던 의도는 아닐까 하는 말입니다."

키가 훤칠한 젊은 출판업자는 눈이 휘둥그레져서 엘러리를 바라보았다.

"하지만 퀸……. 설마, 그럴 리가 없네!"

"자네한테 원한을 품고 있는 사람은 없나?"

엘러리가 물었다.

커크는 눈을 내리깔았다.

"원한을 품은 인간? 짚이는 게 없는데."

"멍청한 소리들만 늘어놓고 있군."

커크 박사가 불쑥 내뱉었다.

"시시한 소린 집어치워라, 도널드. 너한테 적이 있을 리가 없지 않느냐. 적을 만들 머리도 안 되는 주제에. 그러니 도대체 누가 너를 살인 사건에 끌어들여 누명을 씌우겠느냐?"

"그런 사람은 아무도 없지요."

커크는 침울하게 대답했다.

"좋습니다!"

경감이 미소를 지었다.

"아무런 문제가 없다면 금방 용의 선상에서 내려갈 겁니다, 커크 씨. 오늘 저녁 6시쯤 당신은 어디 있었지요?"

"외출 중이었습니다."

커크는 아주 느리게 대답했다.

"오, 그렇군요. 어디로 갔었죠?"

커크는 대답하지 않았다.

"도널드! 도대체 어딜 갔었던 게냐? 그렇게 멍청히 서 있지만 말고 어서 말해라!"

커크 박사가 호통을 쳤다.

소름이 끼칠 것 같은 침묵이 흘렀다. 맥고언이 그 침묵을 깨고 재빨리 한 걸음 앞으로 나와 다급한 목소리로 입을 열었다.

"돈, 이 친구야. 도대체 어딜 갔었나? 여기서 밝힌다 해도 별로……."

"도널드! 어서 말해, 돈. 도대체 왜 말을 못 하는……."

마르셀라가 부르짖었다.

"오후 내내 산책을 했습니다."

커크는 굳어진 입술을 축이면서 대답했다.

"누구와 함께?"

경감이 중얼거리듯 물었다.

"혼자였습니다."

"어디 어디를 산책했죠?"

"저어…… 브로드웨이였습니다. 5번가와 센트럴 파크 말입니다."

침묵 속으로 엘러리가 부드럽게 파고들었다.

"사실을 말하자면요, 제가 아래층 로비에서 우연히 커크와 마주쳤습니다. 분명히 외출했다가 돌아오는 모습이었어요. 그렇지, 커크?"

"그래, 틀림없어."

"그렇군요."

경감은 다시 코담뱃갑을 더듬었다. 템플 양은 고개를 옆으로 돌렸다.

"좋습니다, 신사 숙녀 여러분."

경감은 몹시 차분하게 말했다.

"오늘 밤은 이 정도로 해두겠습니다. 하지만 여러분, 내 허락 없이는 이 근처를 떠나지 말기를 바랍니다."

경감이 고개를 끄덕여 보이자 벨리 경사가 말없이 문을 열었다. 모두가 죄인처럼 줄지어 밖으로 나갔다. 그러나 이번엔 기다리고 있던 신문기자들에게 둘러싸였다.

엘러리가 가장 나중에 방에서 나왔다. 그가 아버지의 옆을 지나는 순간 두 사람의 눈길이 마주쳤다. 경감의 눈빛은 대단히 의미심장했다. 엘러리는 고개를 가로저으면서 걸어갔다. 복도에서는 흰 제복을 입은 사내 두 사람이 나태한 태도로 뻐끔뻐끔 담배를 피우고 있었다. 두 사람은 커다란 운반용 상자 같은 바구니에 담뱃재를 톡톡 털면서 신문기자들이 난리를 피우는 모습을 재미있다는 듯 바라보고 있었다.

"있잖아요……."

마르셀라 커크가 보도진들로부터 가까스로 풀려나와 무사히 커크 일가의 호텔 방으로 들어서자마자 작은 목소리로 입을 열었다.

"이젠 저녁을 먹어야 하지 않을까요?"

그 말에 늙은 커크 박사가 정신을 차렸다.

"그래, 그래. 어쨌거나 식사는 해야지. 그거 좋은 생각이구나. 아주 배가 고파 죽을 지경이다. 아무튼 우리는……."

무겁게 말하던 그는 거의 무의식적으로 도중에 말을 끊었다. 음침한 얼굴엔 고민스러운 생각 때문인지 깊은 주름살이 패어 있었다.

"저도 마찬가집니다."

글렌 맥고언이 억지웃음을 지으면서 맞장구를 쳤다. 그는 마르셀라의 손을 꼭 쥐었다.

"우리 모두 오늘 하룻저녁에 너무 무서운 일을 많이 겪었지 않습니까, 마르셀라."

마르셀라는 맥고언을 올려다보며 웃고는 무어라 중얼중얼 사과한 뒤 서둘러 밖으로 나가버렸다.

엘러리는 방 한구석에 떫은 기분으로 서 있었다. 모든 사람들이 그를 무례한 침입자 혹은 경찰의 스파이라고 생각하는 것만 같았다. 더구나 커크 박사는 독기 서린 눈초리로 이쪽을 노려보고 있었다. 엘러리는 가시방석에 앉은 기분이었다. 하지만 어쩐지 무언가가 자신을 그곳에 있으라고 붙잡고 있었다. 풀리지 않는 문제가 있었다…….

도널드 커크는 고개를 푹 숙이고 의자에 깊숙이 몸을 묻었다. 그는 때때로 견딜 수 없다는 듯 절망적으로 머리를 쥐어뜯었다. 커크 박사는 휠체어를 타고 방 안을 부지런히 돌아다니면서 손님들과 얘기를 나누다가 가끔 생각났다는 듯 얼음처럼 차가운 눈초리로 아들 쪽을 힐끗 쳐다보곤 했다. 그 시선에는 고통과 불안함이 담겨 있었다. 템플 양은 극히 평온한 모습으로 살짝 미소까지 머금은 채 앉아 있었다. 아이린 르웨스만이 애써 표정을 꾸미려 노력하지 않았다. 엘러리가 보기에 그녀 역시 엘러리 자신처럼 이 자리에서 자신이 불청객이라고 느끼는 듯했다. 그러나 또한 엘러리와 마찬가지로, 그럼에도 불구하고 이 자리에 남아 있어야만 하는 이유가 있는 모양이었다.

엘러리는 손톱을 물어뜯으면서 기회를 노렸다. 이윽고 때가 왔다고 느낀 그는 방을 가로질러 도널드 커크 쪽으로 다가가서는 앤 여왕 스타일의 의자에 걸터앉았다.

도널드는 머리를 번쩍 들었다.

"아…… 퀸. 미안하네, 이런 추한 꼴을 보여서. 하지만 난……."

"쓸데없는 소리는 그만둬, 커크."

엘러리는 담배에 불을 붙였다.

"자네와 나 사이 아닌가. 솔직하게 말하지. 뭔가 사연이 있는 모양이로군. 자네 얼굴에 그렇게 쓰여 있네. 하지만 혼자서만 아인슈타인이 되어 결론을 도출해내려고 하지 말게. 뭔가 몹시 걱정되는 일이 있지? 비록 내가 자네와 로비에서 마주친 건 사실이지만, 오후 내내 바깥 산책을 한 건 아니지? 내가 보기엔 자네가 로비에서 어정거린 건 사람들에게 보이기 위해 일부러 그랬던 것 같은데."

커크는 숨을 짧게 들이마셨다.

"이봐, 커크, 자넨 거짓말을 했어. 그건 자네 자신이 더 잘 알 거야. 사실을 털어놓고 홀가분해지는 게 어떤가? 내가 대단히 신중한 인간이란 건 자네도 잘 알지 않나."

커크는 입술을 깨물면서 시무룩한 표정으로 자기 손을 내려다보았다.

엘러리는 한동안 커크를 관찰하다가 의자 등받이에 깊숙이 몸을 묻으면서 담배를 피우기 시작했다.

이윽고 엘러리가 다시 입을 열었다.

"좋아. 아주 사적인 일인 모양이로군……. 그건 그렇고 커크, 좀 더 세속적인 얘기로 돌아가자고. 오늘 늦은 오후부터 자네의 행동은 계속 수수께끼 같았네. 나한테 전화를 걸어서는 야회복 차림으로 와달라고 하질 않나, 이리로 데리고 와서는 눈을 똑바로 뜨고 있으라고 하질 않나……. 도대체 눈을 똑바로 뜨고 뭘 지켜보라고 했던 건가?"

커크는 의자에 묻힌 채로 자세를 바꾸었다.

"참, 그래. 그랬었지, 맞아. 그랬어."

그는 억양 없는 말투로 말했다.

엘러리는 커크를 응시한 채 재떨이에 재를 떨었다.

"왜 그랬는지 설명해주지 않겠나? 우리가 허물없는 사이이긴 하지만…… 그렇다고 그게 자네가 어느 날 갑자기 낯선 사람들과 자리를 함께해야 하는 저녁 식사 자리에 나를 초대해도 된다는 뜻은 아니지 않은가."

"응? 뭐 특별한 까닭이 있었던 건 아니었네, 퀸. 그냥…… 작은 농담을 했을 뿐이었어."

커크는 마른 입술을 핥았다.

"농담? 유감이지만 난 그 농담 이해 못 하겠네. 농담으로 눈에 불을 켜고 지켜보라고 했단 말이야?"

"그건 말이야, 자네를 꼭 오게 하려고 일부러 그랬던 거야. 꾀를 좀 쓴 거지."

커크는 공허하게 웃으면서 낮고 빠른 목소리로 말을 이었다.

"자네가 여기 와야만 하는 깊은 이유가 있었네. 좀 지저분한 이유이긴 하지. 내 사업 파트너인 펠릭스 번을 한번 만나줬으면 했거든. 처음부터 솔직하게 부탁하면 자네가 거절할 것 같아서……."

엘러리는 웃음을 터뜨렸다.

"그랬었군. 뭔가 사업상의 일 때문에 만나달라는 뜻이었나?"

커크는 웃으면서 간절한 목소리로 말했다.

"그래, 그래. 바로 그런 뜻이었다네. 원래 우리 출판사에선 자네가 쓰는 분야의 책은 안 내지만……."

"새로운 방향을 모색해보려고 했다는 말인가?"

엘러리는 소리 내어 웃음을 터뜨렸다.

"놀랐는걸, 커크. 저작권 침해야, 그건. 출판업자들에게는 당연히 상도의가 있는 줄 알았더니. 설마 이 사람아, 정말로 추리소설 출판을 검토하고 있는 건 아니겠지?"

"그냥 생각만 해봤네. 최근 경기가 별로라서 말이야. 추리소설은 꾸준히 잘 팔린다고 하기에……."

"남의 얘기를 액면 그대로 믿어선 안 되지."

엘러리는 맥 빠진 목소리로 말했다.

"하지만 솔직히 말해 굉장히 뜻밖이로군. 만다린 프레스처럼 큰 출판사가 그렇다니. 해리 한센과 루이스 개닛이 들었다면 뭐라고 하겠나? 그리고 앨릭은? 그 사람이 그리스어와 단음절의 앵글로-색슨어로 된 흥미진진한 살인 사건 이야기를 좋아하긴 하지만. 이것 참, 이 친구야……, 지금 내 책을 내고 있는 출판사가 좋아하지 않을걸."

"그냥 한번 생각해본 것뿐이라니까."

커크는 투덜거렸다.

"물론 그렇겠지."

엘러리는 중얼거리듯 대꾸했다.

글렌 맥고언이 건너편에서 몹시 불안한 표정으로 커크를 힐끗힐끗 쳐다보았다. 커크도 맥고언의 그런 눈길을 의식한 듯 눈을 감았다.

한참 만에 커크가 웅얼거렸다.

"이상하군. 펠릭스는 왜 안 보이지?"

"번 말인가? 참! 깜빡 잊고 있었군."

그렇게 말하면서 엘러리는 예고도 없이 몸을 앞으로 숙여 커크의 무릎을 툭 쳤다. 청년은 마치 경련하듯 몸을 부르르 떨면서 눈을 번쩍 떴다. 핏발이 서고 잔뜩 겁을 집어먹은 눈이었다.

"커크."

엘러리는 부드러운 목소리로 말을 이었다.

"맥고언이 자네한테 전하라고 오즈번한테 맡겼다는 그 쪽지 좀 볼 수 있겠나."

"안 돼."

"커크, 그 쪽지 보여달라니까!"

"안 돼. 자네한텐 그럴 권리가 없어. 그 쪽지는…… 개인적인 일일세. 맥고언은 머지않아 내 매부가 될 사람이야. 가족이나 다름없어. 지금 나보고 그런 사람의 비밀을 누설하라고?"

"자네 지금 일부러 비논리적인 말을 하는 건가? 혹시 그 쪽지가 자네에 관한 것이 아니라, 자네들 두 사람과 연관된 제삼자에 관한 것인가? 구체적으로 말하자면 자네 여동생, 마르셀라에 관한 것 아냐?"

엘러리의 말투는 여전히 부드러웠다.

커크는 신음했다.

"맙소사, 아닐세! 그런 게 아니야. 그런 걸로 거짓말할 까닭이 없지 않나? 하지만 밝힐 수는 없다네, 퀸. 말할 수 없어. 난 지금……."

 식당으로 이어진 문이 열리면서 키가 큰 마르셀라가 들어왔다. 그 뒤로 창백한 얼굴의 허벨이 바퀴 달린 이동식 바를 밀면서 따라왔다. 이슬이 맺힌 유리잔이 가득한 쟁반이 바 위에 실려 있었다. 커크는 우물우물 양해를 구한 다음 비틀거리면서도 잽싸게 일어서서 목멘 목소리로 말했다.

 "우선 한두 잔 목을 축여야겠군."

 허벨이 숙녀들에게 잔을 돌렸다.

 커크 박사가 바 쪽으로 휠체어를 잽싸게 굴려 가면서 고함을 질렀다.

 "도널드, 너 오늘 밤 처음으로 사람다운 말을 하는구나. 허벨, 그 끔찍한 혼합물을 한 잔 내놔!"

 "아버지. 안지니 박사님께서 안 된다고……."

 마르셀라가 미끄러지듯 앞으로 나섰다.

 "안지니 박사 따위는 교수형에 처해버려!"

 칵테일 덕분에 분위기가 한결 밝아졌다. 노인의 여윈 뺨에도 혈색이 돌았다. 표정은 비록 냉소적이었지만 즐거워 보였다. 그는 사람들 눈을 무시한 채 르웨스 양을 집적거렸다. 그녀도 낮고 허스키한 소리로 쿡쿡 웃었다. 들고 있던 칵테일 잔에서 눈을 떼면서 고개를 든 엘러리는 마르셀라가 몹시 기분 나쁜 표정을 짓고 있는 것을 발견했다. 맥고언 역시 몹시 불쾌한 얼굴이었다. 주위에 아무런 신경을 쓰지 않는 것은 커크 혼자뿐이었다. 그는 아무것도 모르겠다는 태도로 벌써 넉 잔째 칵테일을 숨도 쉬지 않고 단숨에 마시는 중이었다. 자기 혼자 평상복 차림이라는 사실을 잊은 모양이었다. 다른 세 남자들은 흰색과 검은색의 깔끔한 야회복 차림인데 반해 커크 혼자만 헐렁

한 트위드 차림이었기 때문에 더욱 단정치 못해 보였다.

허벨의 모습이 보이지 않았다.

이윽고 문이 열리면서 거무스름한 얼굴에 다부진 체격의 남자 하나를 앞세우고 퀸 경감이 날렵한 모습을 나타냈다. 새로 들어온 남자는 이국적인 야회복을 입고 있었고, 장난기 있는 검은 눈동자에 입술이 얇았고 그 위로 쥐색 콧수염을 기르고 있었다.

"실례합니다."

경감은 술잔을 기울이고 있는 사람들을 호기심에 찬 눈으로 빙 둘러보면서 한마디 덧붙였다.

"이분이 펠릭스 번 씨 맞습니까?"

가무잡잡한 남자가 화난 목소리로 말했다.

"내가 계속 그렇다고 말했잖소! 이봐, 커크! 이 멍청이에게 내가 누군지 좀 설명해주게!"

커크를 쏘아보던 경감의 날카로운 시선이 엘러리에게 옮겨갔다. 엘러리의 눈빛에 못마땅함이 섞여 있는 것을 깨달은 경감은 눈만 끔벅거리다가 곧 들어왔을 때처럼 홀연히 모습을 감추었다. 번은 억울한 표정으로 무어라 말하려는 듯 입만 벌린 채 그 자리에 남겨졌다.

"어서 와요, 펠릭스."

커크가 피곤한 목소리로 맞았다.

"템플 양, 소개하죠. 이쪽은······."

"식사 준비가 다 되었습니다."

무뚝뚝한 영국식 말투에 모두가 고개를 돌렸다. 허벨이 딱딱한 표정으로 식당으로 통하는 출입구 앞에 서 있었다.

6
8인의 만찬

엘러리는 오른쪽에 커크를 두고 템플 양과 커크 사이에 끼여긴 타원형 식탁에 자리를 잡았다. 대각선 건너편 자리에는 번이 지성적인 얼굴을 찌푸린 채 앉아 있었다. 마르셀라와 맥고언은 나란히 붙어 앉았고, 르웨스 양과 커크 박사가 상석에 자리 잡았다. 여덟 사람 가운데 르웨스 양과 커크 박사만이 밝은 표정이었다. 이미 모습을 감춘 다이버시 양의 도움을 받아 커크 박사는 휠체어에서 식탁 의자로 옮겨 앉았다. 자리에 모인 사람들을 향한 노박사의 비쩍 마른 상반신에는 고대의 기사를 연상케 하는 녹슨 생기가 돌았다. 그렇게 차갑던 눈빛도 지금은 이상하게도 젊고 따뜻하게 빛났다.

엘러리의 눈에 르웨스 양은 수수께끼 같은 존재였다. 허스키한 소리로 웃을 적마다 희고 예쁜 치아가 반짝거렸다. 그녀는 손으로 입을 가리며 노박사에게 뭔가 소곤거렸다. 또 노박사가 웃으면서 농담을 하자 르웨스 양은 익숙한 태도로 태연히 받아넘겼다. ……하지만 표정으로 볼 때는 별로 즐겁지 않은 듯했으며 눈에도 경계의 빛이 뚜렷하게 담겨 있었다. 도대체 이 여인은 무엇 때문에 여기 와 있는 것일까? 엘러리가 들은 바로는 그녀는 챈슬러 호텔의 거주자 비슷한 존재였다. 두 달 전 홀연히 나타나 호텔에 체크인을 했다고 한다. 그들의 대화로 추론

해본 결과 르웨스 양이 챈슬러 호텔에 나타나기 전까지 커크 일가와는 전혀 교류가 없었을 뿐만 아니라 번과는 아예 초면인 게 분명했다. 뉴욕 출신이 아니라는 사실만은 분명하다고 엘러리는 생각했다. 어딘가 대륙의 분위기가 풍겼다. 그녀는 칸, 비엔나, 캡 당티브, 블루 그로토, 피에솔레 같은 곳에 대해 재잘재잘 떠들어댔다.

엘러리는 에나멜을 씌운 듯 반짝반짝 윤이 나게 화장한 르웨스 양과 커크의 얼굴을 지켜보는 것만으로도 만족스러웠다. 커크는 심각하게 안절부절못하는 것 같았다. 그는 자기 아버지의 얼굴에서 한시도 눈을 떼지 못했다.

한편 엘러리의 왼쪽에 앉은 템플 양은 길고 검은 속눈썹 밑으로 표정을 숨긴 채 얌전하게 식사를 했다.

한동안 어느 한 사람도 살인 사건을 화제에 올리지 않았다. 만찬은 시종 서먹서먹한 분위기였다.

저녁 식사가 시작되기 전 펠릭스 번은 얄팍하고 수식어가 전혀 없는 사과의 말을 늘어놓았다. '피치 못할 사정'이 있어서 '실례했다'는 것이었다. 아침에야 여행에서 돌아왔을 뿐만 아니라 '개인적인 일'로 '온종일' 쫓겼다고 했다. 번은 템플 양을 차갑게 대하지는 않았지만 그렇다고 아주 친근한 태도를 취하지도 않았다. 템플 양은 도널드 커크가 발굴해낸 작가였기 때문이었다. 한 번도 만난 적이 없었고 템플 양의 원고를 읽어보지도 않았다. 번은 냉소적인 태도로 공동 경영자인 커크의 어깨에 비판적인 원고 교정의 책임을 몽땅 지울 생각인 모양이었다.

그러나 번은 수프를 먹다가 말고 갑자기 불쾌한 화제를 꺼냈다.

"도대체 왜 아무도 복도 건너편에서 일어난 그 끔찍한 사건에 대해 한마디도 꺼내지 않는지 모르겠군요. 이봐, 도널드. 도대체 무슨 일이야? 난 엘리베이터에서 내리자마자 멍청한 경관들에게 둘러싸여서 엄청나게 모욕적인 신문을 받았는데."

모든 대화가 뚝 끊겼다. 커크 박사의 눈에서 따뜻한 빛이 사라졌고 르웨스 양은 뻣뻣하게 굳었다. 조 템플의 눈썹이 치켜 올라갔으며 맥고언은 얼굴을 찡그렸고 마르셀라는 입술을 깨물었다. 도널드 커크는 얼굴이 몹시 파랗게 질렸다. 엘러리는 전신의 근육이 바짝 긴장하는 것을 느꼈다.

커크가 우물거리며 입을 열었다.

"도대체 왜 새삼 그 얘기를 해야 하나? 그 사건 때문에 안 그래도 오늘 저녁은 모든 게 엉망진창이 되어버렸단 말이야, 펠릭스. 자네한텐 미안하지만, 가능하다면……"

번의 검은 눈동자가 번쩍이며 식탁 위를 둘러보았다.

"아무래도 눈에 보이는 것 이상으로 깊은 무언가가 있는 모양이군. 그 짜증 나는 조그만 경감은 도대체 무엇 때문에 나까지 자네 사무실의 대기실로 억지로 끌고 가서 시체 운반함을 열고 싱글벙글 웃고 있는 시체의 얼굴을 보인 건가?"

"어머, 그…… 그랬어요?"

마르셀라가 떨리는 목소리로 말했다.

"번 씨, 그 짜증 나는 조그만 경감은 제 아버지입니다. 번 씨도 아시겠지만 아버지는 직무를 수행했을 뿐이니까 저로선 비난할 수가 없군요. 지금은 피살자의 신원을 알아내는 게 당면한 문제거든요."

엘러리가 가볍게 말했다.

번의 검은 눈동자가 호기심으로 반짝였다.

"아! 이거 실례했군요, 퀸 씨. 당신 아버님 성함을 여쭤볼 걸 그랬습니다. 피살자의 신원을 조사하는 중이라고요? 그렇다면 아직도 그게 누군지도 모른단 말씀이로군요."

"누군지 아는 사람이 아무도 없어. 그게 누구였건 우리와는 아무런 관계가 없지. 최소한 나하고는 무관하단 말씀이야. 그런데 펠릭스 군, 이런 얘긴 오르되브르 뒤의 화제로는 적당치 않은 것 같군."

커크 박사가 의자에 앉은 채 몸을 꼼지락거리면서 인상을 쓰고 으르렁거리듯 말했다.

"전 그 말씀에 찬성할 수 없는걸요, 박사님. 왠지 스릴이 있잖아요."

르웨스 양이 나지막하게 대꾸했다.

"당신이나 그렇겠지."

엘러리는 왼쪽에 앉은 몸집 작은 여인이 중얼거리는 소리를 언뜻 들었다. 그러나 다른 사람들은 전혀 듣지 못한 것 같았다.

번이 쓴웃음을 지으며 말했다.

"어쩐지 르웨스 양과 나는…… 이런 사건을 대하는 태도가 상당히 대륙적이라는 느낌이 드는군요……. 비위가 강하다고 해야 할까요. 안 그렇습니까, 르웨스 양? 퀸 씨, 현 상황에서는 아무것도 도와드릴 게 없어서 유감이로군요. 피살자는 나도 한 번도 본 적이 없는 사람이었어요."

"괜찮습니다. 당신만 그런 게 아니니까요."

엘러리는 씩 웃었다.

한동안 침묵이 흘렀다. 호텔 웨이터들이 수프 접시를 치웠다.

이윽고 번이 조용히 입을 열었다.

"내 보기에는 퀸 씨, 당신은…… 이 사건에 직업적인 흥미를 느끼고 있는 것 같군요."

"그렇기도 하고 아니기도 합니다. 나는 항상 사건의 변두리만을 어슬렁거릴 뿐이거든요, 번 씨. 살인 사건은 참 자극적이지 않습니까?"

"악취미로군."

커크 박사가 내뱉듯이 말했다.

"저는 그렇게 생각하지 않아요, 퀸 씨. 당신의 자극적인 취미에는 찬성할 수 없어요."

템플 양이 중얼거리듯이 말하며 몸을 가볍게 떨었다.

"전 죽음에 대해서는 여전히 서양적인 혐오감을 갖고 있거든요. 제 중국인 친구들이라면 당신 태도를 높이 평가할지도 모르지만요."

엘러리는 서서히 흥미를 느끼기 시작한 듯 그녀를 물끄러미 바라보았다.

"중국인 친구들이라고요? 아, 그랬지요. 참, 내가 이렇게 멍청해졌다니. 깜빡 잊고 있었습니다. 당신이 중국에서 오랫동안 살았다는 이야기를 들었는데, 정말입니까?"

"네, 그래요. 아버지가 중국에 주재한 미국 대사였거든요."

"중국인들은 정말 당신 말대로더군요. 동양의 사고방식은 운명론이 지배적이라서 죽음에 대해선 먼저 체념부터 하기 때문에 인명을 경시하는 경향이 강하다고 하더군요. 뭐 당연한 결과겠지만요."

"그게 무슨 돼먹지 않은 소리야!"

커크 박사가 분통을 터뜨렸다.

"멍청한 소리도 정도가 있어야지! 이것 봐, 퀸 군. 자네가 언어학자라면 알고 있겠지만 한자는 표의적인 기원을 가진 문자로……."

"자, 자. 박사님, 강의는 그만두시죠."

펠릭스 번이 끼어들었다.

"이야기가 샛길로 빠지는 것 같군. 도널드, 그 사내는 자네를 굳이 지명해서 찾아왔다던데, 이상하지 않아?"

커크가 움찔 놀랐다.

"그래, 이상하지? 하지만 펠릭스, 난 절대로……."

"이봐, 이봐."

탁자 저쪽 가장자리에 앉아 있던 글렌 맥고언이 쉰 목소리로 말했다.

"지금 우린 어쩐지 별것도 아닌 일을 너무 거창하게 부풀리고 있는 것 같군요. 퀸 씨, 당신은 범죄 문제를 해결하는 논리학자 같은 분이라고 들었습니다만."

"뭐, 논리학자 나부랭이쯤 되죠."

엘러리는 싱긋 웃었다.

"그렇다면 뻔하지 않습니까?"

맥고언은 내뱉듯이 말했다.

"우리 가운데 이 사내를 아는 사람이 한 사람도 없는 이상, 그의 피살과 우리는 전혀 관계가 없다고 봐도 좋지 않겠습니까? 이 사람이 여기서 살해된 건 단순한 우연이거나 사고라고 보는 게 옳지 않겠소?"

천으로 둘둘 감은 소테른 백포도주 병을 들어 마르셀라의 잔에 따르던 허벨이 그만 와인 몇 방울을 식탁보에 흘리고 말았다.

"어머. 가엾게도 허벨까지 제정신이 아니네요."

마르셀라가 한숨을 내쉬었다.

허벨은 얼굴이 빨개져서 물러갔다.

"그렇다면 말이죠, 맥고언 씨. 두말할 필요도 없겠네요. 아까도 얘기했지만, 누군가가 저 사람의 뒤를 밟아 계속 따라왔다가 아무런 연고도 없는 저 방에서 혼자 기다리고 있는 틈을 타서…… 죽여버렸다는 뜻이에요?"

템플 양이 부드럽게 말했다.

"그런 뜻이고 뭐고, 그렇다고밖에 볼 수 없는 것 아닙니까? 이렇게 간단하게 해석할 수 있는 걸 가지고 왜들 일부러 어렵게 생각을 하고 있는지 모르겠군요."

맥고언이 목소리를 높였다.

"자, 친애하는 맥고언 씨. 이건 그리 쉬운 사건이 아닙니다."

엘러리가 씁쓸한 말투로 낮게 말했다.

"하지만 난 모르겠다니까요……."

맥고언은 혼잣말처럼 중얼거렸다.

"내가 말하고 싶은 것은, 범인이 꽤나 치밀하게 자기 취향이 가득 담긴 살인을 저질렀다는 점입니다."

좌중이 갑자기 조용해졌다.

"범인은 피살자의 옷을 벗긴 다음, 정상적인 위치와는 반대가 되게 다시 입혔습니다. 제 말 아시겠죠? '거꾸로'란 뜻입니다. 범인은 방 안의 모든 가구들이 벽 쪽을 바라보도록 돌려놓았어요. 이것도 거꾸로입니다. 그 밖에 움직일 수 있는 모든 것을 까닭 없이 거꾸로 뒤집어 놓아두었습니다. 전기스탠드, 과일 그릇……."

엘러리는 잠시 말을 멈췄다가 반복했다.

"과일 그릇, 카펫, 그림, 벽에 걸린 임피족 방패, 담배통……. 단순히 사람 하나 죽은 사건이라고 볼 수는 없다는 걸 이제 아시겠죠? 어떤 특수한 환경, 특수한 사정 때문에 일어난 살인의 문제란 말입니다. 이게 내가 당신의 이론에 반박하는 이유입니다, 맥고언 씨."

식탁의 생선 요리 접시를 치우는 동안 침묵이 이어졌다.

이윽고 그때까지 엘러리를 꾸준히 응시하고 있던 번이 놀란 듯한 목소리로 말했다.

"'거꾸로'라고요? 나도 방 안 모든 것과 그 사람 옷이 엉망진창이 된 걸 보긴 했지만……."

"멍청한 소리들 그만 지껄여."

커크 박사가 호통을 쳤다.

"젊은이, 자넨 고의적으로 어렵게 꾸며낸 단순한 수수께끼에 말려든 거야. 범인이 모든 것을 거꾸로 뒤집어버린 이유는 혼란을 가중시키려는 의도였겠지. 내 보기엔 다른 그럴듯한 뜻이 없어. 일부러 경찰을 곤란하게 만들려고 그런 거야. 범인은 아주 단순한 행위를 숨기려고 교묘한 범죄처럼 꾸몄을 뿐이야. 그렇지 않다면 이 사건의 범인은 미친놈이겠지."

"전 그렇게 보지 않아요, 박사님."

템플 양이 상냥한 목소리로 말을 꺼냈다.

"여기엔 뭔가 중대한 뜻이 숨어 있는 것 같아요……. 퀸 씨, 당신 생각은 어때요? 당신은 이 특이한 범죄를 해결할 수 있는 이론을 이미 구축한 것 같은데요."

"대강 그렇습니다."

엘러리는 웃지도 않고 식탁보에 시선을 고정한 채 뭔가 골똘히 생각하는 눈치였다.

"하지만 정확히는 모르겠습니다. 그런데 박사님, 한 가지를 제외하면 박사님은 이 사건의 핵심을 찌르고 있다고 할 수 있습니다. 그러나 그 한 가지 때문에 박사님 주장은 무의미해져

버렸어요."

"그 한 가지란 뭐죠, 퀸 씨?"

마르셀라가 마른침을 꼴깍 삼키면서 물었다.

엘러리는 손을 내저었다.

"뭐, 그렇게 깜짝 놀랄 만한 것은 아닙니다, 커크 양. 이 범행은 커크 박사님이 말씀하신 혼란과는 아주 거리가 멉니다. 그 반대로, 실질적인 패턴을 보이고 있습니다."

"패턴이라고요?"

맥고언이 미간을 찡그렸다.

"분명히 있어요. 한두 가지, 아니면 서너 가지만 거꾸로 뒤집혀 있었다면 나도 그걸 혼란이라고 했을 겁니다. 하지만 움직일 수 있는 '모든 것'이 거꾸로 돌려져 있지 않았습니까? 말하자면 '모든 것'이 혼란 상태에 빠져 있다면 그 혼란 자체가 어떤 의미를 갖게 됩니다. 다시 말하면 그건 '혼란'이라는 패턴이 되므로, 따라서 더는 혼란이 아니게 됩니다. 사실 모든 것이 '동일한 수법으로' 혼란스럽게 되어 있어요. 움직일 수 있는 모든 것이 거꾸로 뒤집혀 있었지요? 그게 무엇을 의미하는지 아직도 모르시겠습니까?"

"그게 무슨 당치도 않은 소리요, 퀸 씨. 난 도대체 이해할 수가 없군요."

번이 천천히 입을 열었다.

엘러리는 미소를 지었다.

"제 느낌으로는 템플 양은 제 말뜻을 알아차린 것 같은데요, 번 씨……. 아마 나와 같은 의견일 겁니다. 그렇죠? 템플 양."

"아마 또 제가 가진 중국적인 감각을 말씀하시는 걸 테죠."

아담한 몸집의 템플 양은 귀엽게 어깨를 으쓱해 보였다.

"퀸 씨, 당신이 말하고자 하는 것은 이 범죄나 아니면 범죄에 관련된 어떤 사람이 '거꾸로 뒤집혀 있는' 특징이 있다는 뜻이죠? 그 어떤 사람은 모든 것을 거꾸로 뒤집어 누군가에게 어떤 메시지를 전하려 하고 있다, 그런 것이죠? 내가 이해한 게 맞나요?"

"조……, 템플 양. 설마 그런 걸 믿는 건 아니죠? 그런 말도 안 되는 소리, 난 여태 한 번도 들어본 적이 없어요!"

도널드 커크가 목소리를 높였다.

하지만 그녀가 흘낏 자기 쪽으로 눈길을 던지자 도널드는 입을 다물고 말았다.

템플 양이 중얼거렸다.

"정말 난해한 사건이군요. 하지만 중국에선 이보다 훨씬 이상하고 기막힌 일이 얼마든지 있어요."

"당신은 그 선천적인 훌륭한 지성을 중국에서 더욱 갈고닦은 모양이군요. 그게 바로 내가 말하려던 뜻입니다, 템플 양."

엘러리가 씩 웃으며 말했다.

번이 낄낄거렸다.

"저 먼 르아브르에서 곧장 달려온 보람이 있군요. 친애하는 템플 양, 중국에 관한 당신의 저서가 그 절반 정도만 난해해도 우리는 비평가들과 아주 즐거운 시간을 보내게 되겠는걸요."

"펠릭스, 입 조심해."

커크가 말했다.

르웨스 양이 몹시 부드럽게 입을 열었다.

"템플 양은 말이죠, 자기가 무슨 말을 하고 있는지 확실히 알고 있는 모양이에요. 정말 똑똑한가 봐요! 난 정말 당신이 어떻게 그런 걸 다 알고 있는지 모르겠어요, 템플 양."

몸집 작은 여인은 얼굴이 창백해졌다. 와인 잔을 잡고 있는 손까지 부들부들 떨렸다.

그러자 번이 여전히 차갑고 거침없는 태도로 입을 열었다.

"이봐 도널드, 자넨 제2의 펄 벅을 발굴해냈다고 생각하겠지만 내 보기엔 평범한 여자 셜록 홈스에 지나지 않는 것 같군."

"닥쳐!"

커크가 비틀비틀 일어서면서 고함을 질렀다.

"자네가 지금까지 한 말 중에서 제일 형편없는 말이야. 당장 취소하지 않으면……."

"영웅이라도 되려는 건가, 도널드?"

번이 눈썹을 치켜세우면서 맞받았다.

"도널드!"

커크 박사가 호통을 쳤다. 부스스한 몰골의 키 큰 청년은 몸을 부들부들 떨면서 자리에 털썩 주저앉았다.

"너무 심하지 않나, 펠릭스! 난 자네가 템플 양에게 제대로 사과할 거라고 믿네."

그의 낮은 목소리에는 굳건한 의지가 서려 있었다.

번은 조금도 동요하는 기색 없이 중얼거리듯 입을 열었다.

"당신을 모욕하려던 건 아니었습니다, 템플 양."

하지만 그의 검은 눈동자는 여전히 이상하게 번쩍였다.

엘러리가 헛기침을 했다.

"이건 내 잘못입니다. 여러분, 정말 내 잘못이군요."

그는 와인 잔을 만지작거리면서 맑은 루비 빛깔의 액체를 응시했다.

그때 마르셀라가 날카롭게 부르짖었다.

"정말 모두 왜 이러세요? 정말 더는 못 참겠어요. 진상이 어떤 건지 저도 알아야겠어요. 템플 양, 당신이 말하길……. 아니, 퀸 씨. 이따위 짓을 도대체 누가 한 거죠? 저렇게 모든 것을 거꾸로 뒤집어놓은 게 누구예요? 살인범이 한 짓인가요? 아님 그 불쌍한 죽은 남자?"

"그만해요, 마르셀라."

맥고언이 달래기 시작했다.

"살해당한 사람이 한 일은 아닐 거야."

르웨스 양이 달콤한 목소리로 말했다.

"저 남자는 즉사한 게 분명하다고 했잖아?"

"그렇다고 범인의 짓이라고 단정할 수도 없어."

커크가 거칠게 내뱉듯이 말했다.

"아무리 멍청한 녀석이라도 범행 현장에 자기 자신을 가리키는 단서를 남겨놓지는 않는 법이야. 다만 특정한 누군가를 지목하는 단서를 남겨서 그 사람에게 누명을 뒤집어씌우려 했다면 이야기가 달라지지. 이건 가능한 일이 아닌가? 나는 이쪽 가능성에 걸겠어!"

커크 박사가 맹렬하게 얼굴을 찌푸렸다.

"아니면, 범행이 일어난 직후에 현장에 나타난 제삼자가 범행을 목격했거나 범인이 누군지를 눈치챘기 때문에, 경찰이 범인을 추적할 수 있도록 저렇게 복잡하고 까다로운 메시지를 남겼는지도 모르죠."

템플 양이 숨도 쉬지 않고 빠른 어조로 말했다.

"훌륭합니다, 템플 양. 아주 뛰어난 분석적 사고의 소유자시로군요."

엘러리도 빠르게 말했다.

펠릭스 번의 침울한 목소리가 이어졌다.

"그런 것도 아니라면…… 범인은 완전히 미친 모자장수일 거야. 바다코끼리와 목수⟨거울 나라의 앨리스⟩에 등장하는 서사시의 등장인물들-옮긴이에게 죄를 뒤집어씌우려고 이 모든 짓을 저질렀는지도 모르지. 아니면 범인은 체셔 고양이려나?"

"이제 그만들 둬."

커크 박사가 눈을 번득이면서 천둥처럼 호통을 쳤다.

"그런 쓸데없는 추측 따위 당장 집어치워. 지금 당장. 내 말 알아들었어? 퀸 군, 모두 자네 책임일세. 자네 책임이란 말이야! 자네가 분명 우리 모두를 의심하고 있잖나. 뭔가 조사해볼 생각이라면 공식적인 절차를 밟아주길 바라네. 내 저녁 식사에 초대된 손님이라면 손님답게 처신해주고, 그럴 생각이 없다면 미안하지만 여기서 나가주었으면 좋겠군!"

"아버지! 아버지, 도대체 왜 그러세요?"

마르셀라가 무기력한 목소리로 달랬다.

엘러리가 조용히 입을 열었다.

"커크 박사님, 전 전혀 그런 뜻이 없었습니다. 하지만 제가 이 자리에 있는 게 불편하시다면 이만 실례하도록 하겠습니다. 커크, 미안하네."

"퀸, 나는……."

커크가 비참한 목소리로 말렸다.

엘러리는 의자를 뒤로 밀면서 자리에서 일어섰다. 그러다 실수로 와인 잔을 넘어뜨리는 바람에 새빨간 액체가 도널드 커크의 트위드 양복에도 튀어 번졌다.

"이런, 실수를 했군."

엘러리는 중얼거리면서 왼손으로 냅킨을 당겨 엎질러진 술을 닦아내기 시작했다.

"이 귀한 와인을 엎질러버리다니……."
"괜찮아, 괜찮다니까. 신경 쓸 것 없어……."
"그럼, 안녕히 계십시오."
엘러리는 밝은 목소리로 인사를 한 다음 방에서 물러갔다. 뒤에 남은 것은 무겁고 거북한 침묵뿐이었다.

7
탄제린

엘러리 퀸은 물푸레나무 지팡이를 아버지의 책상 위에 올려놓으면서 그날 아침 세 대째 담배에 불을 붙였다. 노경감은 편지와 보고서 뭉치에 코를 박고 읽는 중이었다.

엘러리는 그 방에 단 한 개밖에 없는 푹신한 의자에 몸을 묻으면서 말했다.

"아버지의 문제는 말이죠, 너무 일찍 일어나신다는 겁니다. 아침 먹으러 갔더니 주나가 그러더군요. 아버지가 오늘 아침에 커피 한 잔도 안 드시고 나가셨다고요."

노경감은 고갯짓 한번 않고 뭐가 혼자 중얼거렸다. 엘러리는 담배 연기를 약간 내뿜으면서 가느다란 양팔을 쭉 뻗어 기지개를 켰다.

"사실 저는 평소처럼 아주 멋지게 밤의 휴식을 취했거든요. 아버지가 일어나시는 소리도 못 듣고요."

"시끄럽다, 이 녀석아."

경감이 버럭 고함을 질렀다.

"아침부터 재잘거리는 걸 보아하니 또 뭔가 걱정거리가 있나 보구나. 하지만 제발 잠깐이라도 좋으니 아비가 조용히 이 보고서 좀 다 읽게 입 다물고 있어라."

엘러리는 키득키득 웃으면서 의자에 깊숙이 몸을 묻었다. 그러나 이윽고 얼굴에서 미소를 지우고 쇠창살 너머로 바깥을 바라보았다. 오늘 아침, 센터 스트리트의 하늘엔 특별히 마음을 끌 만한 것은 아무것도 없었다. 그는 몸을 한번 부르르 떤 다음 눈을 감았다.

경감 직속 사무원이 방 안을 들락거리기 시작했다. 경감은 책상에 붙어 있는 발신기로 질문을 퍼부어댔다. 그리고 전화 한 통을 받고는 놀라우리만치 상냥한 목소리로 응대했다. 청장이 정보를 얻기 위해 건 전화였다. 이 분 뒤 다시 전화벨이 울렸다. 이번에는 국장이었다. 퀸 경감의 입술에서는 마치 꿀이 뚝뚝 떨어지는 듯했다. 네. 약간의 진전이 있습니다. 커크 쪽에 뭔가 있는 것 같습니다. 프라우티 박사의 부검 보고는 아직입니다. 네……. 아닙니다……. 네…….

경감은 집어 던지듯이 수화기를 내려놓은 다음 퉁명스럽게 내뱉었다.

"그래서?"

"그래서라니요, 무슨 뜻이죠?"

게으르게 담배를 피우던 엘러리가 반문했다.

"대답이나 해라. 너 어젯밤에 초저녁부터 무척 기분이 좋지 않았느냐? 무슨 아이디어라도 떠오른 게냐? 넌 항상 뭔가 해결책을 갖고 있으니 말이다."

"이번에는요……, 좋은 아이디어는 산더미처럼 많지만 무엇 하나 믿을 만한 게 없어요. 그래서 저 혼자 가슴속에 묻어두기로 했습니다."

엘러리는 나지막하게 말했다.

"아주 아이디어가 철철 흘러넘치는 대합조개로구먼."

노경감은 눈앞에 쌓여 있는 서류 더미를 툭툭 치면서 얼굴을 찡그렸다.

"아무것도 없다. 실오라기 하나 없단 말이다. 도저히 갈피를 잡을 수가 없어."

"뭐가 말이에요?"

"아무런 특징도 없는 땅딸보 하나가 난데없이 뉴욕의 호텔에 불쑥 나타났다는 게 말이다."

"아직 신원 파악도 못 하셨군요."

"그림자조차 못 찾아냈어. 부하들을 풀어서 비버처럼 밤새 뒤지고 다니게 했는데도 말이다. 뭐, 아직 시간이 이르긴 하다만. 어쩐지 사건 돌아가는 모양새를 보아하니…… 영 마음대로 될 것 같지가 않구나."

경감은 난폭한 동작으로 코담배를 한 줌 코에 가져다 댔다.

"지문은요?"

"피해자 지문을 오늘 아침 지문대장과 대조해봤다. 뉴욕 사람이 아닐 가능성도 있겠지만, 내 생각에는 그 가능성은 낮아 보인다. 시골 사람 같지는 않아."

"'레드' 라이더*Albert P. Ryder, 미국의 화가. 매사추세츠 주에서 태어나 1867년경 뉴욕으로 이주했다.-옮긴이*일 수도 있지 않겠어요?"

엘러리는 꿈꾸는 듯 말했다.

"제 기억 속의 그 신사는 늘 본드 스트리트에서 맞춘 최고급 양복을 입고 다니고 옥스퍼드 영어를 쓰는 점잖은 교수 같은 명사였어요. 하지만 레스터 스퀘어 근처도 안 가본 사람이었죠. 분명 모트 스트리트도 가본 적 없을 겁니다."

경감은 엘러리를 무시하고 말을 이었다.

"게다가 이 사건은 여러 가지 면에서 아주 영리하고 교묘한 살인인 것 같다. 단순한 우발적 범행이 아니야. '거꾸로'라니,

원 세상에!"

경감은 콧방귀를 뀌었다.

"내 손으로 범인을 잡기만 하면 그놈을 거꾸로 뒤집어서 지옥에 보냈다가 다시 잡아 오고 싶을 정도다. 그런데 퀸 씨, 어젯밤에 무슨 일이 있었지?"

"네?"

"저녁 식사 자리에서 말이다. 상류 사회에 초대를 받았다면서? 진탕 마시고 비틀비틀 돌아오는 꼴을 내 눈으로 똑똑히 봤지. 네가 아비 나이쯤 되면 완전히 술독에 빠져 살겠구나. 안 그러냐?"

경감은 몰아세우듯 말했다.

엘러리는 한숨을 내쉬었다.

"쫓겨났어요."

"뭐!"

"커크 박사가 절 쫓아냈어요. 아마도 제가 박사의 환대에 너무 응석을 부렸나 봐요. 저녁 식사 자리의 화제로는 어울리지 않는, 살인과 수사 이야기로 식탁을 가득 채우고 말았거든요. 점잖은 상류 사회 예절에는 걸맞지 않았나 봐요. 어쨌든 그렇게 창피를 당한 건 평생 처음이었어요."

"이런 망령 난 영감탱이 같으니라고. 나라면 모가지를 비틀어 놓았을 텐데!"

"그런 말씀 마세요."

엘러리는 정색을 하고 말했다.

"음식은 맛있었고, 칵테일도 아주 괜찮았어요. 그리고 여러 가지 이야기도 들을 수 있었죠."

"그래?"

경감의 분노가 마법처럼 가라앉았다.

"그래, 무슨 이야기를 듣고 왔느냐?"

"우선 중국에서 온 동양적인 미인 조 템플 양은 놀라울 정도로 머리가 잘 돌아가는 지성적인 아가씨더군요. 이야기를 나누는 게 참 즐거웠어요."

엘러리는 생각에 잠겨 말을 이었다.

"그녀와는 집중적으로 관계를 구축할 필요성이 있을 것 같습니다."

경감이 갑자기 눈을 크게 떴다.

"도대체 네 꿍꿍이속은 뭐냐?"

"아니에요. 숨기는 것은 아무것도 없어요. 다음은 커크 박사입니다만, 아주 가당찮은 속셈을 품은 영감이죠. 요염한 아이린 르웨스 양을 엉큼하게 쳐다보고 있더군요. 르웨스 양은 또 르웨스 양대로 수수께끼였지만요."

"좀 조리 있게 말을 하려무나."

"박사는 어젯밤 그 여자에게 온통 정신을 빼앗겨 있었어요."

엘러리는 담배 연기를 천장으로 뿜어 올리고는 말을 이었다.

"그렇다고 그 병든 노인을 호색한이라고 비난하는 건 아니에요. 제삼자가 보기에 그렇다는 거죠. 제 생각에 박사님 머릿속에는 전혀 다른 줄무늬 벌이 붕붕 날아다니던 게 아닐까 싶더군요. 실상은 그렇게 무미건조하고 심술궂은 양반이 아닐지도 모르죠……. 혹시 그 르웨스라는 아가씨의 입을 다물게 하려고 일부러 그랬던 건지도 몰라요. 왜 그랬을까요? 놀랍지 않으세요? 박사는 뭔가 짚이는 데가 있는 게 틀림없어요."

"흠!"

경감은 불쾌한 얼굴로 말했다.

"계속 그런 헛소리만 지껄여대면 내가 맨손으로 네 목을 졸라버릴 테다. 알았느냐? 그 커크라는 젊은이는 어땠지? 그리고 그 주둥이만 살아 있다던 번이란 놈은?"

"커크는 확실히 문제가 있어요."

엘러리는 신중하게 말했다.

"아버지도 아시겠지만 어제 오후 저한테 전화를 걸어 저녁 식사 파티에 와달라고 했던 게 바로 커크였단 말이에요. 더군다나 눈 똑바로 뜨고 식사 자리를 잘 지켜보라는 수수께끼 같은 말까지 했어요. 하지만 살인 사건이 터지자 그건 다 농담이었고 별 의미 없는 소리였다고 그러는 겁니다. 단순히 내 책을 낼 출판사를 바꾸게 할 목적으로 번과 대면시키려고 그랬다는 거예요. 농담이라니, 그게 말이나 되는 소리예요?"

엘러리는 머리를 설레설레 내저었다.

"음, 그 작자는 네가 요리할 테냐? 아니면 내가 쥐어짜줄까? 어제 오후에 한 행동에 대해서도 묘한 소리만 늘어놓던데."

"맙소사, 그러시면 안 돼요! 선량한 폴로니우스여, 영리한 사람을 폭력적으로 다루어봤자 아무것도 얻어낼 수 없다는 걸 언제쯤이면 아버지도 깨달으실까. 그 고뇌에 찬 젊은 출판업자는 저한테 맡겨주세요. ……번은 좀 어려워요. 빈틈없는 사람이에요. 제가 듣기로는 세 가지 커다란 특징을 갖췄다고 하더군요. 예술적인 베스트셀러를 캐내는 예민한 후각, 귀신 뺨치는 콘트랙트 브리지 게임 솜씨, 그리고 미녀 앞에서는 한없이 약해진다는 점이에요. 위험한 조합이죠. 어떻게 상대해야 할지 판단이 서지 않아요. 어젯밤만 해도 그래요. 자기를 위해서 연 파티에 지각을 하다니, 수상하지 않습니까? 제가 아버지라면 그 사람의 어제 행적을 추적해볼 겁니다."

"그건 이미 내 부하들한테 다 시켜놓았다. 특히 커크 말인데, 아주 고약한 악취가 나는구나. 그건 그렇고!"

경감은 한숨을 쉬었다.

"피살자 신원 말인데, 지금 온갖 수단을 다 동원해서 조사하고 있다. 입고 있던 옷도 물론 조사 중이야. 여러 각도에서 찍은 사진에다가 완벽한 인상착의서를 붙여 전 경찰 조직에 배포했단다. 아까도 말했다시피 챈슬러 호텔에 나타나기 전 그 사내 발자취를 찾고 있지……. 실종자 담당 팀에서도 협력하고 있고. 프라우티 박사의 부검 보고서도 곧 나올 게다. 하지만 지금까지는…… 아무런 성과도 없어."

"답답해 죽을 지경이시죠? 제 생각에 지문도 별로 없을 것 같은데요."

"쓸 만한 단서는 하나도 없어. 허허, 커크와 오즈번 그리고 그 간호사 지문이라면 여기저기 덕지덕지 붙어 있댔어. 물론 당연한 일이지. 중요한 단서는 문과 부지깽이인데, 이 두 가지는 깨끗하게 닦여 있었다는구나. 아니면 범인이 장갑을 끼고 있었던가. 하여간 그놈의 영화가 문제야!"

"이번 사건은 생각하면 생각할수록 점점 더 매력적이군요. 그리고 점점 더 아리송해지고요."

엘러리는 편안하게 의자에 몸을 묻은 채 천장으로 꿈꾸는 듯한 시선을 던지며 중얼거렸다.

경감이 차분하게 말했다.

"하지만 어느 사건에든 급소는 있게 마련이야. 다만 그게 모두 너저분하게 짓이겨져 있을 뿐이지. 내 보기엔 신원 파악이 열쇠다. 범인이 그 정도로 세심하게 피살자의 신원을 숨기려고 한 게 바로 그 증거야. 따라서 그 덩치 작은 사내가 누군지 밝혀내기만 하면 범인은 이미 붙잡힌 거나 다름없어. 그러니 나는 하나도 걱정 안 한다."

"역시 아버지, 상황 판단이 빠르십니다."

엘러리는 감탄하며 웃었다.

"우리가 그 사내의 신원을 직접 밝혀낼 수도 있고, 아니면 그 사내의 친척이나 친구 중의 누군가가 소식이 끊긴 사내가 걱정되어 나타날 수도 있겠지. 어쨌든 신원은 곧 밝혀지게 마련이야. 어젯밤 네가 돌아간 뒤에 카메라를 가지고 온 기자들더러 사건 현장을 실컷 찍으라고 했다. 아마 오늘 조간부터 시체의 웃는 얼굴 사진이 실려서 거리로 퍼질 게야. 지금 당장이라도 누군가가 제보 전화를 걸어온다 해도 난 놀라지 않을 게다. 그렇게만 되면, 그 순간부터 모든 건 순풍을 만난 돛단배나 마찬가지지."

"마지막 숨통을 끊어놓는 작전에 돌입하셨다는 말씀이로군요. 결론 그리고 자신감."

엘러리는 천천히 말했다.

"하지만 어느 것 하나 저는 동의할 수 없습니다."

그는 뒤통수에서 깍지를 끼고 천장을 올려다보았다.

"거꾸로 배치된 그 모든 것들……. 정말 엄청나다고 생각하지 않으세요, 아버지? 그게 얼마나 엄청난 것인지 아버지는 모르시나 보군요."

"그게 얼마나 정신 나간 짓인지는 나도 잘 안다."

경감은 화를 냈다.

"그래, 그러고 보니까 네가 슬슬 사람 깜짝 놀라게 할 준비가 다 된 모양이로구나. 누구 짓이냐? 네 녀석의 그 '아리송한' 농담에는 관심이 없으니 범인이나 먼저 말해라."

"아뇨, 그런 게 아니에요, 아버지. 누구 짓인지, 왜 그렇게 했는지 전혀 짐작도 못 하겠어요. 개괄적인 윤곽조차도 파악이 안 됐다고요. 모든 것을 거꾸로 뒤집어놓은 인물은 세 종류 가운데 하나일 겁니다. 범인, 혹은 공범자, 아니면 현장에 우연히 발을 들여놓은 신중한 사람. 물론 피살자는 즉사했으니까 제외해야겠죠. 전 이 세 종류의 인간 가운데 누구라도 그렇게 할 수 있었다고 봐요. 또 그중 하나의 짓이어야만 하고요."

"잠깐."

경감은 벌떡 몸을 일으켰다.

"도대체 왜 그 몸집 작은 뚱보 본인이 모든 것들을 거꾸로 뒤집어놓았다고는 생각하지 않는 게냐? 살해되기 전에 얼마든지 할 수 있었을 텐데!"

"그렇다면……."

엘러리는 일어서서 창가로 다가갔다.

"그 사람의 넥타이는 어떻게 설명하시겠어요?"

"창밖으로 던졌을지도 모르지. 아니면 범인이 없앴거나……. 아니, 그런 건 아닐 거야."

경감은 중얼거리듯 말했다.

"창 밑, 경사지붕을 샅샅이 살펴봤지만 아무것도 없었어. 게다가 그 난로는 겉모양만 근사한 장식용이어서 재도 없었단 말이다."

엘러리는 돌아보지도 않고 말을 받았다.

"태워버렸다고도 생각할 수 있겠군요. 재는 가지고 갔을 수도 있으니까요. 하지만 아버지는 엉뚱한 데서 잘못 생각하고 계세요. 피살자는 뒤통수를 얻어맞았죠? 발견되었을 때는 상의를 거꾸로 입은 채였고요. 코트와 스카프는 의자 위에 놓여 있었습니다. 그 코트 깃에도 핏자국이 있었어요. 즉 그가 뒤통수를 얻어맞았을 때는 코트를 입고 있었다는 얘기예요. 또 그 사내가 챈슬러 호텔을 찾아왔을 때 이미 코트 속에 옷을 거꾸로 입은 상태였다고 아버지가 엉뚱한 고집을 부리시지 않는다면, 범인이 그 사내를 내리친 뒤 코트 깃에 피가 튀어 묻은 뒤에 옷을 벗겨서 거꾸로 입혔다고 충분히 생각할 수 있을 겁니다. 옷을 거꾸로 입힌 게 범인이라고 한다면, 그 외 모든 것을 거꾸로 뒤집은 것도 범인의 짓이 분명합니다."

"그래서, 그게 어쨌다는 거냐?"

"휴, 아무것도 아니에요. 전 깊은 늪 속에 빠진 기분이네요. 아, 그리고 피살자 옷에 꿰어놓은 쇠창에 대해선 어떻게 생각하시죠?"

"아, 그것 말이냐? 그것도 이번 사건이 미친놈의 소행이라는 증거 중 하나겠지. 정상적인 머리로는 도저히 생각해낼 수 있는 일이 아니니 말이다."

경감은 막연한 기분으로 말했다.

엘러리는 대답 없이 얼굴을 찡그린 채 창밖만 내다보았다.

"너야 그런 일로 걱정이 되겠지만, 우리는 정석대로 일을 처리해야 한단다. 그런 시시한 것에 별다른 의미 따위가 있을 턱이 없지."

"모든 것에는 다 제각기 의미가 있습니다."

엘러리는 몸을 획 돌리면서 목소리를 높였다.

"저는 괜찮은 저녁 식사에 밀주 한 잔 걸겠어요. 분명히 이 사건을 해결하고 나면 그 기저에 깔려 있는 '거꾸로 배치'의 의미가 드러날 겁니다."

경감은 믿을 수 없다는 표정을 지었다.

"한 가지는 분명해요. 모든 게 거꾸로 뒤집혀 있다는 것은 피살자에 관련된 무언가, 혹은 누군가가 '거꾸로 뒤집힌 것'과 관련이 있다는 사실을 나타내기 위해서라는 것이죠. 그러므로 저는 겉보기에 아무리 시시하고 황당해 보이는 것이라도 '거꾸로'라는 의미를 함축하고 있다면 무엇이든 할 수 있는 데까지 샅샅이 찾아볼 생각이에요."

"행운이 따르기를 바라마. 네가 제정신이 아닌 것 같아서 아비는 좀 걱정이 된다만."

경감이 투덜거렸다.

엘러리는 약간 얼굴을 붉히며 말했다.

"그리고, 실은 말이죠, '거꾸로 배치'의 의미를 해석하는 데 도움이 될 만한 몇 가지 항목을 찾아냈어요. 뭔지 아시겠어요?"

코담뱃갑 뚜껑을 열려던 경감의 손놀림이 딱 멈추었다.

"찾아냈다고?"

"네. 하지만……."

엘러리는 짓궂게 웃으며 말했다.

"아버지는 아버지 방식대로, 전 제 방식대로 해야죠. 어느 쪽이 먼저 골인을 할지 두고 보자고요!"

벨리 경사가 난폭하게 문을 박차며 경감실로 들어왔다. 사자처럼 커다란 머리의 뒤쪽에 중산모가 비스듬히 얹혀 있었고, 번쩍이는 눈빛에는 범상치 않은 흥분이 깃들어 있었다.

"경감님, 안녕하십니까! 아, 퀸 군도 같이 있었군. ……사실은 경감님, 확실한 단서를 찾아냈습니다!"

"그래, 그래. 우선 진정부터 하게나, 토머스. 피살자의 신원이라도 알아냈단 말인가?"

경감은 침착하게 말했다.

벨리는 고개를 숙이면서 답했다.

"아닙니다. 아직 거기까지는……. 커크에 관한 겁니다."

"커크? 어떤 커크?"

"젊은 쪽입니다. 뭔지 아시겠습니까? 어제 오후 4시 30분에 놈을 챈슬러 호텔에서 목격한 사람이 있습니다."

"봤다고? 호텔 어디서?"

"엘리베이터입니다. 그 시각에 커크를 태우고 위로 올라갔다는 엘리베이터 보이를 찾아냈습니다."

"몇 층이었나요, 벨리 경사님?"

엘러리가 느릿느릿한 말투로 물었다.

"그걸 기억 못 하겠다는 거야, 엘리베이터 보이가. 하지만 22층이 아니었던 것만은 확실하다더군. 22층이 아니었기 때문에 기억하고 있었다고 했네."

"그거 재미있군요."

엘러리는 냉담하게 말했다.

"자기 입으로는 브로드웨이에서 5번가까지 산책했다고 했었는데 말이죠……. 그 밖에 다른 건 없었나요, 경사님?"

"그것만으로 충분하지 않나?"

"좋아, 토머스, 녀석을 잘 감시해."

경감은 뭔가 다른 것에 생각이 미친 듯한 태도로 말했다.

"이 일은 비밀에 부치고 행동하도록 해. 그가 눈치채면 곤란할 테니까 말이야. 놈의 과거도 샅샅이 훑어보고. 보석이나 우표 쪽에선 아직 아무런 실마리도 못 잡았나?"

"지금 열심히 뛰어다니는 중입니다."

"좋아."

벨리 경사가 나가면서 세차게 닫은 문의 울림이 채 가시기도 전에 엘러리는 미간을 찡그린 채 입을 열었다.

"이야기를 듣다가 생각이 났어요. 까맣게 잊고 있었는데……. 이것 좀 봐주세요."

엘러리는 주머니에서 다 구겨진 봉투를 하나 꺼내 경감 앞으로 내밀었다.

경감은 눈을 가늘게 뜨고 잠시 아들을 쳐다보다가 봉투를 받아 들었다. 그러고는 잘 펼쳐서 그 속으로 손가락을 집어넣어 종이 한 장을 꺼냈다.

"이건 어디서 난 거냐?"

"훔친 겁니다."

"훔쳤다고?"

"다 까닭이 있어요."

엘러리는 어깨를 으쓱했다.

"저는 아무래도 도덕적인 면에서 급속하게 타락하고 있나 봐요, 아버지. 정말 한심한 일이에요……. 커크와 제가 7시 15분쯤 그 사무실에 도착했을 때 오즈번이 커크에게 편지를 한 장 전해주었어요. 우리가 도착하기 직전에 맥고언이 남긴 거라면서 말이죠. 커크는 그걸 받아 읽으면서 얼굴색이 이상하게 변하더군요. 커크가 그 편지를 주머니에 쑤셔 넣은 직후에 우리는 시체를 발견했고요."

"그래, 그래서?"

"한참 뒤 저녁 만찬이 시작되기 전에 제가 그 편지를 좀 보여달라고 커크에게 부탁했지만, 거절당했어요. 그건 자기와 맥고언 사이의 은밀한 일에 관한 것이기 때문에 다른 사람에겐 보일 수 없다는 거예요. 맥고언은 자신의 가장 친한 친구이자 조

만간 매부가 될 사람이니 더욱 그렇다면서 말이죠. 그래서 말입니다, 아버지. 격노한 커크 박사가 저보고 나가라고 호통을 치자, 전 흥분한 척하면서 일부러 젊은 커크의 옷에 귀한 포르투갈 와인을 엎질렀죠. 그러면서 커크의 주머니에서 이걸 슬쩍했던 거예요. 자, 아버지는 그 편지를 어떻게 생각하세요?"

편지에는 이렇게 쓰여 있었다.

나도 이젠 다 알고 있어. 자넨 위험한 인물과 거래하고 있는 거야. 자네와 단둘이서만 얘기하고 싶네. 일을 너무 서둘지 말게. 돈, 발밑 조심해.

맥

연필로 휘갈겨 쓴 것이었다.

경감은 늑대와 같은 미소를 지었다.

"아주 점입가경이로구먼. 영화가 따로 없어. 좀 더 분명하고 확실히 써놓으면 어디가 덧나나? 어쨌든 그 두 친구들을 족쳐볼 수밖에 없겠다."

"그건 안 돼요. 그랬다간 모든 게 엉망이 되고 말아요. 이것부터 보세요!"

엘러리가 허둥지둥 말했다.

그러고는 메모지에 연필로 사람 이름 하나를 휘갈겨 써 보였다. 경감은 눈이 휘둥그레졌다.

"굳이 털어야겠다면 이 사람부터 손을 대보세요."

"하지만 도대체 누가……."

"일단 이런 이름의 사람이 경찰의 리스트에 올라 있는지부터 조사해보세요. 성 말고 이름은 틀렸을지도 몰라요. 전국 경찰에 수배하는 것도 좋겠죠. 하지만 제 생각에는 스코틀랜드 야드나 파리 경찰청에도 물어봐야 할 것 같습니다. 당장 전보를 치세요."

"이게 도대체 누군데 그러냐?"

경감은 책상 위 버저를 누르면서 물었다.

"이번 사건과 관계가 있는 사람이냐? 난 전혀 들어보지도 못한 이름인데……."

"아버지도 한번 소개받은 사람입니다."

엘러리는 짓궂은 표정으로 말했다. 그러고는 푹신한 의자에 깊숙이 몸을 묻었다. 그러는 사이 경감은 각 담당자들을 불러 명령을 내렸다.

입에 문 시가를 시커먼 군기처럼 앞세우고 프라우티 박사가 경감실로 비틀비틀 걸어 들어왔다. 그는 퀸 부자를 뚫어질 듯이 바라보았다.

"안녕하십니까, 두 분. 한데 왜들 이러고 계십니까? 내 눈이 이상해졌나? 아니면 내가 시체 공시소로 도로 오기라도 했단 말입니까? 왜들 그렇게 울상이 되어 계십니까?"

"아, 박사!"

경감이 벌떡 일어났다. 엘러리는 그리 내키지 않는 듯한 태도로 손만 한 번 흔들었다.

"부검 결과는 어떻지?"

프라우티 박사는 한숨을 한차례 내쉬면서 의자에 엉덩이를 걸치더니 두 다리를 쭉 뻗었다.

"사인은 정체불명의 인간이 휘두른 폭행입니다. 한 명인지 여럿인지는 모르겠군요."

"뭐라고? 농담은 집어치워. 심각한 문제일세. 새로 발견한 건 없나?"

경감이 큰 소리로 으르렁거렸다.

"아무것도 없었습니다. 이거다 싶은 건 눈을 씻고 봐도 없습니다."

"아무튼 말해보게."

프라우티는 느릿느릿 보고했다.

"몸에 털이 난 돌기가 하나 있습니다. 보통 사마귀라고 하죠. 배꼽 밑 오른쪽 5센티미터 되는 곳에 있더군요. 신원 확인의 단서로 유력하긴 하지만 그 사람 애인이나 마누라라도 나타나기 전엔 별 도움이 안 될 겁니다. 부검한 결과, 유(類)는 인류, 성별은 남성, 나이는 55세 내지 60세쯤, 영양 상태 양호, 체중은 70킬로그램, 신장 165센티미터. 개구리처럼 툭 불거져 나온 배의 모양으로 봐서 대식가인 것 같더군요. 눈동자는 청회색, 머리카락은 백발이 다소 섞인 어두운 금발……. 하지만 그런 것 따위야 뭐……."

"식욕 말인데요……."

엘러리가 한마디 불쑥 내뱉었다.

"잠깐, 나 아직 안 끝났네. 외상흔 또는 외과 수술 흔적은 없었습니다. 피부는 달걀처럼 매끈매끈했지만 발가락에는 티눈이 있었습니다."

프라우티는 뭔가 생각에 잠긴 얼굴로 불 꺼진 시가를 질겅질겅 씹었다.

"직접적인 사인은 두개골 강타가 틀림없습니다. 아마 자기가 맞아 죽는 줄도 몰랐을 겁니다. 그리고 퀸 군, 이건 자네한테 하는 보고야. 나는 우리 실험실에 있는 각종 증류기를 사용해서 온갖 무시무시한 검사를 다 해보았지만 피살자의 체내에서 독물 흔적은 전혀 찾을 수가 없었네."

"도대체 증류기가 뭐 어쨌다는 거야!"

경감이 고함을 질렀다.

"도대체 무슨 뜻인가, 박사? 오늘은 모두 머리가 돌아버렸나, 왜들 이래? 정신들 좀 차려! 그래, 보고는 그게 단가?"

"그건 그렇고……."

프라우티는 태연하게 말을 이었다.

"조금 전 여기 퀸 군의 관심을 끌었던 식욕 문제로 되돌아가기로 하죠. 그 친구 겉보기엔 아주 식욕이 왕성할 것 같지만, 어제는 아주 조금밖에 먹지 않았더군요. 또 배설도 빨랐고. 위와 식도에는 별게 없었습니다. 다만…… 친애하는 퀸 군, 이제 자네 질문에 대답하도록 하겠네. 반쯤 소화된 오렌지 찌꺼기가 남아 있었어."

"아."

엘러리는 묘한 한숨을 내쉬었다.

"바로 그 대답을 기다리고 있었습니다. 탄제린이었죠?"

"그걸 내가 어떻게 알겠나? 위액이 분비되고 위의 연동 운동이 끝난 뒤 강력한 소화 조직 내에 엉망진창이 되어 남아 있는 내용물들을 보고 그렇게까지 자세하게 알아낼 수는 없는 노릇이거든. ……자, 자! 이야기가 옆길로 샜군. 하지만 그 방에서 탄제린 껍질이 발견된 이상, 자네의 그 홈스 스타일의 추리에 따라 그 내용물 역시 탄제린으로 볼 수밖에 없어. 그럼 이상으로 두 분에게 경의를 표하면서 내 보고를 끝맺도록 하죠. 증거품은 별도의 지시가 있을 때까지 보존해두도록 하겠습니다. 그럼 이만……."

"잠깐만요, 박사님."

엘러리가 나지막하게 말했다. 경감은 치미는 화를 억누르느라 금방이라도 졸도할 것 같은 얼굴이었다.

"그 탄제린은 바로 그 방에서 먹은 거라고 보십니까?"

"소화된 정도로 시간을 따져보았을 때 말인가? 물론 그렇고말고, 이 친구야. 그럼 저는 이만 가보겠습니다."

프라우티는 낄낄 웃으면서 쾌활한 발걸음으로 걸어 나갔다.

"저 빌어먹을 녀석!"

경감이 혀를 차면서 벌떡 일어나더니 방금 부검시관이 나간 문을 쾅 닫아버렸다.

"내 사무실을 무슨 삼류 보드빌 극단 무대로 만들어놓는구먼. 도대체 왜 저러는지 모르겠군. 전에는 저렇지는 않았는데……."

"쯧쯧, 오늘 아침 상태가 평소와 다른 건 아버지도 마찬가지예요. 아버지가 눈치 못 채신 것 같아 드리는 말씀입니다만 프라우티는 이 사건 수사에 아주 중요한 단서를 제공했어요."

"뭐라고!"

"자, 자, 아버지. 제가 드릴 말씀은 탄제린에 관한 이야기예요. 우리한테는 피살자가 그 방에서 탄제린을 먹었다는 확실한 증거가 필요했어요. 바로 그 방에서 말입니다……. 그 방에 관한 건 무엇 하나 빠뜨릴 것 없이 전부 다 중요해요. 그 탄제린도 그렇고요……. 아버지도 그 중요성을 물론 알고 계시죠?"

"아느냐고? 도대체 무엇을 말이냐? 내가 전지전능한 신도 아니고!"

"도대체 탄제린이란……."

엘러리는 멍청한 말투로 말을 이었다.

"뭘까요?"

경감은 대단히 역정이 난 눈빛으로 아들을 쏘아보았다.

"이번엔 나하고 수수께끼 놀이를 하자는 게냐? 오렌지의 일종이지, 뭐긴 뭐야? 멍청한 녀석."

"맞습니다. 그럼 어떤 종류의 오렌지일까요?"

"어떤 종류라니……. 그런 걸 어떻게 안단 말이냐? 그런 건 아무래도 상관없지 않느냐?"

"하지만 아버지도 알고 계실 거예요."

엘러리는 열과 성을 다해 말했다.

"아시고말고요. 저도 알고 있어요. 모두 다 알고 있습니다. 이번 사건의 범인도 알고 있을 거라는 생각이 들기 시작했고요……. 탄제린은 보통 '중국 오렌지'라고 알려져 있죠!"

경감은 천천히 책상을 돌아 나와서는 허공을 향해 두 손을 쳐들었다. 그러고는 엄숙한 목소리로 입을 열었다.

"얘야, 나도 이제는 못 참겠다. 피살자는 누군가를 기다리기 위해 그 낯선 방에 들어갔다. 기다리는 동안, 탁자 위에 놓여 있는 과일 그릇을 본 거야. 사내는 배가 고팠던 거다……. 프라우티 박사도 그렇게 말했지 않느냐? 그래서 피살자는 즙이 많고 맛있는 탄제린 하나를 까먹은 거야. 그 뒤 어떤 놈이 들어와서 그 사내를 후려갈긴 게지. 그런 걸 가지고 뭐가 어떻다는 거야?"

엘러리는 입술을 깨물었다.

"저도 알았으면 좋겠어요. 중국 오렌지……. 젠장, 도저히 설명이 되지 않는군요. 아니, 오렌지만 그런 게 아니에요……."

엘러리는 일어서서 코트를 집어 들었다.

경감은 질렸다는 듯이 들어 올렸던 팔을 내리면서 말했다.

"좋아. 난 포기했다. 네가 하고 싶은 대로 해봐라. 중국 오렌지인지 멕시칸 타말레인지 아보카도인지 스페인 양파인지 잉글리시 머핀인지 무엇으로 골치를 썩든 내가 알 바 아니야! 다만 내가 하고 싶은 말은 말이다, 제정신을 가진 녀석이라면 사람이 오렌지 하나 주워 먹었다고 해서 거기서 어떤 수수께끼를 찾아내려고 덤비지는 않을 거란 게야."

"하지만 중국 오렌지라면 얘기가 달라집니다, 존경하는 조상님. 그렇지가 않아요."

엘러리는 갑자기 열띤 목소리로 말했다.

"중국에서 온 소설가가 있고, 중국 우표 전문 수집가가 있고, 범죄에 관련된 모든 것이 거꾸로 뒤집어져 있는 이런 상황에서라면 말이죠……."

너무 많이 말했다고 생각했는지 엘러리는 말하다 말고 입을 다물었다. 그의 눈빛에는 놀라운 지성의 그림자가 번뜩였다. 한동안 꼼짝 않고 서 있던 엘러리는 이윽고 거칠게 모자를 집어 쓰더니 아버지의 어깨를 가볍게 두드리면서 서둘러서 밖으로 나가버렸다.

8
거꾸로 된 세계

커크 일가가 사는 호텔 방의 문을 연 허벨은 챙이 좁은 중절모와 지팡이를 든 엘러리 퀸이 친숙한 미소를 머금고 서 있는 것을 보고 조금 놀란 표정을 지었다.

"무슨 용건으로 오셨습니까?"

허벨은 전혀 동요하지 않고 투덜대는 소리로 물었다.

"난 예의 따윈 잘 모르는 사람이거든요."

엘러리는 문지방을 지팡이로 짚으면서 유쾌하게 말했다.

"즉, 쫓아내더라도 금방 되돌아오는 사람입니다. 쫓겨나더라도 내 볼일은 봐야 하거든요. 그런데……."

"정말 유감스러운 일입니다만……."

허벨은 곤혹스러운 얼굴로 말했다.

"유감스럽다니, 뭐가 말이죠?"

"지금 집엔 아무도 안 계십니다."

"그건 너무 진부한 핑계로군요."

엘러리는 얼굴을 찡그리면서 말했다.

"허벨, 허벨, '끓어라, 부글부글 끓어라'인가, '수고와 근심'이었던가…….'Like a hell-broth boil and bubble. Double, double, toil and trouble.' 〈맥베스〉 제4막 1장에 나오는 마녀의 대사를 인용한 말-옮긴이 마녀의 노래가 어떻게 됐더라? 결국 말하자면 난 초대받지 않은 사람이란 뜻입니까?"

"정말 죄송합니다."

"이거 참 곤란한 사람이로군."

엘러리는 허벨을 슬쩍 밀치며 안으로 들어섰다.

"그런 건 만나기 싫은 '손님'에게나 써먹을 수 있는 칙령이죠. 난 공무상의 자격으로 찾아왔으니까 쫓아내진 못할 겁니다. 남에게 봉사하며 살아가는 사람들의 인생이란 참 골치 아픈 거죠."

엘러리는 응접실 문턱에서 멈추어 섰다.

"이봐요, 허벨. 정말 아무도 없는 것 아닙니까?"

응접실엔 전혀 인기척이 없었다.

허벨은 눈을 깜박거렸다.

"누구를 만나시려고 그러십니까, 퀸 씨?"

"특별히 누구랄 것도 없습니다. 템플 양이라도 괜찮아요. 커크 박사와는 마음 놓고 얘길 나눌 수 있을 것 같지 않지만……. 또 쫓겨날까 봐 지금은 겁에 질려 있거든요. 템플 양이 좋겠네요. 지금 안에 있죠?"

"한번 가보고 오겠습니다."

허벨은 그제야 생각이 난 듯 말을 이었다.

"코트와 지팡이는 이리 주십시오."

"공무로 왔다고 했지 않습니까?"

엘러리는 그 자리를 어슬렁거리면서 말했다.

"공무로 방문했을 땐 코트를 벗지 않는 법이죠. 모자도 마찬가지예요. 이류 탐정쯤만 해도 벗지 않아요. 아주 훌륭한 마티스 작품이군. 저게 진품이라면 말이지만……. 이런, 허벨. 거기서 얼빠진 얼굴로 서 있지 말고 어서 템플 양을 데리고 오라니까요!"

몸집이 자그마한 여인의 모습이 금방 나타났다. 시원스럽고 단아한 차림새였다.

"안녕하세요, 퀸 씨. 무슨 일로 그렇게 점잔을 빼고 계세요? 설마 수갑을 들고 온 건 아니시겠죠? 우선 외투부터 벗고, 앉으세요."

두 사람은 엄숙하게 악수를 나누었다. 엘러리는 의자에 앉기는 했으나 코트를 벗지 않았다. 조 템플은 숨도 쉬지 않고 말을 쏟아냈다.

"퀸 씨, 정말 죄송해요. 어젯밤 일에 많이 놀라셨죠? 커크 박사님은……."

"커크 박사님은 노인 아닙니까?"

엘러리는 쓸쓸한 미소와 함께 말했다.

"거의 망령 들기 직전인 양반의 성질을 긁어놓다니 내가 어리석기 짝이 없었던 거죠, 템플 양. 실례입니다만, 그 드레스를 혹시 직접 고르셨습니까? 마치 중국에 많다는 수국 같군요."

템플은 미소를 지었다.

"연꽃을 말씀하시려는 거죠? 어쨌든 고마워요. 서양으로 돌아온 후 받은 최고의 칭찬이에요. 서양인은 여자를 칭찬해줄 만큼 상상력이 풍부하지 못한가 봐요."

"그 점은 나도 마찬가집니다. 난 사실 여성 혐오자이거든요."

두 사람은 마주 보면서 미소를 주고받았다. 한동안 침묵이 흘렀다. 조심스레 현관을 가로질러 가는 허벨의 메마른 발소리가 들려왔을 뿐이었다.

템플 양은 무릎 위에 작은 두 손을 모아 쥔 채 엘러리를 응시했다.

"……퀸 씨, 무슨 얘기가 듣고 싶으세요?"

"중국."

엘러리가 말을 불쑥 내뱉는 바람에 약간 놀라는 것 같던 템플 양은 입술을 꼭 깨문 채 의자에 깊숙이 몸을 묻었다.

"중국이라고 하셨나요, 퀸 씨? 하지만 현명한 당신 머릿속에서 하필이면 왜 중국이 떠올랐죠?"

"지금 그것 때문에 골치를 앓고 있기 때문이죠, 템플 양. 생각만 해도 머리가 지끈거릴 정돕니다. 겨우 두 글자짜리 단어 때문에 이렇게 고생을 하리라고는 생각도 못 했습니다. 어젯밤에는 밤새도록 악몽에 시달렸을 정도죠."

템플 양은 엘러리의 얼굴에 시선을 고정한 채 탁자의 담뱃갑을 열어 한 대 권했다. 담배 연기만 기분 좋게 피어오르는 동안 두 사람은 아무 말도 없었다.

이윽고 템플 양이 입을 열어 말했다.

"그랬었군요. 어젯밤엔 한숨도 못 주무셨겠군요. 그거 이상하네요, 퀸 씨. 저도 한숨도 못 잤어요. 그 불쌍한 몸집 작은 남자 얼굴이 계속 떠올라서 통 잘 수가 있어야죠. 칠흑 같은 어둠 속에서 네 시간 동안이나 그 남자가 저를 보고 웃고 있었어요."

그녀는 몸을 한 번 부르르 떨었다.

"그건 그렇고……. 뭐죠, 퀸 씨?"

엘러리는 느릿느릿 말을 꺼냈다.

"내가 듣기로는……. 아까 얘기로 되돌아갑니다만, 중국은 대단히 '거꾸로' 풍의 나라라고 하던데요?"

템플 양은 허리를 쭉 펴면서 자세를 바로잡는 동시에 얼굴을 찡그렸다.

"어머, 퀸 씨. 그런 바보 같은 장난은 그만두세요. 솔직히 말해서 도대체 뭐가 알고 싶으신 거죠?"

"사실은 말입니다……. 저는 지금 대단히 지식에 목말라 있는 상태입니다, 템플 양. 그리고 이번 경우엔 당신이 바로 그 지식의 출처고요. 아무것이라도 좋으니 중국에 대한 이야기를 좀 해주셨으면 합니다."

엘러리는 상냥하게 말했다.

"당신이 궁금해하는 게 어떤 건지는 잘 모르지만 아무튼 중국은 급속하게 근대화되고 있어요. 의화단의 난 이래 많은 세월이 흘렀으니까요. 경제적인 필요성 때문이었죠. 또 일본은 일본대로……."

"내가 듣고 싶은 것은 그런 얘기가 아닙니다."

엘러리는 자세를 고쳐 앉으면서 담배를 비벼 껐다.

"문자 그대로 '거꾸로'에 관한 겁니다."

"어머, 그러세요?"

그녀는 일단 말을 끊었다가 이윽고 한숨을 한 번 내쉬었다.

"그래요, 대충 알 것 같네요. 어쩔 수 없죠, 뭐. 그래요, 당신 말이 정확히 맞아요. 정말 이번 사건에는 놀랄 만한 요소가 있어요. 이런 걸 우연의 일치라고 하나요? 중국을 문자 그대로 '거꾸로'라는 것에 비추어보면 그러네요. 당신이 이 영문을 알 수 없는 '거꾸로 범죄'에 관심을 쏟고 있는 이상, 저를 들볶아보자고 생각한 건 어쩌면 당연한 일이겠죠."

"이해해주시니 고맙군요."

엘러리는 중얼거리듯 말했다.

"이걸로 우리 두 사람은 서로의 입장을 이해한 셈이군요, 템플 양. 잘 아시리라고 봅니다만, 아직도 난 내가 어디로 가는지 잘 모르겠습니다. 이 모든 생각들이 단순한 잠꼬대일지도 모릅니다. 전혀 무의미한 것일지도 모르죠. 하지만……."

엘러리는 어깨를 으쓱해 보였다.

"사회적, 종교적, 경제적 관습은 오로지 관점상의 문제일 뿐입니다. 우리, 서구적 관점으로 봤을 때, ……그래요. 우리와 다른 것이라고 할까, 반대가 되는 것…… 서구의 입장에서 봤을 때 '거꾸로'라고 할 만한 일을 중국인들이 하고 있다는 건 사실입니까?"

"네, 맞아요."

"나는 물론 동양적 지식에 대해선 초심자일 뿐이고, 이건 어디서 들은 얘깁니다만…… 예를 들어 중국인들은 습관이 기묘해서 친구를 만났을 때 악수를 나누는 것이 아니라 자기 손을 맞잡고 흔든다는데, 정말입니까?"

"정말이에요. 고대로부터 내려온 습관이 그래요. 어쩌면 우리의 악수보다 훨씬 정다운 표현인지도 몰라요. 그 기저에는, 자기 손을 맞잡아 흔들면 상대방에게 필요 없는 괴로움이나 폐를 끼치지 않아도 된다는 배려가 담겨 있어요."

"어째서죠? 좀 더 자세히 설명해주시면 고맙겠군요."

엘러리는 가벼운 웃음과 함께 말했다.

"그렇게 하면, 간단한 예로 질병을 옮기는 일은 없을 것 아니에요?"

"그렇군요."

"뭐, 고대 중국인이 세균에 대해 알고 있었다는 얘기는 아니지만요. 하지만 제가 관찰한 바에 따르면……."

그녀는 한숨을 쉬고 말을 잠깐 끊었다가, 다시 한숨을 내쉬며 말했다.

"이것 보세요, 퀸 씨. 이런 지식들이 상당히 재미있다는 건 인정해요. 또 그 이외에도 많아요. 또 당신한테 그런 일반적인 지식을 가르쳐드리는 것도 싫지는 않아요. 하지만 다 소용없는 일이에요. 이런 환상 같은 '거꾸로 찾기' 따위는 어리석은 일이에요. 그런 생각, 안 드세요?"

"알고 계시겠지만, 여성이란 정말 이상하군요. 참 독특한 관찰 결과가 나왔습니다! 하지만 바로 어제까지만 해도 당신은 이런 '거꾸로 문제'를 상당히 중요시하던 것 같더군요. 하지만 오늘은 시시하기 짝이 없다고 말하고 있어요. 왜죠?"

엘러리가 중얼거리듯 말했다.

"아마도…… 생각이 바뀌었기 때문이겠죠."

템플 양은 조심스럽게 말했다.

"아마도……. 그런 것만은 아닌 것 같군요. 그러고 보니까 우리는 막다른 골목에 이른 것 같군요. 템플 양, 조금만 더 나의 무지함을 이해하고 이야기를 계속 들려주세요. 중국에 대해 알고 있는 것 전부, 기억나는 모든 것을 말입니다. 중국의 관습, 제도 가운데 우리와 대조적이거나 반대로 보이는 것이 있으면 모두 얘기해주세요."

템플 양은 한참 동안 엘러리를 물끄러미 바라보면서 뭔가 질문을 하려는 듯 입을 열려다가는 마음을 바꿨는지 눈을 감고는 작은 입술에 담배를 피워 물었다. 그러고는 부드럽게 속삭이듯 입을 열었다.

"어디서부터 시작해야 할지 모르겠네요. 중국인들은 여러 가지 면에서 우리와는 달라요. 예를 들면 중국 농민들, 특히 남부 지방에서는 초가집을 지을 때 기둥을 세운 다음 지붕부터 이어요. 지붕에서 시작해서 아래로 집을 '지어 내려오는' 거예요. 우리가 집을 지을 때는 아래에서 위로 쌓아 올리는 게 상식이잖아요?"

"계속해주십시오."

"이건 당신도 들어서 알고 계시리라 생각하지만, 중국에선 몸이 건강할 때 계속 의사에게 돈을 지불해요. 하지만 일단 병에 걸리면 지불을 중단하지요."

"아주 기발한 방법이로군요. 네, 들은 적 있는 것 같습니다. 그리고요?"

엘러리는 느릿느릿 말했다.

"시원해지고 싶으면 뜨거운 걸 마시죠."

"정말 재미있군요! 이야기를 들으면 들을수록 점점 중국인들이 매력적이라고 느껴집니다. 지금 한 그 이야기 말인데요, 몸속을 뜨겁게 하면 외부의 더위는 별것 아니라고 느껴지는 건 나도 경험해본 적이 있어요. 계속해주세요. 정말 멋진 이야기들이군요."

"절 놀리고 있군요!"

그녀는 느닷없이 소리를 높였다. 이어서 어깨를 으쓱해 보이더니 말했다.

"어머, 미안해요. 물론 이런 건 잘 알고 계시겠지만, 낯선 사람 집에서 식사할 때 중국인들은 될 수 있는 대로 시끄럽게 큰 소리를 내면서 먹어요. 다 먹은 뒤엔 일부러 커다랗게 트림을 하고요."

"그렇게 해서 주인에게 잘 먹었다는 인사를 하는 셈이군요."

"맞아요. 그리고…… 또 뭐가 있더라?"

그녀는 예쁜 아랫입술에 손가락을 갖다 댄 채 생각에 잠겼다.

"참! 이런 것도 있어요. 중국인은 시원해지고 싶을 때 뜨거운 수건을 사용해요. 뜨거운 걸 마시는 것과 같은 원리죠. 또 땀을 닦을 땐 젖은 수건을 사용하고요. 중국의 더위는 말도 못

한답니다."

"정말 재미있군요!"

"물론 길을 걸어갈 적엔 우측이 아니라 좌측통행을 해요. 하지만 이건 동양뿐만 아니라 유럽에서도 흔히 볼 수 있는 일이죠. 그리고…… 중국인은 정면 현관 앞에 나지막한 담을 쌓아요. 악마가 접근하지 못하도록 그러는 거래요. 중국 악마는 직선으로만 움직이기 때문에 얕은 담이라도 가로막고 있으면 못 들어온다는 거예요. 방문객은 누구든 그 담을 따라 꾸불꾸불하게 난 좁은 길을 돌아 들어가면 되고요."

"참으로 순진한 발상이로군요."

"논리적인 거예요."

템플 양은 가볍게 반박했다.

"당신은 그야말로 동양이 동정을 받아야 할 대상이라고 생각하는, 건방진 서양인의 태도를 지녔군요. 그것이 마치 백인이 짊어져야 할 짐이라도 되는 것처럼……."

"제가 졌습니다. 다른 건 또 없습니까?"

엘러리는 공손하게 말했다.

템플 양은 가볍게 얼굴을 찌푸렸다.

"있고말고요. 한도 끝도 없어요. ……그래요, 여자들은 바지를 입지만 남자들은 마치 치마처럼 생긴 예복을 입죠. 또 중국 학생들은 교실에서 크게 소리를 지르면서 공부를 해요."

"그건 도대체 무슨 까닭이죠?"

템플 양은 생긋 웃었다.

"그러면 학생들이 정말 열심히 공부하고 있다는 것을 선생들이 확실히 알 수 있기 때문이죠. 그리고 또 중국인들은 태어나는 순간 이미 나이를 한 살 먹은 걸로 계산해요. 자궁에 수태되는 순간 인생이 시작되었다고 보기 때문이에요. 따라서 태어난 달에 관계없이 설날에 생일을 축하하고요."

"뭐라고요? 하지만 그거 편리하겠군요."

"그렇게 간단한 것도 아니에요."

템플 양은 단호하게 말했다.

"중국의 설날은 변덕스러운 여자의 마음처럼 자주 바뀌거든요. 1년이 13개월로 된 부정확한 역법을 쓰고 있기 때문이죠. 그리고 또 있어요. 제 중국 친구들은 각종 청구서에 일 년에 두 번밖에 돈을 지불하지 않아요. 다섯 번째 달과 설날만 돈을 지불하죠. 지불하는 쪽에서 보면 대단히 편리한 관습이에요. 돈을 내는 달이 오면 슬쩍 어딘가로 숨어버리면 되거든요. 가엾은 채권자들은 대낮부터 불 켜진 초롱불을 들고 채무자를 찾아 마을을 헤매죠."

엘러리는 눈을 휘둥그렇게 떴다.

"초롱불을 들고 다니는 건 왜죠?"

"채권자가 초롱불을 들고 다니는 건 지불일인 설날이 아직 지나가지 않았다. 다시 말하면 아직도 설날 밤이라는 뜻이죠. 어때요? 재미있죠?"

"정말 재미있군요."

엘러리가 소리 내어 웃음을 터뜨렸다.

"나 자신도 어쩐지 엄청나게 '거꾸로' 뒤집혀버리는 것 같은데요. 그런 건 서구 사회에도 적당히 도입하면 한결 편리하겠군요. 중국 극장은 어떤가요? 뭔가 거꾸로 된 게 있습니까?"

"특별히 이렇다 할 건 없어요. 물론 무대 소도구랑 의상 같은 건 없어요, 퀸 씨. 그런 점에선 엘리자베스 여왕 시대와 비슷하다고 볼 수도 있겠네요. 그리고 또, 중국 음악은 모두 1음계, 그것도 단조뿐이에요. 노래는 팔세토로 부르고요. 또 살아 있을 때 관과 수의를 준비해두는 풍습이 있어요. 이발사들은 가게 안이 아니라 길거리에 나와서 손님 머리를 깎고 면도를 해줘요. 그리고 중국인이 생각하는 최대의 복수는 상대방 집 문간 앞에서 자살하는 것이에요……."

템플 양은 돌연 이야기를 중단하더니 입술을 깨물었다. 그러고는 아름다운 속눈썹 사이로 엘러리를 힐끗 쏘아보더니 시선을 낮춰 자기 손을 내려다보았다.

"정말입니까? 이번 얘기가 특히 더 재미있군요, 템플 양. 기억을 되살려줘서 고마워요. 그런 자질구레한 의식이 탄생한 배경이 뭔지 물어보아도 될까요?"

엘러리가 부드럽게 말했다.

템플 양은 중얼거렸다.

"그건 상대방의 죄악을 공개적으로 사회에 고발한다는 뜻이에요. 대중 앞에서 공공연하게 수치심을 느끼도록 말이에요."

"하지만…… 음…… 자기 자신은 죽어야 하는 것 아닙니까?"

"그래요. 자신은 죽어야 하죠."

"놀라운 철학이군요."

엘러리는 천장으로 눈길을 던지며 잠시 생각에 잠겼다.

"네, 정말 재미있네요. 말하자면 일본인들의 할복과 비슷하군요."

"하지만 퀸 씨, 지금 얘기는 이번…… 이번 살인 사건과 아무런 관계도 없지 않나요?"

템플 양은 숨도 쉬지 않고 단숨에 말했다.

"네? 물론 그렇죠. 아니, 전혀 관계가 없어요."

엘러리는 코안경을 벗어 반짝이는 렌즈를 손수건으로 닦기 시작했다.

"그런데, 중국 오렌지는 어떻습니까, 템플 양?"

"네? 뭐라고요?"

"중국 오렌지라고 했습니다. 탄제린 말입니다. 그것과 연관된 것 가운데 '거꾸로' 뒤집힌 건 뭐 없습니까?"

"거꾸로? 음…… 하지만 사실상 중국 오렌지와 탄제린은 달라요, 퀸 씨. 중국 오렌지는 탄제린보다 훨씬 크고 종류도 많아요. 이곳 오렌지에 비하면 맛도 훨씬 좋고요."

템플 양은 가볍게 한숨을 쉬었다.

"정말이에요! 그걸 한 입 깨무는 순간 오렌지가 이처럼 맛있는 과일이었던가, 하고 감탄할 거예요……. 아주 크고, 감미롭고, 달콤한 과즙이 철철 넘치고……."

갑자기 템플 양이 어떤 단어를 노래 부르듯이 말하는 바람에 엘러리는 하마터면 안경을 떨어뜨릴 뻔했다.

"지금 그건 뭡니까?"

엘러리가 날카롭게 물었다.

템플 양은 콧소리가 섞인 노래처럼 같은 단어를 되풀이했다. 어쩐지 '탄제'로 시작되는 듯한 느낌도 들었다.

"방금 말한 건 오렌지를 가리키는 방언의 하나예요. 이것 말고도 방언은 수도 없이 많을 거예요. 종류에 따라 이름도 다를 것이고, 또 중국에선 지방에 따라 이름이 모두 달라요. 꿀처럼 달콤한 오렌지는……."

하지만 엘러리는 더는 귀를 기울이지 않았다. 그저 깡마른 턱을 쓰다듬으면서 벽만 노려볼 뿐이었다.

"한 가지 물어보고 싶은 게 있습니다."

엘러리가 느닷없이 불쑥 말했다.

"템플 양, 당신은 어제 커크의 사무실에 왜 들렀나요?"

템플 양은 한동안 말이 없다가, 이윽고 손깍지를 끼면서 보일 듯 말 듯 미소를 지었다.

"화제를 훌쩍 바꿔버리는군요, 퀸 씨. 특별히 이렇다 할 이유는 없어요. 전 상당히 충동적으로 행동하는 편이거든요. 한 번 불쑥 들러보고 싶어서 야회복을 차려입은 채 돈을 만나러……. 일 때문에 커크 씨를 만나러 갔을 뿐이에요."

"그 일이란 게 뭡니까?"

"어느 중국 화가 일이에요."

"중국 화가!"

엘러리는 벌떡 자리에서 일어섰다.

"중국 화가! 이름이 뭡니까?"

"어머, 갑자기 왜 그러세요, 퀸 씨?"

엘러리는 그녀의 가냘픈 어깨를 잡아 흔들었다.

"템플 양, 그 화가 이름이 뭡니까?"

다소 얼굴이 창백해진 템플 양이 작은 목소리로 말했다.

"유엥, 제 친구예요. 이 도시에 사는 많은 다른 중국인처럼 그도 콜롬비아 대학교에서 공부했어요. 광동에서 부자로 소문난 지역 수입상의 아들이에요. 수채화를 정말 놀랄 만큼 잘 그리죠. 이번에 커크 씨 출판사에서 내게 된 제 책의 표지 그림을 그려줄 화가를 물색하고 있던 중이었어요. ……어제 바로 그때, 갑자기 유엥 생각이 났지 뭐예요. 그래서 커크 씨 사무실로 달려갔던 거예요."

"네, 그랬군요. 알았습니다. 한데, 그 유엥이라는 사람이 있는 곳은 어디죠? 어딜 가면 그 사람을 만날 수 있나요, 템플 양?"

"태평양 위에요."

"네?"

"도널드…… 커크 씨를 찾아갔더니 부재중이었기에, 전 곧장 아파트로 돌아와서 대학교로 전화를 걸어봤어요."

템플 양은 한숨을 쉬었다.

"그랬더니 급한 일이 생겨 유엥은 열흘쯤 전에 중국으로 떠났다지 뭐예요. 아마 아버지가 돌아가셨나 봐요. 중국 사람들은 아버지를 정말 끔찍이 아끼거든요. 지금쯤 딱한 유엥은 태평양 한복판을 항해하고 있을 거예요."

엘러리의 얼굴에는 실망의 빛이 뚜렷하게 번졌다.

"그렇습니까? 그렇다면 그쪽으로는 기대할 게 아무것도 없군요."

중얼거린 엘러리는 미소를 지으며 화제를 돌렸다.

"참, 어젯밤에 아버님이 미국 외교관이라고 하지 않았습니까?"

"작년에 돌아가셨어요."

템플 양은 조용하게 대답했다.

"그랬군요. 미안합니다. 아무튼 당신이 서구식 가정에서 자란 건 분명하죠?"

"아뇨, 그렇지 않아요. 아버지는 직무상의 필요 때문에 서구식 풍습을 지키셨지만, 전 거의 순수한 중국식 환경에서 자랐어요. 제 보모도 중국인이었지요. 어머니는 제가 어렸을 때 돌아가셨고, 아버지는 일 때문에 바쁘셨고요……."

템플 양은 자리에서 일어섰다. 작은 몸집에 비해 어쩐지 훨씬 크게 느껴졌다.

"이제 됐죠, 퀸 씨?"

엘러리는 자기 모자를 집어 들었다.

"폐가 많았습니다, 템플 양. 정말 너무나 고마웠습니다. 여러 가지를 알게 돼서…….”

"저도 이제 알았어요. 이번 사건에 제가 확실히 관계가 있다는 걸요."

템플 양은 나지막하게 말했다.

"그리고 누구보다도 제가 소위 '거꾸로'에 대해 분명히 얘기할 수 있는 사람이라는 것도……."

"전 그런 뜻으로 말한 건 아니었습니다만……."

"하지만 전 서구적인 잣대로 보았을 때 관습이 완전히 거꾸로 된 나라에서 자란 사람 아닌가요, 퀸 씨?"

엘러리는 얼굴을 붉혔다.

"템플 양, 수사를 하다 보면 싫은 일도 어쩔 수 없이 해야 하는 경우가 있습니다."

"이런 게 모두 쓸데없고 무의미한 일이란 걸, 당신이라면 알고 있는 줄 알았어요."

"유감이지만……, 어제 이상으로 오늘도 당신은 날 싫어하는 것 같군요."

엘러리는 탄식하듯 말했다.

"현명한 여자로군!"

내뱉는 듯한 말소리에 두 사람은 반사적으로 고개를 돌렸다. 펠릭스 번이 현관 홀 입구에 서서 차가운 눈길로 이쪽을 쳐다보고 있었다. 그 뒤로 도널드 커크도 보였다.

도널드는 마치 옷을 입은 채 잠을 잔 사람처럼 후줄근한 모습이었다. 어제와 같은 트위드 양복 차림이었는데 그 옷은 여기저기 구겨져 난리도 아니었다. 넥타이는 비뚤어지고 머리는 까치집을 지었으며 눈은 새빨갰고, 특히 지금 당장 면도를 할 필요가 있어 보였다. 반대로 늘씬한 번의 차림새에는 빈틈 하나 없었다. 그러나 왠지 머리를 가누는 모습이 다소 불안정해 보였다.

"마침 돌아가려던 참이었네."

엘러리는 지팡이를 집어 들면서 두 사람에게 인사를 했다.

"그게 당신 습관이로군."

번이 차가운 미소와 함께 가시 돋친 눈길로 엘러리를 쏘아보았다.

엘러리는 무슨 말을 하려다가 도널드 커크와 눈길이 마주치자 입을 다물고 말았다.

"펠릭스, 자넨 잠자코 있어."

도널드는 쉰 목소리로 말하면서 한 걸음 앞으로 나왔다.

"퀸, 여기서 잘 만났어. 어젯밤 아버지가 엄청난 결례를 한 걸 사과하겠네. 정말 미안해."

"별말을 다 하는군. 더는 말하지 않아도 돼. 다 내 탓이야."

엘러리가 재빨리 도널드의 말을 가로막았다.

"암, 자기가 저지른 일에는 책임을 져야지. 그래도 한 가지 장점은 있는 모양이로군요, 퀸 씨."

번이 느릿느릿한 말투로 말한 뒤, 조 템플 쪽으로 천천히 시선을 돌렸다.

"템플 양, 이번에 낼 당신 책 제목에 대해 의논하고 싶어서 잠깐 들렀습니다. 도널드는 비열하게도 펄 벅의 제목을 모방하는 게 어떠냐면서 '육촌형제', '의붓형제', '선량한 할아버지' 같은 느낌의 제목이 좋지 않겠느냐고 터무니없는 주장을 하지 뭡니까. 그래서 나는……."

"하지만 제가 보기엔 당신이야말로 비열하군요, 번 씨."

그녀는 조용히 말했다.

그 순간 번의 얼굴이 시뻘겋게 물들기 시작했다.

"이것 봐, 당신……."

"커크 씨는 그런 생각을 할 리가 없다는 걸 당신이 더 잘 알면서 그런 말을 하나요? 또 저도 그런 생각은 눈곱만큼도 없어요. 번 씨, 당신은 처음 만났을 때부터 줄곧 무례하기 짝이 없었어요. 만약 신사답게 행동할 수 없다면, 좋아요, 내 책의 출판 건에 대해서 당신과는 더 얘기하고 싶지 않아요."

"조!"

커크가 더는 못 참겠다는 듯 고함을 버럭 지르고는 자기 파트너 쪽을 노려보았다.

"펠릭스, 도대체 왜 이러는 거야?"

"정말 무례하기 짝이 없군."

번은 탁한 목소리로 대꾸했다.

"'만다린 프레스'도 굳이 무리할 필요는 없어요."

조 템플 역시 침착한 목소리로 차분하게 말했다.

"제 책을 출판하려고 애쓰실 필요가 없다는 뜻이에요. 번 씨, 전 언제든 계약을 파기할 수 있어요. 그게 당신이 원하는 바죠?"

번은 공허하게 초점 잃은 눈길로 가슴만 오르락내리락하면서 그 자리에 선 채 꼼짝도 하지 않았다. 이윽고 그 눈빛에 끔찍한 집념 같은 것이 서렸다. 번은 굳어버린 시럽 같은 목소리로 말했다.

"내가 원하는 바라……. 만일 도널드가, 기저귀 찬 어린애 정도의 지능밖에 안 되는 작가의, 그것도 위대한 작품을 어설프게 모방한 데 지나지 않는 수준 미달의 원고를 출판하려 한다 해도 나는 상관없습니다. 그 때문에 만다린 출판사가 위기에……."

 번은 일단 말을 멈추더니 금세 이어서 내뱉는 듯한 말투로 빈정거렸다.

 "나도 당신의 그 역작을 읽어봤습니다, 템플 양. 덕분에 하룻밤의 숙면이 날아갔을 뿐만 아니라, 그 불쾌함이 아직도 남아 있어요."

 템플 양은 돌아서서 창가로 다가갔다. 엘러리는 가만히 선 채 지켜보았다. 커크는 손을 쥐었다 폈다 하다가 번에게로 한 발 다가서서 무거운 목소리로 말했다.

 "여기서 나가줘, 펠릭스. 자넨 취했어. 할 얘기가 있으면 내 사무실에 가서 하자고."

 번은 혀끝으로 입술을 핥았다. 바로 그때 엘러리가 불쑥 입을 열었다.

 "잠깐만, 여러분. 드라마가 물리적인 격투 장면으로 돌입하기 전에 한 가지 물어볼 게 있습니다. 번 씨, 당신은 어젯밤 만찬에 왜 늦었죠?"

 출판업자는 자신의 파트너에게서 눈을 떼지 않았다.

 "번 씨, 당신한테 물었습니다. 어제는 왜 늦었습니까?"

 엘러리가 채근하듯 되풀이해서 물었다.

 그제야 번은 천천히 이쪽으로 고개를 돌리고, 다소 멍하면서도 깔보는 듯한 시선으로 엘러리를 훑어보더니 툭 내뱉었다.

 "지옥에나 떨어져."

 바로 그때였다. 창가에서 조 템플이 분노로 바들바들 떨고 도널드가 더는 참지 못하겠다는 듯 주먹을 불끈 쥐었으며 번과 엘러리가 서로 사납게 노려보고 있는 바로 그 순간, 집 안 어딘가에서 노인의 메마른 고함이 울려 퍼졌다.

"사람 살려! 도둑이야! 사람 살려!"

엘러리는 잽싸게 몸을 날려 식당을 빠져나와서 허둥대는 허벨을 밀어젖히고 침실 둘을 거쳐 커크 박사의 서재로 달려갔다. 조와 도널드가 그 뒤를 따랐다. 번은 어디론가 사라지고 없었다.

커크 박사는 한 손으로 휠체어 등받이를 붙잡고 또 한 손으로는 백발을 쥐어뜯으면서 난장판이 된 서재 한가운데서 발을 동동 구르며 서 있었다.

"이봐, 퀸! 이 녀석아! 내 방에 도둑이 들었단 말이다!"

커크 박사가 우렁차게 고함을 질렀다.

"뭐가 없어졌습니까?"

엘러리는 숨을 헐떡이면서 방 안을 재빨리 둘러보았다.

"아버지!"

도널드가 소리를 지르며 노박사 옆으로 달려갔다.

"앉으세요, 이러다 쓰러지시겠어요. 도대체 어떻게 된 거예요? 도둑맞은 게 뭡니까? 누가 훔쳐 갔는데요?"

"내 책!"

칠십 노인은 얼굴이 보라색이 다 된 채로 으르렁거렸다.

"내 책이야! 훔쳐 간 놈을 잡기만 하면······."

노인은 갑자기 신음을 내며 무너지듯 휠체어에 풀썩 주저앉았다.

복도에서 다이버시 양이 파랗게 질린 얼굴로 소리도 없이 들어왔다. 겁에 질린 표정이었다. 그녀는 재빨리 환자의 눈치를 한번 보고는 옆으로 다가갔다. 그러나 노인은 엄청난 힘으로 간호사를 떠밀어버렸다. 그 바람에 다이버시 양은 하마터면 넘어져 엉덩방아를 찧을 뻔했다.
"썩 꺼져, 이 성가신 계집!"
노박사가 악을 썼다.
"이젠 지긋지긋해. 네년이나 네년 보살핌도 더는 못 참겠어. 그 잘난 안지니 박사도 나가 뒈지라고 해! 의사든 간호사든 전부 꺼져버려! 이봐, 퀸. 이봐, 이봐! 야만인처럼 멍청하게 서 있는 그 꼴은 뭐야? 당장 내 책 훔쳐 간 그 망나니 같은 도둑놈을 잡아내란 말이야!"
"멍하게 서 있는 게 아닙니다."
엘러리는 쓴웃음을 지으며 말했다.
"전 박사님이 정신을 가다듬으시길 기다리고 있는 겁니다. 친애하는 박사님, 흥분을 가라앉히시고 전후 사정을 차근차근 들려주셨으면 합니다. 현재로선 박사님이 책을 도둑맞았다는 사실밖에 밝혀드릴 게 없습니다. 도둑맞았다고 단정하시는 근거가 뭡니까?"
"이런 천하의 얼간이 같은 놈!"
노박사는 코웃음을 쳤다.
"탐정이라면서 저 책장이 눈에 보이지도 않나?"
노박사가 앙상하게 휜 긴 손가락으로 붙박이 책장이 있는 벽을 가리켰다. 책장의 절반 이상이 텅 비어 있었다.
"아, 그건 저도 이미 봤습니다. 그리고 박사님이 아끼시는 책을 저기 보관하고 있다는 것도 짐작으로 알고 있었고요. 박사님, 지성적이지 못한 행동은 이제 그만 자제하시고 제 질문에 대답해주셨으면 합니다."
"도둑맞은 걸 내가 어떻게 알았느냐고?"
커크 박사는 신음처럼 말을 내뱉으면서 그 바윗덩이 같은 머리를 비단뱀처럼 좌우로 흔들어댔다.

"오, 하느님. 우리를 바보 멍청이로부터 지켜주소서! 책이 없어졌잖아? 보고도 모르겠나?"

"없어졌다고 해서 반드시 도둑맞았다고 볼 순 없는 일입니다, 박사님. 언제 없어졌죠? 마지막으로 책을 보신 건 언젭니까?"

"한 시간 전, 아침 식사가 끝난 뒤였지. 그러곤 옷을 갈아입으러 침실로 갔었는데, 이 여자 아스클레피오스가……."

커크 박사는 파랗게 질린 얼굴로 멀찌감치 한쪽 벽 구석에 서 있는 다이버시 양을 노려보면서 말했다.

"나를 짓누르고 잡아당기고 잔소리를 늘어놓으면서 못살게 굴었지. 가까스로 옷 갈아입기를 끝내고 이리로 왔더니 없어졌어. 그사이에 책이 없어졌단 말이야."

"다이버시 양, 당신은 어디 있었죠?"

엘러리가 날카롭게 물었다.

간호사는 울먹이며 말했다.

"박사님이 쫓아내시는 바람에 사무실에 갔어요……. 잠깐이라도 좋으니 저를 사람답게 대해주는 어떤 사람과 대화를 나누고 싶었어요."

"알았습니다. 박사님, 옆 침실에서 옷을 갈아입는 동안 이 방에서 무슨 소리가 나는 걸 듣진 못하셨나요?"

"소리? 무슨 소리? 못 들었어!"

"아버진 귀가 좀 먹으셨다네. 그리고 그 점에 대해서 굉장히 신경 쓰고 계셔."

도널드 커크가 속삭이듯 말을 했다.

"이놈, 도널드, 뭘 그렇게 수군대는 게야? 그래서, 그다음은 뭐야, 퀸?"

엘러리는 어깨를 으쓱했다.

"전 천리안이 아닙니다, 커크 박사님. 어떤 책이 없어졌나요?"

"내 모세 오경 주석서야!"

"박사님 거 뭐라고요?"

"이런 무식한 놈!"

노박사가 으르렁거렸다.

"히브리 책이야. 멍청하기는! 히브리 책도 몰라? 나는 지난 오 년 동안 내 이론에 근거해서 유대교의 율법 서적을 연구해 왔지. 그건 말이야……."

"히브리 책이란 말이죠."

엘러리는 차분하게 말했다.

"그러면 히브리어로 쓰인 책이란 뜻입니까?"

"물론이지. 물론이고말고."

"그 이외엔 없어진 게 없나요?"

"없어. 다행히도 그 약탈자 놈들이 내 중국어 원고에는 손을 대지 않았더군. 만약 그게 없어졌다면 난 기가 막혀 죽고 말았을 게야!"

"아, 중국어 원고라고요? 참, 박사님은 그 표의 문자에도 조예가 깊으셨죠. 이제 생각이 났습니다. 네, 맞습니다. 언어학자로서의 높으신 명성은 저 같은 범인(凡人)의 귀에까지도 들어올 정도였죠. ……말끔히 쓸어 갔군요. 이것 참."

엘러리는 책장 쪽으로 가서 안을 들여다보았다. 하지만 그는 책장을 살피는 것이 아니었다. 그의 눈은 어디 다른 먼 곳을 쳐다보기라도 하는 양 반짝였다.

"도대체 그런 책이 어디에 쓸모가 있다고 훔쳐 갔는지 알 수가 없군."

도널드가 머리를 내저으며 맥 빠진 목소리로 중얼거렸다.

"재앙은 늘 한꺼번에 온다더니 딱 그 짝이야. 안 그래, 퀸? 자네 생각은 도대체 어떤가?"

엘러리는 천천히 고개를 돌렸다.

"여러 가지로 해석할 수 있지만 대부분 안개로 뒤덮여 있어. 그건 그렇고, 박사님. 없어진 책들은 모두 값비싼 것들입니까?"

"천만에! 학자 이외의 사람에겐 전혀 가치가 없어."

"무척 재미있는 일이로군……. 이봐, 커크. 히브리 책은 한 가지 주목할 점이 있어."

커크 박사는 자신도 모르게 관심을 기울이면서 엘러리에게로 눈길을 쏟았다. 조 템플도 조용히 그의 입을 주목했다. 그 입에서 무슨 말이 쏟아져 나올지 걱정이라도 되는 듯 사뭇 불안을 억누르는 표정이었다.

"주목할 만한 점?"

커크가 어리둥절한 얼굴로 반문했다.

"그래. 히브리어는 비정통적인 언어야. 손으로 쓸 때든 인쇄를 할 때든 항상 거꾸로 쓰게 되어 있어."

"거꾸로, 라고요? 어머, 그렇다면……."

다이버시 양이 놀란 얼굴로 말했다.

"거꾸로 쓰여 있단 말입니다."

엘러리는 얘기를 계속했다.

"읽는 것도 거꾸로예요. 인쇄 체제도 마찬가지고요. 로망스어와는 모든 것이 반대로 되어 있어요. 그렇죠, 박사님?"

"그래, 그 말 그대로야!"

노박사는 으르렁거리며 말했다.

"하지만 자넨 어째서 로망스어와의 차이점만을 거론하나?

또 그게 뭐 그리 대단하다고 그렇게 놀라나?"

"그건 말이죠……."

엘러리는 변명하듯이 말했다.

"이번 사건 자체가 '거꾸로' 범죄이기 때문입니다."

"오, 하나님, 이 풋내기 학자를 돌봐주소서."

커크 박사는 끙 하고 신음했다.

"한데 그게 도대체 어떻다는 게야? 난 도둑맞은 내 책만 찾으면 그걸로 족해. 자네가 열을 올리고 있는 '거꾸로' 따윈 어떻게 되든 상관없단 말이지."

박사는 일단 말을 멈추었으나, 물기 없는 두 눈은 타는 듯이 이글거렸다.

"이봐, 멍청이. 혹시 나를 이 비논리적이고 하찮은 사건의 범인이라고 의심하는 것 아냐?"

"전 어느 누구도 의심한 적이 없습니다. 하지만 정황으로 보아 이상한 사건이란 걸 박사님도 부정하시진 않으시죠?"

엘러리가 말했다.

"참 퍽이나 그렇겠구먼."

커크 박사는 코웃음을 쳤다.

"내 책이나 빨리 찾아줘!"

엘러리는 한숨을 쉬면서 지팡이를 꽉 움켜쥐었다.

"유감이지만 박사님, 현재로는 박사님 책을 찾아낼 방법이 없군요. 제 아버지, 퀸 경감이 근무하고 있는 경찰 본부에 전화를 걸어 방금 여기서 발생한 사건을 신고하시는 게 좋겠습니다. ……템플 양."

조 템플은 깜짝 놀랐다.

"네? 왜 그러세요, 퀸 씨?"

"우리 둘은 잠깐 실례하는 게 좋을 것 같군요."

일동은 엘러리가 몸집 작은 여인을 데리고 복도로 나가면서 문 닫는 것을 어이없다는 듯 지켜보았다.

"어째서 말해주지 않았나요, 연꽃 아가씨?"

"뭘 말예요, 퀸 씨?"

"지금 막 생각이 난 건데, 당신은 중국 문화 전반에 걸쳐 온갖 '거꾸로'의 예를 다 들었으면서 왜 가장 대표적인 것은 얘기하지 않았나요? 중국어에 대해서 말입니다."

"언어요? 참, 그랬었군요."

템플 양은 희미하게 미소를 지었다.

"당신은 정말 의심이 많은 분이세요, 퀸 씨. 그냥 미처 거기까지 생각이 미치지 않아서 얘기 못 한 것일 뿐이에요. 당신이 말하고 싶은 건 히브리어 말고도 인쇄 체제가 거꾸로인, 그것도 가로쓰기가 아니라 위에서부터 세로로 써 내려가는 언어가 있다, 그게 바로 중국어라는 것 아니에요? 하지만 그게 도대체 어떻다는 거예요?"

"특별히 어떻다는 건 아닙니다. 단지…… 당신이 그걸 내게 말해주지 않았다는 게 문제였죠."

엘러리가 중얼거리듯 말했다.

그녀는 발을 동동 굴렀다.

"어머, 당신도 다른 사람들이랑 똑같이 못됐어요! 혹시 이곳 공기 속엔 사람을 바보로 만드는 뭔가가 섞여 있기라도 한 건가요? 도널드 커크 이외의 사람들은 모두 가벼운 정신 이상에 걸려 있는 것 같군요……. 또 그 사람까지도……. 제가 중국어에 대해 얘기하지 않은 게 어쨌다는 거예요? 아무튼, 특별한 뜻이 있어 그랬다고는 말 못 하겠죠. 그 도둑이 커크 박사의 중국어 책은 훔쳐 가지 않은 것을 당신도 알잖아요?"

"바로 그겁니다."

엘러리는 얼굴을 찌푸렸다.

"내가 고심하고 있는 것도 바로 그 점입니다. 왜 그랬을까요? 뭔가 대단한 계략이 있어 일부러 못 본 척한 것일까요? 아니면 내가 얕은 둔덕을 높은 산으로 착각한 것일까요. 어느 쪽이 됐든 깊이 생각해볼 가치가 있다고 봐요. …… 중국, 중국, 중국! 이 동양의 심오한 비밀을 풀 수 있게 탐정 찰리 챈이라도 불러오고 싶군요. 난 완전히 두 손 들었어요. 사리에 맞는 게 하나도 없어요. 모든 게 오리무중입니다. 이건 세계적으로도 유례가 없는 불가사의한 사건입니다."

"제가…… 도와드릴 수만 있다면 얼마나 좋겠어요."

조 템플은 눈길을 내리깔면서 중얼거렸다.

"흠, 고마워요, 템플 양."

엘러리는 템플 양의 손을 잡고 흔들었다.

"일이 나빠지려면 언제나 이렇죠. 아마 더욱 악화될 겁니다. 내일은 또 어떤 '거꾸로'가 튀어나오려는지!"

9
푸저우 우표

이튿날 아침, 퀸 일가의 모든 가사를 도맡아 하는 주나가 침실로 올리브색의 앳된 얼굴을 들이밀었다가 깜짝 놀라 소리를 질렀다.

"엘러리 씨, 웬일이세요? 이 시간에 다 일어나 계시고!"

주나가 놀란 이유는 지금까지 경험해온 관례가 바로 눈앞에서 물거품처럼 부서졌기 때문이었다. 엘러리 퀸 씨는 자기 마음이 내키지 않는 한 힘든 일이나 지칠 일은 아예 하지 않는 사람이므로, 아침에도 결코 일찍 일어나는 법이 없었다. 실제로 경감은 아침마다 자기 옆자리의 트윈 베드에 대자로 누워 세상 모르고 늦잠을 자는 비쩍 마른 아들에게 아파트가 떠나가라 화산 같은 호통을 치는 것이 하나의 일과였다. 하지만 오늘 아침은, 비록 머리는 헝클어져 있었으나 10시라는 전대미문의 시각에 일어나 짙은 노란색의 명주 파자마 차림으로 뾰죽한 콧등엔 코안경까지 걸치고 진지한 얼굴로 두꺼운 책을 읽고 있었다.

"그렇게 빈정거리면 못써, 주나. 하루 정도는 일찍 일어날 수도 있잖아."

엘러리는 책에 눈을 박은 채 건성으로 말했다.

주나는 미간을 찡그렸다.

"그건 무슨 책인가요?"

"중국 풍습에 관한 어떤 사람의 위대한 저서다. 요 교양 없는 녀석아. 하지만 별로 도움은 안 되는 것 같네."

엘러리는 책을 덮어 한쪽으로 던지더니 하품을 하고는 베개 위로 다시 벌렁 드러누워 편안한 한숨을 내쉬었다.

"준, 빨리 토스트 1미터에 커피 1리터 가져다주렴."

"이제 그만 일어나세요."

주나가 단호하게 말했다.

"도대체 왜 일어나야 한다는 거야?"

엘러리는 베개에 얼굴을 묻고 웅얼웅얼 투덜거렸다.

"손님 오셨거든요."

엘러리는 벌떡 일어났다. 안경이 귀에 걸려 달랑거렸다.

"이런 맹랑한 녀석! 왜 진작 말하지 않았어, 이 호문쿨루스 같은 녀석아. 누구야? 찾아온 사람이……. 그 신사분, 오래 기다렸나?"

엘러리는 침대에서 빠져나와 허둥지둥 드레싱 가운을 집어 들었다.

"맥고언 씨라는 분이시던데요. 손님이 남자분이시란 건 어떻게 아셨죠?"

주나는 문에 기대어 선 채 감탄을 억누르며 물었다.

"맥고언이라고? 이상한데."

엘러리는 혼잣말처럼 중얼거리면서 말했다.

"아, 그거? 그거야 간단하지. 잘 들어, 요 건방진 녀석. 인간의 성별은 남녀 두 가지 뿐이지. 뭐, 자연 속에서 벌어지는 우연한 사고를 제외하면 말이야. 따라서 적당히 둘러대더라도 적중할 확률이 언제나 50퍼센트는 되는 거야."

"나 참."

주나는 못 믿겠다는 듯 씩 웃고는 모습을 감췄다가 산발을 한 머리를 다시 침실로 들이밀고는 말했다.

"커피는 탁자 위에 있어요."

엘러리가 거실로 들어갔을 때 장신의 글렌 맥고언은 타닥타닥 소리를 내며 타오르는 난로 앞에서 가만히 있지 못하고 왔다 갔다 하는 중이었다. 엘러리가 들어서는 것을 본 그는 걸음을 딱 멈추었다.

"아, 퀸 씨. 이거 미안합니다. 당신을 일부러 침대에서 끌어낼 생각은 아니었습니다."

엘러리는 큼직한 맥고언의 손을 잡고 느릿느릿 흔들었다.

"아니, 괜찮아요. 오히려 잘됐죠 뭐. 그렇지 않았으면 아무도 저를 깨워주지 않았을 테니 말입니다. 아침 같이 드시겠습니까, 맥고언 씨?"

"난 먹고 왔습니다. 기다리고 있을 테니까 천천히 들도록 하세요."

엘러리가 키득키득 웃었다.

"내 보기에는…… 당신은 히버 주교가 즐겨 썼던 '스위프트의 여덟 번째 지복(至福)'이라는 말에 상당히 감화를 받을 것 같군요. 원래는 로마 가톨릭에서 나온 말이지만요."

"무슨 말인지 못 알아듣겠군요."

맥고언은 멍청한 얼굴로 되물었다.

"교황(Pope)이 할 법한 충고라는 겁니다. 아니, 사실은 포프 *Alexander Pope, 영국의 시인·풍자가—옮긴이*를 빗대서 한 말입니다. 존 게이 *John Gay, 영국의 시인·극작가—옮긴이* 앞으로 보낸 편지에서 포프는 '아무것도 기대하지 않는 사람은 축복을 받았으니, 결코 실망하지 않으리라.'라고 했어요. 오늘 아침 나는 자선을 베풀 기분이 아니거든요. ……자, 지금 난 참을 수 없을 만큼 몹시 배가 고픕니다. 내가 연료 보급을 하는 동안 대화를 나누기로 하죠."

엘러리는 식탁에 앉으면서 오렌지 주스를 집어 들었다. 맥고언은 한동안 입을 다물지 못했다. 소년다운 밝은 눈동자 한 쌍이 부엌 문틈으로 이쪽을 들여다보고 있었다. 새롭게 나타난 손님에게 호기심이 쏠리는 모양이었다.

"정말 같이 안 드시겠어요?"

"고맙지만, 괜찮습니다."

맥고언은 어물어물 대답했다.

"음……. 당신은 아침 식사 전에 항상 이렇게 말이 많은가요, 퀸 씨?"

엘러리가 씩 웃으며 입에 든 음식물을 꿀꺽 삼켰다.

"미안합니다. 안 좋은 버릇이죠."

맥고언은 다시 방 안을 왔다 갔다 하다가 이윽고 걸음을 멈추고는 입을 열었다.

"퀸 씨, 어젯밤엔 실례가 많았어요. 커크 박사의 행동은 정말로 예측불허라서 말이죠. 마르셀라도, 나도…… 아니, 모두가 당신한테 미안해하고 있어요. 물론 그 양반이 망령이 나기 시작한 건 사실입니다. 폭군이에요. 게다가 공무상의 수사조차 이해하려 하지 않고……."

"괜찮다니까요."

엘러리는 토스트를 우적우적 먹으면서 쾌활하게 말했다. 그러고는 일절 입을 열지 않았다. 대화의 내용을 손님에게 맡겨버리려는 모양이었다.

"그건 그렇고……."

맥고언은 머리를 설레설레 흔들면서 난로 옆에 있는 팔걸이

의자에 걸터앉았다.

"내가 이렇게 아침부터 찾아왔는데도 별로 놀라지 않는 것 같군요."

엘러리는 커피 잔을 들었다.

"나 역시 사람일 뿐입니다. 당신이 찾아오리라는 걸 미리 알고 있진 않았어요."

맥고언은 약간 음울한 웃음을 지었다.

"물론 난 개인적인 입장에서 당신한테 사과하고 싶었습니다. 나도 커크가의 일원이나 다름없으니까 말이죠. 마르셀라와 난 이미……. 퀸 씨, 내 말 좀 들어봐요."

엘러리는 한숨과 함께 의자에 깊숙이 몸을 묻으면서 냅킨으로 입술을 닦았다. 그러고 나서 맥고언에게 담배를 권했지만, 거구의 사내는 거절했으므로 자기만 한 개비 입에 물었다.

"자! 이제 좀 살 것 같군. ……자, 맥고언 씨. 이제 이야기해 보시죠."

두 사람은 한동안 말없이 서로의 얼굴을 바라보았다. 이윽고 맥고언이 가슴 안쪽 주머니를 더듬기 시작했다.

"솔직히 말해, 당신이 무슨 생각을 하고 있는지 전혀 모르겠군요. 당신은 겉보기보다는 훨씬 더 많은 것을 알고 있는 것 같은데 말입니다……."

"난 메뚜기 같은 인간입니다. 보호색을 띠고 있지요. 사실은 내 취미 활동 때문에 개발된 능력이긴 하지만 말입니다, 맥고언 씨."

엘러리가 나직하게 말했다. 그러고는 미간을 찡그리며 담배를 내려다보더니 다시 입을 열었다.

"그 살인 사건을 두고 하는 말입니까?"

"그렇습니다."

"난 아무것도 모릅니다."

엘러리는 씁쓸한 얼굴로 말했다.

"아니, 아무것도 모른다고도 말할 수 없어요. 실은 그 이하지요. 그렇지만 당신이 알고 있는 건 듣고 싶군요."

맥고언은 깜짝 놀랐다.

엘러리가 말을 이었다.

"난 당신한테 숨기는 게 아무것도 없습니다. 하지만 당신은 뭔가 알고 있는 게 틀림없어요. 그리고 내 생각에는 당신이 가진 지식을 나와 공유하는 편이 현명할 것 같군요. 난 누구보다도 비밀을 철저히 지키는 사람이니까요. 아마 죽은 고양이 앞에서 비밀을 털어놓는 것보다도 안전할 겁니다. 아시다시피 난 공적인 입장의 사람이 아니지 않습니까? 상당히 축복받은 위치지요. 밝혀야 한다고 판단되는 사실은 남들 앞에서 말하겠지만, 그렇지 않은 이야기는 얼마든지 가슴속에 묻어둘 수 있습니다."

맥고언은 길쭉한 턱을 불안한 손길로 툭툭 쳤다.

"도대체 그게 다 무슨 말인지 전혀 모르겠군요. 내가 뭔가 숨기고 있다는 뜻입니까? 정말로……."

엘러리는 조용히 그를 응시했다. 이어서 뭔가 생각에 잠긴 표정으로 담배를 피웠다.

"어쩐지 당신은 날 신용하지 않는 것 같군요. 맥고언 씨, 당신 머릿속에 있는 게 도대체 뭡니까? 아니 손에 쥐고 있는 것이라고 말하는 게 옳을지도 모르겠군요."

맥고언은 커다란 손을 펼쳤다. 넓은 손바닥 안에는 카드 케이스처럼 자그마한 가죽 제품이 있었다.

"이겁니다."

"무슨 케이스 같군요. 진짜 가죽인가, 아니면 모조품? 유감스럽게도 내 눈은 엑스레이 촬영기가 아닙니다. 내가 좀 살펴보아도 될까요?"

하지만 맥고언은 손바닥의 가죽 케이스에서 눈길을 떼지 않았다. 물론 엘러리에게 넘겨주지도 않았다.

"방금 구입했습니다……. 이 케이스 안에 든 것을 말입니다. 굉장히 값비싼 겁니다. 이건 물론 단순한 우연이라고 생각하지만, 어쩐지 문제의 씨앗이 될 것 같은 예감이 듭니다. 뭔가 곤란한 일을 불러일으킬 것 같아요……. 난 눈곱만큼도 잘못한 게 없는데 말입니다."

엘러리는 눈 한번 깜박거리지 않으면서 맥고언을 응시했다. 맥고언은 안절부절못했다.

"숨길 생각은 전혀 없습니다. 만약 내가 입을 다문다 하더라도 경찰이 결국은 알아낼 거라는 생각이 들더군요. 그렇게 되면 오히려 내 입장이 난처해질 것 아닙니까? 어쩌면 불쾌한 대접을 받을지도 모를 일이고요. 그래서……."

"조사를 할 필요성은 확실히 있어 보이는군요."

엘러리는 혼잣말처럼 중얼거렸다.

"도대체 무슨 말을 하고 있는 겁니까, 맥고언 씨?"

맥고언은 가죽 케이스를 엘러리에게 건넸다.

엘러리는 그것을 받아들고 조심스럽게 만져보았다. 그것은 오랜 기간 온갖 이상한 물건을 검사해보는 동안 몸에 익은 일종의 여유이기도 했다. 검은색 모로코가죽으로 만든 케이스에는 간단한 스프링 장치로 된 꼭지쇠가 달려 있었다. 자그마한 단추를 누르자 뚜껑이 찰칵 소리를 내며 열렸다. 케이스 안쪽은 새틴이 입혀져 있었는데, 안쪽 움푹 들어간 곳에 직사각형의 우윳빛 반투명한 봉투가 담겨 있었다. 그리고 봉투 속의 작은 주머니에는 우표가 한 장 들어 있었다.

맥고언은 입을 다문 채 니켈로 된 우표용 핀셋을 꺼내어 엘러리 앞으로 내밀었다. 엘러리는 봉투를 연 다음, 다소 서투른 솜씨로 작은 주머니를 핀셋으로 집어냈다. 셀로판지 너머로 우표가 똑똑히 보였다. 세로보다 가로가 더 긴 대형 우표였으며 네 가장자리에는 천공이 촘촘히 나 있었다. 테두리는 황토색이었고, 바닥에는 중국풍 화환 무늬가 들어 있었다. 아래쪽 양 귀퉁이에는 액면 가격이 '$1'라고 표시되어 있었으며 황토색의 위쪽 테두리를 따라 'FOOCHOW(福州)'라고 쓰여 있었다.

그러나 우표 감상에 익숙하지 않은 엘러리의 눈에도 테두리 안쪽, 다른 색깔로 회화적 디자인이 들어 있어야 할 부분에 아무것도 들어 있지 않음을 금방 알 수 있었다. 그 부분은 그냥 백지로 남아 있을 뿐이었다.

"이건 좀 이상하군요?"

엘러리가 혼잣말처럼 내뱉었다.

"나는 우표 수집가는 아니지만, 가운데 부분이 공백으로 된 우표를 본 적은커녕 그런 게 있다는 얘기조차 들은 적이 없는데요. 도대체 이건 어떻게 된 거죠, 맥고언 씨?"

"빛에 한번 비추어봐요."

맥고언이 차분하게 말했다.

엘러리는 맥고언을 한번 날카롭게 쏘아본 다음, 시키는 대로 했다. 작고 얇은 종잇장을 통해 말할 수 없이 아름다운 경치가 검은색 실루엣처럼 뚜렷하게 나타나는 것을 볼 수 있었다. 항구를 배경으로 원주민을 가득 태운 카누처럼 생긴, 길고 화려

한 예전용 배가 떠 있었다. 우표 상단의 글자로 보아 배경의 항구는 푸저우 항이 분명했다.

"놀랍군요, 정말 놀라워요."

중얼거리면서 맥고언을 쏘아보는 엘러리의 눈빛이 날카롭게 빛났다.

맥고언은 여전히 조용한 말투로 입을 열었다.

"우표를 한번 뒤집어서 보시죠."

엘러리는 시키는 대로 했다. 놀랍게도 우표 뒷면에는 항구 풍경이 검은색 잉크로 인쇄되어 있었다. 그 위에 덧바른 풀이 마르면서 갈라진 자국도 보였다.

"거꾸로 된 거로군요?"

엘러리는 천천히 다시 말했다.

"두말할 것도 없군요. '거꾸로' 된 겁니다."

맥고언은 핀셋으로 조심스럽게 주머니를 집어 다시 봉투에 넣었다.

"진귀하지 않습니까? 내가 알고 있는 한 우표 수집 분야에서도 이런 오쇄는 이것 한 장뿐입니다. 수집가들이 꿈까지 꾸는 드문 물건이지요."

맥고언은 숨죽인 소리로 말했다.

"'거꾸로'란 말이죠?"

엘러리는 다시금 중얼거렸다. 너무도 분명한 사실이었기 때문에 오히려 믿을 수가 없어 스스로에게 되물어보는 것 같기도 했다. 의자 등받이에 기대어 눈을 감은 채 담배를 피우던 엘러리는 다시 입을 열었다.

"자, 맥고언 씨! 대단히 영양가 있는 방문이로군요. 도대체 어떻게 해서 이런 오쇄가 생겼지요?"

맥고언은 케이스 뚜껑을 딸깍 닫고는 가슴 안주머니에 아무렇게나 쑤셔 넣었다.

"보시다시피 이 우표는 2도 인쇄입니다. 수집 용어로는 이런 우표를 '바이컬러(bicolor)'라고 부르죠. 이 우표는 황토색과 검은색으로 되어 있어요. 다시 말하면 이 우표 시트는 두 번 인쇄를 한 겁니다. 아, 우표는 모두 시트로 되어 있거든요. 한 장 한 장 인쇄하는 게 아니라요."

엘러리는 고개를 끄덕였다.

"한 번은 황토색, 그리고 또 한 번은 검은색, 그렇게 두 번이란 말이죠?"

"네. 그 정도만 알아도 이 우표가 어째서 이렇게 됐는지 짐작할 수 있을 겁니다. 황토색 인쇄가 끝나 건조기에 말린 다음, 다음 공정 어딘가에서 착오가 생긴 거죠. 인쇄공의 부주의로 시트를 '뒤집어서' 인쇄기에 건 게 틀림없어요. 그 결과 검은색 그림이 시트 표면이 아니라 뒷면에 찍힌 거죠."

"하지만, 그렇다 하더라도 정부 기관에서 검사를 했을 것 아닙니까? 미국의 우편 당국은 그런 점엔 상당히 엄격하죠. 잘못 인쇄된 우표가 도대체 어떻게 세간에 나돌게 되었는지 나로선 이해가 안돼요. 이렇게 오류가 발생한 시트는 그 즉시 파기하는 줄 알았는데, 그렇지도 않은 모양이로군요."

"대개의 경우는 그렇게 하지만, 어쩌다가 시트 한두 장이 유출되는 경우도 있어요……. 검사관이 실수를 할 경우도 있고, 또는 우표 수집가들에게 비싸게 팔려고 누군가가 슬쩍하기도 하죠. 예를 들면 24센트짜리 미국 항공 우표 말입니다만, 거꾸로 인쇄된 시트를 검사관이 깜박하는 바람에 그냥 발행되었던 걸로 유명합니다. 이 푸저우 우표는……."

맥고언은 고개를 설레설레 흔들면서 말을 이었다.

"실제로 어떻게 된 건지 전혀 알 수가 없어요. 하지만 어쨌든 실물이 여기 있는 건 사실입니다."

"알겠습니다."

엘러리는 그렇게 대답한 다음 입을 다물었다. 한동안 침묵이 흘렀다. 부엌에서 주나가 그릇 씻는 소리만 요란하게 들려올 뿐이었다.

"그러니까 당신은 이 진귀한 우표를 손에 넣었다는 사실을 알려주려고 날 찾아온 거로군요. '거꾸로' 때문에 두려움을 느꼈던 겁니까?"

"나는 하나도 두렵지 않습니다."

맥고언은 퉁명스레 대답했다. 엘러리는 그의 안정된 눈빛, 길쭉한 턱에 서린 표정으로 보아 그의 말을 믿기로 했다.

"이봐요, 퀸 씨. 난 약삭빠른 스코틀랜드인입니다. 남에게 바짓자락을 잡힐 만한 짓은 절대로 안 한다는 뜻입니다……."

맥고언은 말꼬리를 흐렸다. 그러나 다시 입을 열었을 때는 훨씬 말투가 가벼웠다.

"이 푸저우 우표는 우리가 보통 '지방 우표'라고 부르는 종류의 우표입니다. 조약에 의해 개항된 항구 중 하나인 푸저우 시 당국은 그 지역 우편 제도를 활성화하기 위해 독자적으로 우표를 발행하고 있어요. 아시다시피 난 지방 우표를 전문으로 수집하기 때문에 다른 우표에는 관심이 없습니다. 대신 지방 우표라면 뭐든지 좋아하죠. 미국 것이든, 스웨덴 것이든, 스위스 것이든……."

"그럼 하나 물어보겠는데……, 그 우표는 이번에 처음 발견된 겁니까? 그런 게 있는 줄도 모르다가 우연히 손에 넣게 된 건가요?"

엘러리가 낮은 목소리로 물었다.

"아뇨, 그렇진 않습니다. 전문가들은 이 우표 발행 당시에 이미 오류가 발생했다는 걸 알고 있었어요. 하지만 그 잘못된 시트는 푸저우 우편 당국이 파기해버린 줄로만 알았죠. 이 카피를 본 건 나도 이번이 처음입니다."

"실례지만, 어디서 어떻게 입수하셨습니까?"

"사실은 사연이 좀 기묘합니다."

맥고언은 눈살을 찌푸리면서 말했다.

"바리안이라는 남자에 대해 들어본 적 있습니까?"

"바리안? 아르메니아 사람인가요? 처음 듣는 이름인데요."

"네, 아르메니아인입니다. 그 나라에선 흔한 이름인가 봅니다. 바리안이라는 사내는 뉴욕에서도 가장 유명한 우표상인데, 오늘 아침에 그것도 새벽같이 내게 전화를 걸어서는 탐나는 물건을 보여줄 테니까 곧장 자기 사무실로 달려오라는 겁니다. 솔직히 이번 주 내내 열심히 여기저기 쑤시고 다녔지만 고생만 잔뜩 했을 뿐이고 쓸 만한 우표는 한 장도 찾아내기 못했거든요. 게다가 그 살인 사건까지 겹쳐 기분이 엉망이었던 참이고 해서……. 솔직히 조금쯤은 재미를 보고 싶었습니다."

맥고언은 어깨를 으쓱하며 말을 이었다.

"나는 바리안을 잘 압니다. 그 친구는 괜찮은 물건이 없는 한 절대로 나한테 전화를 거는 법이 없죠. 항상 나를 위해 지방 우표를 찾아주는 사람입니다. 사실 지방 우표는 수집하는 사람도 별로 없고, 그래서 매물 자체도 많지가 않거든요."

그는 의자 등받이에 기대면서 넓은 가슴팍에 팔짱을 꼈다.

"전에도 이런 일이 있었다는 얘기로군요."

"그럼요, 있었지요. 그래서 찾아갔더니 바리안은 바로 이 푸저우 우표를 보여주더군요. 바리안 말로는 시트째로 검사에서 빠졌거나, 아니면 이런 진품의 값어치를 안 누군가가 인쇄소에서 훔쳐냈거나 둘 중의 하나라는 겁니다. 오랫동안 어딘가에 은밀히 숨겨뒀던 건 틀림없어요. 이건 옛날 우표입니다. 푸저우가 푸젠 성의 조약 무역항으로 한창 번창하던 때 발행된 것이니까 말이죠. 그렇던 게 이번에 이렇게 불쑥 나타난 겁니다. 바리안이 이걸 나한테 제시하더군요."

"그래서 샀단 말이죠? 그 우표가 우발적인 오쇄 우표란 걸 논외로 친다면 이번 거래에 당신이 그렇게 신경 쓸 건 별로 없다고 봅니다……. 지금까지는 말이죠."

"음……."

맥고언은 코를 문질렀다.

"사실은 나도 뭐가 뭔지 잘 모르겠습니다."

"그게 진짜인 건 틀림없나요? 모조품이나 가짜가 아니고요? 그 정도 우표라면 위조하기도 그리 어렵지 않을 것 같은데요."

"맙소사, 말도 안 돼요."

맥고언은 미소를 지으며 말했다.

"틀림없는 진짜입니다. 우표 인쇄판에는 미세하지만 또렷한 특징이 있습니다. 우표가 인쇄되는 도중에 생겨나는 독특한 자국인데, 이 푸저우 우표에도 그런 특징이 분명히 나타나 있어요. 그걸 위조한다는 것은 불가능합니다. 따라서 이건 틀림없는 진짜 푸저우 우표라고 믿을 수 있어요. 또 전문가인 바리안도 보증을 했고요. 지질, 디자인 그리고 천공을 넣은 형태에 이르기까지……. 네, 어느 것 하나 의심할 게 없습니다. 가짜는 절대로 아닙니다."

"그렇다면 당신은 뭘 새삼 걱정합니까?"

엘러리가 물었다.

"이 우표의 출처요."

"출처?"

맥고언은 일어서서 난로 쪽으로 몸을 돌렸다.

"어쩐지 이상한 생각을 떨쳐낼 수가 없어요. 그래서 자연스럽게 이 푸저우 우표를 어디서 입수했는지 바리안에게 물어봤습니다. 이런 진귀한 물품은 물건 자체도 문제지만, 누가 소장하고 있었느냐는 것도 진위를 가리는 중요한 단서가 되기 때문입니다. 하지만 바리안은 출처를 밝히려 하지 않았어요!"

"아하."

엘러리는 생각에 잠긴 표정이었다.

"내 말 아시겠습니까? 어디서 났는지, 도통 입을 열려 하지 않더란 말입니다. 절대로 말할 수 없다면서요."

"당신 보기엔 어땠습니까? 바리안이 정말로 모르는 것 같던가요?"

"당연히 알고 있었어요. 내 느낌으로는 누군가의 대리로 물건을 판 것 같더군요. 바로 그게 내가 찜찜했던 부분이기도 하고요."

"왜죠?"

맥고언은 이쪽으로 돌아섰다. 활활 타오르는 난롯불을 등지고 선 탓에 그의 거구는 검은 실루엣처럼 보였다.

"나도 정확히는 모르겠습니다. 하지만 어쩐지 마음에 자꾸만 거슬리더군요. 왠지 좀 냄새가 나는 것도 같았고······."

맥고언이 느릿느릿 말했다.

"그렇다면······ 장물이라고 생각했나요? 그래서 신경이 쓰였던 겁니까?"

엘러리가 나직하게 말했다.

"아니, 그런 건 아닙니다. 바리안은 정직한 친구입니다. 나도 단도직입적으로 그 점을 따져봤는데, 절대로 장물은 아니라고 확언했어요. 내가 그렇게 묻자 대단히 모욕적이라는 표정을 짓더군요. 그래서 나도 그 말이 사실이라는 것을 깨달았죠. 바리안은 오히려 나한테 왜 그렇게나 우표 출처를 궁금해하느냐고 묻더군요. 지금까지는 그런 적이 한 번도 없지 않았느냐면서요. 그 친구 말을 그대로 옮긴 겁니다! 그 사람이 그런 말을 했다는 것도 이상한 일이지만, 말 자체도 굉장히 실례되는 말 아닙니까? 왠지 내 생각에는 그 친구가 수상쩍은 거래에 손을 물들이고 있었기 때문에 지레 제 발이 저려서 화를 낸 게 아닌가 싶더군요……. 바리안의 설명에 의하면 다른 고객을 제쳐놓고 나한테 먼저 전화를 건 이유는, 내가 지방 우표를 수집하는 최고의 전문가라서 그랬다는 겁니다."

"그의 행동이나 말 속에서 어떤 단서를 찾아낼 수 있다면 좋으련만……."

엘러리는 침울하게 중얼거리고는 거구의 맥고언을 올려다보면서 쓴웃음을 지었다.

"아무래도 모르겠군요."

"내가 너무 격식에 얽매여 있는 것일까요?"

맥고언은 어깨를 으쓱하면서 낮게 말했다.

"너무 신경이 곤두섰는지도 모르죠. 하지만 당신은 내 입장을 이해해주리라 믿습니다. 그 끔찍한 살인 사건 직후에 홀연히 이런 '거꾸로' 우표가 굴러 들어오다니……."

그는 이마를 찡그렸다.

"게다가 그뿐만이 아니에요. 이 우표 거래에는 묘한 점이 또 하나 있습니다."

"오늘 아침 상당히 불쾌한 일을 많이 겪은 모양이로군요. 아니면 항상 그렇게 신중한 태도를 취하는 겁니까? 그건 그렇고 또 다른 묘한 일이란 뭡니까?"

엘러리가 웃으면서 말했다.

"이건 바리안이라는 사람을 잘 알아야만 이해할 수 있는 일입니다. 아까도 말했지만, 그는 정말 정직한 사람이죠. 하지만 그 역시 아르메니아인이기 때문에 장사엔 빈틈이 없어요. 바리안과 거래할 땐 정신을 바짝 차려야 합니다. 처음에는 과도하게 높은 가격을 제시하기 때문에 흥정을 잘 하지 않으면 바가지를 쓰기 십상이죠. 난 지금까지 그가 처음 부른 가격 그대로 산 적이 한 번도 없어요. 그런데……"

맥고언은 천천히 말을 이었다.

"이번 이 우표만큼은 한 푼도 깎아줄 수 없다는 겁니다. 어쩔 수 없이 나도 달라는 대로 주고 샀지요."

"그랬군요."

엘러리도 느릿느릿 말했다.

"그건 좀 이상하네요. 당신 말대로라면 분명히 누군가가 미리 값을 정해서 바리안에게 판매를 위탁한 게 틀림없는 것 같군요. 바리안은 거기에 자기 수수료를 보태서 값을 불렀을 테지요."

"정말 그렇게 생각합니까?"

"틀림없을 겁니다."

"그래요!"

맥고언은 한숨을 내쉬었다.

"어쩐지 이번 거래에서 난 노인네처럼 의심이 많았던 모양이에요. 그렇더라도 누군가와 상의를 하지 않고는 견딜 수가 없었습니다. 어떻습니까, 별일은 없겠죠?"

"내가 관계되어 있는 한 당신은 문제없을 겁니다."

엘러리는 부드럽게 말했다. 자리에서 일어선 그는 재떨이에 담배를 비벼 껐다.

"그건 그렇고, 맥고언 씨. 그 바리안이란 사람을 좀 소개해주지 않겠습니까? 아주 조금 알아볼 게 있어서 말이죠."

"그렇다면 역시 당신은……."

엘러리는 어깨를 으쓱해 보였다.

"딱 한 가지 마음에 걸리는 게 있어서 그렇습니다. 그 모든 사건이 우연히 일어난 일이란 것 말이죠. 난 우연의 일치란 걸 끔찍이도 싫어하는 사람이거든요."

아우도 바리안의 자그마한 우표 가게는 이스트 41번가에 있었다. 먼지투성이의 쇼윈도에는 우표 카드가 널려 있었다. 두 사람은 비좁은 가게 안으로 들어갔다. 낡은 카운터 유리 밑으로 가격이 적힌 우표 카드가 여러 장 보였다. 가게 안쪽에는 엄청나게 큰 구식 철제 금고가 버티고 있었다.

바리안은 키가 크고 깡말랐으며 피부가 까무잡잡한 남자로, 얼굴 생김새가 날카로웠으며 긴 속눈썹 아래의 검은 눈동자가 아름다웠다. 동작은 영리하면서도 권위 있는 인상을 주었고 손가락 역시 예술가처럼 예민하고 민첩해 보였다. 바리안은 카운터 앞에서 꾀죄죄한 노인 손님 하나를 상대하느라 무척 바쁜 모양이었다. 노인은 뜯어낸 노트 한 장을 보면서 우표 번호를 불러주고 있었다. 두 사람이 들어서자 바리안은 맥고언을 날카롭게 쏘아보며 말했다.

"아니, 맥고언 씨 아니십니까? 뭐 잘못된 일이라도 있나요?"

이어서 엘러리를 곁눈질하더니 시선을 돌렸다.

"아니, 그런 게 아니오. 내 친구를 소개해주려고 다시 들른 거요. 바쁘다면 기다리고 있겠소."

맥고언은 약간 허둥대듯 말했다.

"그러시죠."

바리안은 누더기 차림의 노인 쪽으로 얼굴을 돌렸다.

엘러리는 그가 고객 다루는 모습을 조용히 관찰했다. 그는 마치 핀셋을 살아 있는 동물처럼 움직였다. 우표 뒷면에 붙어 있는 작고 얇은 힌지우표를 앨범 등에 붙이는 데 쓰는 파라핀 종이. 한쪽에 풀칠이 되어 있다.—옮긴이를 떼어내는 손놀림이 너무도 정확하고 익숙해서 보는 사람이 다 유쾌해질 정도였다. 엘러리는 그가 상당히 녹록한 인물이라고 생각했다. 각종 도구들을 배경으로 서 있는 모습이 마치 대륙에 동화된 디킨스의 작품에 나오는 인물 같기도 했다. 가게와 사람은 물론, 곰팡이 냄새가 물씬 풍기는 우표에 이르기까지 디킨스의 《낡은 골동품 가게》와 그 작품에 등장하는 독서광을 연상케 하는 그리운 느낌을 주었다. 엘러리는 바리안이 자그마한 색색의 종잇조각들을 주머니가 달린 카드에 집어넣는 모습을 홀린 듯이 바라보았다.

맥고언은 전시된 우표 카드를 살피는 듯 어슬렁거렸으나 사실 머릿속은 딴 생각으로 가득했다.

허름한 차림의 노인이 이윽고 지갑을 꺼냈다. 그는 십자군처럼 빵과 치즈만으로 끼니를 때우면서 어렵게 모았을 것이 틀림없는 20달러짜리 지폐 넉 장을 내밀고 소액 지폐와 동전을 거슬러 받았다. 우표 카드를 옷 속에 감싸듯이 간직한 노인은 만족한 표정으로 눈에 미소를 띤 채 가게를 나갔다.

"자, 이제 끝났습니다. 맥고언 씨."

바리안은 현관문에 달린 구식 벨 소리가 채 멈추기도 전에 이쪽을 향해 부드러운 말투로 입을 열었다.

"엘러리 퀸 씨를 소개하겠소."

맥고언은 다소 창백한 얼굴로 말했다.

바리안은 검고 큼직한 눈으로 엘러리 쪽을 돌아보았다.

"엘러리 퀸 씨라고 하셨나요? 그렇다면 손님도 우표 수집가신가요?"

"아니, 그렇지는 않습니다."

엘러리는 꿈꾸는 듯한 목소리로 대답했다.

"그러면 동전 쪽이신가요?"

"아니요. 바리안 씨, 나는 이상한 사실들을 수집하는 사람입니다."

눈꺼풀이 반짝이는 눈동자의 사 분의 삼 정도를 덮었다.

"이상한 사실이라뇨? 죄송하지만 무슨 말씀인지 통 모르겠군요, 퀸 씨."

바리안이 미소를 지었다.

"하긴 그럴 겁니다."

엘러리는 유쾌하게 말했다.

"이상한 일이란 이쪽에서 생겼다가 저쪽에서 생겼다가 하니까요. 실은 오늘 아침에 있었던 일 가운데 '특별히' 이상한 게 있어서 이렇게 뒤를 쫓고 있습니다. 아마도 내 컬렉션 중에서도 최고의 품목이 될 겁니다."

바리안은 우유처럼 새하얀 이를 드러내 보였다.

"맥고언 씨, 당신 친구분이 절 놀리고 계시는군요."

맥고언이 얼굴을 붉혔다.

"나는……."

"이건 심각하게 하는 얘깁니다."

엘러리는 날카롭게 말하면서 카운터에 기대어 바리안의 멋진 눈동자를 똑바로 쏘아보았다.

"자, 바리안 씨. 오늘 아침 맥고언 씨에게 판 푸저우 우표, 누가 위탁한 겁니까?"

한동안 엘러리를 쏘아보던 바리안은 이윽고 긴장을 풀면서 한숨을 내쉬었다.

"그 일로 오셨군요."

바리안은 책망하듯 말했다.

"맥고언 씨, 당신은 신용할 만한 분이라고 생각했는데 말입니다. 그 거래는 우리 둘 사이에서 은밀하게 이루어졌다는 사실을 충분히 이해하신 줄 알았는데요."

"퀸 씨에게 자초지종을 얘기해줬으면 좋겠소."

맥고언은 여전히 붉은 얼굴로 딱 잘라 말했다.

"하지만 도대체 이유가 뭡니까? 내가 당신 친구분이라는 퀸 씨에게 이런 이야기를 해야 할 의무는 없지 않습니까, 맥고언 씨?"

아르메니아인은 조용한 말투로 물었다.

엘러리가 느릿느릿 말했다.

"그 이유는 말이죠, 지금 내가 어떤 살인 사건을 수사하는 중이기 때문입니다, 무슈 바리안. 그리고 그 푸저우 우표가 사건과 어떤 연관성이 있다는 분명한 근거를 가지고 있고요."

바리안은 경악한 얼굴로 숨을 들이켰다.

"살인 사건……."

말소리조차 목에 걸려 끊겨버렸다.

"정말입니까……. 도대체 어떤 살인 사건 말입니까?"

"대단히 소식이 느린가 보군요. 신문 안 봅니까? 챈슬러 호텔 22층에서 신원미상의 남자가 살해된 사건, 모르셨습니까?"

"챈슬러 호텔이라고요?"

바리안은 검은 입술을 깨물었다.

"전혀 몰랐습니다……. 전 신문을 안 보거든요."

그는 카운터 뒤에 있는 의자를 손으로 더듬어 앉았다.

"좋습니다, 말씀드리겠습니다. 전 어떤 사람의 부탁을 받아 그 우표를 팔았습니다. 그 사람은…… 자기가 누군지 말하지 말아달라고 했습니다."

"바리안, 그 빌어먹을 놈이 도대체 누구야?"

맥고언은 카운터를 주먹으로 내리치며 고함을 질렀다.

"자, 자. 폭력을 써서 될 일이 아닙니다, 맥고언 씨. 바리안 씨가 지금 이야기를 시작하려고 하잖아요. 그렇죠?"

엘러리가 맥고언을 말렸다.

"말씀드리죠."

아르메니아인은 될 대로 되라는 투였다.

"뿐만 아니라, 제가 왜 맥고언 씨에게 먼저 전화를 걸었는지도 말씀드려야겠군요. 살인이라니, 세상에……."

그는 몸을 한 번 부르르 떨었다.

"사실은 그 사람이 말이죠."

바리안은 입술을 한 번 핥았다.

"그 우표를 당신한테 제일 먼저 보여드리라고 했기 때문에 그랬던 겁니다."

맥고언은 커다란 턱이 빠지도록 입을 딱 벌렸다.

"말하자면 이렇다는 거요? 오늘 아침 그 푸저우 우표를 내게

판 것은 일종의 특별 지정 판매란 말이지? 꼭 나한테만 팔라고 했다고?"

"네."

"그게 누구였습니까, 바리안 씨?"

엘러리가 부드럽게 물었다.

"그건……."

바리안은 입을 다물었다. 무언가를 호소하는 듯, 검은 눈동자가 심상치 않은 빛을 내뿜었다.

"빨리 말 못 해?"

맥고언이 앞으로 한 걸음 다가서서 호통을 치고는 커다란 손으로 아르메니아인의 코트 멱살을 쥐고 마구 흔들어댔다. 검은 머리가 마구 흔들리고 얼굴은 황록색으로 변했다.

"그만둬요, 맥고언. 그만하라고요!"

보다 못한 엘러리가 버럭 고함을 질렀다.

맥고언은 씩씩거리다가 코트 자락을 쥔 손을 마지못해 놓았다. 바리안은 두 번 기침을 한 다음, 겁에 질린 얼굴로 두 사람을 번갈아 바라보았다.

"어서 말해!"

맥고언이 으르렁거렸다.

"저 말이죠……."

아르메니아인은 주눅이 든 표정으로 고개를 들면서 입속으로 우물거렸다.

"그 사람은 세계 최대의 우표 수집가입니다. 특히……."

"중국인가요? 음, 그래. 푸저우…… 중국……."

엘러리가 기이한 말투로 중얼거렸다.

"네. 중국 전문입니다. 아시겠지만…… 저기 말입니다……."

"도대체 누구야?"

맥고언이 숨 쉴 틈도 주지 않고 사납게 몰아세웠다.

바리안은 어쩔 수 없다는 듯 처량하게 두 손을 펼쳤다.

"정말 이러면 안 되는데……. 그 사람은 당신 친구분인 도널드 커크 씹니다."

10
이상한 도둑

맥고언은 완전히 제정신이 아닌 듯했다. 바리안의 가게에서 챈슬러 호텔로 돌아오는 택시 안에서도 충격을 이기지 못한 듯 내내 파랗게 질린 얼굴로 입을 꼭 다물고 있었다. 엘러리도 전혀 말이 없었다. 얼굴을 사납게 찌푸린 채 뭔가 깊은 생각에 잠겨 있는 것 같았다.

"커크라."

이윽고 엘러리가 중얼거렸다.

"흠, 이해가 안 가는 게 몇 가지 있습니다. 대개의 경우 인간 행동은 심리학의 일반적 지식으로 해석할 수 있죠. 사람, 그러니까 모든 사람은 내부적 충동에 따라 행동하기 마련입니다. 따라서 이쪽은 눈을 크게 뜨고 주위에 있는 꼭두각시들의 심리적 변화 가능성만 예측하고 있으면 되는 겁니다. 하지만, 커크라……. 도저히 믿을 수가 없어요!"

"나도 뭐가 뭔지 모르겠어요."

맥고언이 가라앉은 목소리로 입을 열었다.

"뭔가 잘못된 게 틀림없어요, 퀸 씨. 도널드가…… 다른 사람도 아니고 내게 그런 짓을 하다니! 꿈에도 생각지 못한 일이란 말입니다. 이건 도널드답지 않은 일입니다. 교묘하게 날 함정에 빠뜨리다니 말도 안 돼요. 퀸 씨, 난 그의 친굽니다. 아마도 이 세상에 단 하나밖에 없는 친구일 겁니다. 난 그의 여동생과 결혼할 사람이고, 그는 자기 여동생을 아주 끔찍이 사랑합니다. 설령 나한테 화가 나는 일이나 못마땅한 점이 있다 하더라도…… 나를 괴롭히면 그녀 역시 몹시 상처를 받는다는 것쯤 도널드도 잘 알고 있을 텐데 말입니다. 도대체 왜 그랬는지 도통 영문을 모르겠군요."

"기다려보는 것 이외엔 다른 방법이 없을 것 같군요."

엘러리는 건성으로 말했다.

"정말 이상한 일입니다. 그건 그렇다 치고 맥고언 씨, 도널드가 푸저우 우표를 가지고 있다는 걸 어째서 당신은 모르고 있었습니까? 당신들 두 사람은 대단히 친한 줄 알았는데."

"아, 도널드는 자기 수집품에 대해선 별로 얘기하지 않거든요. 나에겐 특히 더 그렇죠. 말하자면 서로를 라이벌로 여기는 셈입니다. 말해두겠는데 우리는 그냥 단순한 친구 사이가 아니었습니다. 이 공통의 취미를 제외한 모든 것을 공유했지요. 어딜 가든 함께였고요. 적어도 내가 마르셀라와 약혼하기 전까지는……. 하지만 우표 경매장이나 우표 가게엔 함께 간 적이 없어요. 당연한 일이지만, 나 역시 수집가이기 때문에 도널드의 사적인 영역에 마구 발을 들인 적은 한 번도 없었습니다. 어쩌다가 그 친구나 오즈번이 진품을 구경시켜 주기는 했지만요. 그래도 난 그 푸저우 우표는 한 번도 본 적이 없어요. 그런 희귀한 지방 우표 진품은……."

맥고언이 갑자기 말을 뚝 끊는 바람에 엘러리가 이상한 눈길로 바라보았다.

"그래서요? 무슨 말을 하려던 거죠?"

"네? 아, 아무것도 아닙니다."

"아무것도 아닌 게 아닌 것 같은데요. 이봐요, 맥고언 씨. 도널드 커크가 지방 우표 진품을 소장하고 있었던 게 그렇게 이상한 일입니까? 더군다나 중국 우표잖아요. 커크는 중국 우표를 전문으로 수집한다면서요?"

"그건 그렇지만…… 내가 아는 한 그 친구에게 그 푸저우 우표는 없습니다."

"하지만 그건 중국 우표니까 그가 가지고 있다 해서 이상할 건 없잖습니까?"

"그렇지 않아요. 당신은 잘 모르겠지만……."

맥고언은 짜증스러운 표정으로 말을 이었다.

"미국 수집가, 그러니까 미국 우표를 수집하는 사람들을 별도로 치면 어떤 부문을 전문으로 수집하는 사람이라도 지방 우표에까지 손을 대는 사람은 극소수에 지나지 않습니다. 지방 우표는 정통적인 수집 대상이 아니기 때문이죠. 아니, 이건 설명이 좀 이상하군요. 우편법이 확립되기 전의 대부분의 나라에서는 각 도시나 공동체, 마을 안에서 자기들의 독자적인 지방 우표를 발행하던 시기가 있었습니다. 미국 수집가들은 보통 이런 지방 발행 우표를 정통적인 수집 대상으로 보질 않습니다. 국가가 발행한, 전국적인 우표 이외에는 수집하지 않는다는 뜻이죠. 커크 역시 예외가 아니었고요. 그는 중앙 정부가 발행한 권위 있는 중국 우표만 수집했어요. 말하자면 나는 통상 규범에서 벗어난, 일종의 엉뚱한 수집가인 셈이죠. 어느 나라 것이든 지방 우표만 모으고 있으니까 말예요. 정상적인 방법으로 발행된 우표엔 전혀 관심이 없어요. 이 푸저우 우표는 진짜 지방 우표의 하납니다. 중국 조약 무역항으로 우표를 발행한 곳은 그 이외에도 많고요. 하지만……."

맥고언은 어두운 얼굴로 말했다.

"도대체 왜 도널드는 이 푸저우 지방 우표를 손에 넣은 것일까요?"

택시가 6번가의 푯대들 사이를 누비며 달리는 동안 두 사람 사이엔 침묵이 흘렀다.

이윽고 엘러리가 느릿느릿 입을 열었다.

"그 푸저우 우표 말인데요, 가격은 어느 정도나 됩니까?"

"가격?"

맥고언은 멍하니 되뇌었다.

"때와 장소에 따라서 다릅니다. 진품일 경우에는 항상 그 직전에 얼마에 거래되었는가에 따라 값이 달라지죠. 저 유명한 1856년 영국령 기아나 우표, 그러니까 스코트 카탈로그 13호에 실려 있는 1센트짜리 밝은 자주색 우표의 경우를 볼까요. 이건 아서 힌드의 소장품인데, 내 기억으로는 가격이 3만 2,500달러입니다. 내 기억에 착오가 있는지도 모르지만, 힌드가 매입한 가격이 대략 그 정도라고 알려져 있어요. 카탈로그엔 5만 달러라고 되어 있지만 그건 별로 중요치 않아요. 힌드가 파리의 페라리 경매장에서 낙찰을 받았을 때 지불한 돈이 3만 5,500달러나 됐으니까 말이죠……. 이 푸저우 우표에 나는 거금 1만 달러나 지불했습니다."

"1만 달러!"

엘러리는 휘파람을 불었다.

"하지만 그전의 매매 가격을 당신은 몰랐을 것 아닙니까. 일반에 알려지지 않은 우표였으니까요. 그런데 어째서……."

"그건 바리안이 부른 값이었어요. 1만 달러에서 한 푼도 깎아줄 수 없다고 버티기에 할 수 없이 부르는 대로 지불했습니다. 괜찮은 값이에요. 그 정도 가치는 충분합니다. 내가 알고 있는 한, 이런 종류의 우표 가운데 현존하는 것은 한 장밖에 없습니다. 게다가 오쇄라는 특이한 요소까지 생각할 때 오늘 당장 경매에 내놓더라도 꽤 많이 받을 수 있을 겁니다."

"그렇다면 당신이 바가지를 쓴 건 아니로군요."

엘러리는 중얼거리듯 말했다.

"커크가 당신을 봉으로 생각하지는 않았던 모양입니다. 그게 위로가 될지 어떨지는 모르겠지만······. 자, 다 왔습니다."

두 사람이 커크의 아파트 대기실에서 코트를 벗고 있는데 응접실 쪽에서 도널드 커크의 목소리가 들려왔다.

"조······, 실은 당신한테 할 말이 있습니다. 하나 부탁할 게 있어요."

"뭔데요?"

조 템플의 상냥한 목소리가 이어졌다.

커크가 빠른 어투로 간절하게 말했다.

"나는 말입니다······, 나는 진심으로 당신의 작품이 정말 훌륭하고 재미있다고 생각합니다, 조. 펠릭스가 했던 말은 마음에 두지 마요. 그 녀석은 천박한 시골뜨기 주제에 냉소적인 데가 있어서 사람을 기분 나쁘게 만들곤 하거든요. 술만 들어가면 무슨 말을 지껄였는지 자기 자신도 몰라요. 내가 당신 원고를 채택한 것은······ 당신 환심을 사기 위해서가 아니었어요."

"고마워요, 정말."

조의 목소리는 여전히 부드러웠다.

"내 말뜻은······ 그러니까 세간에서 말하는 흔한 흑심 때문에 출판을 하려는 건 아니란 겁니다. 내게는 당신 작품이 꼭 필요합니다."

"그럼 저 자신은 필요하지 않다는 뜻이에요, 도널드 커크 씨?"

"조!"

그 순간 무슨 일인가가 벌어진 듯했고, 잠시 뒤 커크의 긴장된 목소리가 울렸다.

"펠릭스의 말은 신경 쓰지 마요. 설령 천 부밖에 팔리지 않는다 하더라도 당신 작품이 훌륭한 작품이라는 사실은 변함이 없어요, 조. 만약……."

"만약 천 부도 팔리지 않는다면 말이에요, 도널드 커크 씨."

그녀는 짐짓 새침을 떨며 말했다.

"전 중국으로 돌아갈 거예요. 조금 더 현명해지긴 했지만, 더 슬픔에 찬 여자가 되어서요. 저는 몇십만 부가 팔리는 꿈을 꾸고 있으니까요……. 하지만 당신은 도대체 지금 무슨 말을 하고 싶은 거예요?"

맥고언은 불쾌한 표정이었고 엘러리는 어깨만 으쓱했다. 두 사람은 일부러 말소리를 내면서 입구 쪽으로 걸어가려다가 우뚝 멈추고 말았다. 커크답지 않게 숨죽인, 이상한 목소리가 들려왔기 때문이었다.

"내가 당신을 사랑하게 되었단 말입니다, 빌어먹을! 단 한 번도 그런 생각을 해본 적이 없었는데 말이죠. 내가 정신을 잃고 반할 만한 여자는 이 세상에 단 하나도 없을 거라고 생각했는데……."

"그래요?"

템플 양은 싸늘하지만 기이하게 떨리는, 무언가 숨은 뜻이 있는 듯한 목소리로 물었다.

"아이린 르웨스 역시 마찬가지인가요?"

이어서 정적이 흘렀다. 엘러리와 맥고언은 서로 얼굴을 마주 보다가 일부러 큰 기침을 하면서 응접실로 들어갔다.

커크는 어깨를 축 늘어뜨린 채 서 있었다. 조는 긴장된 표정으로 의자에 앉아 있었다. 입 언저리에는 억지미소를 띠고 있었으나 콧구멍은 긴장으로 바르르 떨렸다.

"아, 잘 지냈나. 자네들이 온 줄은 몰랐군. 두 사람이 함께 왔나? 자, 저리 앉게, 퀸. 저기 앉아. 글렌, 자네 마르셀라는 봤나?"

"마르셀라 말인가?"

맥고언은 괴로운 듯 말했다.

"아니, 아직. 템플 양, 안녕하세요?"

"안녕하세요……."

조는 올려다보지도 않고 중얼거리듯 말했다. 하얗던 목덜미의 피부가 지금은 빨갛게 물들어 있었다.

"마르셀라는 어디 외출한 모양이군. 곧 돌아올 거야. 셀라는 어디 한군데 얌전히 있질 못하는 아이니까 말일세."

커크는 방 안을 왔다 갔다 거닐면서 쉴 새 없이 지껄였다.

"그런데 퀸, 뭔가 새로운 단서라도 찾았나? 뭔가 또 신문하러 왔나?"

엘러리는 의자에 앉으면서 근엄한 태도로 냉철하게 코안경을 고쳐 썼다.

"자네한테 물어볼 중대한 문제가 하나 있어, 커크."

조는 재빨리 자리에서 일어섰다.

"신사분끼리만 있는 게 좋으시겠죠? 전 이만 실례하겠어요."

"물어볼 게 있다고?"

커크가 앵무새처럼 되받았다. 얼굴색이 흙빛이었다.

"템플 양, 당신도 함께 있는 게 좋을 것 같습니다."

엘러리가 가라앉은 목소리로 말했다.

템플 양은 말없이 다시 의자에 앉았다.

"내게 물어볼 게 뭔가?"

커크가 입술을 핥으면서 물었다. 맥고언은 창가에 서서 꼼짝도 않고 바깥을 바라보았다. 그 널찍한 어깨가 무언(無言)의 방벽 같아 보였다.

엘러리는 또렷한 어조로 물었다.

"자네는 도대체 왜 아우도 바리안이라는 우표상을 시켜 자네 친구 글렌 맥고언에게 진품 푸저우 지방 우표를 팔게 했나?"

키 큰 청년은 무너지듯 의자에 주저앉았다. 그리고는 어느 누구에게도 눈길을 주지 않은 채 갈라진 목소리로 말했다.

"그건 내가 멍청이였기 때문이야."

"그건 대답이 될 수 없네."

엘러리는 냉담하게 말을 받았다. 그리고 나서 눈을 가늘게 떴던 엘러리는 템플 양의 요정 같은 얼굴을 보고 깜짝 놀랐다. 꾸밈없고 예뻤던 템플 양의 얼굴이 끔찍한 경악으로 일그러졌기 때문이었다. 마치 방금 들은 말을 도저히 믿을 수 없다는 표정이었다. 이어서 그녀는 커다란 눈으로 커크를 노려보았다.

"글렌."

커크가 중얼거리듯 불렀다.

"왜?"

창가에 서 있던 맥고언은 고개도 돌리지 않고 차갑게 물었다.

"자네가 눈치채리라고는 꿈에도 생각지 못했네. 그건 별로 중요한 게 아니야. 그 우표는 진품이 맞고, 난 자네가……. 이런 젠장, 글렌. 난 다른 누구보다도 그걸 자네가 가지길 바랐던 거야. 내 마음을 자네가 알아줬으면 좋겠군."

맥고언은 지친 말처럼 느릿느릿 이쪽으로 고개를 돌렸으나, 눈빛은 딱딱하기 그지없었다.

"그렇다면 그 우표가 '거꾸로'라는 걸 전혀 눈치채지 못했단 말이로군."

맥고언의 목소리는 씁쓸했다.

"쯧쯧."

엘러리가 부드럽게 말했다.

"이 일은 내게 맡겨주시죠, 맥고언 씨. 커크! 자네 사업 일은 자네 스스로가 처리하는 게 당연해. 약간의 착오가 발생했다 하더라도 내가 이래라 저래라 할 수는 없지. 그러나 그 푸저우 우표는 우연인지 필연인지 모르겠지만 '거꾸로' 된 물건이라네. 다시 말해 그 지긋지긋하고 영문을 알 수 없는 '반대 방향'의 상징이 또다시 나타났다는 말이지. 그리고 이건 내 영역의 일이라네."

"거꾸로……."

중얼거리던 템플 양이 손으로 입을 막으면서 도널드 커크를 물끄러미 바라보았다.

엘러리는 도널드의 눈빛에 공포의 빛이 일렁이는 것을 똑똑히 보았다. 그것은 속내를 감추기 위한 위장술일까? 그는 맥고언을 날카롭게 쏘아보았다. 그러나 거구의 사내는 다시 돌아서서 바깥을 바라보고 있을 뿐이었다. 그의 양 어깨에는 화난 것 같기도 한, 근접하기 어려운 분위기가 감돌았다.

"하지만 난……."

커크는 입을 열었지만, 계속 말하기를 망설였다.

엘러리가 느릿느릿 말했다.

"이봐, 커크. 자네가 분명히 설명해주어야 하는 게 두 가지 있네. 그 푸저우 우표를 어째서 이런 시점에, 그것도 아무도 몰래 팔았는지, 또 그걸 어디서 입수했는지……. 우선 출처부터 밝혀주게."

침묵이 흘렀다. 허벨이 현관 홀로 나가다 말고 호기심 어린 시선으로 응접실을 흘끔흘끔 쳐다보았다.

이윽고 커크가 입을 열었다.

"그래서 내가 멍청이라고 했던 거야. 난 전혀 그럴 생각이 없었는데……."

그 목소리는 너무나 절망적이었다. 커크는 두 손으로 얼굴을 감쌌다. 그의 가련한 모습이 너무도 소년 같았던 탓인지 템플 양의 얼굴 표정이 상당히 부드러워졌다. 커크는 몹시 초췌한 얼굴로 고개를 들었다.

"글렌은 내가 어떤 형편에 놓여 있는지 어느 정도 알고 있을 거야. 지금의 영업 상태나 생활 형편이 자네들이 보기와는 전혀 다르다네. 조, 당신도 알고 있는 게 좋겠어요. 당신한테는 미리 얘기했으면 좋았을 텐데……. 지금 난 경제적으로 심한 곤경에 처해 있습니다."

템플 양은 아무 말도 없었다.

"아."

엘러리는 잠깐 신음했으나 곧 활기차게 말했다.

"음. 요즘 같은 불황엔 누구나 다 그럴 거야, 커크. 만다린 출판사도 불안한가?"

"최악이야. 매출도 수금도 모두 다. 문 닫는 서점은 늘어만 가고……."

도널드는 고개를 흔들었다.

"이쪽도 지불해야 할 게 산더미처럼 쌓여 있어. 오랫동안 운

영 자금 빌리느라 정신없이 뛰어다녔어. 번도 마찬가지로 파산 상태야. 어디다 어떻게 써버렸는지 모르지만 돈을 갖고 있는 걸 본 적이 없어. 이래선 버텨낼 재간이 없네. 계속 이런 식으로 가서는 안 돼. 하지만 이 고비만 넘기면 괜찮아질 것 같아. 우린 믿을 수 있는 필자를 많이 확보하고 있거든. 번이 재능 있고 잘 팔리는 작가를 발굴해낸 덕분이지. 하지만 지금 형편으로는……."

그는 어깨를 흔들었다. 온몸에서 절망적인 분위기가 뿜어 나왔다.

"그래서, 우표는?"

엘러리는 부드럽게 채근했다.

"할 수 없이 내 수집품 가운데 두세 개를 팔기로 결심했지. 그래서 일이 그렇게 된 거야."

"이제 다 알았네, 도널드. 하지만 한 가지는 여전히 모르겠군. 어째서 자넨 모든 사실을 감추고 그렇게 몰래 우표를 팔았던 건가? 덕분에 내 입장에서는 아주 섭섭해지고 말았잖나……. 도널드, 도대체 내게 직접 상의하지 않은 이유가 뭐야?"

맥고언이 이쪽으로 몸을 돌려 카랑카랑한 목소리로 내뱉었다.

"또 그 얘기야?"

커크는 짧게 내뱉었다.

맥고언은 입술을 깨물었다.

"도널드, 그런 식의 겸손은 필요 없지 않은가? 내가 말하는 건 그런 게 아니야."

"하지만 내게도 체면이란 게 있어."

커크는 몸을 일으켜 굳은 표정으로 두 사람을 바라보았다.

"퀸, 난 양심에 거슬리는 일 따윈 하고 싶지 않네. 물론 경력에 흠을 남기고 싶지도 않아. 그래서…… 얼마 전부터 글렌에게 금전적인 신세를 지고 있었네. 이를테면 신용을 담보로 빌려 쓰고 있는 셈이야. 아버지도 돈과는 인연이 먼 사람이고, 게다가 내 형편이 어떤지도 모르셔. 나도 돈 문제로 걱정을 끼쳐드리고 싶지 않았고. 내 재산이라고 해봤자 이제 남은 게 별로 없어. 갖고 있는 건 대부분이 현금으로 바꾸기 어려운 동결 자산이야. 내겐 모든 게 얼어붙은 북극과 별다를 게 없다네."

커크는 쓴웃음을 지었다.

"그런저런 사정 때문에 지금까지 글렌에게 돈을 빌려왔다네. 글렌도 관대하게 빌려줬고. 그 점에 있어서는 아무런 문제가 없어. 하지만 지금 어떻게든 손을 쓰지 않으면 앞으로 얼마나 더 신세를 져야 할지 알 수 없는 일이야. 물론 글렌은 내 형편을 잘 알고 있지만……. 자금 고갈이 너무 심해, 퀸. 끔찍해. 게다가 갑자기 큰돈이 필요하게 됐어. 여러 가지 일이 겹치는 바람에."

커크는 두 눈을 거의 감아버렸다.

"내 수집물 가운데 가장 값나가는 게 바로 그 푸저우 우표였거든. 생각하면 우스운 일이야. 이미 글렌한테 엄청난 빚을 지고 있는 내가, 그 우표를 사달라고 글렌 앞에 나설 수가 없었어. 하지만 당장 돈이 급했기 때문에, 어쩔 수 없이 이름을 숨기고 바리안을 앞세웠던 거야. 그 우표를 무슨 일이 있어도 글렌이 사주기를 바라는 마음이 간절했어. 일이 그렇게 됐던 거야."

그는 털썩 의자에 주저앉았다. 템플 양은 아주 기묘하고 침착하면서 부드럽기도 한 눈길로 흥미롭다는 듯 도널드를 지그시 바라보았다.

맥고언이 중얼거리듯 입을 열었다.

"그렇게 됐군, 잘 알았어, 돈. 그런 줄도 모르고……. 미안하게 됐네. 하지만 말이야."

그는 목소리를 높였다.

"그 푸저우 우표가 퀸 씨가 말한 것처럼 꺼림칙하게도 '거꾸로' 된 물건이란 사실을 자넨 어떻게 설명하겠나? 하필 이런 때에, 내게 그런 걸 팔다니……. 내가 여러 구설수에 오르게 된다는 걸 생각 못 했나?"

도널드는 붉게 충혈된 눈을 떴다.

"글렌, 맹세코 난…… 그런 건 전혀 생각해보지도 못했어. 눈곱만큼도 말이야. 맙소사, 글렌. 설마 내가 고의나 악의를 가지고 그랬다고 믿는 건 아니지? 절대 그렇지 않아. 퀸, 자네도 마찬가지야. 자네가 말하기 전까지 난 까맣게 모르고 있었어……."

그는 몹시 지쳤는지 등받이에 몸을 깊숙이 기대었다. 이런저런 생각으로 망설이던 맥고언이 결심한 듯 커크에게 다가가 어깨를 툭툭 치면서 낮고 무거운 목소리로 말했다.

"잊어버려, 돈. 내가 바보 멍청이였네. 그냥 다 잊어버리게. 혹시 내가 뭐 도울 일이 있다면……."

"흠. 그럼 그건 그렇다 치고……. 커크, 내 두 번째 질문엔 아직 대답하지 않았어."

엘러리가 입을 열었다.

"두 번째 질문?"

커크는 눈을 깜박였다.

"그래. 그 우표를 자네가 어디서 입수했는지, 출처를 밝혀줘야지."

"아! 그것 말인가? 물론 산 거지. 꽤 오래전에."

커크는 즉각 대답했다.

"누구한테서?"

"어딘가의 우표상 아니었을까? 자세한 건 잊어버렸어."

"그건 거짓말이야."

엘러리는 부드럽게 쏘아주고는 성냥을 두 손으로 감싸며 담배에 불을 붙였다.

의자에 깊숙이 몸을 묻은 커크의 얼굴이 붉게 물들어갔다. 거구의 맥고언은 커크와 엘러리를 번갈아 바라보았다. 우정과 다시 돋아나는 의혹 사이에서 괴로워하는 빛이 뚜렷했다. 템플 양은 손수건을 구기다 이상한 모양으로 뭉쳐놓았다.

"도대체 그게 무슨 말인지 모르겠군, 퀸."

커크가 어렵사리 말했다.

"이런. 이봐, 커크."

엘러리는 담배 연기를 내뿜으면서 느릿느릿 말했다.

"자넨 거짓말을 하고 있어. 그 푸저우 우표 어디서 났나?"

템플 양이 손수건 뭉치를 떨어뜨리면서 끼어들었다.

"퀸 씨……."

커크가 벌떡 일어서면서 외쳤다.

"조, 안 돼요!"

"괜찮아요, 도널드."

그녀는 침착했다.

"퀸 씨, 커크 씨는 정말 기사도 정신이 강한 분이세요. 꼭 옛날 사람 같죠. 그건 칭찬할 만한 일일지도 모르겠지만, 그럴 필요가 없어요. 도널드, 난 감출 게 아무것도 없어요. 잘 들으세요, 퀸 씨. 그 푸저우 우표의 출처는 바로 저예요."

"아하."

엘러리는 미소 띤 얼굴로 말했다.

"좋아요, 아주 좋습니다. 진실은 언제나 최후의 승리자라는 격언이 생각나는군요. 이쪽으로 오는 내내 상황이 그렇게 된 게 아닌가 하고 생각했었죠. 커크, 자네야말로 신사인 동시에 학자일세. 그건 그렇고, 템플 양. 좀 더 자세히 얘기해주시겠습니까?"

"조, 그럴 필요 없어요. 억지로 말할 필요 없어요……."

커크가 재빨리 가로막고 나섰다.

맥고언이 친구의 팔을 가볍게 잡았다.

"침착해, 돈. 일단은 그 편이 낫겠어. 퀸의 말이 옳아."

"정말 그래요."

템플 양이 밝은 얼굴로 이야기를 시작했다.

"제 아버님은, 전에도 한번 말씀드린 바와 같이 미국 외교관으로 오랫동안 중국에서 근무하셨어요. ……이건 커크 씨 이외의 다른 분들은 별로 흥미를 느끼지 않으시리라고 생각해서 말하지 않았지만, 제 아버지도 미미하게나마 우표 수집을 하셨어요. 도널드나 맥고언 씨와는 다르게 남들 앞에 내놓을 만한 컬렉션은 아니었지만요. 그렇게 비싼 것을 살 만큼 수입이 넉넉하지는 않았거든요."

"조, 그러지 마요."

"아녜요, 도널드. 지금 이 자리에서 분명하게 해두는 게 좋다고 봐요. 숨긴다고 해서 숨겨질 일이 아니잖아요. 또 저는 아직 세상 물정 모르는 어린애기 때문에, 반드시 정의가…… 음, 승리한다고 생각하거든요."

템플 양이 너무도 해맑게 웃는 바람에 커크조차 따라 웃지 않을 수 없었다.

"제 아버지는 아주 오래전, 푸저우에서 정체를 알 수 없는 키작은 유라시안인가 누군가로부터 그 우표를 입수하셨어요. 그 사람이 어떻게 해서 그걸 구했는지 확실한 건 저도 잘 몰라요. 어쩌면 그 지방 우체국 직원이었는지도 모르죠. 어쨌든 아버지는 그 우표를 놀라우리만치 헐값에 사셨고, 그걸 돌아가실 때까지 소장하고 계셨어요."

"그거 굉장한 행운이었군요!"

맥고언이 눈을 반짝이며 소리쳤다.

"다른 수집가들은 당신 아버님이 그 우표를 소장하고 계신 걸 몰랐나요?"

엘러리가 물었다.

"확실한 건 알 수 없지만, 아마 어느 누구도 눈치채지 못한 것 같았어요, 퀸 씨. 아버지는 우표 수집가들과 별로 교류도 안 하셨고, 얼마 지나지 않아 우표 수집에도 흥미를 잃으셨으니까요……. 수집품들이 다락방 한구석에서 썩어가도록 내팽개쳐 둘 정도였어요. 제 보모가 항상 그 일에 대해 분개하곤 했죠."

"상상이 되는군."

맥고언이 혀를 차면서 중얼거렸다.

"대개 그렇게 해서 귀중한 진품들이 사라진단 말이야. 그런 식으로 소홀하게 간수하는 건 죄악이나 다름없어! 말이 지나쳤다면 미안합니다, 템플 양."

"괜찮아요, 맥고언 씨."

조는 한숨을 쉰 다음 말했다.

"저도 그렇게 생각하는걸요, 뭐. 아버님이 돌아가시고 난 뒤 대부분의 수집품을 팔아 치웠어요. 그렇게 큰돈은 안 되었지만, 전 그때 한 푼이 아쉬웠어요. 하지만 무슨 까닭인지 그 푸저우 우표는 팔기가 싫었어요. 아마 생전의 아버지가 무척 아끼셨던 것이었기 때문이었나 봐요. 유치하고 감상적인 기분 때문에 간직하고 있었던 거겠죠."

"다른 수집품은 누구에게 팔았습니까?"

엘러리가 물었다.

"아, 베이징에 있는 우표상이에요. 이름은 잊어버렸어요."

"혹시 '쭤 린' 아닌가요?"

맥고언이 호기심에 차서 물었다.

"아마 그랬던 것 같아요. 어떻게 아셨죠?"

"서신 왕래가 있던 사람입니다. 그 사람은 정직한 중국인이에요, 퀸 씨."

"흠……. 당신은 그 사람에게 푸저우 우표 얘기를 하지 않았었나요, 템플 양?"

템플 양은 귀엽게 얼굴을 찡그렸다.

"얘기하지 않았던 것 같아요. 어쨌든 내 문학적 계획에 대해 커크 씨와 편지를 주고받기 시작했을 무렵, 어쩌다 보니 그 우표 얘기가 나와서……. 음, 여기서부턴 커크 씨가 얘기하는 게 좋겠어요."

커크는 부쩍 열을 내며 이야기를 시작했다.

"그 얘긴 아주 자연스럽게 시작됐다네, 퀸. 내가 우연히 중국 우표를 수집하고 있다고 편지로 밝혔더니 템플 양이 답장에 푸저우 우표 이야기를 썼어. 나는 당연히 비상한 관심을 보였고……."

커크의 얼굴이 어두워졌다.

"그땐 지금보다는 경제적으로 여유가 있었거든. 사실 푸저우 우표는 '지방 우표'였기 때문에 내 수집 대상은 아니었지만 상당히 귀중한 물건이라는 생각이 들어서 꼭 손에 넣고 싶었어. 간단하게 말하면 그 우표를 양보해달라고 템플 양을 설득한 거야."

"저도 고집을 부리진 않았죠."

몸집 아담한 템플 양은 조용하게 말했다.

"사실 그런 귀한 걸 우표 수집에 전혀 관심이 없는 제가 가지고 있는 건 이기적인 짓이라는 생각이 들었거든요. 그런 일엔 저 역시 보통 여인네들처럼 어리석었나 봐요. 게다가 돈도 무척 아쉬웠고요. 커크 씨가 믿을 수 없을 정도의 높은 값을 제시한 바람에 처음엔 미심쩍은 생각이 들었어요. 중국에서 자란 세상 물정 모르는 여자라고 몹쓸 생각을 품고 있는 게 아닌가 했죠."

엘러리가 빙긋 웃으며 끼어들었다.

"하지만 커크의 편지가 너무 성실했기 때문에 오해가 풀렸겠군요. 그런데 커크, 자넨 템플 양에게 그 우표 값으로 얼마를 제시했나?"

"1만 달러. 그 정도 값어치는 충분해. 그렇지, 글렌?"

맥고언은 뭔가 골똘히 생각에 잠겨 있었던 듯 후다닥 놀라며 입을 열었다.

"물론. 그렇지 않았다면 나도 사지 않았을걸."

"제 이야기는 이게 전부예요."

템플 양은 마음이 놓인 듯 길게 한숨을 쉬었다.

"퀸 씨, 이해가 되셨어요? 처음부터 끝까지 흠잡을 데가 하나도 없죠? 이제 의문이 모두 풀렸겠죠, 퀸 씨?"

"'퀸 씨'는 한 번만 부르셔도 됩니다, 템플 양."

엘러리는 미소를 지으면서 일어났다.

"하지만 이제 의문은 모두 풀린 것 같군요. 그건 그렇고……, 당신은 이번 사건이 있고 나서 그 우표도 거꾸로 뒤집혔다는 점에 대해 뭔가 생각난 게 없었나요?"

"전 그 우표의 존재를 완전히 까맣게 잊고 있었어요. 당신도 모든 걸 전부 기억하진 못하잖아요?"

조는 풀이 죽은 목소리로 말했다.

"반드시 그렇다고는 할 수 없죠."

엘러리는 점잔을 빼면서 느릿느릿 말했다.

"특히 중요한 사항은 모두 기억하고 있죠. 그건 그렇고……, 여러분, 다들 좋은 하루 보내시길 바랍니다. 여러분의 시간을 너무 많이 낭비한 것 같아 미안하군요. 뭐 나도 마찬가지긴 하지만. 맥고언 씨, 걱정할 것 없어요. 실버 계곡_{사금이 잘 나오는 계곡-옮긴이}에서 모두 하는 말이 있잖아요. '씻으면 씻을수록 나온다.'라는 것 말입니다."

"하하하."

맥고언이 소리 내어 웃었다.

엘러리도 싱긋 웃었다.

"적어도 그 정도의 가치는 있었어요. 그럼 안녕히 계십시오."

허벨의 전송을 받으며 커크 일가의 호텔 방을 나온 엘러리 퀸 씨는 의문이 완전히 풀리지 않은 눈치였으며 그대로 돌아설 기분도 아닌 듯했다. 엘러리는 복도에 멈추어 서서 눈을 찡그린 채 골똘히 생각에 잠겨, 마음속에서 영 소화되지 않으려고 완고하게 저항하는 어떤 응어리를 곱씹어보았다.

"이런 젠장, 이상하지 않은 사실이 하나도 없으니 원."

그는 계속해서 혼자 중얼거렸다.

"어디선가 한 줄기 빛만 찾아내면 기분이 훨씬 나아질 텐데."

복도 건너편 문에 눈길이 닿자 그는 한숨을 내쉬었다. 자신이 저 문을 열고 들어가 모든 것이 거꾸로 뒤죽박죽된 방 안에서 옷까지 거꾸로 입혀진 시체를 발견한 게 어쩐지 한 세기도 더 된 아득한 옛일처럼 느껴졌다. 갑자기 뭔가 생각난 듯 엘러리는 복도를 가로질러 가서는 문을 밀쳐보았으나, 문은 잠겨 있었다.

엘러리가 어깨를 으쓱하고 나서 모퉁이를 돌아 엘리베이터 쪽으로 발걸음을 옮기려 하는데 복도 저쪽에서 무언가 움직이는 기척이 났다. 엘러리는 깜짝 놀란 캥거루처럼 펄쩍 뛰면서 걸음을 멈추었다. 복도 모퉁이에서 숨을 죽인 채 꼼짝도 하지 않고 서 있던 엘러리는 모자를 벗어 조심조심 복도 안쪽을 엿보았다.

어떤 여자가 비상계단에서 나와 건너편 커크 박사의 서재 쪽으로 걸어가는 게 보였다. 거동이 몹시 수상해 보였다.

그 여자는 갈색 종이로 둘둘 만 큼직한 뭉치를 들고 있었다. 느린 걸음걸이로 미루어 볼 때 몹시 무거운 모양이었다. 경계심 많은 짐승처럼 끊임없이 좌우를 두리번거리는 모습을 보아 하니 누군가에게 들킬까 봐 겁을 잔뜩 내는 듯했다. 키가 늘씬한 여인이, 그것도 한참 유행하는 가죽을 댄 옷에 멋진 토크 모자에 장갑까지 낀 젊은 멋쟁이가 아무렇게나 둘둘 만 무거운 짐을 들고 뒤뚱뒤뚱 걷고 있는 모습은 정말 이상하게 보였다. 우스꽝스럽기까지 했다.

그러나 엘러리는 웃지 않았다. 오히려 숨을 죽이고 온 신경을 집중하여 지켜보았다.

'맙소사, 이게 웬 행운이야!'

여인이 이쪽으로 고개를 돌리는 바람에 엘러리는 얼른 몸을 숨겼다. 다시 고개를 내밀어 봤을 때, 여인은 대단히 허둥지둥하면서 커크 박사의 서재 문손잡이를 돌리고 있었다. 문이 열리자 그녀는 안으로 들어갔다.

엘러리는 코트 자락을 펄럭이며 바람처럼 복도를 달려갔다. 소리 하나 내지 않고 무사히 서재 앞까지 달려갈 수 있었다. 복도 좌우를 살펴보았지만 사람의 그림자조차 보이지 않았다. 커크 박사는 집 안에 없는 모양이었다. 아마도 다이버시 양이 미는 휠체어를 타고 챈슬러 호텔 옥상으로 올라가 평소처럼 투덜거리거나 지저분한 욕설을 내뱉으면서 아침 운동을 하고 있는지도 모를 일이었다……. 엘러리는 무릎을 꿇고 열쇠 구멍으로 서재 안을 들여다보았다. 여인이 잽싸게 움직이고 있는 건 알겠으나 시야가 너무 좁아서 무엇을 하고 있는지는 도통 알 수가 없었다.

엘러리는 재빨리 걸어 옆문 쪽으로 갔다. 그가 기억하기에 이것은 커크 박사의 침실로 들어가는 문이었다. 성미 고약한 그 노인이 없어야 할 텐데……. 엘러리는 문을 밀었다. 잠겨 있지 않았으므로 슬쩍 안으로 들어갔다. 침실로 통하는 오른쪽의 또 다른 문에 빗장을 건 다음 서재 쪽 문으로 잽싸게 달려갔다. 소리 나지 않게 문을 빠끔히 여는 데는 몇 초가 걸렸다.

여자는 거의 일을 끝낸 것 같았다. 물건을 쌌던 갈색 포장 종이가 바닥에 떨어져 있었다. 여인은 몹시 급한 동작으로 짐의 내용물, 즉 묵직하고 커다란 책들을 커크 박사 책장에 끼워 넣고 있었다. 도둑맞았던 커크 박사의 히브리어 서적들이 꽂혀 있던 자리였다.

여인이 갈색 포장지를 아무렇게나 뭉쳐서 들고 방을 나가자,

엘러리는 발소리를 죽이고 슬쩍 서재로 들어섰다.

여자가 방금 책장에 넣어두고 간 책은 엘러리가 생각했던 대로 히브리어 주석본이었다. 두말할 것도 없이 노학자가 도둑맞았던 바로 그 책들이었다.

엘러리는 들어왔던 길을 되짚어 나와서 침실 안쪽 문의 빗장을 풀어놓은 다음 복도로 나왔다. 바로 그때 커크 일가 사저의 응접실 문이 쾅 닫히는 소리가 들려왔다.

엘러리는 로비로 내려갈 때까지 엘리베이터 안에서 꼼짝도 않고 조용히 서 있었다. 무언가를 골똘히 생각하느라 얼굴에는 깊은 주름까지 잡혀 있었다.

아주 놀라운 일이었다. 생각지도 않았던 엄청난 진전이 아닐 수 없었다! 지금까지 한 번도 경험해본 적 없는 기괴한 수수께끼의 씨줄과 날줄 속에서 이해할 수 없는 또 다른 올이 한 가닥 두드러져 나온 셈이었다. 이윽고 엘러리의 머릿속에 어떤 생각이 번개처럼 스치고 지나갔다. 그는 더욱 깊이 생각에 빠져들었다. 그래, 그런 일도 가능했다……. 적어도 표면상으로는 사실을 설명할 수 있는 이론……. 이런 일이 있을 수 있다면 또 다른 것도…….

엘러리는 초조한 듯이 머리를 내저었다. 한동안 더 깊이 생각해보아야 할 일이었다.

그 여인은 바로 마르셀라 커크였기 때문이었다.

11
미지수

 아마도 수사 과학 분야에 있어서 가장 훌륭한 진보 성과를 꼽자면, 이른바 '신원미상'의 인물을 추적하여 끝내 정체를 밝혀내는 현대 형사들의 절묘한 수완이라 말해도 과언이 아닐 것이다. 비록 형사라 하더라도 전지전능한 존재는 아니기 때문에 결과가 반드시 만점일 수는 없지만, 미노타우로스의 미궁과도 같은 어려움을 생각할 때 형사들의 성공률은 상당히 높은 편이다. 복잡하기 짝이 없는 경찰 당국 조직은 이리하여 기름 친 베어링처럼 매끄럽게 돌아가게 되는 것이다.
 그럼에도 불구하고 챈슬러 호텔에서 살해당한 몸집 작은 남자의 수수께끼에 대해서는 경찰이 전혀 맥을 못 추는 듯 보였다. 보통의 경우 실패하더라도 무언가는 발견되기 마련이었다. 즉 예를 들면 단서나 행적, 희미하게나마 남아 있는 외부와의 연관성, 또는 마지막으로 보였던 평범한 행동 등 말이다. 그러나 이번 사건에서는 암흑의 텅 빈 공간 이외에는 아무것도 없었다. 그 조그만 사내는 마치 하늘에서 뚝 떨어져 내린 것처럼, 그의 신변은 소름이 끼칠 정도의 수수께끼로 둘러싸여 있었다.
 누가 뭐래도 어엿한 이번 사건의 수사 책임자였던 퀸 경감은 거머리처럼 끈기 있는 태도로 피해자의 신원을 밝히려 애썼다. 동원할 수 있는 모든 일반적인 수단이 전부 실패로 돌아간 뒤에도 경감은 포기하려 하지 않았다. 피살자의 사진도 공개했고, 인상서와 수사 협조 의뢰서를 인근 도시의 경찰서에 보내기도 했다. 경찰서 본청 내의 신원 확인 부서에 남아 있는 기록도 아주 꼼꼼하게 체크했다. 끊임없이 사복형사들을 동원해서 죽은 이의 마지막 행적을 탐문하도록 했으며, 또 희생자가 전과자였거나 암흑가와 연관된 인물이었을지도 모른다는 생각에 뒷세계에 심어놓은 끄나풀들을 들볶기도 했다.

경감은 이를 갈면서 수사 요원을 더욱 늘렸다. 그러나 들어오는 보고에는 '아무것도 없음', '행적이 묘연', '지인 없음', '지문 없음' 등등 '없음'이라는 말만이 끊임없이 쏟아졌다. 결국 모든 것이 벽에 부딪히고 만 셈이었다. 눈에 보이지 않는 미스터리의 벽이 그들을 내려다보며 음흉하게 웃고 있었고, 도저히 그 벽을 뛰어넘을 성싶지가 않았다.

이런 유형의 사건을 전문적으로 수사하는 실종자 수색 부서가 새로운 가설을 내놓았다. 통상적인 모든 수사가 헛수고로 끝난 걸 보면 피해자는 뉴욕 시민이 아닌 것은 물론, 어쩌면 미국인조차 아닐지도 모른다는 주장을 펼쳤던 것이다.

그러나 퀸 경감은 고개를 가로저었다.

"난 할 수 있는 데까지 다 해볼 생각일세."

경감은 지친 표정을 짓고 있는 실종자 수색 부서의 담당자에게 말했다.

"하지만 그게 그렇게 쉽지만은 않단 말이지. 이번 사건은 뭔가 복잡하게 얽혀 있는 것 같아……. 물론 자네 주장처럼 피살자가 외국인일 수도 있겠지. 그러나 난 그렇게 생각지 않아, 존. 생김새가 외국인 같지가 않아. 게다가 그와 마지막으로 대화를 나눈 사람들이 한결같이 말하기를, 그의 말투엔 외국 악센트가 없었다는 게야. 셰인 부인에 오즈번 그리고 커크 박사 전속 간호사도 몇 마디 주고받았다고 했던가. 다만 기이할 정도로 나긋나긋하게 들렸을 뿐이라고 했지. 그건 아마도 말버릇이나 개인적인 문제 같은 것이었을 테지."

퀸 경감은 이를 악물었다.

"어쨌거나 해봐서 손해 볼 건 없을 테니 그쪽으로도 한번 훑어보도록 하지, 존."

그리하여 세계 각국의 주요 도시 경찰 당국을 상대로 조회 요청서를 발송하는 방대한 작업이 이루어졌다. 예전에도 실험적으로 해본 적이 있긴 했지만, 이번 작업은 훨씬 철저했다. 상세한 인상착의서와 지문이 발송되었으며, 특히 목소리가 유달리 부드럽다는 사실을 강조했다. 그와 동시에 각 항공 노선, 대서양 횡단 여객선, 연안 항로, 철도 관계자들에게도 희생자의 사진을 공개하면서 협조를 부탁했다. 그러자 마치 튀어 오르는 고무공처럼 각지에서 그에 대한 회답이 줄을 이어 들어왔다. 그러나 그 어디에도 희망적인 내용은 없었다. '신원 조회상 해당자 없음', '신원미상', '해당 노선에서 목격된 바 없음'……. 전부가 '없음'의 연속이었다.

문제의 푸저우 우표가 본래 자기 소유품이었다고 템플 양이 고백한 지 사흘이 지난 뒤, 퀸 경감은 엘러리와 마주 앉아 투덜거리고 있었다.

"아무래도 이번에는 우리가 뒤통수 한번 거하게 한 대 얻어맞은 모양이다. 그야 가끔은 이럴 때도 있는 법이지만. 내 경험상 교통 쪽 녀석들은 가끔 저렇게 넋 빠진 얼간이들처럼 멍청해질 때가 있거든. 도대체 왜들 그러는지는 모르겠다만, 하품 한번 하고 나면 방금 들은 얘기도 깡그리 잊어버리니 말이야. 아무튼 우리가 이 각도에서 지금까지 시도해본 일들이 전부 헛수고로 돌아갔다고 해서 그놈이 정기선이든 기차든 비행기든 아무것도 이용하지 않았다고 생각할 수는 없다. 뉴욕에 오려면 뭐든 교통편을 이용했을 게 틀림없지 않느냐!"

"피살자가 뉴욕으로 왔다면 그렇겠죠. 그러니까, 그 사람이 뉴욕에 살던 사람이 아닐 경우에는 아버지 말씀이 맞을 거란 얘깁니다."

엘러리가 말했다.

"이번 사건에는 '만약'이 너무 많구나, 애야. 내가 지금 억지를 피우고 있는 게 아니지 않니. 물론 어쩌면 그 사내는 이 도시에서 태어나고 자라 단 한 번도 브롱크스를 떠나본 적이 없는 사람일지도 모르지. 아니면 이번이 뉴욕 초행인지도 모르고. 그러나 말이다, 내가 장담컨대 녀석은 뉴요커가 아니야."

"예, 아마 아닐 겁니다. 저도 방금 그 이야기를 하려던 참이었어요. 아버지 말씀이 맞는다고 생각해요."

엘러리가 천천히 말했다.

"그래? 그렇단 말이지? 네가 그런 투로 말할 때는 언제나 무엇인가 수상쩍단 말이야. 이 녀석, 혹시 뭔가 알고 있는 것 아니냐?"

경감이 퉁명스레 말했다.

"아버지가 모르시는 것을 제가 어떻게 알겠어요?"

엘러리는 웃으면서 말했다.

"아버지가 안 계시는 곳에서 일어났던 일은 사소한 일까지 하나도 빼놓지 않고 모두 말씀드렸는데요. 어쩌다가 아버지와 의견이 일치했다고 해서 그렇게 펄쩍 뛰실 것까진 없잖아요?"

경감은 코담뱃갑을 손가락으로 가볍게 톡톡 두드렸다. 한동안 침묵이 흘렀다. 두 층 아래에서 정복 순경이 제 할 일은 않고 휘파람으로 한창 유행 중인 〈뉴욕의 거리〉 멜로디를 불어대는 소리만 들려올 뿐이었다. 엘러리는 우울한 얼굴로 쇠창살이 박힌 아버지의 사무실 창밖을 바라보고 있었다.

문득 어떤 생각이 떠올랐는지 아버지 쪽을 쳐다보던 엘러리는 입을 딱 벌리고 놀랐다. 노경감이 마치 무언가를 발견한 표정으로 눈을 번득이면서 엘러리를 쳐다보고 있었던 것이다. 멍하니 쳐다보는 엘러리 앞에서 경감은 회전의자를 박차고 벌떡 일어나 책상 위의 버튼을 누르려다 그만 휘청 쓰러질 뻔했다.

"당연하지!"

퀸 경감은 숨 막힌 사람처럼 부르짖었다.

"이렇게 멍청할 수가 있나, 도대체 나는 얼마나 멍청이란 말인가……. 빌리!"

경감은 벨 소리를 듣고 달려온 직원을 향해 버럭 고함을 질렀다.

"토머스 그 방에 있나?"

직원이 모습을 감추고, 잠시 후 벨리 경사가 요란한 발소리와 함께 들어왔다.

경감은 코담배를 들이마시면서 혼잣말처럼 중얼거렸다.

"그런 게 분명해. 틀림없어. 그래야만 말이 돼……. 아, 토머스, 어째서 여태 그걸 몰랐을까? 우선 거기 좀 앉게."

"도대체 왜 그러시죠? 갑자기 어떤 생각이 떠오르기라도 했나요?"

엘러리가 물었다.

경감은 일부러 엘러리를 무시한 채, 책상 앞에 앉더니 낄낄 웃으면서 두 손을 비볐다.

"토머스, 우표상과 보석상 탐문은 어떻게 됐지?"

"별로 기대할 게 없습니다."

침울한 표정의 벨리 경사가 낮은 목소리로 대답했다.

"아무것도 없다, 이 말인가?"

"냄새도 안 납니다. 피해자를 안다는 가게가 한 곳도 없습니다. 이제 더는 알아볼 것도 없습니다."

"이상한데요. 이거 굉장히 당황스러운걸요."

엘러리가 얼굴을 찌푸리면서 중얼거렸다.

"당황은 너 혼자만 하고 있겠지."

경감은 유쾌하게 말했다.

"이건 따끈따끈한 단서다. 자, 토머스. 호텔 수사 최종 보고서는 다 되어가나?"

"예. 피해자는 시내 어느 호텔에도 묵은 흔적이 없습니다. 틀림없습니다."

"흠. 그럼 토머스, 잘 듣게. 그리고 엘러리 너도 당황하느라 그렇게 바쁘지 않다면 들어봐라. 그 사내는 뉴요커가 아니야. 다들 이 점 유념하고."

"제가 보기에는 화성 같은 데서 온 사람 같더군요."

벨리 경사가 낮은 소리로 중얼거렸다.

"저는 납득할 수 없지만……. 뭐 그럴 수도 있겠지요."

엘러리가 느릿느릿 말했다.

"좋아. 그 사내가 뉴요커가 아니라고 치자. 그리고 우리가 조사한 모든 사실들을 통틀어 볼 때 교외 어딘가에서 온 것 같지도 않다. 그렇다면 도대체 어떻게 된 걸까?"

경감은 상체를 앞으로 내밀면서 말했다.

"결국 어딘가 아주 멀리서 온 사람이라고 봐야 해. 미국일지, 아니면 외국인지 모르겠지만 어쨌든 먼 곳임이 분명하다. 여기까지의 얘기, 무슨 뜻인지 알겠느냐?"

"유감이지만, 그렇군요. 그래서요?"

엘러리는 그래도 아버지를 열심히 바라보면서 재촉했다.

"그래서 무슨 말이냐면 말이다."

퀸 경감은 드물게도 아주 기분 좋은 표정으로 말을 받았다.

"그래서 그 남자는 뉴욕을 방문한 사람이라는 말이 되지. 그러면 어떨까? 당연히 짐이 있지 않겠느냐!"

엘러리는 눈을 크게 떴다. 벨리 경사는 벌린 입을 다물지 못했다. 이윽고 엘러리가 의자에서 벌떡 튀어 올랐다.

"아버지, 정말 놀랍습니다. 천재적이에요! 그렇게 단순한 걸 도대체 어떻게 제가 놓쳤을까요? 아버지 말이 완벽하게 맞아요! 짐……. 부끄러워서 제 건방진 머리를 이렇게 숙일 수밖에 없네요. 이런 일엔 경험 많은 두뇌가 이기는군요. 맞아요, 짐이 있겠죠!"

"정말 놀라운 직감이십니다, 경감님."

벨리 경사가 거대한 턱을 문지르면서 생각에 잠긴 채 감탄을 했다.

"이제 내 말 알겠나?"

경감은 빙긋 웃으면서 두 손을 펼쳤다.

"별것 아니지. 그리 큰 단서도 필요 없고, 그냥 머릿속으로 생각만 하면 누구나 알 수 있는 일……. 아무튼, 이제부터는……."

갑자기 경감이 고개를 수그렸다.

"아니, 너무 큰 기대는 걸지 않는 게 좋겠군. 문제는 그 남자가 어느 호텔 숙박부에도 기록되어 있지 않다는 점이야. 엘리베이터로 챈슬러 호텔 22층을 찾아왔을 때는 아무것도 들고 있지 않았고. 하지만 짐은 분명히 있었을 테지. 무슨 뜻인지 알아듣겠나?"

"그렇다면 짐을 어딘가에 맡겼다는 이야기가 되는군요."

경사가 중얼거리듯 대답했다.

"그래. 자네 말대로야, 토머스. 자, 이제부터 자네가 할 일이 있네. 지금 쓸 수 있는 인원들을 전부 동원해서 시내 곳곳에 있는 수하물 보관소를 뒤지도록 해. 실종자 수색 부서 놈들 손을 빌려도 좋고. 아무튼 배터리 파크에서 밴더비어 파크에서 이르기까지 샅샅이 전부 말이야. 호텔, 터미널, 백화점…… 아무튼 전부 다 이 잡듯 수색해봐. 비행장도 잊지 말고. 커티스 필드, 루스벨트, 플로이드 베넷, 여하간 하나도 빠뜨리지 마. 아, 세관도 꼭 검색해야 하네. 사건이 발생한 날 오후에 맡긴 물건 가운데 아직 찾아가지 않은 것 전부 체크해. 그리고 한 시간마다 내게 보고하는 것도 잊지 말도록."

경사는 빙긋 웃으면서 물러갔다.

엘러리는 담배에 불을 붙이면서 말했다.

"훌륭하세요. 드디어 날카로운 발톱으로 무언가를 덥석 쥐신 것 같다는 느낌이 드는군요, 친애하는 경감님."

경감은 한숨을 푹 내쉬었다.

"글쎄다, 만약 이러고도 아무 소용이 없다면 그때는 나도 두 손 드는 수밖에 없겠구나, 엘."

사무직원이 들어와서 봉한 편지 한 통을 경감의 책상 위에 던지듯 올려놓고 나갔다.

"그게 뭐죠?"

엘러리는 담배를 끄려다 말고 물었다.

경감은 편지를 집어 들었다.

"스코틀랜드 야드에서 온 거로구나! 내가 보냈던 전보에 대한 회답이다."

경감은 내용을 휙 읽은 다음 엘러리에게 전보를 건네주었다. 경감의 목소리는 차분했다.

"음. 네가 말했던 대로인 것 같구나, 엘. 네 말대로야."

"뭐가 말이에요?"

"그 여자 말이다."

"정말이에요?"

엘러리는 전보를 받아 들었다.

"어떻게 알아냈지? 도대체 근거가 뭐냐?"

엘러리는 약간 우울한 미소를 지으며 말했다.

"전 결코 짐작만으로는 말하지 않습니다. 그건 아버지도 아시잖아요? 그것 역시 '거꾸로'의 하나였기 때문이죠."

"거꾸로?"

"그럼요."

엘러리는 한숨을 쉬었다.

"그 여자가 어딘가 미심쩍어 보였기 때문에 혹시 스코틀랜드 야드에 기록이 있지 않을까 싶어서 일단 조회해달라고 아버지께 부탁드렸던 거예요. 하지만 이름은……."

엘러리는 어깨를 으쓱했다.

"……언젠가 아버지께 슈얼(Sewell)이란 이름을 써 보여드린 적이 있었죠? 그건 르웨스(Llewes)라는 이름에도 '거꾸로' 방식을 적용해봤던 거예요. 자꾸 마음에 걸려서 그러지 않고는 못 배기겠더라고요. 그리하여 이건 단순히 '르웨스'를 거꾸로 돌려놓은 '슈얼'이 아니라, 그 여자의 가명인 게 틀림없다고 생각했었죠."

엘러리는 재빨리 전보를 눈으로 훑었다.

영국인 아이린 슈얼은 신용 사기꾼으로 유명함. 현재 지명 수배 중. 보석 전문. 단독 범행. 과거엔 르웨스라는 이름을 사용. 건투를 빎.
스코틀랜드 야드
트렌치 경감

"보석 전문이라."
엘러리는 전보를 내려놓으면서 중얼거렸다.
"그래서 커크의 꿀단지에 낚여 여기까지 온 거였군……. 이 여자에 대해 어느 정도 조사가 되어 있나요, 아버지?"
"어느 정도는. 그 여자, 두 달 전에 영국에서 와서는 챈슬러 호텔에서 호화롭게 지내고 있었다."
"혼자요?"
"런던 토박이로 보이는 하녀가 하나 있던데. 내가 보기엔 뭔가 이상하더구나. 아이린이 무슨 수를 어떻게 썼는지 알 수 없지만, 극히 단기간에 도널드 커크와 상당히 친밀해진 건 사실이니까 말이다. 세계 여러 곳에서 진기한 경험을 많이 쌓은 여행자 행세를 하고 있던데."
"행세만 하는 게 아니라 실제로 그런 것 아니에요? 트렌치 경감의 전보 내용으로 판단할 때……."
"그럴지도 모르지."
경감은 기분이 좀 상한 투로 말했다.

"어쨌든 그녀의 풍부한 경험담은 한번 출판해볼 만하다고 생각할 만큼 매력적이었던 모양이야. 그게 미끼였을 수도 있지. 세계의 오지 여행담, 유명인과 만난 이야기……. 예를 들어 아이린 르웨스는 제네바에 오래 머물렀던 모양이야. 그런 경험을 몽땅 묶어 책으로 써보고 싶다고 했지. 요즘 젊은 출판인들이 어떤 사람들인지 너도 잘 알잖니? 내가 듣기로 커크는 똑똑하고 자기 주관도 뚜렷한 사람이라고는 하지만……. 그녀는 미모도 뛰어난 데다가 몸매도 일품이라고 하니, 뭐……. 커크가 여자의 말에 귀를 기울이게 된 것도 이해는 가지."

"아이린 르웨스 자체의 매력에 빠진 건지도 모르죠."

엘러리가 말했다.

"어느 쪽인지 한번 동전 던지기라도 해볼 테냐? 하지만 커크 그 친구가 템플이라는 아가씨 쪽을 보는 눈빛이 심상치 않던 걸로 봐서는 아이린 르웨스라는 여자한테 반하지는 않은 것 같던데."

"하지만 불행하게도 조 템플은 르웨스 양보다 나중에 왔어요."

엘러리는 중얼거리듯 말했다.

"어쩌면 조 템플이 도착하기 전에 이미 일이 끝났을지도 모르죠. 무슨 일인지는 모르겠지만요. 아버지 생각은 어떠세요? 묘한 흥분을 억누를 수가 없는데요."

"아무튼 두 사람은 '책' 출판 문제를 상의하기 시작했어. 커크는 밤이 이슥한 뒤에야 그녀와 '회의'를 했을 게야."

"어디서 말이에요?"

"챈슬러 호텔 아이린 르웨스의 방에서."

"다른 사람 없이 둘이서만요?"

"이것 보쇼, 퀸 탐정님!"

경감은 짓궂게 웃으면서 말했다.

"도대체 무슨 생각을 하고 있는 게냐? 친척들이 와글와글 모이는 가족 모임이라도 되는 줄 아니? 물론 단둘이서만이지! 르웨스가 데리고 있는 하녀가 토머스에게 시시콜콜한 것까지 모두 털어놨단다. 두 사람의 소행에 대해서 언제든 증인으로 출석할 수 있다면서 말이야."

엘러리는 눈을 치켜떴다.

"소행이라뇨? 커크와 그 르웨스라는 여자가요?"

"좋을 대로 생각하렴."

경감은 콧방귀를 뀌었다.

"난 순진한 늙은이라서 언제나 다른 사람 말을 곧이곧대로 믿는다. 하지만 생각을 해보렴. 입었는지 벗었는지 구분도 안 가는 천 쪼가리를 걸친 엄청난 미인과 한밤중에 함께 있었다면……."

경감은 고개를 설레설레 내저었다.

"게다가 커크는 원기왕성한 정상적인 젊은이 같더구나. 그 친구는 아이린을 데리고 이곳저곳의 파티에 참석하면서 친구와 가족들에게 소개했어……. 가족에게 소개한 건 티타임 때였지만……. 그러다가 새벽을 맞이한 거야."

"무슨 뜻이죠?"

"새벽이 왔다는 말이다."

경감은 꿈꾸는 듯한 얼굴로 되풀이했다.

"정신을 차렸다는 말이기도 하고. 소꿉놀이를 했는지, 무슨 장난을 했는지는 모르지만 아무튼 모든 게 지겨워졌던 게야. 어쨌든 커크는 여자를 피하기로 결심했고. 여기서 무슨 일이 일어났는지 짐작이 가겠지? 흔해 빠진 일이지. 여자는 웃으면서 계속 버틴 거야. 상당히 끈질기게 맞섰겠지!"

"어떤 일이 벌어졌는지 상상하기는 어렵지 않지만……."

엘러리는 뭔가 생각하는 것 같은 표정으로 말했다.

"아버지가 이상한 상상을 유도하면서 야한 얘기를 늘어놓으시는 게 얄팍한 허세란 것쯤 저도 알고 있어요. 그러니까 이제 그 얘긴 그만하시고 원래 이야기로 돌아가자고요. 조 템플이 무대에 모습을 드러냈을 때 젊은 도널드는 이미 마음이 변한 상태였다는 말이죠? 사흘 전, 제가 맥고언과 함께 우연히 그 친구와 템플 양의 진부한 밀애 장면을 목격했기 때문에 여쭤보는 거예요. 커크가 템플 양에게 홀딱 반해 있는 건 확실했거든요. 그러니 당연히 르웨스 양은 바람둥이 커크한테서 물러설 수밖에 없었지요. 하지만 앙큼하고 더러운 게임을 하고 있던 르웨스 양이 간단히 물러설 까닭이 없겠죠. 그 결과 골머리를 앓게 된 커크는 그 성실한 얼굴에 '나 좀 살려줘! 암호랑이가 날 쫓아다니고 있어.'라고 써 붙이고 다니게 된 거죠."

"그 슈얼이라는 여자는 커크의 약점을 잡고 있는 게 분명해. 그 커크라는 친구가 옴짝달싹 못할 만한 약점 말이다. 그러니 무척 괴로운 입장에 빠진 셈이야. 여자는 한밑천 톡톡히 우려낼 생각인 거야……. 커크만 불쌍하게 된 거지. 아니면 커크가 그 여자에게 협박을 당하고 막대한 돈을 빼앗긴 바람에 무일푼이 되었다고 생각할 수도 있겠군."

"그것도 생각할 수 있는 원인 중 하나인 것 같네요. 하지만 아버지, 커크가 재정적인 곤경을 겪기 시작한 건 르웨스 양이 나타나기 훨씬 이전부터예요. 그것 하나만은 확실하게 말씀드릴 수 있어요. 어쨌든, 지금까지 갑갑한 수수께끼로 남아 있던 것 가운데 해답을 찾은 게 한 가지 있군요."

"그게 뭐냐?"

"살인 사건이 일어났던 날 저녁, 글렌 맥고언이 커크에게 전해달라고 했던 쪽지의 비밀을 알아냈어요. 내용이 뭐였는지 기억하시죠? '난 벌써 알고 있어. 너무 걱정하지 말게, 돈. 조심해.'라는 쪽지 말이에요."

"글쎄다. 맥고언이 알고 있다는 건 혹시 피살된 그 몸집 작은 사내가 아닌가 하고 난 내심 반쯤 기대를 걸고 있었는데."

경감이 퉁명스럽게 대답했다.

"아니에요. 전혀 아닙니다. 맥고언은 처음부터 르웨스를 수상하게 여겼던 게 분명해요. 그는 꽤 눈이 날카로운 사람이에요. 게다가 도덕적으로도 엄격하기 때문에 그렇게나 천박하고 세속적인 여자를 보면 어떤 상황에서나 일단 수상쩍게 생각할 겁니다……."

"맥고언이 말이냐?"

경감은 믿을 수 없다는 듯이 되물었다.

"그런 사람인 줄은 몰랐다. 평범한 보통 사내로만 알았는데……."

"아, 맥고언은 극히 평범한 남자가 맞아요. 하지만 사람에겐 나이가 들어도 벗어버리지 못하는 게 있기 마련이죠. 그중의 하나로 도덕적인 본성을 들 수 있어요. 맥고언의 선조들은 세일럼의 마녀들을 화형에 처했을 정도니까요. 뭐 점잖게 말하자면 맥고언이 육체적 문제를 초월한 건 아니지만, 적어도 그로 인한 불화나 스캔들엔 극히 민감하다고나 할까요. 도덕성을 실천하는 데는 철저한 거죠."

"알았다, 알았어. 내가 졌다. 그래서 어떻게 됐다는 거냐?"

"맥고언은 살인 사건이 있었던 당일 오후, 르웨스를 줄곧 관찰하면서 뭔가 이상한 점을 발견한 게 틀림없어요. 분명 벨리 경사님과 마찬가지로 하녀한테서 여러 가지 정보를 얻어냈겠죠. 어쨌든 한시라도 빨리 자신이 알아낸 사실을 커크에게 알려줘야겠다고 생각했을 거예요. 그러므로, 그 쪽지가 등장합니다. 이제 제 말 아시겠죠?"

"그럴듯한 얘기로군."

경감은 내키지 않는다는 표정으로 맞장구를 쳤다.

"상황이 그렇다면 억지로 수사를 해봤자 효과가 없을 것 같은데요, 아버지. 제가 보기에 아버지는 대실 해밋의 추리소설에 너무 빠져드신 것 같아요. 제가 늘 하는 말이지만, 소위 말하는 현대 사실주의 학파의 유혈과 폭력이 난무하는 소설을 읽어서는 안 되는 계층이 하나 있는데, 바로 존경스러운 우리의 경찰들이 그에 해당되죠. 허황되고 자극적인 환상만 기르게 될 테니까요……. 어디까지 말씀드렸죠? 그래요, 여기서 우리는 주요 인물들이 아무것도 모르는 동안 수수께끼 하나를 풀어서 사건의 실체가 어디에…… 음, 묻혀 있는지를 알아낸 셈 아닌가요?"

"도널드 커크도 맥고언의 쪽지가 없어진 걸 알고 있지 않겠느냐?"

경감은 피식 웃었다.

엘러리는 나직이 말했다.

"그렇진 않을 겁니다. 그날 밤 커크는 대단히 안절부절못했으니까요. 설령 쪽지가 없어진 걸 알았다 하더라도 어디 다른 곳에서 잃어버린 줄 알고 있을 거예요. 설마 '제가' 슬쩍 훔쳐갔으리라고는 꿈에도 생각지 않겠죠. 평소에 학자처럼 행동한 덕을 보는 셈이에요."

"커크가 너에게 이상한 행동을 하진 않았고?"

"그럼요. 그렇기 때문에 아까 말씀드린 바와 같은 대담한 추론을 해본 거예요."

"흠."

경감은 엘러리가 코트 입는 모습을 바라보면서 말했다.

"내 생각엔 어떤 물건 하나가 이 사건 해결의 열쇠가 될 것 같다. 그런 생각이 자꾸 드는구나."

"희생자의 짐 말인가요?"

"기다려봐라."

경감은 개구쟁이 같은 표정을 지으면서 한마디 덧붙였다.

"곧 알게 될 거야."

엘러리는 그렇게 오래 기다릴 필요가 없었다. 그날 밤 엘러리가 난로 앞 의자에 느긋하게 몸을 묻은 채, 귀찮아하는 주나를 앉혀놓고 가짜 거북 이야기(*이상한 나라의 앨리스*에 나오는 이야기—옮긴이)를 큰 소리로 읽어주고 있는데 경감이 허둥지둥 들어왔다.

"엘! 어떻게 생각하니?"

노경감은 모자를 벗어 던지고는 엘러리를 향해 턱짓을 했다.

엘러리가 책을 덮자 주나는 살았다는 듯이 커다랗게 한숨을 내쉬더니 잽싸게 사라졌다.

"가닥이 좀 잡혔어요?"

"그럼. 가닥이 잡히다마다. 그것도 기대 이상으로 말이야."

경감은 마치 현대판 나폴레옹처럼 코트를 입은 채 방 안을 왔다 갔다 하기 시작했다.

"오늘 오후, 챈슬러 호텔에 가서 슈얼이라는 여자의 방을 수색했다."

"그래서 어떻게 됐나요?"

"지금 얘기하고 있잖니. 그 여자가 외출한 틈을 노려 잽싸게 수색을 했지. 거기서 뭘 발견했는지 알겠니?"

"아뇨. 전혀 짐작도 안 가는데요."

"보석을 찾아냈어."

"네?"

경감은 유쾌하게 코담배를 빨아들이고는 재채기를 했다.

"간단한 얘기다. 스코틀랜드 야드의 트렌치 경감이 보내 온 전보에도 그 여자는 보석 전문이라고 했으니 말이지. 과연 호텔 방에 많은 보석을 숨겨놓고 있더군. 그것도 아주 대단한 것들뿐이더구나. 시시껄렁한 허섭스레기 같은 건 하나도 없었어. 따라서 정상적인 방법으로 손에 넣은 게 아닐 거라는 생각에 출처를 알아보았지. 그 결과 뭐가 밝혀졌는지 알겠느냐?"

엘러리는 한숨을 내쉬었다.

"이번엔 톡톡히 앙갚음을 하시는군요. 하지만 아버지가 지금 제게 하시는 것처럼 제가 아버지를 짓궂게 괴롭힌 적이 있었나요? 없었잖아요! 아무튼 그래서 뭐가 나왔는데요?"

"보석상한테 보여줬더니 대단한 진품이라는 거야. 세공 방법도 진귀한 데다가 유서가 깊다는구나. 보석 수집가라면 누구든 탐을 낼 물건이라면서 말이다."

"놀랍군요!"

엘러리는 목소리를 높였다.

"설마 그런 진품을 훔칠 멍청이는 없겠죠."

"그건 알 수 없지."

경감은 엘러리의 옷깃을 홱 잡아당겼다.

"의자에서 그만 일어나라. 갈 데가 있다. 한 가지 분명한 것은 말이다……. 보석상 모두가 그 보석들의 소유자를 알고 있었다는 점이야. 자기들 업계에선 상식이라더구나."

"설마……."

엘러리가 천천히 말했다.

"그래, 맞다. 바로 그 설마대로더라. 그 보석들은 모두 도널드 커크의 수집품이었어!"

12
보석 선물

벨리 경사는 챈슬러 호텔 로비에서 아이린 르웨스가 투숙한 방 수색 결과를 경감에게 보고하고 있었다. 피살자의 개인 소지품 소재 파악 임무를 맡고 있다가, 경감의 긴급 호출을 받고 허둥지둥 달려와 아이린 르웨스의 방 수색을 지휘한 것이었다.

"현재로선 훼방받을 염려가 없습니다, 경감님. 수색을 마친 뒤, 존슨 형사가 호텔 관리인으로 위장하여 방에 들어가 있습니다. 배관 공사를 하는 척하고 있을 겁니다. 하녀는 6시까지 반나절 휴가를 얻어 외출했고요."

"하녀가 수색을 눈치채진 않았겠지?"

경감이 날카롭게 물었다.

"물론입니다."

"아이린은 어떤가?"

"존슨의 보고로는 6시쯤 돌아와서 파티에라도 참석하려는지 요란한 옷으로 갈아입었답니다. 벽 금고에 들어 있는 보석은 거들떠보지도 않더라고 했습니다. 보석함에 넣어둔 자신의 보석 가운데 하나를 골라 치장을 했다고 합니다."

"방에서 나갈 때, 코트 같은 건 걸치지 않았나요?"

엘러리가 묻자 벨리 경사는 씩 웃었다.

"아직 방을 나오지도 않았다네, 퀸 군."

"혼자 있습니까?"

"그렇진 않아. 자네가 모르는 것도 당연하지만…… 그녀가 커크네 일행을 위해 칵테일파티를 연다고 말하는 걸 존슨이 들었다는군. 지금쯤 모두 모였겠지."

"흠. 한군데 모여 있으면 오히려 편리해지겠군. 아이린 르웨스를 신문하기 전에 먼저 22층으로 올라가 보는 게 좋겠다."

"뭘 어쩌시려고요?"

엘러리가 물었다.

"내게 한 가지 생각이 있단다."

엘리베이터가 몹시 붐볐기 때문에 세 사람은 청동으로 된 벽 뒤쪽으로 꾸역꾸역 밀렸다. 경감이 나직하게 입을 열었다.

"그 마르셀라라는 아가씨가 파티에 참석해 있다면 일석이조야. 커크 박사의 책 도난에 대해 신문해볼 수 있으니까 말이다. 그날 네가 도대체 왜 그 아가씨를 신문하려는 걸 나중으로 미루라고 했는지 모르겠구나."

"문제가 다 풀리지 않았기 때문이에요."

엘러리가 짤막하게 대답했다.

"그래? 그렇다면 그 아가씨가 무슨 까닭으로 그렇게 했는지 벌써 알아냈단 말이냐?"

"그런 거야 머리를 약간만 쓰면 간단하죠. 제가 둔한 탓에 현장에서 금방 깨닫지 못한 거예요."

"그건 또 무슨 뜻이냐?"

그때 엘리베이터가 22층에 도착했기 때문에 엘러리는 대답 대신 일행보다 한 걸음 앞서 복도로 나왔다.

책상 앞에 앉아 있던 셰인 부인이 깜짝 놀라서는 가슴을 쑥 내밀고 일행에게 인사를 했다. 경감은 그것을 무시한 채 곧장 커크 사무실로 성큼성큼 걸어가서 노크도 없이 문을 밀치고 들어갔다. 살인 현장인 대기실로 통하는 문 옆의 의자에 앉아 졸고 있는 정복 경관의 모습을 보고 벨리 경사가 낮은 목소리로 으르렁거렸다.

"어이, 이제 그만 일어나."

책상 앞에 앉았던 오즈번이 벌떡 일어서다가 들고 있던 우표 핀셋을 떨어뜨렸다.

"경감님……. 퀸 씨! 웬일이십니까? 또 무슨 일이 터졌나요?"

오즈번의 얼굴은 다소 창백했다.

"아직은 정확히 모르네."

경감은 투덜거리며 말했다.

"잘 듣게, 오즈번. 커크의 보석 수집품 가운데 '대공 부인의 보관(寶冠)'이라는 게 있나?"

오즈번은 영문을 모르겠다는 얼굴이었다.

"있죠. 틀림없이 있습니다."

"또 '붉은 브로치'란 것도?"

"네. 한데 왜 물으십니까?"

"에메랄드 펜던트가 달린 은박 목걸이는?"

"그것도 있습니다. 하지만 도대체 왜 이러십니까, 퀸 경감님?"

"자넨 모르나?"

노경감의 차가운 얼굴을 응시하던 오즈번은 엘러리 쪽으로 시선을 옮기더니 천천히 의자에 주저앉았다.

"네, 뭔지는 모르지만 저는 모릅니다. 전 커크 씨의 골동품 보석 수집엔 별로 관여하는 일이 없어요. 이건 커크 씨도 보증해주실 겁니다. 커크 씨는 보석 수집품을 모두 은행 금고에 보관하고 계십니다. 물론 입출고도 커크 씨 혼자 관리하시고요."

"허허, 그런가? 그게 없어졌단 말이지!"

경감은 위협하듯 고함을 질렀다.

"없어졌다고요?"

오즈번은 헉하고 숨을 들이마셨다.

"수집품 전부가 말씀입니까?"

"아니, 몇 가지만 없어졌네."

"그, 그럼 커크 씨도 알고 계시나요?"

경감은 심술궂은 미소와 함께 입을 열었다.

"그걸 지금부터 알아보려는 참이야."

경감은 엘러리와 벨리 경사에게 머리를 끄덕여 보였다.

"자, 이제 그만 가자고. 난 그저 오즈번의 증언이 필요해서 여기에 들렀던 거야. 만일을 대비해서 말이지."

경감은 소리 내어 웃으면서 문 쪽으로 걸어갔다.

"경감님!"

오즈번은 책상 가장자리를 움켜쥐었다.

"설마 지, 지금 바로 커크 씨를 신문하실 생각입니까?"

경감은 걸음을 멈추더니, 빙그르르 몸을 돌려 대단히 불쾌하다는 표정을 지은 채 오즈번 쪽으로 고개를 쑥 들이밀었다.

"그럴 작정이라면 어쩔 텐가, 오즈번 씨. 그게 당신과 무슨 상관이기에?"

"사실은, 그분들 모두가……."

오즈번은 파랗게 질린 입술을 혀로 핥으며 말했다.

"커크 씨는 작은 축하 파티에 참석 중입니다, 경감님. 그러니까 지금 당장 신문하시는 건……."

"축하 파티라고?"

퀸 부자의 눈길이 마주쳤다.

"커크 일가의 방에서 말인가?"

"아닙니다, 경감님."

오즈번은 필사적으로 말했다.

"한 층 아래에 있는 르웨스 양의 방입니다. 커크 씨가 약혼했다는 말을 들은 르웨스 양이 사람들을 칵테일파티에 초대했거든요. 그래서……."

"약혼이라니!"

엘러리가 중얼거렸다.

"오, 어둠의 힘이여. 놀라운 일은 끊이지 않는구나……. 그렇다면 미-중 동맹을 맺었다는 말인가요, 오지?"

"네? 네, 그렇습니다. 템플 양이십니다. 그런 자리에 지금 여러분이 찾아가신다는 건……."

"템플이란 아가씨와 말인가?"

경감은 혼잣말처럼 중얼거렸다.

"그건 그렇고, 여기 온 김에 한 가지 물어보겠는데……."

엘러리가 느릿느릿 말을 꺼냈다.

"오지, 혹시 이런 우표에 대해서 들은 적 있나요?"

엘러리는 우표가 흩어져 있는 책상 위로 무심히 눈길을 던졌다.

"푸저우 우표라는 것 말입니다. 액면가 1달러에 황토색과 흑색인데……. 그중 흑색은 잘못해서 풀을 칠한 뒷면에 인쇄된 것이지만요."

오즈번은 앉은 채 꼼짝도 하지 않다가, 이윽고 관절이 하얗게 되도록 두 주먹을 꽉 부르쥐면서 눈을 쳐들었다.

"그런 건……. 전…… 그런 오쇄 우표를 본 적이 한 번도 없습니다."

"거짓말 마시죠! 우린 모두 다 알고 있어요, 오지."

엘러리가 가볍게 반박했다.

"이미…… 알고 계신다고요?"

오즈번은 눈을 치뜨면서 어렵사리 말했다.

"암, 알다마다요. 돈 커크 본인한테서 들었으니까요."

오즈번은 손수건을 꺼내어 이마에 번진 땀을 닦았다.

"죄송합니다, 퀸 씨. 저는……."

"자, 이제 그만 가자고."

재촉하던 경감은 정복 경관을 향해 버럭 고함을 질렀다.

"이봐, 오즈번이 지금부터 오 분간 구내전화엔 손도 대지 못하게 잘 지켜! 오즈번, 자네도 알아들었지? ……자, 그럼 가볼까? 뭔가 재미있는 일이 있다면 우리도 한몫 끼어야 할 것 아닌가."

르웨스가 투숙하고 있는 객실 세 개는 커크 일가의 아파트 바로 아래였다. 경감이 벨을 누르자, 하녀가 문을 열어주었다. 마치 입체파 그림에 등장할 만한 뺨에 코가 뾰족하며 못생겼고 비쩍 마른 하녀였다. 하녀는 다소 앵앵거리는 코크니 사투리로 일행을 가로막다가 벨리 경사와 눈길이 마주치자 질겁하면서 물러섰다. 경감은 거칠게 하녀를 밀치며 작은 응접실을 가로질러 거실로 성큼성큼 걸어갔다. 왁자지껄하던 이야기 소리와 웃음소리가 마법에라도 걸린 것처럼 딱 끊겼다.

모두가 그곳에 모여 있었다. 커크 박사, 마르셀라, 맥고언, 번, 조 템플, 도널드, 아이린 르웨스, 그리고 퀸 부자에게는 낯선 여자 두 명과 남자 한 명도 함께였다. 둘 중에 키가 크고 외국인으로 보이는 화려한 차림의 여인은 펠릭스 번의 팔에 매달려 아양을 떨고 있었다. 모두 야회복 차림이었다.

르웨스 양이 미소를 지으며 앞으로 나왔다.

"안녕하세요. 무슨 일이시죠? 보시다시피 전 손님 접대 중인데요, 퀸 경감님. 나중에……."

맥고언과 도널드 커크는 말없이 서 있는 세 사람을 응시했다. 주름진 코끝이 보랏빛이 된 커크 박사가 무시무시한 기세로 휠체어를 밀고 다가왔다.

"이렇게 늦은 시각에 느닷없이 불쑥 쳐들어오다니 도대체 무슨 배짱인가? 그렇지 않아도 저주받은 정신병원 같은 소굴에 참견쟁이들이 떼 지어 찾아와서 또 선량한 사람들을 괴롭힐 생각인가?"

"진정하십시오, 커크 박사님."

경감이 부드러운 말투로 가로막았다.

"여러분, 이렇게 불쑥 찾아와서 정말로 미안합니다. 하지만 직무는 직무이니까 어쩔 수 없군요. 시간을 많이 빼앗지는 않겠습니다. 어…… 커크 씨, 당신한테 뭘 좀 알아봐야겠소. 르웨스 양, 잠깐 조용히 이야기를 나눌 만한 별실은 없습니까?"

"무슨 일입니까, 경감님."

글렌 맥고언이 차분하게 물었다.

"아니, 별것 아닙니다. 신경 쓰지 마시고 파티 즐기세요. 아, 르웨스 양, 정말 미안합니다."

여자는 거실 쪽으로 열려 있는 문으로 그들을 안내했다. 입을 꾹 다문 도널드 커크는 마치 사형 집행장으로 끌려 들어가는 사형수처럼 얼굴에 핏기가 하나도 없었다. 몸집 작은 템플 양이 고개를 바짝 세우고 그의 뒤를 따라 또박또박 걸어갔다. 경감이 얼굴을 찌푸리면서 뭐라 말하려 했지만, 엘러리가 가볍게 팔을 잡아당기며 제지했다.

문이 닫히고 벨리 경사가 입구를 막으설 때까지 도널드는 조가 따라 들어온 걸 눈치채지 못한 모양이었다.

"조, 당신은 이런 일…… 아니, 무슨 일에든 끼어들면 안 돼요. 부탁이니 여기서 나가요. 거실에서 다른 사람들과 함께 있어요."

도널드가 쉰 목소리로 말했다.

"아니에요. 여기 함께 있겠어요."

그녀는 커크의 손을 꼭 잡으면서 미소를 지었다.

"착한 아내가…… 아니, 곧 아내가 될 사람이 남편의 짐을 조금 나눠서 지겠다는데 왜 그러는 건가요?"

"아, 참. 요즘은 갑작스러운 일들이 너무 잦아서 정신이 없었군요. 우선 두 분의 약혼 축하 인사부터 해야겠네요."

엘러리가 끼어들었다.

"고맙네."

"고마워요."

두 사람은 동시에 공손하게 감사 인사를 하면서 눈길을 내리깔았다. 참 기묘한 커플이지! 엘러리는 생각했다.

"자, 자. 그럼 시작합시다."

경감이 말을 시작했다.

"새삼 말할 것도 없지만 커크 씨, 당신은 모든 걸 완전히 털어놓지 않았소. 우리한테 정보를 숨기고 이상하게 행동했지. 그래서 지금 나는 당신한테 해명할 기회를 주려고 하오."

커크는 아주 천천히 입을 열었다.

"무슨 말씀이신지 전혀 못 알아듣겠군요, 경감님."

조가 흘낏 커크를 곁눈질했다. 순간적이긴 했으나 미심쩍어하는 눈길이었다.

"커크 씨, 당신 최근 도둑맞지 않았소?"

경감이 다그쳤다.

"도둑맞다니요?"

커크는 놀라움에 가득 찬 얼굴이었다.

"그런 적 없는데요. ……아, 혹시 아버지 책을 도난당한 걸 말씀하시는 건가요? 그 일이라면 신기하게도 제자리에 돌아와 있었……."

"책 이야기가 아니오, 커크 씨."

"다른 물건의 도난 사건?"

커크는 이마를 찌푸리면서 말했다.

"생각나지 않는군요. 아니, 그런 적 없습니다."

"정말인가? 잘 생각해서 대답하시오, 젊은이."

도널드는 안절부절못하면서 턱시도 주머니에 두 손을 찔러 넣었다.

"하지만 아무리 생각해도 전혀……."

"당신은 수집가들 사이에 잘 알려진 골동품 보석을 몇 종류 가지고 있지 않소? 붉은 브로치나 대공 부인의 보관, 에메랄드 펜던트가 달린 목걸이, 16세기 중국의 비취반지 같은 것 말이오……."

"그건 전부 다 이미 팔아버렸습니다."

말이 채 끝나기도 전에 커크가 불쑥 내뱉었다.

경감은 한참 동안 그를 차분히 바라보다가 문 쪽으로 걸어갔다. 벨리 경사가 비켜서자 노인은 문을 열고 큰 소리로 말했다.

"르웨스 양, 미안하지만 잠깐 좀 와주시오."

키 큰 여인이 불안한 듯한 미소를 지으며 들어왔다. 가느다란 눈썹에는 미심쩍어하는 표정이 역력히 깃들어 있었다. 그녀는 길고 몸에 착 달라붙어 곡선을 잘 드러내는 섹시한 드레스를 입고 있었는데, 가슴팍이 깊게 파여 있어서 그녀가 천천히 숨을 들이마시고 내쉴 때마다 가슴골이 좁아졌다 넓어졌다 했다. 마치 경사가 가파른 해안에 팬 크레바스에 간헐적으로 파도가 치는 듯이 뚜렷하게 잘 보였다.

경감이 부드럽게 입을 열었다.

"템플 양은 잠시 자릴 비켜주시는 게 좋을 듯합니다만……."

템플 양은 자그마한 코를 개구쟁이처럼 약간 찡긋거리기만 했다. 그러고는 한마디 대답도 없이 꼭 잡고 있는 젊은 커크의 손을 놓으려 하지도 않았다.

"그렇다면 좋습니다."

경감은 한숨을 쉬고는 키 큰 여자 쪽으로 돌아서서 미소를 지었다.

"자, 아가씨. 우리 서로 본명으로 통성명하는 게 어떤가. 어째서 아가씨는 아이린 슈얼이라는 본명을 쓰지 않았지?"

커크는 영문을 모르겠다는 듯 눈을 껌벅거렸다. 동시에 키 큰 여인은 고개를 들더니 마치 깜짝 놀란 녹색 눈동자의 고양이처럼 눈을 깜박거렸다. 그러고는 대답 대신 가볍게 웃었고, 엘러리는 그것이 마치 머나먼 세계에 있으며 실체를 파악할 수 없는 체셔 고양이의 사차원 미소 같다고 생각했다.

"실례지만, 지금 뭐라고 하셨죠?"

"흠."

경감은 보통내기가 아니라고 생각하면서 빙긋 웃었다.

"대단한 배짱이군, 아이린. 하지만 언제까지 연극을 계속할 순 없는 일이지. 당신에 관한 건 모두 알고 있어. 내 친구, 스코틀랜드 야드의 트렌치 경감이 오늘 전보로 알려줬거든. 당신과 트렌치는 꽤 오래 알고 지낸 사이라면서? 그의 표현을 빌리면 당신은 영국에서 악명 높은 신용 사기꾼이라던데. 뭐 점잖은 표현이라고는 할 수 없지만 전보에 그렇게 적혀 있어서 말이야. 커크 씨, 당신 알고 있었소?"

도널드는 입술을 핥으며 현기증이 나는 표정으로 여인을 바라보다가 입을 열었다.

"신용 사기꾼이라니?"

그의 목소리가 떨렸다. 그러나 그 머뭇거리는 모습에는 묘하게 미심쩍은 데가 있었다. 인류로서의 상식을 지닌 엘러리는 얼굴을 붉힌 채 고개를 약간 돌렸다. 엘러리의 생각에 그 자리에서 가면을 쓰지 않은 유일한 인물은 몸집이 자그마한 템플 양뿐이었다. 그녀만이 가식 하나 없는 자신의 본래 모습을 유지하고 있었다. 템플 양은 일종의 멍한 두려움이 담긴 눈길로 늘씬한 키의 아이린을 응시하고 있었다.

키 큰 여인은 아무 말도 하지 않았다. 그녀의 녹색 눈동자 깊은 곳에는 끊임없는 경계의 빛, 그리고 포착하긴 어려우나 사람을 깔보는 것 같은 기색이 동시에 서려 있었다. 어쩔 줄 모르고 서 있는 앨리스에게 수수께끼 섞인 농담을 하는 체서 고양이 그 자체 같았다.

"이제 전부 털어놓는 게 좋을 것 같군, 아이린. 당신에 관한 건 모두 알고 있으니까 말이야. 당신이 커크의 수집품 가운데 가장 값비싼 보석들을 이미 손에 넣었다는 것까지 알고 있어. 어떤가, 아이린?"

경감이 나지막하게 말했다.

그 순간 그녀는 경계심을 풀며 건너편 문 쪽으로 흘낏 눈길을 던졌다. 그러고는 입술을 깨물면서 생긋 미소를 지었다. 그러나 이번에는 체셔 고양이 같은 미소가 아니라, 체념이 담긴 웃음이었다.

"아, 침실 벽 금고엔 새삼스럽게 신경 쓰지 않아도 돼."

경감은 그렇게 말하면서 껄껄 웃었다.

"보석은 이제 그 금고 안엔 없어. 오늘 오후에 당신 없을 때 우리가 캐냈으니까. 그런데 아이린. 모든 걸 자백할 텐가, 아니면 은팔찌를 찰 텐가?"

"은팔찌?"

그녀는 중얼거리면서 얼굴을 찡그렸다.

"알고 있을 텐데, 아이린. 당신네 나라에선 그렇게 부른다면서? 지금까지 그 예쁜 팔목에 한두 번 차본 것도 아니지 않겠어?"

경감의 인내심은 결국 뚝 끊겼다.

"그 보석, 당신이 훔쳤지!"

"어머! 아까부터 무슨 말을 그렇게 두서없이 중얼거리시는지 하나도 못 알아듣겠어요, 경감님. 그 보석이 커크 씨 것이 분명한가요?"

그녀는 대담하게 웃으면서 말했다. 마치 희망이 기적적으로 되살아나기라도 한 모양이었다.

"분명하냐고? 이번엔 또 어떤 수를 쓰려는 거야?"

경감은 눈을 부라렸다.

"그 보석이 커크 씨 소유였다면 어째서 이 사실이 범죄와 연루되었다고 주장하시는 건가요, 경감님? 신사가 숙녀에게 보석을 선물하는 게 범죄가 되나요? 전 또 경감님이 커크 씨가 그걸 어디서 훔쳤다고 하시는 줄 알았지 뭐예요. 세상에!"

한동안 무거운 침묵이 흘렀다. 이윽고 엘러리가 빠른 말투로 물었다.

"정말인가, 커크?"

조 템플은 무슨 일인지 전혀 모르겠다는 듯 조그만 코를 찡그린 채 앉아 있었다. 이윽고 그녀는 도널드의 손을 잡은 손에 힘을 주면서 입을 열었다.

"도널드. 당신, 르웨스 양에게…… 정말로 줬나요?"

커크는 선 채로 꼼짝도 하지 않았다. 그러나 엘러리의 눈에 그의 마음은 마치 뱀에 휘감긴 채 벗어나려 격투하는 라오콘과 아들들의 작은 모형처럼, 감정의 가마솥 속에서 부글부글 끓어오르는 듯했다. 햇볕에 잘 그을렸던 얼굴도 지금은 마치 비바람에 바랜 듯 회색으로 핼쑥해져 있었다.

"그래요."

커크는 멍하니 조의 손을 잡아 올리면서 입을 열었다.

그는 아이린 르웨스 쪽으로 눈길 한번 주지 않았다.

"그것 보세요! 이제 아셨죠? 괜히 법석을 떨고 야단이야. 자, 경감님. 이제 제 보석, 당장 돌려주시는 거죠? 저도 미국 경찰들이 얼마나 부정하고 불성실한지에 대해서 충격적인 이야기를 들은 적이 있거든요?"

르웨스 양이 명랑하게 큰 소리로 외쳤다.

"당신은 입 다물어."

경감이 차갑게 말했다.

"커크 씨, 도대체 어떻게 된 거요? 당신 그렇게 비싼 보석들을 정말 이 여자에게 선물했단 말이오?"

커크는 바람 빠진 풍선처럼 자제력을 잃어버렸다. 똑바로 응시하고 있는 조의 시선도 아랑곳하지 않고 커크는 가까이 있는 의자에 풀썩 주저앉아 두 손으로 얼굴을 감쌌다. 애처로운 목소리가 손가락 사이로 먹먹하게 흘러나왔다.

"네, 그렇습니다. 아뇨……. 전 제가 무슨 짓을 했는지 모르겠어요."

"아니라고요? 도널드, 이제 보니 당신 정말 건망증이 심한 사람이군요."

재빨리 말을 낚아챈 아이린 르웨스가 잰걸음으로 침실로 들어갔다. 벨리 경사가 못마땅한 표정을 지었으나 경감이 고개를 가로젓자 자세를 누그러뜨렸다. 그녀는 금방 종이 한 장을 들고 침실에서 나왔다.

"퀸 경감님, 도널드는 지금 자기가 무슨 말을 하고 있는지 모르는 게 분명해요. 이런 은밀한 것까지 공개할 생각은 없었지만……. 평소의 저라면 생각조차 하지 않았겠지만 일이 이렇게 된 이상 어쩔 수가 없군요, 경감님. 도널드, 창피한 줄 알아요!"

경감은 그녀의 얼굴을 똑바로 노려보면서 종이를 받아 소리 내어 읽기 시작했다.

친애하는 아이린, 난 당신을 사랑합니다. 이런 내 마음을 당신에게 어떻게 알려야 할지 마땅한 방법이 없군요. 이 보석은 내가 가지고 있는 것 가운데 가장 귀중한 것들입니다. 내가 진실로 당신을 사랑하고 있다는 증거를 보여주기 위해 당신에게 이 보석들을 선물합니다. '보관'은 어느 러시아 대공 부인의 머리를 장식했던 물건이고 '붉은 브로치'는 스웨덴의 크리스티나 여왕 모후의 소유였으며 '비취반지'는 중국 황제 따님의 손가락에 광채를 더했던 것입니다. 그 외의 다른 보석들도 모두 내가 오랫동안 소장하고 있었습니다. 이제 나는 세상에서 가장 아름다운 당신에게 기쁜 마음으로 이것을 드리는 바이니, 나와 결혼해주십시오!

도널드

템플 양은 몸을 바들바들 떨면서 싸늘한 목소리로 물었다.

"저어…… 그 연애편지, 언제 날짜로 되어 있나요, 경감님?"

"안됐군요, 아가씨."

르웨스 양이 나직한 목소리로 말했다.

"당신 기분, 충분히 이해해요. 하지만 이 편지는 당신이 뉴욕에 도착하기 전, 그러니까 도널드가 당신을 알기 전에 쓴 것이에요. 그리고 그는 당신을 만나자마자……."

그녀는 맨살이 드러난 아름다운 어깨를 으쓱했다.

"*C'est la guerre, et j'y tomba victime.*(이건 전쟁이고, 내가 졌어요.) 하지만 난 눈곱만큼도 당신을 원망하지 않아요. 오늘 밤, 도널드와 함께 초청한 것만 보면 내 마음이 어떤지 아시잖아요?"

"어설픈 짓거리군!"

경감은 콧방귀를 뀌었다.

"이게 남자가 사랑하는 줄리엣의 마음을 끌기 위해 쓴 정열적인 연애편지라면, 내 손에 장을 지진다. 연애편지가 아니라 역사 논문이잖아. 이건 조작된 거야. 당신…… 당신들 둘 다, 금세 진실을 토해내게 만들어주지. 이봐요, 커크 씨. 도대체 무슨 약점을 잡혔기에 이 여자가 불러주는 대로 이런 편지를 받아썼소?"

"불러주는 걸 받아 적었다고요?"

르웨스 양이 얼굴을 찡그렸다.

"도널드, 이건 말도 안 되는 바보 같은 짓거리예요. 이 사람들에게 설명해주세요. 얘기해달란 말예요, 도널드."

그녀는 발을 동동 굴렀다.

"지금 당장 말하라고요!"

커크는 일어서면서 비로소 르웨스 양의 얼굴을 똑바로 바라보았다. 그의 눈빛은 흐릿했다. 시선은 르웨스 양 쪽을 향해 있었지만 그의 말은 전부 경감을 향한 말이었다.

"이런 어처구니없고 뻔한 연극 같은 짓을 더 이어갈 이유를 모르겠습니다."

목구멍 깊숙한 곳에서 메마른 목소리가 울려 나왔다.

"따지고 보면 모두 내 잘못입니다. 그러니 독배를 들어야 할 사람도 나입니다. 난 거짓말을 했습니다."

엘러리는 키 큰 여인의 눈에 엄청난 안도의 빛이 서리는 것을 놓치지 않고 보았다. 그러나 그것은 금방 사라졌다.

"이 편지는 분명히 내가 썼습니다. 그리고 보석도 르웨스 양…… 아니, 본명은 슈얼이라고 했죠. 슈얼 양에게 주었습니다. 그녀의 과거에 대해서 난 하나도 모릅니다. 과거 따위는 전혀 마음에 두지도 않았습니다. 이것은 모두 내 사적인 일입니다. 이번 살인 사건 수사와 무슨 관계가 있는지 이해할 수가 없군요. 내 사생활과 살인 사건은 아무런 관계도 없단 말입니다."

"도널드. 당신…… 당신 르웨스 양에게 청혼을 한 거예요?"

조가 쥐어짜는 듯한 목소리로 물었다.

르웨스 양은 보일 듯 말 듯 승리에 찬 미소를 지었다.

"바보 같은 소리 마요, 아가씨. 도널드가 그랬으면 어쩔 건데요? 내가 뭐 그렇게 세상에서 가장 끔찍한 거머리 같은 여잔 줄 알아요? 그냥 사랑의 열병에 들떠서 쓴 헛소리라고 생각해요. 나도 그렇게 생각하고요. 그렇죠, 도널드? 어쨌든 이걸로 모든 게 다 끝났고, 도널드는 당신 것이 되었어요. 이 사실에 대해서 더 가타부타 고루하게 딴소리를 늘어놓지는 않겠죠?"

"그것참 영웅적인 행위로군."

엘러리가 중얼거렸다.

"도널드! 당신…… 당신, 지금 얘기 인정해요?"

"그래요. 인정해요. 아, 이런 젠장. 이걸로 그 지긋지긋했던 괴로움에서 벗어나게 됐군."

커크는 여전히 메마른 목소리로 답했다.

그는 중국에서 온 몸집 작은 여인 쪽에서 시선을 돌린 채 말을 이었다.

"모든 게 이걸로 끝장이야. 하지만 공표까지 하는 건 곤란해. 이걸로 끝났어……. 이제 날 좀 혼자 있게 내버려둬."

"알았네. 그런데 보석은 어떻게 된 건가, 커크?"

경감은 냉담하게 말했다.

"제가 르웨스 양에게 줬습니다."

템플 양은 키 큰 여인 쪽으로 조용히 타박타박 걸어갔다.

"당신, 정말로 세상에서 가장 비열한 사기꾼이로군요. 도널드까지 속여 넘기다니……."

이어서 완전히 얼어붙은 듯 꼼짝도 하지 않는 도널드 쪽을 획 돌아보았다.

"돈, 전 믿을 수가 없어요. 이런 말도 안 되는 바보 같은 이야기가 어디 있어요! 당신…… 전 당신을 잘 알아요. 당신은 결코 진정한 잘못을 저지를 사람이 아니에요. 아, 저런 천박한 요부와 잠깐 어울려 지냈던 것 정도는 아무렇지도 않아요. 하지만 가슴이 아픈 건 어쩔 수 없군요. ……돈, 도대체 어떻게 된 거예요? 저 여자가 당신한테 무슨 짓을 했나요? 저한테 말할 수 없는 일인가요?"

도널드는 기이할 정도로 차분한 목소리로 말했다.

"조, 제발 그냥 내 말을 믿어줘요."

키 큰 여인은 여전히 미소를 짓고 있었다. 그러나 그녀의 목소리는 강한 확신과 거드름에 차 있었다.

"솔직히 말해 나는 지금 굉장히 참을성 있게 버티고 있는 거예요. 다른 여자였다면 배알이 뒤틀려 한바탕 소동을 피웠겠죠. 조 템플, 당신의 그 지저분한 악의에 찬 말은 눈감아줄게요. 대신 내 폭넓은 경험상 한 가지 충고해주고 싶군요. 바보같이 굴지 마요. 저 사람은 당신 것이에요. 그리고 정말로 진실하고 좋은 청년이에요."

조는 르웨스 양을 완전히 무시한 채, 고개를 옆으로 돌리고 있는 젊은 커크를 물끄러미 지켜보았다.

르웨스 양이 계속 말했다.

"그럼 경감님, 이제 당신들은 그만 물러나주세요. 이렇게 끊임없이 찾아와서 괴롭히는 건 도저히 견딜 수가 없군요. 여기서 끝까지 버티고 있겠다면 제가 나가버리겠어요."

"그게 본심이군."

경감은 퉁명스레 내뱉었다.

"그러나 내 허가 없이는 여길 떠날 수가 없소. 이 나라를 떠나려는 낌새라도 보이기만 하면 당장 체포해버리겠어. '용의자'라는 말은 상당히 편리하단 말이지. 이렇게도 저렇게도 해석할 수 있으니까. 사실 지금 당장이라도 당신을 거동수상자로 철창에 처넣을 수도 있거든. 슈얼, 당신은 이 방에 얌전히 있는 게 좋을 거야. 서툰 수작은 나한텐 통하지 않아!"

이어서 경감은 입을 다물고 있는 두 사람을 곁눈질했다.

"이제 당신 차례요, 커크 씨. 지금 당신이 직면하고 있는 불유쾌한 분란의 진상을 툭 털어놓는 게 어떻겠소? 나중에 후회하지 않으려면 그러는 게 좋을 텐데. 이 여자가 노린 게 뭐였는지는 모르지만, 자네가 완벽하게 걸려든 것만은 틀림없으니 말이오. 말하기 거북하겠지만…… 자, 툭 털어놔보시오, 젊은이."

엘러리가 몸을 움찔하더니 한숨을 쉬었다.

"그런데 아버지, 언어학 서적 건으로 마르셀라 커크를 신문해야 한다는 건 잊으셨어요?"

그 순간 초췌해져 있던 도널드 커크의 눈빛에 사나운 폭풍우가 쳤다. 그 모습을 보고 엘러리는 솔직히 깜짝 놀랐다.

"마르셀라에겐 손대지 말게. 내 말 들어주는 거지? 이런 사건에 그 아이를 끌어들이지 말아줘! 그 아이에게 손을 대선 안 돼. 부탁이야!"

도널드는 얼굴이 흙빛이 된 채 부르짖었다.

퀸 경감은 갑자기 새로운 호기심이 치솟는 것을 느끼면서 차가운 눈초리로 커크를 응시하다가, 이윽고 부드러운 목소리로 말했다.

"그렇단 말이지. 사실 오늘은 당신 하나만으로도 충분하다고 생각했는데, 다시 생각해보니 이거 좀 더 캐봐야겠군. 이봐, 토머스, 마르셀라 커크 양과 그 부친을 이리로 데리고 와!"

도널드는 미사일처럼 잽싸게 문 쪽으로 달려가서 문을 열려는 벨리 경사를 덮쳤다. 그러고는 깜짝 놀란 경사를 난폭하게 옆으로 밀쳐버린 다음 겁먹은 표정이긴 했으나 의연한 자세로 문을 막아섰다.

"안 된다면 안 되는 거야. 부탁이야, 퀸. 이 사람한테 가지 말라고 해줘!"

"이 건방진 놈……."

벨리 경사가 씩씩거리면서 앞으로 걸어 나왔다.

"잠깐만요, 벨리 경사님."

엘러리가 천천히 제지하고 나섰다.

"이봐 커크, 이렇게 극적으로 굴 것까지는 없잖아? 자네 동생을 괴롭히려는 사람은 아무도 없어. 다만 약간의 오해가 있어서 그걸 밝히려는 것뿐이야."

엘러리는 커크에게로 다가가서 그의 딱딱하게 굳은 어깨 위에 친근하게 손을 얹었다.

"템플 양과 함께 위층으로 올라가도록 해, 커크. 뭐라도 한잔 마시고 잔뜩 곤두선 신경을 좀 가라앉힐 필요가 있어 보여."

"퀸, 설마 자네까지……."

도널드의 목소리는 애처롭기까지 했다.

"걱정하지 말게."

엘러리는 달래듯이 말하고 나서 몸집 작은 여인 쪽을 흘끔 쳐다보았다. 템플 양이 한숨을 내쉬면서 청년의 손을 잡고 무슨 말인가 소곤거렸다. 엘러리는 커크의 긴장되었던 근육이 이완되고 있음을 알 수 있었다. 벨리 경사가 얼굴을 찡그린 채 문을 열어 두 사람을 내보냈다. 옆방에 있던 사람들의 시선이 일제히 두 사람에게로 쏠렸다.

"당신도야, 아이린."

경감이 짧게 힘주어 말했다. 아이린 르웨스는 어깨를 으쓱해 보이더니 유유히 커크와 조의 뒤를 따라 나갔다. 하지만 아름다운 어깨 언저리에는 마치 뒤에서 덮쳐 올 일격을 각오하기라도 한 듯한 긴장감과 경계의 빛이 서려 있었다. 벨리 경사가 그 뒤를 따라 나갔다.

"저 젊은 녀석은 도대체 뭘 그렇게 걱정하는 거지?"

그들의 뒷모습을 눈길로 좇으면서 경감이 중얼거렸다.

"네? 아…… 커크 말씀이시군요."

엘러리는 후딱 정신을 수습하면서 말했다. 그러고는 담배를 꺼내 물고 성냥으로 천천히 불을 붙였다.
"무척 재미있는 일이에요. 전 지금 희미한 빛줄기를 찾아냈어요. 정말 보일 듯 말듯 희미한 것이지만……. 아, 저기들 오네요."

이쪽으로 오는 사람은 둘이 아니라 셋이었다. 벨리 경사는 우거지상이 되어 있었다.
"맥고언이라는 사람이 한사코 따라오겠다고 버티는 바람에 할 수 없었습니다."
그는 거친 목소리로 말했다.
"엉덩이를 걷어차서 쫓아버릴까요, 경감님?"
"아뇨, 그러시면 안 돼요, 경사님."
엘러리는 미소를 지으며 거구의 맥고언을 재미있다는 듯 바라보았다.
"그래, 굳이 같이 있어야겠다면 말릴 수야 없겠지. 이게 바로 그 사람 장례식이 되겠지만. 자, 아가씨……."
경감은 투덜거리면서 말했다.
마르셀라 커크는 아버지와 약혼자 사이에서 숨도 제대로 못 쉬고 조용히 서 있었다. 커크 박사는 딸의 한쪽 팔에 기댄 채 잔뜩 쪼그라든 모습이었다. 그 비쩍 마르고 앙상한 모습에서 평소의 호전적인 태도는 이상하게도 전혀 찾아볼 수 없었다. 늙어 흐려진 눈동자로는 주위 사람들의 눈치를 살피고 있는 듯했다.
맥고언이 부드럽게 입을 열었다.
"너무 다그치진 말아주십시오, 경감님. 제 약혼녀는 신경이 극히 예민한 젊은 아가씨입니다. 경감님의 무서운 손에 걸렸다간 저도 견뎌낼 자신이 없단 말입니다. 도대체 경감님은 이 근사한 칵테일파티까지 엉망으로 만들면서까지 뭘 하려는 겁니까?"

"맥고언 씨, 당신이 하고 싶은 말은 그게 답니까?"

"도대체 자네들, 도널드에게 무슨 짓을 했나?"

커크 박사가 떨리는 목소리로 입을 열었다.

"오빠 얼굴빛이……."

마르셀라가 중얼거렸다.

"질문은 내가 합니다."

퀸 경감이 매섭게 말을 잘랐다.

"커크 박사님, 며칠 전 박사님은 잃어버렸던 히브리어 책이 되돌아왔다고 경찰에 연락하셨는데 틀림없습니까?"

"그래서?"

늙은 학자는 갈라진 목소리로 물었다.

"잃었던 책 전부 되돌아왔습니까?"

"그래. 그러니까 법석을 떨지 말라고 연락한 것 아닌가. 책만 찾으면 난 그걸로 족하니까."

노박사는 앙상한 손가락으로 딸의 맨팔을 무의식적으로 툭 치면서 말했다.

"책 훔친 녀석을 잡기라도 했나?"

"그렇습니다."

마르셀라 커크가 한숨을 내쉬었다. 하얀 피부 때문에 붉은 입술이 더욱 도드라져 보였다.

맥고언이 무언가 말하려다가 마음을 바꾸었는지 마르셀라와 미래의 장인에게 번갈아 가면서 시선을 던졌다. 이윽고 햇볕에 그을린 그의 얼굴도 차츰 파랗게 질려갔다. 맥고언은 입술을 꽉 깨물면서 마르셀라의 손을 더욱 힘주어 잡았다.

"제가 한마디 해도 될는지 모르겠습니다."

엘러리가 조용히 말했다. 세 사람은 겁에 질린 눈길로 그를 바라보았다.

"우리 모두가 사리 판단을 할 줄 아는 어른들이죠. 커크 양, 먼저 당신한테 말하고 싶은 것은…… 내가 무척 감동을 받았다는 점입니다."

마르셀라는 돌연 비틀거리면서 두 눈을 꼭 감았다.

"그건 무슨 뜻이오?"

맥고언이 쉰 목소리로 따지듯이 물었다.

"맥고언 씨, 당신 약혼녀는 아주 용기 있고 효심이 깊은 아가씨입니다. 나는 커크 양의 심리 변화가 어떤 식으로 이루어졌을지 잘 압니다……. 난 지금까지 이번 사건의 수수께끼 같은 '거꾸로' 현상에 관심을 쏟아왔지요. 커크 양의 머릿속에는 그 즉시 파노라마처럼 한 광경이 떠올랐음이 분명합니다. 아버지…… 그러니까 박사님 바로 당신 말입니다……. 박사님이 언제나 열중해 있던 책……."

엘러리는 잠시 입을 다물었다 다시 말했다.

"……히브리어 책. 커크 양은 히브리어의 주된 특징은 문자가 '거꾸로' 되어 있다는 데 있음을 알고 있었습니다. 그래서……."

"그 책들, 제가 훔쳤어요."

마르셀라가 목멘 소리로 울먹였다.

"전 너무 걱정이 돼서……."

커크 박사의 표정이 기묘하게 일그러졌다.

"마르셀라, 우리 딸……."

커크 박사는 다정한 목소리로 딸을 부르며 그녀의 팔을 잡아당기고는 자신도 자세를 약간 바로 했다.

"하지만 커크 양, 당신은 잊은 게 있습니다."

엘러리는 말했다.

"중국어 말이죠. 아버님 서재에는 중국어 원고가 수북하게 쌓여 있었지 않습니까? 중국어 역시, 말하자면 '거꾸로' 된 문자입니다. 그렇죠?"

"중국어요?"

그녀는 눈이 동그래지면서 중얼거리듯 말했다.

"내가 생각했던 대로였군요. 박사님, 더는 깊이 조사할 필요가 없군요. 따지고 보면 제 잘못입니다. 제가 입버릇처럼 이번 범행의 '거꾸로' 현상을 강조했으니까요. 이에 대한 커크 양의 반응은 완벽하게 이해할 수 있습니다. 이렇게 해명이 된 이상 이 일은 잊어버리는 게 좋겠군요."

"하지만 히브리어는 '거꾸로'잖아요……."

"안타까운 일입니다."

엘러리는 한숨을 내쉬면서 말했다.

"유감스러운 일이었죠. 전 그 사건이 전부 무슨 뜻인지 '모르나이다. 내가 내 아우를 지키는 자이니까?'_{창세기 4장 9절―옮긴이}였거든요."

엘러리는 맥고언과 마르셀라에게 싱긋 웃어 보이면서 다시 말을 이었다.

"'나도 너를 정죄하지 아니하노니 가서 다시는 죄를 범하지 말라.'_{요한복음 8장 11절―옮긴이}"

"이제 됐어."

경감이 퉁명스럽게 말했다.

"토머스, 이 사람들을 보내주게."

벨리 경사가 옆으로 비켜 길을 터주자 세 사람 모두 얌전히 걸어 나갔다. 맥고언은 눈에 눈물을 글썽이기까지 했다.
"여기까지 온 김에…… 또 하나 처리할 게 있어."
경감이 중얼거렸다.
"이번엔 또 뭡니까?"
엘러리가 나직하게 물었다.
"펠릭스 번이란 친구야. 토머스……."
"번이오? 번이 뭘 어쨌기에 그러시죠?"
엘러리는 실눈을 뜨면서 되물었다.
"사건이 일어나던 날 그 친구의 동태를 겨우 파악했다. 단 한 가지만 빼놓고 말이야……. 토머스, 번 씨를 이리로 데리고 오게. 또 우리가 들어올 적에 봤던, 번 씨 팔에 매달려 아양을 떨던 그 외국인 같은 여자도 같이. 내 육감이 빗나가지 않았다면 그 여자도 이 사건과 어떤 관련이 있는 게 분명해."
"그게 뭐예요?"
엘러리는 벨리 경사의 무거운 발걸음을 눈으로 좇으면서 물었다.
경감은 어깨를 으쓱했다.
"나도 아직 모르지."

번은 몹시 취해 있었다. 그의 험상궂은 눈초리에는 노기가 서려 있었고 날카롭고 뾰죽한 얼굴에는 조소가 번져 있었다. 함께 온 여인은 잔뜩 겁먹은 눈치였다. 그녀는 키가 크고 흑갈색 머리가 치렁치렁했으며 몸매는 금방이라도 터질 듯이 팽팽한 여인이었는데, 번과 떨어져 있는 게 무척이나 두려운지 번의 검은 소매를 커다란 두 가슴 사이에 꼭 끌어안은 채 매달려 있었다.

"무슨 일이오?"

번은 얇은 입술을 우스꽝스럽게 일그러뜨리면서 귀찮다는 듯 말했다.

"오늘 밤은 도대체 무슨 일이야? 샘벅? 아니면 발바닥 매질? 그것도 아니면 프로크루스테스의 침대인가?"

"안녕하십니까, 번 씨."

엘러리가 나직한 목소리로 입을 열었다.

"탐정 일도 점점 영역이 확장되는 것 같군요. 이렇게나 박식한 분과 만나게 되다니 영광입니다. 지금 당신은 샘벅이라고 말했죠? 아프리카나 네덜란드 말 같은데, 무슨 뜻이죠?"

"무소 가죽으로 만든 채찍이라는 뜻이오."

번은 술 취한 사람 특유의 미소를 지으며 말했다.

"남아프리카의 초원 지대에서 당신을 만났다면 말이야, 친애하는 퀸 씨. 샘벅 맛을 호되게 보여줬을 거요. 난 당신이 아주 싫어. 당신처럼 꼴도 보기 싫은 인간은 처음이야. 지옥에라도 떨어져버려……. 이 조끼 주머니에나 들어갈 루시퍼 같으니."

번은 퀸 경감 쪽으로 몸을 홱 돌리고는 닦달했다.

"도대체 무슨 일이오? 빨리 얘기해보쇼! 난 시시한 질문에 밤까지 샐 생각은 없소."

"시시한 질문이라고?"

경감이 으르렁거렸다.

"이봐, 똑똑한 친구. 다시 한 번 그딴 소리 했다가는 저기 있는 경사가 더는 참지 못할 거야. 그다음에 어떻게 될지는 자네 상상에 맡기지."

이어서 경감은 여자 쪽으로 눈길을 던졌다.

"당신, 이름이 뭐요?"

여자는 겁먹은 어린애 같은 눈으로 번을 쳐다보면서 더욱 찰싹 달라붙었다.

번이 느릿느릿 입을 열었다.

"가르쳐줘, 카라 미아(아름다운 내 사랑). 저 사람, 무섭게 생겼지만 괜찮은 사람이야."

"제 이름은…… 루크레치아 리초예요."

여자는 어렵사리 말했다.

강한 이탈리아 악센트였다.

"어디서 왔소?"

"이탈리아. 우리 집은…… 저어…… 피렌체예요."

"플로렌스란 말이죠? 보티첼리의 여인에서 보이는 생명력 뒷면의 본질적 영감을 비로소 이해할 수 있을 것 같군요. 당신은 정말 사랑스럽습니다. 그리고 아름다운 고장에서 왔군요, 마돈나."

엘러리가 나직하게 말했다.

여인은 눈매가 길고 처진 눈으로 한동안 엘러리를 응시했다. 조금 전까지 눈에 가득 차 있던 공포는 이제 사라진 모양이었다. 하지만 그녀는 끝내 말은 한마디도 하지 않고 번의 팔에 매달려 있었다.

"이봐, 난 바쁜 사람이야."

퀸 경감이 호통을 쳤다.

"뉴욕엔 언제 왔소, 시뇨라?"

여인이 쳐다보자 번은 고개를 끄덕였다.

"그러니까…… 일주일쯤 된 것 같아요."

발음은 잇새로 샜지만 부드럽고 포근한 목소리였다.

"그런 건 왜 묻소?"

번이 귀찮다는 투로 말했다.

"설마 시뇨리나 리초를 살인 용의자로 처넣겠다는 생각이오, 경감? 분명히 말해두지만 이건 당신이 설레발을 치는 거나, 아니면 이 순진한 이탈리아 아가씨에 대해 아무것도 모르는 거나 둘 중의 하나요. 그리고 내 친구 루크레치아는 미혼이오."

"결혼을 했건 말건 그건 문제가 아니오. 내가 알고 싶은 것은 살인 사건이 터지던 날 이 여자가 이스트 64번가의 당신 아파트에서 무엇을 하고 있었느냐 하는 거요!"

경감은 계속해서 호통을 쳤.

엘러리는 움찔했으나 번은 오히려 태연했다. 술에 잔뜩 취한 이를 드러내며 번이 말했다.

"오, 우리 뉴욕 경찰이 이제 도덕 정화의 깃발까지 휘두르게 되었나? 도대체 이 여자가 거기서 뭘 했을 것 같소? 이미 짐작하고 있을 게 아니오? 그렇지 않으면 물어볼 까닭이 없지……. 나는 항상 답을 뻔히 알면서 굳이 꼬치꼬치 캐묻는 멍청한 습관을 가진 사람들을 이해할 수가 없어. 설마 내가 부인하리라고는 생각하지 않을 테죠?"

경감의 새 같은 얼굴이 차츰 붉게 물들어갔다. 그는 번을 노려보면서 내뱉듯 말했다.

"난 그날의 당신 행동에 무척 흥미를 가지고 있어, 번. 말재주를 부려 얼렁뚱땅 넘어갈 생각은 않는 게 좋을 거야. 이 여자도 당신과 함께 모레타니아호로 뉴욕에 도착, 배에서 내리자마자 택시를 불러 당신 아파트로 직행했다는 걸 알고 있어. 사건이 난 날 오전의 일이야. 오후 늦게 당신이 커크 씨를 방문하러 갈 때까지 도대체 무얼 했지?"

번은 계속해서 히죽히죽 웃고 있었다. 그 충혈된 눈에 유리

조각 같은 차분함이 드리워져 있는 모습이 엘러리의 흥미를 끌었다.

"저런, 그것까진 모르셨나요? 경감님."

"뭐라고?"

"그렇지 않습니까? 만약 알고 계셨다면……."

번은 나지막하게 말을 이었다.

"그런 식으로는 질문하지 않았을 것 아닙니까. 재미있군, 정말 재미있어. 안 그래, 자기? 우리의 아내와 가정 그리고 시민의 명예를 지켜줘야 하는 경찰관이 이렇게도 단순 우직할 줄이야……. 내 보기에는 의심할 줄도 모른단 말이야. 아니, 내가 잘못 본 건지도 모르지. 이 사람은 의심을 품고 있는지 몰라도 무엇 하나 똑바로 알아내지는 못하는 것 같아."

여자는 눈이 동그래진 채 뭐가 뭔지 모르겠다는 눈빛으로 번을 물끄러미 쳐다보았다. 그녀의 짧은 영어 실력으로는 빠르게 오고 가는 대화를 도통 이해할 수 없는 모양이었다.

"게다가 이 사람은 우리 앵글로-색슨족의 안일한 미로 같은 법률에 절대적인 신뢰를 쏟고 있는 탓에, 증거가 없으면 어머니 잃은 아이나 다름없단 말이야. 아니면……."

번은 하품을 한 다음 말했다.

"보호자가 없는 사랑스러운 이탈리아 여성의 육체와 같다고나 할까……. 어떻습니까, 경감님?"

번의 마지막 말과 함께 방 안에는 죽음과 같은 침묵이 흘렀다. 엘러리는 아버지 쪽을 힐끗 쳐다보면서, 어쩌면 번의 말이 맞을지도 모른다는 생각에 불안한 마음이 들었다. 노인의 얼굴은 대리석 빛깔이나 다름없었고 그 작은 콧잔등에는 한 방 먹었다는 기색이 역력했다. 초췌한 분위기 때문에 평소 때보다 얼굴이 더욱 작고 딱딱해 보였다. 벨리 경사 쪽에서 언뜻 살기가 느껴졌다. 그가 권투 선수처럼 거대한 어깨에 힘을 모으면서 위협하듯이 번을 똑바로 노려보는 것을 보고 엘러리는 움찔 놀랐다.

하지만 그 순간이 지나가자 경감은 극히 사무적인 어투로 입을 열었다.

"그렇다면 그날 하루 종일 당신은 이 여자와 아파트에서 뒹굴었단 말이오?"

번은 주위의 긴장된 분위기 따위에는 전혀 관심이 없다는 듯 이죽거리는 태도로 무관심하게 어깨를 으쓱해 보였다.

"이렇게 매혹적인 여성과 하루를 함께하는 데 아파트보다 더 좋은 곳이 있겠습니까?"

"질문은 지금 내가 하고 있잖소."

경감은 부드럽게 말했다.

"그렇습니까? 그럼 뭐, 저는 당연히 그렇다고 대답할 수밖에 없겠군요."

번은 여전히 기분 나쁘게 실실 웃으면서 말했다.

"이걸로 질문은 끝인가 보군요, 경감님? 이제 이 귀여운 루크레치아와 함께 파티장으로 돌아가도 괜찮죠? 거 왜 예의란 것도 있잖습니까? 파티에 와서 주인을 기다리게 하는 건 실례니까……."

"가보시오. 썩 꺼지는 게 좋아. 밉살스럽게 웃고 있는 당신 그 상판대기가 내 손에 박살 나고 싶지 않으면 얼른 꺼져!"

경감은 버럭 소리를 질렀다.

"브라보."

번은 맥이 풀린 느릿느릿한 목소리로 말했다.

"자, 가자. 이제 우린 여기 더 있을 필요가 없는 것 같으니……."

번은 당황한 여성을 끌어당기더니 다정하게 몸을 돌려세우고는 문 쪽으로 걸어갔다.

"하지만 펠리초, 뭐가 어떻게……."

여자가 속삭이듯 물었다.

"이탈리아식 이름으로 부르지 말고. 펠릭스라고 불러야지."

번이 말했다.

두 사람은 방에서 나갔다.

한동안 세 사람은 입을 다물고 있었다. 경감은 무표정한 얼굴로 문 쪽을 노려보면서 그 자리에 선 채 꼼짝도 하지 않았다. 벨리 경사는 상당한 긴장에서 풀려난 듯 깊게 심호흡을 했다.

이윽고 엘러리가 점잖게 말했다.

"자, 자, 아버지. 저 따위 술주정꾼 나부랭이한테까지 최선을 다하실 필요는 없어요. 솔직히 말씀드리면 저도 화가 치솟는 걸 겨우 참았습니다. 몸이 다 근질근질하더군요……. 얼굴 좀 펴세요, 아버지."

"저 녀석 말이야……."

경감은 노기 서린 목소리로 말했다.

"저 녀석은 말이다, 이십이 년 만에 처음으로 내게 살의를 불러일으킨 녀석이야. 죽여버리고 싶었어. 이십이 년 전에도 저런 녀석이 있었어. 제 딸을 강간한 녀석이었어. 하지만 그놈은 적어도 미치기라도 했었지……."

벨리 경사는 혼자서 뭔가 알아들을 수 없는 저주의 말을 중얼거렸다.

엘러리는 아버지의 팔을 잡아 흔들었다.

"아버지, 아버지! 한 가지 부탁드릴 게 있어요. 꼭 좀 해주셔야 할 일이 있어요."

퀸 경감은 한숨을 쉬면서 아들 쪽으로 고개를 돌렸다.

"이번엔 또 뭐냐?"

"그 슈얼이라는 여자를 오늘 밤 늦은 시각에 어떤 구실을 붙여서라도 본청으로 연행해 올 수 없을까요? 하녀도 함께 말이에요."

"흠. 도대체 왜?"

경감도 문득 흥미를 느꼈다.

"전 말이죠……."

엘러리는 생각에 깊이 잠긴 채 담배를 한 모금 길게 빨더니 말했다.

"아까 말씀드린 희미한 빛줄기에 대해 어떤 생각이 떠올랐거든요."

13
내실에서

엘러리 퀸 씨는 남의 집을 제집 드나들듯 도적질하고 다니면서도 재치를 잃지 않던 기발한 도둑 래플스를 키워낸 거대 도시 뒷골목 태생은 아니었기 때문에 챈슬러 호텔 21층의 복도에서 신경질적으로 전후좌우를 살펴야 했다. 복도에 인기척이 없었으므로 그는 불룩한 외투 속에서 어깨를 두어 번 부르르 떨고는 르웨스가 투숙하고 있는 방문에 마스터키를 꽂아 돌렸다. 날카로운 소리를 내면서 잠금장치가 풀렸고, 엘러리는 문을 밀어 열었다.

응접실을 겸한 손님 대기실은 칠흑처럼 캄캄했다. 엘러리는 꼼짝 않고 서서 통증이 일어날 정도로 귀를 기울여보았으나 아파트 안은 쥐 죽은 듯이 조용했다.

엘러리는 스스로에게 멍청한 겁쟁이라고 악담을 퍼부으면서 큰마음 먹고 안으로 들어갔다. 어둠 속을 뚫고 기억을 더듬어 전등 스위치가 있는 곳으로 다가가, 스위치가 손끝에 닿자 눌러서 불을 켰다. 그 순간 방 안이 환해졌다. 엘러리는 응접실 저쪽에 있는 거실 문을 잽싸게 눈여겨본 다음 전등을 끄고 그쪽으로 더듬거리며 다가갔다. 엘러리는 무릎방석에 걸려 하마터면 넘어질 뻔하고는 욕설을 내뱉었지만 가까스로 자세를 바로잡았다. 문 앞에 이르자 그는 거실로 숨어 들어갔다.

도로 건너편에서 깜박이는 호텔의 네온 불빛 덕분에 침실 문을 쉽게 찾을 수 있었다. 엘러리는 침실 쪽으로 걸어갔다.

침실 문은 조금 열려 있었다. 엘러리는 머리만 살짝 들이밀어 숨을 죽이고 귀를 기울였지만 아무 소리도 들리지 않았다. 살며시 안으로 들어가 손잡이를 돌려 문을 닫았다.

"그렇게 힘든 것도 아니군."

엘러리는 혼자 중얼거리면서 어둠 속에서 씩 웃었다.

"어쩌면 타고난 도둑의 재능을 그동안 썩히고 있었는지도 모르겠는걸. 그런데 스위치는 도대체 어디 있지?"

엘러리는 눈을 커다랗게 뜨고 조마조마한 심정으로 환기창 근처를 더듬거렸다.

"아, 여기 있었군."

엘러리는 큰 소리로 투덜거리며 벽 쪽으로 팔을 뻗었다.

하지만 도중에 얼어붙은 듯 그 자리에 멈추고 말았다. 등줄기로 식은땀이 한 줄기 흘러내렸다. 한순간에 수백, 수천 가지 생각이 머릿속을 헤집었다. 그러나 엘러리는 꼼짝도 하지 않았다. 숨도 쉬지 않았다.

누군가가 바깥 입구의 문을 여는 소리가 들렸다. 틀림없었다. 기름칠이 잘 안 된 경첩이 끽끽대는 소리를 듣고 엘러리는 모든 것을 깨달았다.

엘러리는 마치 썰물이 빠져나가는 듯한 동작으로 벽으로 뻗었던 팔을 거두면서 방향을 틀고는, 스위치를 찾느라고 두리번거릴 때 미리 보아두었던 일본식 비단 병풍 뒤로 잽싸게 몸을 날렸다. 그는 숨을 죽이고 병풍 뒤에 엎드려 몸을 숨겼다.

조심스럽게 침실 문손잡이가 돌아가는 소리가 들렸다. 엘러리에게는 마치 무한의 시간이 흐르는 듯했다. 문지방을 넘어 들어오는 발소리가 희미하게 들려왔다. 이어서 틀림없이 사람이 호흡을 헐떡이는 소리가 났다. 뒤이어 철컥거리는 소리가 또다시 들렸다. 침입자가 등 뒤로 문을 닫는 소리임이 분명했다.

엘러리는 일본식 병풍 틈새로 온 신경을 집중해 살폈다. 바로 그 순간 기묘하게도 여자 향수 냄새가 어렴풋이 풍겨 왔다. 하지만 은은한 그 냄새는 침입자가 들어오기 전부터, 또 자신이 숨어들기 전부터 이 침실에 배어 있던 것임을 깨달았다. 바로 아이린 슈얼의 향수였다……. 엘러리의 동공이 짙은 어둠 속에서 점점 커지자 사람 윤곽이 뚜렷하게 보였다. 남자의 실루엣이었다. 하지만 희미한 네온 빛만으로는 얼굴의 피부 색깔조차 판별할 수가 없었다. 남자는 잽싼 동작으로, 다소 불안한 듯 움직였다. 머리를 이리저리 두리번거리면서 거친 숨소리로 헐떡이는 모습이 거의 흐느껴 우는 듯했다.

이윽고 남자는 최신식 디자인의 나지막한 화장대로 달려가더니, 소리 나는 것쯤 상관 않는다는 듯이 난폭하게 서랍을 열고 뒤지기 시작했다.

병풍 뒤에서 살금살금 나온 엘러리는 소리 나지 않게 푹신한 중국 카펫 위를 조심조심 걸어 문 쪽으로 향했다.

엘러리는 팔을 뻗으면서 유쾌하고 여유로운 말투로 말했다.

"이런, 안녕하십니까."

그러고는 스위치를 올렸다.

침입자는 호랑이처럼 몸을 홱 돌렸다. 그는 눈만 깜박일 뿐 아무 말도 없었다. 환한 불빛 밑에서 남자의 코트 깃이 휙 젖혀지자, 엘러리는 그의 얼굴을 똑똑히 볼 수 있었다.

도널드 커크였다.

두 사람은 마주 본 채, 서로 믿을 수 없다는 표정으로 영겁의 시간 동안 상대방을 바라보기만 했다. 도저히 서로에게서 시선을 뗄 수가 없는 듯했다. 충격 때문에 두 사람 모두 입을 열 생각도 못했다.

"이런, 맙소사."

엘러리는 가까스로 안도의 한숨을 내쉬며 꼼짝도 않고 서 있는 키 큰 청년 쪽으로 걸어갔다.

"거기서 어슬렁거리고 있던 게 자네였나, 커크? 도대체 이렇게 끔찍할 만큼 진부한 밤손님이 되어 나타난 이유는 또 뭔가?"

도널드는 갑자기 온몸의 긴장이 탁 풀려, 긴박감이 감도는 분위기를 이 이상은 한순간도 견딜 수 없다는 표정을 지었다. 그는 흰 플러시 천을 덧씌운 의자에 털썩 걸터앉으면서 떨리는 손으로 담배 케이스를 꺼내어 한 대 피워 물었다.

커크는 될 대로 되라는 듯이 미소를 지으며 입을 열었다.

"자네 보는 그대로야. 현행범을 잡은 셈이군, 퀸. ……하필이면 퀸, 자네한테 들킬 건 또 뭐람."

"운명이지."

엘러리는 나지막하게 말했다.

"하지만 자넨 운이 좋았던 셈이야, 이 위태위태한 젊은 친구야. 성질 급한 형사였다면…… 뭐라더라? ……아, 그래. 우선 한 방 쏜 뒤에 신문을 했을지도 모르니까 말이야. 다행스럽게도 난 상당히 섬세한 사람이라서 무기는 안 가지고 다니지. ……하지만 커크, 이런 밤중에 여자 침실로 숨어드는 것은 별로 좋지 않은 버릇이야. 봉변당하기 십상이거든."

엘러리는 커크가 앉은 플러시 의자의 맞은편, 검정 담비 모피를 덧씌운 긴 의자에 편안하게 몸을 묻으면서 담배 케이스를 꺼내어 꿈꾸는 듯한 표정으로 한 대 뽑아서 피워 물었다.

두 사람은 한동안 뭔가 생각에 잠긴 듯 담배만 피웠다. 그러나 눈길만은 서로 상대방에게 박아놓은 채였다.

이윽고 엘러리가 담배 한 모금을 길게 빨아들인 다음 입을 열었다.

"나도 약간의 불면증에 시달리고 있다네. 자넨 불면증에 어떻게 대처하나?"

"할 말 있으면 계속해봐."

커크는 한숨을 내쉬었다.

"말해도 괜찮겠나?"

엘러리는 느릿느릿 물었다.

청년은 억지웃음을 지었다.

"공교롭게도 지금 나는 누구와 대화를 나눌 기분이 아니야."

"공교롭게도 난 대화가 하고 싶은데. 평온한 분위기에 교양 있는 청년 단둘이서 담배를 피우고 있잖나……. 가벼운 잡담을 나누기엔 안성맞춤인 분위기 아닌가, 커크. 내가 항상 하는 말인데……, 물론 내 독창적인 관찰이지만, 미국에 필요한 것은 양질의 5센트짜리 시가뿐만 아니라 시시껄렁한 잡담의 문화적 영향력을 높이는 일이야. 어때? 자네도 문화 수준을 높이는 데에 참여하지 않겠나, 이교도여."

출판업자는 담배 연기를 천천히 콧구멍으로 내뿜다가, 갑작스럽게 상체를 앞으로 숙이며 무릎 위에 팔꿈치를 세웠다.

"자네 날 놀리고 있군, 퀸. 도대체 원하는 게 뭔가?"

"그게 바로 내가 자네한테 묻고 싶은 말이야."

엘러리는 건조한 목소리로 말했다.

"무슨 말인지 잘 모르겠는데."

"그래? 그럼 구체적으로 말해줘야겠군. 방금 전 자네가 아이린 르웨스 양의 화장대를 정신없이 뒤진 이유가 뭔가?"

"그건 말할 수 없네. 절대로 말 못 해."

커크는 반항적인 표정으로 딱 잘라 단호히 말했다.

"유감스럽군."

엘러리는 중얼거리듯 말했다.

"설득에 필요한 모든 힘을 다 잃어버린 기분이야."

길고 의미심장한 침묵이 흘렀다.

이윽고 도널드가 눈을 내리깐 채 중얼거렸다.

"자넨, 날 경찰에 신고하겠지?"

"내가?"

엘러리는 대단히 놀라서 말했다.

"이것 봐, 커크. 그런 섭섭한 말이 어디 있나? 난…… 그러니까, 경찰관이 아니잖아. 자네도 알다시피. 도대체 무엇 때문에 내가 그런 짓을 해서 사람들을 불행하게 만들겠어?"

커크는 손끝으로 타들어 오는 담배를 무의식적으로 짓눌러 껐다.

"그렇다면…… 눈감아주겠다는 뜻이야? 오늘 밤 이 일을 누구한테도 말하지 않겠다는 건가, 퀸?"

"그럴 생각도 없지는 않네."

엘러리가 느릿느릿 말했다.

"맙소사, 정말 고맙네!"

커크는 마치 죽었다 깨어난 사람처럼 자리를 박차고 벌떡 일어났다.

"퀸, 자넨 정말 견실한 친구야. 난…… 뭐라고 감사해야 할지 모르겠어."

"난 알고 있지."

"오!"

목소리가 달라지면서 커크는 다시 의자에 주저앉았다.

"이것 봐, 이 우유부단하고 바보 같은 친구야."

엘러리는 쾌활하게 말하면서 창문 밖으로 담배꽁초를 내던졌다.

"혼자서 모든 비밀을 끌어안고 괴로워하는 건 이제 충분하지 않나? 자넨 본바탕이 정직한 사람이야, 커크. 그런 재능도 없고, 음모를 꾸밀 만한 잔머리도 없지. 이번의 이 끔찍한 사건에서 자네가 범한 최대의 실수는 고집을 부리면서 내게 모든 이야기를 털어놓지 않았다는 데 있다는 걸 왜 깨닫지 못하나?"

"그건 나도 알아."

커크가 중얼거렸다.

"그렇다면 이제 드디어 정신을 차린 모양이로군. 나한테 말해주겠나?"

커크는 사나운 표정으로 고개를 들었다.

"안 돼!"

"도대체 왜지? 이유가 뭔가?"

청년은 일어서서 무언가를 갈구하는 표정으로 카펫 위를 서성거리기 시작했다.

"왜냐하면…… 난 그러면 안 되거든. 왜냐하면……."

커크는 마지못해 겨우 말했다.

"……그건 내 비밀이 아니기 때문이라네, 퀸."

"아, 그런가? 그 이야기는 딱히 새삼스럽지도 않군."

엘러리는 부드럽게 말했다.

커크는 걸음을 멈추었다.

"설마…… 자넨 다 알고 있었나?"

그렇게 되묻는 커크의 목소리에는 깊은 고통과 비극적인 절망이 뒤섞여 있었다.

엘러리는 어깨를 으쓱했다.

"만약 그게 자네 자신의 비밀이었다면 진작 내게 얘기했겠지. 이봐, 커크. 남자라면 누구나 사랑하는 여인에게 끔찍하거나 비뚤어진 인상을 주지 않으려고 애를 쓰는 법이야. 두 손 놓고 멍하니 지켜보고만 있을 남자는 없지. ……누군가 다른 사람을 감싸주어야 하는 필요성에 의해 혀가 마비되지 않았다면 말이야."

"그럼 자넨 역시 아무것도 모르는 모양이군."

커크는 중얼거리듯 말했다.

엘러리는 쓸쓸한 표정으로 말했다.

"자네가 누군가를 감싸고 있다면 말이야……. 자네가 감싸주려는 사람이 누군지 눈치채지 못했다면 나는 내 인간 관찰자로서의 명성에 흠집을 내는 셈이 되겠지. 자네가 감싸는 사람은, 자네 여동생 마르셀라야. 맞지?"

"맙소사, 퀸. 도대체 어떻게……?"

"그럼 내 말이 맞았군? 마르셀라란 말이지? ……마르셀라는 자기를 협박하는 사람이 누군지 알고 있나, 커크?"

"아니!"

"그럴 줄 알았지. 그렇다면 자넨 그 녀석으로부터 동생을 지키고 있는 거지? 아마 마르셀라 본인으로부터도 말이야. 커크, 자넨 아주 훌륭한 남자야. 찬란한 갑옷을 입은 기사 역할이 정말로 잘 어울리네. 자네 같은 부류의 남자가 아직 이 세상에 존재하는 줄은 몰랐군. 이 세상에 부정이 뿌리 뽑히지 않는 한 기사도의 시대는 결코 끝난 것이 아니라는 킹슬리의 말이 옳았네. 물론 그런 자네의 모습은 여성들 앞에서 대단히 매력적으로 보이겠지. 자네의 작은 조도 예외가 아닐 거야……. 아니, 그러지 마, 커크. 주먹을 그렇게 불끈 쥐어서야 쓰나? 난 지금 자넬 놀리고 있는 게 아니란 말이야. 그런데 자넨 끝까지 내 말을 부정할 생각인가?"

도널드의 관자놀이에는 분노로 핏줄이 돋았고 이마에는 땀방울이 맺혔다. 그는 목이 멘 것 같은 소리로 "아니라니까."라고 했다가 말을 금방 바꾸었다.

"그래……. 자네 말이 맞네."

그러고는 마치 상황이라는 고삐를 잡혀버린 성난 말처럼 고개를 마구 흔들었다.

"그리고 자네는 살인이 있던 날 밤 모든 것을 이 파파 퀸에게 털어놓을 생각이었던 게 분명해. 하지만 시체가 발견되는 바람에 몸을 움츠리고 말았던 거야. 그때 자네는 내게 조언을 얻을 생각이었던 거지, 커크?"

"응, 하지만, 그건…… 그 일이 아니었어. 르웨스, 아니…… 슈얼이라는 여자 문제를 상의하려고……."

"그래? 그렇다면 자네 누이의 비밀이 그 아름다운 아이린과는 무관하다는 말인가?"

엘러리가 재빨리 물었다.

"없어, 상관없네. 내가 한 말은 그런 뜻이 아니야. 아, 퀸, 제발 부탁이니 나를 너무 몰아세우지 말게. 이 이상은 더 말할 수 없어."

엘러리는 일어나 열린 창가로 가서 불빛이 반짝이는 어두컴컴한 빌딩 숲 사이를 뜻 모를 표정으로 물끄러미 내려다보다가, 문득 고개를 돌려 경쾌한 말투로 입을 열었다.

"우리의 변증법적 대화도 이제 슬슬 클라이맥스를 넘긴 것 같으니, 이 침실의 여주인이 산보를 마치고 돌아왔다가 비명을 지르기 전에 여기서 나가는 게 어떨까 싶은데. 갈 준비는 됐나, 커크?"

"물론 준비됐네."

커크가 볼멘소리로 대답했다.

엘러리는 문을 열어 커크를 먼저 내보낸 다음 전등을 껐다. 그들은 어둠 속을 더듬어 앞문을 통해 복도로 나왔다. 주변엔 아무도 없었다. 두 사람은 한동안 꼼짝도 않고 서 있었다.

이윽고 도널드 커크가 먼저 입을 열었다.

"그럼, 잘 자게."

그는 음울한 목소리를 남기고 다리를 질질 끌 듯 계단 쪽으로 걸어갔다. 그러는 도중 한 번도 이쪽으로 고개를 돌리지 않았다.

엘러리는 커크의 축 처진 어깨가 보이지 않을 때까지 그 자리에 서 있었다.

그는 언뜻 보기에는 별 목적 없이 몸을 돌린 듯했지만, 실은 슬그머니 복도 저쪽 모퉁이 쪽을 날카롭게 쏘아보고 있었다. 분명 뭔가 있을 텐데……. 하지만 아무것도 보이지 않았다.

엘러리는 오 분 동안이나 그곳에 꼼짝도 하지 않고 서 있었다. 하지만 아무도 나타나지 않았다. 복도 저쪽 끝에 이르기까지, 엘러리를 엿보는 사람은 한 사람도 없었다. 엘러리는 귀를 기울이면서 시선을 집중했다. ……그러나 복도는 성당처럼 조용했다.

그제야 엘러리는 망설임 없이 마스터키로 문을 열고 르웨스의 방 안으로 다시 숨어 들어갔다.

그러나 어둠 속에 혼자 몸을 숨기고 있으면서도 무척 마음이 쓰였다. 분명히 누군가를 언뜻 본 게 틀림없었다. 작고 가느다란 발목으로 미루어 보아, 두 사람이 그 방에서 나오는 걸 지켜보고 있었던 그 누군가는 조 템플이 분명했다.

14
파리에서 온 남자

아이린 슈얼 양, 일명 르웨스는 새벽 2시에 왈츠의 멜로디를 흥얼거리면서 가벼운 발걸음으로 아파트로 돌아왔다. 몇 시간씩이나 경찰의 집요한 조사를 받은 사람 같은 모습은 아니었다.

그녀의 겨드랑이에는 갈색 종이로 둘둘 만 작은 꾸러미가 끼워져 있었다.

"루시!"

르웨스 양은 경쾌한 목소리로 불렀다.

"루시!"

르웨스 양의 목소리가 조용한 응접실에 메아리쳤다. 그러나 대답이 없었다. 그녀가 어깨를 으쓱하자 밍크코트가 바닥으로 미끄러져 떨어졌다. 거실로 들어가서 콧노래를 계속 흥얼거리며 전등을 켠 그녀는 예쁜 갈색 눈동자로 천천히 주변을 한 바퀴 둘러보았다. 콧노래가 딱 그쳤다. 큼직하고 아름다운 얼굴에 의혹의 표정이 떠올랐다. 육감이 뭔가 잘못되었다고 경고하고 있었다. 그러나 그것이 무엇인지는 꼭 집어 말할 수가 없었다. 설마……. 그녀는 눈을 반짝이면서 성큼성큼 발걸음을 옮겨 침실 문을 열어젖힌 다음 전등을 켰다.

엘러리 퀸 씨가 플러시 천을 덧씌운 의자에 편안히 다리를 꼬고 앉아 미소를 지으며 문 쪽을 바라보고 있었다. 팔꿈치 옆

재떨이에는 꽁초가 수북했다.

"퀸 씨! 이게 어떻게 된 일이죠?"

그녀는 허스키한 목소리로 따지듯이 물었다.

"어서 와요, 르웨스 양."

엘러리는 유쾌한 목소리로 말하면서 의자에서 몸을 일으켰다.

"오늘 밤 일 말인데, 얘기가 별로 재미없었죠? 질문들이 다 진부하지 않던가요?"

"지금은 제가 묻고 있잖아요. 꼭두새벽에 내 침실에서 도대체 뭘 하고 있는 거예요?"

그녀가 날카롭게 쏘아붙였다.

"그 말은, 좀 더 이른 시간에 왔다면 아무런 문제도 없었을 거라는 뜻입니까? 그것참 고맙군요……."

엘러리는 야윈 팔을 쭉 뻗어 우아하게 하품을 했다.

"내가 얼마나 오래 기다렸는지 아십니까, 르웨스 양? 당신이 혹시 내 아버지의 예의 바르고 매력적인 손님 대접 솜씨에 반해버린 게 아닌가 생각하기 시작했던 참이란 말입니다."

르웨스는 옆에 있는 의자 등받이를 꽉 잡았다. 가식적인 표정이 벗겨지고 본래 모습이 드러났다. 꾸러미는 계속 겨드랑이에 낀 채였다.

"그렇다면 이게 다 속임수였군요. 경감님이 커크 씨 보석을 돌려주면서 계속 끊임없이 이런저런 질문을 했던 게 다……."

그녀는 느릿느릿 말했다.

그녀의 눈동자는 계속해서 가구들 사이를 살피고 다녔다. 혹시 뒤지지는 않았는지 살피는 모양이었다. 그러다 화장대 맨 아래 서랍이 열려 있는 것을 보고 눈이 동그래졌다.

"그걸 찾아낸 모양이군요."

르웨스 양은 씁쓸하게 말했다.

엘러리는 어깨를 으쓱해 보였다.

"숨긴 곳이 어설프더군요, 아가씨. 당신같이 경험 많은 사람이라면 좀 더 찾기 힘든 곳에 숨겨뒀으리라 생각했는데 말입니다. 그래요, 찾아냈습니다. 그래서 이렇게 잠을 쫓아가면서 의자에 앉아 기다렸던 겁니다."

르웨스 양은 기묘하게 휘청거리며 엘러리에게로 다가갔다. 어떻게 해야 좋을지, 무슨 말을 해야 할지 망설이는 것 같았다.

"그래서 이제 어쩌겠다는 거죠?"

여인은 겨우 쥐어짜 한마디 물었다. 미끄러지듯 화장대 쪽을 향하는 그녀의 발걸음은 위태로워 보였다.

"22구경 권총은 이제 거긴 없을 테니까 그냥 자리에 앉는 게 좋을 겁니다."

르웨스 양의 얼굴이 약간 하얘졌다. 그러나 아무 말 없이 얌전하게 돌아서서 긴 의자 쪽으로 걸음을 옮겼다. 몹시 피곤한 듯, 그녀는 의자에 풀썩 주저앉았다.

엘러리는 생각에 잠긴 얼굴로 카펫 위를 어슬렁어슬렁 걸어 다녔다.

"저 불후의 바다코끼리의 문구를 인용하여 말하자면, 근본적인 문제를 이야기할 '때가 온' 거로군요.*(거울 나라의 앨리스)에 나오는 말. (프랑스 파우더 미스터리)의 36장 제목과 같은 인용-옮긴이* 당신은 위험한 불장난을 즐겨왔죠, 아가씨. 이제 그 대가를 지불해야 합니다."

"도대체 나보고 어쩌라는 거예요?"

여자는 허스키한 목소리로 말했으나 그 목소리에 반항하는 기색은 없었다.

엘러리는 날카롭게 여자를 쏘아보았다.

"정보. 설명……. 사실은 나도 정말 형언할 수 없을 정도로 놀랐습니다. 당신한테 약간 실망도 했고요, 아이린. 당신은 본능적으로 그 조그만 22구경 권총을 꺼내려 했을 뿐, 아무런 저항도 안 하고 있지 않습니까? 쯧쯧. 아무래도 사람들 사이에 갈등이 있을 때는 항복이 그나마 가장 나은 부분이라고 생각한 모양이군요."

"도대체 내가 무슨 말을 더 할 수 있겠어요?"

여자는 의자 등받이에 몸을 기대었다. 야회복 드레스의 주름이 몸에 착 달라붙는 바람에 몸의 곡선이 뚜렷하게 나타났다.

"당신이 이겼어요. 제가 바보였어요. 이제 만족하나요?"

"신사 된 입장에선 말하기가 아주 거북스럽지만……, 당신 말이 맞아요. 당신은 범죄자라는 측면에서 볼 때도 역시 바보였습니다, 아이린. 이런 편지를 아무렇게나 그냥 침실에 놔두다니……. 왜 벽 금고 속에 넣어두지 않았죠?"

엘러리는 나직하게 말했다.

"벽 금고든 무슨 금고든 간에 사람들이 금고부터 뒤질 게 뻔하니까 그랬던 거예요."

"뒤팽의 원칙에 충실한 셈이었군요."

엘러리는 어깨를 으쓱했다.

"또 당신 같은 사람들은 직은 화기류에 너무 의존하더군요. 22구경으로 충분하다고 생각한 모양이죠?"

"언제나 핸드백에 넣고 다녔어요."

여인이 나지막하게 말했다.

"하지만 이번만은 경찰청에 출두해야 했기 때문에 죽음의 보석은 두고 간 거로군요. 물론 그랬어야죠. 어쩌면 내 판단이 경솔했는지 모르지만, 아이린……. 시간이 꽤 늦었어요. 이렇게 마주 앉아 허심탄회한 대화를 나누는 일도 무척 즐겁지만, 이젠 한숨 자는 게 좋을 것 같군요. 그런데……."

엘러리가 갑자기 딱딱한 목소리로 따지듯 물었다.

"당신은 무슨 까닭으로 슈얼이 아니라 르웨스로 이름을 바꿨습니까?"

"재미있는 성이잖아요?"

그녀는 밝은 목소리로 말했다.

"르웨스(Llewes)란 성은 슈얼(Sewell)을 '거꾸로' 쓴 것이죠?"

"물론이죠. 그런데 그게 어떻다는 거죠?"

그렇게 말하던 르웨스 양은 갑자기 허둥대면서 앉음새를 고쳤다.

"무슨 뜻이죠? 설마, 당신……."

"내 말뜻이나 생각 같은 게 아무려면 어떻습니까? 난 기껏해야 한 개의 톱니바퀴일 뿐인데요."

"하지만 내가 이름을 바꾼 건 굉장히 오래전…… 몇 년 전 일이에요. 이 이름과 그…… 그 사건 간에는 아무런 관계도 없어요. 정말이에요."

르웨스 양은 떨리는 목소리로 말했다.

"관계가 있는지 없는지는 결국 밝혀지겠죠. 그러니까 지금은 다른 일을 우선 매듭지읍시다, 르웨스 양. 난 이 편지와 증명서 사본을 찾아냈어요. 당신이 이 작은 게임에서 패배했다는 걸 새삼 확인할 필요는 없겠죠?"

"그런 걸…… 전문 용어로는 증거 서류라고 하던가요, 퀸 씨?"

그녀는 갑자기 눈을 반짝이면서 목소리를 낮추어 말했다.

"겨우 그런 것 가지고는 단순한 사실 증명밖엔 안 돼요. 아무리 당신이라도 내 머릿속에 들어 있는 정보들까지 전부 없앨

순 없을걸요. 게다가 내 생각에 도널드 커크 씨는 내가 입을 다물고 조용히 있기를 바라지 않을까 싶은데, 그 점에 대해선 어떻게 생각하시죠?"

"드디어 반격을 시작했군요."

엘러리는 키득키득 웃었다.

"하지만 당신은 또 한 번 잘못 생각하고 있는 겁니다. 당신 주장, 그러니까 전과 경력이 상당한 여성의 주장은 내 말 한마디로 얼마든지 엎어버릴 수 있어요. 당신이 이 서류를 가지고 있는 걸 봤다고 내가 증언만 하면 그 순간 당신 주장은 힘을 잃게 되는 거라고요. 커크도 당신이 이제 이 서류를 갖고 있지 않다는 걸 알면 오히려 당신한테 협박당했다고 증언하겠지요. 게다가……."

"어머."

그녀는 미소를 띠면서 일어서더니 길고 흰 팔을 쭉 뻗었다.

"하지만 그 사람은 그런 짓 못 할 거예요. 퀸 씨도 잘 아시잖아요?"

"반격을 계속하겠다는 뜻 같군요. 당신에게 멍청이 혐의를 씌웠던 일에 대해서는 사과하겠습니다. 그러니까 당신이 말하고 싶은 건, 당신이 서류를 가지고 있든 안 가지고 있든 관계없이 커크는 오로지 당신이 입 다물고 있기만을 바란다는 뜻이죠? 만약 당신이 체포되어 재판에라도 회부된다면 당신이 법정에서 공개적으로 진상을 밝히더라도 커크에겐 그걸 막을 방법이 없다는 그런 말이죠?"

"당신 정말 머리가 좋은 사람이군요, 퀸 씨."

"아니, 아니, 아첨은 됐습니다. 하지만 당신 주장을 좀 더 반박하기로 하죠."

엘러리는 쌀쌀맞게 말했다.

"어쨌든 이 사건이 법정까지 가게 된다면 당연히 내막이 전부 세상에 알려질 겁니다. 그렇게 되면 커크로서도 진상이 폭로되는 걸 막아낼 방법은 없습니다. 하지만 일이 거기까지 이르면 커크도 어쩔 수 없이 무시무시한 복수심이 치솟아 당신에게 불리한 증언을 하고 말걸요. 아가씨, 결국 당신의 그 매혹적인 육체는 아주 지저분한 미국 감옥 속에 아주 오랫동안, 몇 년이고 처박혀 있어야 할 거요. 그 점 어떻게 생각해요, 아이린?"

"결국 이런 뜻이었군요."

그녀는 엘러리 쪽으로 다가서면서 목소리를 낮추었다.

"당신은 지금 내게 우호 협약을 제안하고 있는 거로군요? 우리 둘이 공모해서 이번 일은 없던 걸로 하자고 말예요. 내가 입을 다물고 있으면 당신도 고발하지 않고 눈감아주겠다는 것 아네요?"

엘러리는 허리를 굽혀 절을 했다.

"나는 다시 한 번 당신에게 용서를 구해야 할 것 같군요. 당신의 영리함을 정말로 과소평가한 모양입니다. 내가 제안한 게 바로 그겁니다. ……그건 그렇고 이 이상 가까이 다가오지 마요, 예쁜 아가씨. 나도 상황에 따라서는 강한 자제심을 발휘할 수 있지만 지금은 그런 상황이 아니잖아요. 나도 사람이니까, 새벽 2시쯤 되면 도덕적 자제심이 썰물보다도 멀리 빠져나갈 시간이지요."

"왠지 당신이 좋아지는데요. 그것도 굉장히 말이에요, 퀸 씨."

엘러리는 한숨을 푹 내쉬면서 서둘러 한 발 물러섰다.

"이것 참, 메이 웨스트_{미국의 섹시한 여배우-옮긴이}의 영향을 너무 많이 받았군요. 이봐요, 항상 말하지만 난 대실 해밋이나 라울 횟

필드 같은 사람들이 뭔가 크게 착각하고 있다고 봐요. 그런 사람들의 소설을 보면 탐정이란 사람이 자신의 성적 매력을 자랑하면서 마음만 먹으면 기회는 얼마든지 있다고 떠벌리고 다니지만, 그런 건 말도 안 된다는 게 내 신조거든요. ……하지만 그게 지금 무너져버릴 것 같군……. 르웨스 양, 조금 전 내 제안에 이의가 없는 거죠?"

르웨스는 비웃는 듯한 표정으로 엘러리를 바라보았다.

"이의 없어요. 결국 전 바보였던 거예요."

"어쨌든 무척 매력적인 바보죠. 딱한 커크! 당신 손에 걸려 지옥 같은 시간을 보냈을 테지……. 그건 그렇고."

엘러리는 차분하게 말했다. 입가에는 미소가 번졌지만, 눈빛은 얼음보다도 더 차가웠다.

"당신은 그 사람을 얼마나 잘 알고 있었습니까?"

"그 사람이라뇨?"

"파리에서 온 사람 말입니다."

"아!"

가면이라도 쓴 것처럼 그녀의 표정이 순간적으로 바뀌었다.

"그렇게 잘 알지는 못해요."

"만난 적은 있나요?"

"딱 한 번요. 하지만 그 사람, 면도를 안 해서 턱수염이 덥수룩한 상태였어요. 게다가 저한테 그 편지를 팔러 왔을 땐 무척 취해 있었어요. 게다가 얼굴을 마주쳤던 건 아주 잠깐 동안뿐이에요. 그 전의 모든 연락은 편지로 했고요."

"흠. 당신은 그날 여기 위층에서 그 시체의 얼굴을 봤었죠, 르웨스 양?"

엘러리는 일단 말을 끊었다가 느릿느릿 이어갔다.

"파리에서 온 남자가 바로 이 위층에서 살해된 사내일 가능성은 없을까요?"

그녀는 눈이 휘둥그레지면서 주춤 한 발 물러섰다.

"그러니까…… 그 조그만 남자가…… 설마!"

"어떻습니까?"

"잘 모르겠어요."

여인은 재빨리 대답하면서 입술을 깨물었다.

"모르겠어요. 뭐라고 말하기 어렵군요. 수염이 없으니까……. 그때는 얼굴 전체를 덮을 정도로 덥수룩했거든요. 게다가 끔찍하기도 하고, 더럽고 워낙 엉망진창이어서……. 하지만 어쩌면 가능할 수도 있겠네요……."

엘러리는 얼굴을 찌푸렸다.

"아, 나는 좀 더 분명한 대답을 원했는데 말이죠. 결국 확실한 건 모른단 말이로군요."

"그래요. 확신은 못 하겠어요, 퀸 씨."

여인은 생각에 잠긴 듯한 말투로 말했다.

"그럼 이만 실례할 수밖에 없군요. 잘 자고, 좋은 꿈 꾸도록 해요."

엘러리는 외투를 집어 팔에 걸쳤다. 여인은 마치 옷을 입은 나무처럼 꼼짝도 않고 그 자리에 서서 뭔가 생각에 잠겨 있었다.

"아, 참! 깜빡 잊어버리고 갈 뻔했네."

"뭘 말예요?"

엘러리는 긴 의자 쪽으로 걸어가 갈색 종이 꾸러미를 집어 들었다.

"이건 도널드 커크가 아끼는 골동품이거든요. 이런, 맙소사! 이걸 잊어버리다니, 내가 정신을 어디다 빠뜨리고 다니는 건지."

여인의 얼굴에서 핏기가 싹 가셨다.

"설마, 당신이…… 그것까지 빼앗아 갈 작정이에요? 이…… 이 날강도!"

여인은 사납게 따졌다.

"당신 정말 예쁘군요, 아가씨. 화난 얼굴이 잘 어울립니다. 하지만 설마 내가 이걸 당신한테 주고 가리라고는 생각하지 않았겠죠?"

"그럼 나한텐 아무것도 남는 게 없잖아요?"

그녀는 분노를 못 이긴 나머지 거의 울먹일 정도였다.

"몇 주일, 몇 달이 걸렸단 말이에요. 돈도 얼마나 많이 들었는데……. 다 말해버릴 거예요! 신문사에 연락해서 온 세상에 이 이야기를 전부 퍼뜨려버릴 거야!"

"그렇게 해서 당신 인생의 황금기를 차가운 회색 벽에 갇힌 채 비좁은 감방에서 변변찮은 옷이나 입고 보내겠다는 겁니까? 말해두지만, 미국 죄수복은 입을 게 못 됩니다. 맨살에 무명 속옷을 걸쳐야 해요."

엘러리가 슬픈 표정을 지으며 고개를 내저었다.

"나라면 그런 짓은 안 할 겁니다. 올해 서른다섯 살쯤 된 것 같은데……."

"서른하나야, 이 짐승만도 못한 인간!"

"미안합니다. 서른하나란 말이죠. 출감할 때면 몇 살쯤 되어 있을까요? 당신의 풍부한 전과를 고려해볼 때, 형기가……."

그녀는 긴 의자에 몸을 내던지듯 앉으면서 부르짖었다.

"나가! 당장 나가! 안 나가면 눈알을 후벼 파버릴 거야!"

"세상에, 이러다 옆방 사람들 다 깨겠습니다."

엘러리는 겁먹은 얼굴로 말했다. 그러고는 미소 띤 얼굴로 허리를 굽혀 절을 한 다음, 겨드랑이에 갈색 종이 꾸러미를 끼고 물러났다.

챈슬러 호텔 로비로 내려간 엘러리가 느닷없이 구내 전용 전화를 불쑥 집어 드는 바람에 야근 당직자는 깜짝 놀랐다.
"아니, 이보세요! 지금 뭘 하려는 겁니까? 새벽 2시 반이란 말입니다!"
당직자가 버럭 고함을 질렀다.
"경찰입니다."
엘러리는 고압적인 태도로 말했다. 당직자는 입을 딱 벌리면서 물러섰다. 엘러리는 목소리를 낮춰 호텔 교환대를 불렀다.
"22층의 도널드 커크를 연결해주십시오. 중대한 일입니다."
그러고는 유쾌한 멜로디로 휘파람을 불면서 기다렸다.
"여보세요, 누구시죠? 아, 허벨. 납니다, 엘러리 퀸입니다. ……네, 네, 퀸이라고요! 도널드 커크 있습니까? ……좋아요, 그럼 두들겨 깨워요! ……아, 커크. ……아니, 별일은 아니야. 실은 자네한테 반가운 소식을 전해주려고 그래. 이런 말도 안 되는 시각에 깨워준 걸 고마워해야 할 걸세. 자네한테 줄 물건을 가지고 왔어. ……그럼, 뭐 별건 아니지만 약혼 축하 선물이라고 생각해줬으면 좋겠어. ……아냐, 아냐, 호텔 프런트에 맡겨둘게. 그리고 커크, 더는 걱정할 일이 없어졌네. 모두 끝났어. 그래, M 일 말이야. ……그래. 이런, 그렇게 고함을 지르면 어쩌나? 귀가 멍멍하잖나, 이 친구야. I. L.에 대해서라면 내가 발톱을 완전히 뽑아버렸으니 더는 자네를 괴롭히지 않을 거야. 두 번 다시 그 여자를 가까이하지 말고, 얌전히 그 조라는 숙녀에게만 헌신하도록 하라고. 자넨 운 좋은 친구야. 그럼 잘 자게."

전화를 끊은 엘러리는 빙긋 웃으면서 꾸러미를 야근 당직자에게 맡긴 뒤 챈슬러 호텔에서 나왔다. 무척 피로를 느꼈다. 걸음걸이가 조금 비틀거리기는 했으나, 기대 이상으로 사태 수습이 잘 되었다는 생각에 얼굴은 밝았다.

항상 이른 경감의 아침 식사 시간에 맞추어 엘러리가 식당에 들어서는 모습을 보고, 경감과 주나는 깜짝 놀랐다.
"아니, 이게 누구냐?"
노신사가 입안 가득한 달걀 토스트 때문에 우물우물 말했다.
"어디 아프냐, 엘? 이렇게 일찍 일어난 걸 보니 몸이 어디 안 좋은가 보구나."
"아무 문제도 없어요."
엘러리는 붉게 충혈된 눈을 비비면서 하품을 하고는 신음과 함께 의자에 몸을 묻었다.
"몇 시쯤 돌아왔니?"
"3시쯤이었을 거예요. ……주나, 최고급 우프를 좀 먹었으면 싶다."
"우프? 걘 또 누군데요?"
주나가 눈이 동그래져서 되물었다.
"그게 뭔가요, 하고 물어야지. 87번가의 젊은 녀석들하고 어울려 다니더니 말버릇까지 물들었구나. 우프란 건 말이다, 달걀을 뜻하는 일종의 프랑스 속어야. 주나, 지금 난 최고로 좋은 품질의 달걀이 먹고 싶어. 네가 평소에 잘 해주는 것 말이야. 철썩 뒤집고 탁탁 두들긴 것. 뭔지 알지?"
주나는 씩 웃고서 부엌으로 사라졌다. 경감이 으르렁거리듯 입을 열었다.

"어떻게 된 거냐?"

"어떻게 되긴요, 잘됐죠. 완벽하게 성공했다는 사실을 보고 드릴 수 있어서 참 기뻐요."

엘러리는 담배를 집어 들며 중얼거리듯 말했다.

"도대체 무슨 얘길 하는 게냐? 아비도 이해할 수 있게 설명해봐라."

"간단히 상황을 말씀드리자면 이래요."

엘러리는 등받이에 몸을 기대면서 담배를 피워 물었다.

"제가 아버지한테 그 매력적인 아가씨 르웨스 양을 집에서 잠시 끌어내달라고 부탁을 드렸었잖아요? 그 틈을 노려 제 예감을 확인해보겠다고 말이죠. 그녀가 커크의 약점을 움켜쥐고 있는 게 분명했기 때문이에요. 뭔가를 눈앞에 흔들어대면서 그 젊은 바보를 꼼짝도 못 하게 한 거죠. 커크는 커크대로 그 올가미에서 벗어나려고 남은 재산 전부를 그 여자에게 줘버렸고요. 자, 그렇다면 그녀가 커크 눈앞에 대고 흔들었던 건 과연 무엇이었을까요? 물론 당연히 눈으로 볼 수 있는 유형(有形)의 물건일 테죠. 그렇다면 이미 사라져간 문학 시대의 전형적인 로코코 스타일로 추리해보았을 때, 그 물건은 그녀의 소유하에 있으며 또한 그 아름다운 몸 가까이에 늘 지니고 있을 것이 분명했어요. 그럼 그게 어디일까요? 두말할 것도 없이 본인의 방이겠죠. 산전수전 다 겪은 교활한 여자니까 기록이 남을 은행 금고 같은 건 이용할 리가 없다고 봤어요. 그래서 아버지는 제가 르웨스 양의 방을 뒤지는 동안 센터 스트리트에서 그 아가씨와 잡담을 나누게 되신 거고요."

"수색영장도 없이 말이냐!"

경감은 입을 딱 벌렸다.

"이번이 두 번째야, 이 녀석아. 자꾸 그러다간 끔찍한 꼴을 당하고 말 거야! 예측이 빗나가기라도 한다면 어쩌려고 그러니? 그래, 뭐라도 찾아냈니?"

"물론 찾아냈습니다. 센터 스트리트의 평판대로 퀸 가문의 사람에게 실패란 없잖아요?"

"센터 스트리트에 어떤 평판이 떠돌건 내 알 바는 아니다."

노경감은 으르렁거렸다.

"그보다 시청에 무슨 소문이 돌지 생각을 좀 해봐라. 아무튼 그래서 어떻게 됐느냐?"

"아 참, 잊을 뻔했군요. 숨어 들어갔다가 젊은 커크와 맞부딪쳤어요. 아마도 우리 두 사람의 머릿속에는 대단히 훌륭한, 똑같은 생각이 들어 있었던 모양이에요."

"뭐라고!"

"그렇게 놀라실 것까지 없잖아요. 아버지답지 않으시네요. 그 친구는 딱하게도 대단히 절망적인 심정이었을 거예요. 적어도 오늘 새벽 2시 반까지는요. 저는 커크를 침실로 쫓아버린 다음 르웨스 양이 미국에 틀어놓은 둥지로 돌아가서 그걸 찾아낸 겁니다. 바로 그 쪽지를요. 그러고는 그 아름다운 숙녀가 본청 방문을 마치고 돌아오기를 기다렸지요. 아마 아버지께서는 그 숙녀에게 간단한 간식이라도 대접하셨겠죠? 제 입으로 말하기 좀 쑥스럽긴 하지만, 어쨌든 전 그 여자를 계몽하는 데 성공했습니다. 어떻습니까? 믿어지세요? 글쎄 커크한테서 약탈해 갔던 전리품까지 모두 돌려주더군요."

"네가 그런 생각까지 할 정도로 똑똑한 줄은 몰랐다. 놀랍구나."

경감은 뚱한 얼굴로 말했다.

"그거 대접하는데 어찌나 마음이 떨떠름하던지, 원. 아무튼 자, 나한테도 어서 보여다오……. 그게 뭔지는 모르겠다만."

"이게 또 참 재미있는 일인데요. 그걸 어디 놔뒀는지 전혀 생각이 나지 않아요. 어젯밤엔 너무 졸렸거든요……."

엘러리는 느릿느릿 말했다.

노인이 눈을 번득였다.

"뭐라고? 이 녀석아, 엘. 시치미 떼면 못쓴다. 그 서류란 걸 어서 내놔!"

"제 생각엔…… 보시지 않는 게 좋을 것 같아요. 내용은 말씀드릴 수 있지만 증거물 자체는 제가 보관하고 있겠습니다."

엘러리는 차분하게 말했다.

"도대체 못 내주겠다는 이유가 뭐야?"

경감이 호통을 쳤다.

"왜냐하면 아버지가 직무에 너무 충실한 분이기 때문이에요. 그러니까 그건 제가 갖고 있을 작정이에요. 그러면 그 슬프고 안타까운 이야기를 아버지가 온 세상 사람들 앞에서 폭로하고 싶은 유혹을 받지 않아도 될 테니까요."

경감은 잠시 동안 두서없는 혼잣말을 중얼거렸다.

"이 건방진 녀석! 그래도 네가 뭔가 도움이 될 줄 알았더니……. 좋아, 어떻게 된 건지 얘기나 들어보자."

"그 전에 한 가지 꼭 약속해주셔야 할 게 있습니다."

"이번엔 또 뭐야!"

"이건 정말 우리끼리만의 이야기로 하셔야 해요. 다른 사람에게 알려선 절대로 안 됩니다. 신문은 물론 청장님이나 국장님에게까지도요."

"확실히 뭔가 있는 모양이구먼."

경감은 빈정거리듯이 말했다.

"그래, 알았다. 내 약속하마. 자, 이제 속 시원히 털어놔봐."

엘러리는 생각에 잠긴 얼굴로 담배 연기를 내뿜었다.

"마르셀라 커크에 관련된 일이에요. 짧지만 대단히 안타까운 비극이죠. 르웨스 양 같은 탐욕스러운 독수리가 지저분한 부리로 쪼아대기엔 안성맞춤인 비극이에요.

마르셀라는 겉보기처럼 조신한 아가씨가 아닙니다. 그녀는 수년 전, 아직 사교계에 나오기 전에 어떤 남자를 알게 됐어요. 미국에서 추방을 당했는지 아니면 그런 척을 한 건지 모르겠지만 아무튼 국외 거주자였는데 주로 파리에서 한량들과 어울려 지내던 남자였지요. 하지만 마르셀라는 그 남자와 뉴욕에서 만나 사랑에 빠지고 말았어요. 남자는 마르셀라의 아버지라고 해도 이상하지 않을 정도로 나이가 든 사람이었지만, 그녀는 정열적이었어요. 남자는 마르셀라가 자기한테 푹 빠지게 만들었죠. 물론 본 목적은 커크의 재산을 노렸던 거라고 저는 생각하지만……. 아무튼 그 남자는 마르셀라를 데리고 그리니치로 가서 비밀 결혼까지 했습니다."

"그래서?"

경감이 퉁명스럽게 물었다.

"도널드 커크는 돌이킬 수 없는 사태가 벌어질 때까지 전혀 눈치를 못 채고 있었어요. 그 남자는 컬리넌, 하워드 컬리넌이란 이름으로 행세하고 있었는데, 커크가 비밀리에 아주 열심히 뒤를 캐본 결과 그자가 기혼자임을 알아냈어요. 부인은 파리에 살고 있었다는 겁니다."

"저런!"

경감은 혀를 찼다.

엘러리는 한숨을 내쉬었다.

"지저분하고 불쾌하기 짝이 없는 얘기죠. 정말로 아무도 몰랐던 모양이에요. 커크 박사조차 눈치채지 못했던 것 같아요. 남자가 외출하고 없는 동안 도널드가 그리니치에서 마르셀라 혼자 있는 걸 찾아내서 남자의 정체를 밝히고 사기 결혼을 당했다는 사실을 알려줬다고 합니다. 그리고 다 죽어가는 상태가 된 딱한 마르셀라를 그날 바로 집으로 데리고 돌아왔죠. 뻔뻔스럽고 간교한 컬리넌은 도널드가 자기를 중혼죄로 고발하는 대신, 사태를 은밀하게 수습하려 들 것이라는 걸 눈치채고 흥정을 벌였죠. 그 결과 커크는 사내가 입을 다물고 조용히 물러나는 조건으로 상당한 돈을 건네줘야 했습니다."

"그랬구먼. 하지만……."

경감은 덥수룩한 눈썹을 찌푸리며 중얼거렸다.

"쯧쯧, 게다가 언제나 모든 일이 그렇듯 가장 나쁜 일은 나중에 벌어집니다. 물론 지금까지 이야기도 충분히 불운하지만 말이죠. 마르셀라는 집으로 돌아온 뒤에도 가출하기 전과 마찬가지로 컬리넌에게 계속 편지를 보냈다는 거예요. 그 아가씨는 절망에 빠져서 거의 미칠 지경이었나 봐요. 자살할지도 모른다고 걱정할 정도였으니까 말이죠. 실제로 어떤 일이 있었는지 얘기하는 걸 두려워했답니다. 오빠인 도널드에게까지 입을 다물고 있었어요."

"저런……. 임신을 했었나?"

경감은 목소리를 낮추고 말했다.

"그렇습니다. 그 때문에 이야기가 새로운 국면으로 접어들게 됐죠. 컬리넌은 이미 마르셀라 쪽에서 완전히 손을 씻은 뒤였으니까, 그녀가 임신을 했다면 컬리넌으로서도 귀찮아질 수밖에 없었던 거예요. 이미 돈은 뜯어낼 만큼 뜯어냈으니까 더 관심을 쏟을 까닭이 없었겠죠. 그렇게 되어서야 가련한 마르셀라도 어쩔 수 없이 도널드에게 사정을 털어놓게 됐습니다. 가엾은 도널드가 어떤 기분이었겠는지 아버지도 아시겠죠?"

"커크가 그 스컹크 같은 놈의 모가지를 뎅겅 베어버린다 해도 비난할 수 없겠구먼."

"그것참 신기하네요."

엘러리는 히죽 웃으면서 말했다.

"실은 저도 같은 생각을 했거든요……. 어쨌든 도널드는 가족과 친척들의 체면을 고려해서, 마르셀라가 신경쇠약에 걸렸다는 핑계를 대고 유럽으로 데리고 갔습니다. 안지니라는 의사와 함께 말이죠. 안지니 박사는 노인이긴 하지만 도널드가 무척 신뢰하는 사람이었어요. 안지니 박사가 만반의 준비를 해준 덕분에 마르셀라는 거기서 무사히 출산을 했습니다. 아기도 무척 건강했고요. 지금 유럽에서 믿을 만한 유모가 맡아 기르고 있다고 해요."

"그럼 슈얼이 잡았다는 커크의 약점이란 바로 그 문제란 말이었군."

경감이 중얼거렸다.

"엄청난 약점 아니에요? 그걸 잡고 나서 아마 슈얼 본인도 꽤 으쓱했을 거예요……. 그 여자가 어디서 냄새를 맡았는지 정확히는 모르지만, 아무튼 그 여자가 그걸 알게 된 건 사실이에요. 어쩌면 암흑가의 정보원과 손을 잡고 있는지도 모르죠. 그 여자는 파리로 돌아간 뒤로 금세 주머니 사정이 나빠진 컬리넌에게서 마르셀라의 편지와 결혼 증명서를 사들였어요. 운 좋게도 마르셀라가 보낸 편지에는 모든 내용이 자세히 적혀 있었지요……. 그걸 입수한 아이린 르웨스 양은 도널드 커크로부터 마지막 남은 1달러까지 몽땅 짜낼 생각으로 바다를 건너 챈슬러 호텔을 찾아갔던 겁니다. 그 뒤에 벌어진 일 역시 기구한 것이었죠. 가엾게도 커크는 꼼짝없이 올가미에 걸렸고…….”

"맥고언 역시 마찬가지였겠군."

경감은 우울한 목소리로 말했다.

"그렇습니다. 그 얘긴 잠시 제쳐놓기로 하죠. ……그러는 동안 마르셀라 자신도 젊었을 때의 실수에서 조금씩 회복되고 있었어요. 아무도 의심하지 않았죠. 그녀는 그 모든 끔찍한 일들을 전부 잊어가고 있었습니다. 그럴 즈음 나타난 맥고언은 친구인 도널드에게 예쁘고 나이도 찬 여동생이 있다는 사실을 알게 된 거예요. 그게 로맨스로 발전해서 두 사람은 약혼까지 하기에 이르렀어요. 그다음 장면에 가서 르웨스의 출현과 함께 커크가 꼼짝없이 올가미에 걸려들게 된 거죠."

"마르셀라 커크는 사태가 어떻게 되어버렸는지 전혀 모르고 있었나?"

"제가 보기에는 눈곱만큼도 눈치채지 못한 것 같아요. 컬리넌에게 보낸 편지 내용으로 미루어 보면 그녀는 양심의 가책과 수치심 때문에 거의 미쳐버리기 일보 직전의 상태였던 것 같아요. 그땐 임신 중이었거든요. 커크는 르웨스 때문에 또다시 말썽이 나자 이번에야말로 마르셀라가 폐인이 되는 게 아닌가 하고 걱정을 했겠죠. 게다가 맥고언은 체면을 중시하는 청교도적인 영혼을 가진 사람 아닙니까? 그는 보수적인 집안 출신이니까 스캔들의 그림자만 얼씬거려도 당장 약혼을 취소할 게 틀림없죠. 커크는 불쌍하게도 이러지도 저러지도 못하는 처지에 빠져버린 겁니다."

"그래서 커크가 슈얼에게 보석을 건네주게 된 건가?"

"협박 때문이었죠. 별로 크게 기대하지 않았던 그녀로서는 자다가 떡이 생긴 셈이에요. 그녀는 보석 사기가 전문 아닙니까? 아마도 암스테르담 어딘가의 장물아비와도 연락이 닿았겠죠……. 여하튼 아이린 르웨스가 무대에 등장했을 무렵 커크는 상당히 돈에 쪼들리는 상황이었기 때문에, 자기 소장품의 일부를 건네주어야만 했던 겁니다. 자기가 긁어모을 수 있는 최대한의 현금을 긁어모았지만 그래도 모자라니까 수집한 보석 중의 일부까지 넘겨준 거죠. 절체절명의 상황에서 맥고언한테서까지 돈을 빌려야 했을 정도니까요. 그 여자가 받아낸 보석은 엄청난 양이었어요. 그리고 그 뒷이야기는 말 안 해도 아시겠죠?"

"그리고 나서 만일의 사태에 대비해서 커크한테 그 편지를 쓰라고 시켰던 것이로군."

경감은 생각에 잠긴 얼굴로 말을 이었다.

"빈틈없는 여자야. 커크가 자기에게 결혼 신청을 한 것처럼 편지를 꾸민 것 역시 미래를 위한 하나의 포석이었군. 커크가 경제력을 회복할 때까지 기다렸다가 혼약 파기로 고소하겠다고 협박할 씨앗으로 말이야. 하지만 살인 사건이 터져서 경찰이 들쑤시고 다니자, 그 여자도 겁을 먹고 순순히 커크를 새로운 숙녀에게 넘겨준 거로군. 허허, 이것 참! 그래서 앞으로 어떻게 될 것 같으냐?"

"살인 사건 말씀이신가요?"

엘러리가 중얼거리듯 되물었다.

"그래."

엘러리는 일어서서 창가로 다가갔다.

"잘 모르겠어요."

그러고는 곤란하다는 얼굴로 덧붙였다.

"정말 모르겠어요. 하지만 어렴풋하게 떠오르는 건 한 가지 있는데……."

"잠깐, 잠깐만!"

흥분한 경감이 튕겨 오르듯 벌떡 자리에서 일어났다.

"원 세상에, 너랑 나 둘 다 이렇게 멍청할 수가 있나! 잘 들어라, 엘. 내 말 잘 들어보란 말이다."

경감은 고개를 숙인 채 팔짱을 끼고 방 안을 왔다 갔다 하기 시작했다.

"언뜻 생각이 난 건데……, 이걸로 앞뒤가 딱 맞아떨어진단 말이야. 바로 이거야! 잘 들어라. 챈슬러 호텔에서 살해된 녀석은 마르셀라 커크의 남자 친구였어!"

엘러리는 느릿느릿 입을 열었다.

"제 어렴풋한 생각을 아버지가 바로 잡아내셨군요. 아버지도 그렇게 생각하세요?"

"물론. 그래야만 앞뒤가 딱 맞아떨어지는 것 아니겠느냐?"

경감은 가늘고 긴 팔을 내저어가면서 말했다.

"가난에 시달리던 남자가 하나 있었다. 이것만 가지고는 어떻게 된 일인지 알 수 없지만, 마르셀라의 남자 친구는 파리에 살고 있었다면서? 말이 되는 이야기 아니겠느냐? 그놈이 커크를 다시 한 번 쥐어짜려고 여기로 온 거다. 놈은 배에서 내리자마자 곧장 커크에게로 달려갔지. 사건이 일어났던 날, 프랑스에서 여객선이 한 척 입항한 거다……. 놈은 이판사판이었지. 그때까지는 여자가 임신을 했다는 말에 겁을 집어먹었지만 돈에 궁해지니 생각이 달라졌던 게야. 그래서 곧장 챈슬러 호텔에 있는 커크를 찾아간 거지……. 바로 이거다!"

그러나 경감은 금방 맥 빠진 표정을 지었다.

"하지만 만약 피살자가 그 사내였다면 커크가 바로 알아보았을 텐데……."

"이상한 일이긴 하지만요, 커크는 한 번도 컬리넌을 직접 만난 적이 없어요. 돈도 우편으로 보냈고요."

엘러리가 나지막하게 말했다.

"하지만 그래도 마르셀라가 있지 않느냐……. 그 아가씨는 시체를 보자마자 실신했다면서?"

"그렇습니다. 하지만 그건 단순히 너무 놀라서 그랬는지도 모르죠."

"그리고, 만약 그게 정말 파리의 그 남자였다면……."

경감은 낮지만 험악한 목소리로 말했다.

"그 아가씨는 당연히 아무 말도 하지 않겠지. 자기가 그 사람을 안다는 사실을 절대 인정하지 않을 게다. 슈얼이라는 여자도 컬리넌의 얼굴을 본 적 없다고 하더냐?"

"딱 한 번 만났다고 했어요. 그것도 몹시 좋지 않은 상황이었기 때문에 무엇 하나 분명하게 기억나는 게 없다고 말하더군요. 네, 충분히 가능합니다. 의심의 여지가 없어요."

"난 이게 마음에 드는구나."

경감은 흉포한 미소를 지으면서 말했다.

"딱 마음에 든다, 엘. 전체적으로 앞뒤가 잘 맞아떨어지잖니. 이번의 이 저주받은 사건을 통해 나는 비로소 뭐라더라? 응…… 응……."

"응집성 말씀이신가요?"

"그래, 그거다. 이제 모든 사실이 서로 강력하게 연결되는 것 같으니……."

"이론상으로는 그렇죠."

엘러리가 건조한 목소리로 대꾸했다.

"그럼, 그렇고말고. 그 터무니없는 희생자와 이번 사건과 관련된 다른 사람들을 전부 연관 지을 수 있는 공통분모가 있어. 그 사람들 대부분에게는 아주 명명백백한 동기가 있다."

"어떤 것 말인가요?"

"가엾은 도널드 커크부터 살펴보자꾸나. 그 청년은 그날 오후 호텔에 있었지. 분명 불여우 같은 슈얼이 회담이라도 나누자고 채근했던 게 분명하다. 게다가 도널드는 그 파리에서 온 남자, 컬리넌이 위층에서 기다리고 있거나 자기를 만나러 올 것이란 걸 알고 있었어. 그래서 21층에서 비상계단을 통해 올라와서 혹시 자기를 본 사람이 없는지 잠시 살펴본 뒤 대기실로 숨어들어서는 컬리넌을 해치운 뒤 되돌아갔던 거다……. 그다음은 마르셀라다. 그 아가씨도 마찬가지야. 늙은 바다코끼리 같은 커크 박사도 역시 그렇고. 모두 똑같은 목적, 즉 컬리넌의 입을 틀어막아야겠다는 목적을 가지고 있어. 물론 도널드와 마르셀라를 제외한 다른 사람들은 그 사건의 내막을 아는 사람이 두 명 더 나타났다는 건 몰랐지."

"그럼 맥고언은요?"

엘러리는 피어오르는 담배 연기를 곁눈질하면서 중얼거리듯 물었다.

"그 친구 역시 가능성이 있지."

경감은 퉁명스레 말했다.

"어떤 계기로 마르셀라의 사건을 알게 되었지만 지금까지 입을 다물고 있었다면? 아니면 더 그럴듯한 이야기를 해볼까? 컬리넌 본인의 입을 통해 사건의 전말을 알게 됐을 가능성도 배제할 수 없지. 컬리넌이 맥고언과 마르셀라가 약혼했다는 신문 기사를 보자마자 즉시 협박장을 보냈을 수도 있잖니?"

"훌륭하시군요."

엘러리는 짧게 말했다.

"그렇게 되어서 맥고언이 그 녀석을 이쪽으로 불러 죽인 것 아닐까?"

"가장 친한 친구의 사무실에서 말입니까?"

엘러리는 고개를 설레설레 내저으며 말했다.

"그건 좀 무리가 있는데요, 아버지. 보통 살인 장소로 친구 사무실을 고르지는 않죠."

"그래? 그럼 좋다."

경감은 못마땅한 표정으로 말했다.

"맥고언은 제외해놓자. 하지만 르웨스인지 슈얼인지, 뭐 이름 따위는 아무래도 좋다만 아무튼 그 여자 역시 동기가 있어. 살인 사건이 벌어졌을 때 그 여자 역시 사무실…… 그러니까 현장에 나타났었지? 그게 바로 일종의 위장술이라는 생각 안 드느냐? 그 여자는 그날 오후에 분명히 22층에 있었어. 그리고 대기실에서 컬리넌과 마주쳤던 거야. 그 사내가 어떤 인상이었는지 기억이 안 난다던 말은 일단 거짓말이라고 치자. 그자가 커크나 맥고언 또는 다른 누군가를 협박하러 왔다는 걸 알고 나서 그 여자가 어떻게 했을 것 같으냐? 그 사내가 단물을 빨아먹지 못하게, 또는 자신의 게임을 망치지 못하게 하기 위해서 죽여버린 것은 아닐까? 네 생각은 어떠냐?"

"관계자들에 대한 아버지의 추론은 아주 놀랍고 대단한데요.

이 상황을 고전적 용어로 바꾸어 표현하자면, 아버지는 아마도 서사시적 동기에 손을 담그신 모양이네요. 하지만 만약 범행 동기가 아버지 주장대로라면, 단 한 가지 극히 작은 요소 때문에 그 추론은 뿌리까지 흔들리게 돼요."

엘러리는 중얼거리듯 말했다.

"그게 뭐냐?"

"모든 것들이 거꾸로 뒤집혀 있었다는 사실 말이에요. 그리고 또 한 가지는……."

엘러리는 생각에 잠긴 얼굴로 말을 이었다.

"범인이 임피족 창을 피살자 옷 속에 꿰어놓은 것도 문제가 되죠."

"하지만 범인의 어처구니없는 짓을 해명하지 못한다고 해서 내 추론이 전부 틀렸다고 볼 수는 없지. 모든 사실들의 앞뒤가 맞는다는 것은 분명하니까 말이다."

경감은 몹시 못마땅한 얼굴로 대꾸했다.

"가능하긴 해요."

"하지만 넌 그렇지 않다고 생각하는 모양이로구나?"

엘러리는 87번가 거리 위로 펼쳐진 창밖의 하늘을 올려다보았다.

"저는 가끔 진실의 마지막 전초기지 같아 보이는 희미한 잔상을 볼 때가 있어요. 정말 짜증나는 일이죠. 마치 어둠 속에서 젖은 비누를 움켜쥐려 애쓰는 것처럼 계속 제 손가락 사이로 이리저리 빠져나가거든요. 아니면 분명 꾸긴 꿨는데 눈을 뜨고 나니 내용을 몽땅 잊어버린 꿈 같기도 하고 말이죠. 아무튼 제가 지금 말할 수 있는 건 이게 전부예요."

두 사람 사이에는 꽤 오랫동안 침묵이 흘렀다. 부엌 스토브

쪽에서 주나가 무언가를 유쾌하게 달그락거리다가 "우프!" 하고 비명을 지르는 소리가 들려왔다.

경감은 끝까지 자기주장을 굽히려 하지 않았다.

"그 희미한 잔상인지 뭔지 모르겠지만 난 그런 건 신뢰할 수 없다. 확신이 필요해. 엘, 내 말해두지만 이건 우리가 이번 사건에서 최초로 입수한 확실한 단서다."

경감은 전화기 쪽으로 가서 본청 번호로 다이얼을 돌렸다.

"여보세요, 나 퀸 경감인데 내 사무실 담당자 좀 바꿔주게. ……아, 빌리? 지금 당장 파리 경찰청장 앞으로 전보를 쳐줘. 부를 테니까 받아 적도록 해. '하워드 컬리넌에 대한 모든 정보 부탁. 파리에 거주하는 미국인으로 추정됨. 확인 조회를 위해 사진 전송도 부탁.' 내 이름으로 지금 당장 발신해! ……뭐? 뭐라고?"

경감은 느닷없이 움찔 놀라면서 전화기 쪽으로 몸을 기울였다. 작고 험악한 눈이 날카롭게 번쩍이면서 경악의 빛이 한순간 얼굴 전체를 휘감았다.

창가에 서 있던 엘러리는 얼굴을 찌푸리면서 그쪽으로 고개를 돌렸다.

노경감은 시간의 흐름도 잊은 듯 오랫동안 전화에만 온 신경을 집중했다. 이윽고 그의 입에서 버럭 고함이 터져 나왔다.

"좋아! 끊어. 지금 당장 착수하자고."

일단 전화를 끊은 경감이 이번엔 허둥지둥 교환원을 불렀다.

"무슨 일이죠?"

엘러리가 호기심을 참지 못하고 물었다.

"여보세요! 챈슬러 호텔 프런트를 연결해주시오……. 이 녀석아, 엘. 이러고 있을 때가 아니다. 드디어 큰 건이 터졌어. 서

둘러 외출 준비를 해라. 빨리. 바지 입고."

엘러리는 잠시 아버지를 빤히 쳐다보았으나 곧 두말 않고 실내복을 벗어 던지면서 침실로 달려 들어갔다.

"여보세요, 챈슬러 호텔 프런트요? 난 뉴욕 경찰청 리처드 퀸 경감인데……. 강력계 벨리 경사가 혹시 거기 안 갔소? ……마침 잘됐군. 전화 좀 바꿔주시오. ……여보세요, 토머스? 나 퀸이야. 본청에서 방금 이야기 들었네. 그 꼬마를 붙잡아둬서는 안 돼! 안 돼. 안 된다고 분명히 말했네. 이 답답한 얼간이 같은 친구야, 꼬마가 제 갈 길을 가도록 내버려두란 말이야. ……이런 멍청한 사람 봤나. 일일이 꼭 그렇게 되물어봐야 속이 시원한가? 지방 전신국을 조사하면 그 꼬마 녀석이 누구와 한 패거리인지 알아낼 수 있겠지? ……좋아. 그럼 이렇게 하게. 아무 문제도 없는 것처럼 그 가방을 꼬마에게 넘겨줘. 알았나? 가지고 나가서 상대를 만나게 하란 말이야. 그런 다음 자넨 꼬마 놈을 미행해서 그 가방을 찾으러 온 사람을 체포하는 거야. 실수 없게 정신 바짝 차려야 해, 토머스. 그걸로 모든 것을 끝낼 수 있을지도 모르니 말이야. ……아니, 아니! 가방 조사는 이제 그만하란 말이야. 그건 아무 문제가 없을 거야. 그 꼬마를 너무 오랫동안 붙들고 있으면 상대가 눈치챌지도 모르잖아? ……그래, 지금 당장 움직여! 나도 십오 분 안으로 그랜드 센트럴 역으로 갈 테니까."

경감은 수화기를 쾅 내려놓으면서 목청을 높였다.

"준비 다 됐느냐?"

"베드로여! 도대체 제가 뭐라고 생각하시는 거예요? 소방관도 아니고! 도대체 무슨 일인데 이렇게 서두르시는 거예요?"

엘러리가 침실에서 뛰쳐나와 숨을 헐떡이면서 말했다.

엘러리는 아직 구두끈도 매지 못한 상태였다. 바지 멜빵은 허리춤에 걸려 있는 그대로였고 셔츠 단추도 채우지 못했으며 넥타이는 손에 들고 있었다. 그 꼴을 주나가 부엌 쪽에서 눈이 동그래져서 쳐다보았다.

"자, 모자와 외투를 얼른 집어 들어라. 옷매무새는 택시 안에서 정리해!"

경감은 응접실 쪽으로 엘러리를 질질 끌고 가면서 목소리를 높였다.

"어서 가자!"

경감은 박차듯이 문을 열고 뛰어 나갔다. 엘러리는 목 졸린 사람처럼 신음하면서 아버지 뒤를 따랐다. 가죽 구두의 혀가죽이 우중충하게 펄럭거렸다.

"우프는 어쩌고?"

주나가 투덜거렸다.

하지만 계단을 뛰어 내려가는 쿵쿵거리는 소리 이외에 대답하는 소리는 들려오지 않았다.

15
덫

경찰차 한 대가 보도 옆에 멈춰 선 채 부르릉거리는 소리를 냈다. 경관 한 명이 보도 옆에 서서 차 문을 열고 기다리고 있었다.
"어서 타십시오, 경감님. 조금 전 긴급 무전 연락을 받고 이렇게 모시러 왔습니다."
경관은 경례를 올려붙이면서 빠른 말투로 말했다.
"눈치 빠른 녀석이 있어서 다행이군. 수고했네, 슈미트."
경감은 말했다.
"아, 래프터리. 자네였나? 빨리 타라, 엘……. 그랜드 센트럴이야, 래프. 사이렌을 울리면서 전속력으로 밟아!"
슈미트 경관을 뒤에 남겨놓은 채 급하게 출발한 자동차는 끼익 하는 브레이크 소리와 함께 모퉁이를 돌아 시끄러운 사이렌 소리를 울리며 남쪽을 향해 달렸다.
엘러리는 아버지와 문 사이에 끼여 웅크린 자세로 구두끈을 매느라고 안간힘을 쓰면서 말했다.
"아버지, 이제 이렇게 발키리들이 출정하는 것처럼 서두르는 이유를 슬슬 저한테 설명해주셔도 될 것 같은데요."
노경감은 쏜살같이 뒤로 밀려나는 행인과 자동차들의 물결을 곁눈질하면서 심각한 얼굴로 전방을 노려보았다. 마치 다른 차량들은 전부 시간이 정지한 세계에 남겨진 듯했다. 래프터리 경관은 윙윙거리는 라디오 소리를 들으며 태연한 얼굴로 훌륭한 운전 솜씨를 선보였다. 엘러리는 끙 소리를 내며 몸을 움츠렸다. 하마터면 간발의 차이로 보행자 한 사람을 칠 뻔했던 것이다.

"일이 어떻게 됐느냐 하면 말이다, 몇 분 전에 전보 배달부 꼬마가 예탁증을 가지고 챈슬러 호텔 수하물 보관소에 나타났다. 틀림없이 그 호텔에서 발행한, 놋쇠로 된 진짜 보관표였어. 담당자는 보관표에 맞는 가방을 꺼내어 건네주려다가 언뜻 생각나는 게 있어서 주춤했다더구나. 본인 말에 의하면 마치 총에라도 맞은 기분이었다는 거야. 그 가방이란 게 몹시 괴상하게 생겼던 모양이야. 캔버스 천으로 만든 큼직한 여행 가방, 그러니까 서민들이 들고 다니는 싸구려 가방 말이다. 값비싼 가방만 취급해온 담당자 눈엔 더욱 이상하게 비쳤겠지. 그래서 똑똑하게 기억하고 있었다고 하더구나."

"설마 그 가방이……."

엘러리는 넥타이를 매면서 신음했다.

"아비가 지금 얘기하고 있지 않느냐."

경감이 호통을 쳤다.

"담당자는 가방에 달린 꼬리표에 찍혀 있는 날짜를 보고 상당히 오랫동안, 그것도 평균적인 기간을 훨씬 초과해서 맡겨놓은 것임을 알게 됐지. 보통 그런 물건은 하룻밤 정도 맡겨두는 것인데도 말이야. 그 가방을 맡긴 날이 바로 살인 사건이 터진 날이었다고 한다."

"그렇다면 아버지의 육감이 적중했다는 말이군요."

이번에는 바지 멜빵을 어깨에 걸려고 몸을 이리저리 비틀면서 엘러리가 말했다.

"도대체……."

"제발 입 좀 다물고 있을 수 없겠느냐? 이야기 듣고 싶은 것 아니었니?"

경감은 타고 가던 경찰차가 급정거하는 캐딜락을 번갯불이 번쩍하듯 순간적으로 비껴가자 움찔 놀랐다.

"어쨌든 담당자는 그 가방을 맡긴 남자를 순간적으로 기억해 낸 거야. 바로 어제 형사가 보여준 사진 속의 사내가 틀림없다면서 말이다. 아마 그건 내 명령으로 토머스가 부하들과 함께 시내에 있는 수하물 보관소를 몽땅 이 잡듯 뒤지던 도중 챈슬러 호텔에 갔을 때의 일인 것 같더구나."

"그렇다면 그 가방은 죽은 사람 것이 틀림없나요?"

엘러리는 나직한 목소리로 물었다.

"그런가 보더라."

"하지만 어째서 그 담당자는 사진을 보여줬을 때 피살자라는 걸 알아보지 못했을까요? 오늘 생각이 났다면……."

"글쎄, 그 친구 말로는 그 사진 속 얼굴은 별로 중요하게 느껴지지 않았다고 하더구나. 그 땅딸막한 사내를 까맣게 잊고 있었던 게지. 하지만 그 가방을 꺼내면서 불현듯 모든 것이 생각났다는 게야……."

"그럴 수도 있겠군요. 있을 수 있는 일이죠."

엘러리는 중얼거리듯 말했다.

"휴! 이제야 겨우 옷을 다 입었네요. 래프터리, 당신 악맙니까? 운전 좀 살살 해요! ……말하자면 사진을 보여줬을 때는 연상 작용이 일어나지 않았지만, 가방을 보는 순간 모든 게 단숨에 생각났다는 거로군요. 흠, 그래서요?"

"그래서 말이야."

경감은 투덜거리며 얘기를 계속했다.

"그 담당자는 꽤 똘똘한 친구였어. 전보 배달부 꼬마를 기다리게 해놓고서, 향수 냄새를 풀풀 풍기고 다니는 호텔 지배인 나이에게 전화로 보고를 했다더구나. 아마 내 생각엔 자기가 책임을 지지 않으려고 꾀를 쓴 것 같다. 나이와 경비원 브루머가 그 얘기를 듣고 즉각 경찰에 신고를 한 거야. 형사들이 모두 시내로 외근을 나간 바람에 직접 전화를 받은 토머스가 곧장 챈슬러로 달려갔지. 전보 배달부 꼬마가 자기는 아무것도 모른다고 박박 우기는 통에 토머스는 전보 회사 지사로 전화를 걸어 신분을 확인해봤다고 하더구나."

자동차는 마치 기관총 소리처럼 사이렌을 울리며 59번가로 접어들어 여전히 총알처럼 달렸다.

"그래서, 어떻게 됐어요? 전보 회사는 뭐라고 했대요?"

엘러리는 안달이 나서 재우쳐 물었다.

"지점장 말로는 오늘 아침 일찍, 챈슬러 호텔의 수하물 보관소 보관표와 타이핑한 편지 한 통이 든 소포가 전보 회사로 배달되었다는 거야. 편지 봉투에는 5달러짜리 지폐 한 장도 함께 들어 있었고. 편지에는 동봉한 보관표를 가지고 챈슬러로 가서 가방을 찾아 그랜드 센트럴 역 2층의 여행 안내소 근처에서 기다리고 있는 편지 발송인에게 보내달라고 쓰여 있었어. 전보 회사에선 고객을 위해 그런 서비스도 하고 있다더구나."

"그랬었군요."

엘러리는 신음하듯 말했다.

"이거 굉장한 기회를 잡았는데요! 편지의 사인은 물론 엉터리였겠죠?"

"물론. 그따위 서명은 아무런 의미도 없어. '헨리 배세트'라든가 아무튼 그 비슷한 이름인데 가명이 틀림없어. 그것도 직접 쓴 게 아니야. 이름까지 타이프로 쳤더라는 거야. 이 녀석은 보통 조심스러운 성격이 아니야. 그런 녀석이 생각지도 못한 함정에 빠지고 만 셈이지."

자동차는 광장을 휙 돌아 5번가로 접어들었다. 눈앞의 길이 마치 마법에라도 걸린 것처럼 탁 트였다.

"수하물 담당자의 기억력이 뛰어났던 게 놈에게 불운이었던 셈이지. 그렇지 않았다면 가방을 찾아 들고 줄행랑을 쳤을 텐데 말이야……."

엘러리는 담배를 한 대 피워 물면서 편한 자세를 찾아 어깨를 꿈틀거렸다.

"벨리 경사님이 가방을 열어보진 않았나요?"

"시간이 없었을 게다. 전보 배달부에게 가방을 내줘서 그랜드 센트럴로 가져가도록 내버려두라고 내가 명령했으니까."

경감은 음울한 미소를 띠며 말했다.

"시간은 별로 낭비하지 않았다. 현장에 파견한 건 모두 사복 형사들인 데다가 역은 항상 사람들로 붐비기 때문에 일하기도 쉽거든. 토머스는 빈틈없는 녀석이다. 토머스가 전보 회사에 형사 한 명을 보내 편지도 압수했어……. 누가 뭐라고 하든 꼼짝 못 할 증거품이니까 말이야. 모든 것을 준비하는 데 삼십 분도 걸리지 않았어. 틀림없이 일이 잘 풀릴 징조 아니냐?"

자동차는 44번가를 지나 그랜드 센트럴 역 택시 정류장을 향해 달렸다. 매디슨 애버뉴의 혼잡한 건널목이 그들 앞에서 마치 헝클어진 머리카락을 빗으로 빗어 내리듯 시원하게 뚫렸다. 그다음 순간 자동차는 밴더빌트 애버뉴를 가로질러 일반 자동차 승강장으로 달려 들어갔다. 사이렌은 이미 5번가와 44번가

교차점에서 경감의 명령으로 끈 뒤였다. 퀸 부자가 경찰차에서 뛰어내리는 모습을 택시 기사 몇 명이 눈이 휘둥그레져서 바라보았지만, 그게 전부였다. 래프터리 순경은 천사처럼 해맑게 웃으면서 모자챙에 손을 슬쩍 올려 경례하는 시늉만 한 다음 쏜살같이 자동차를 몰아 달려갔다. 퀸 부자는 발걸음도 가볍게 역 구내로 들어갔다.

아직 이른 아침이기 때문인지 그랜드 센트럴에는 나가는 사람보다 들어오는 사람이 더 많았다. 널찍한 대합실은 언제나처럼 판에 박은 듯한 소음으로 윙윙거렸다. 때때로 사람을 부르는 고함이 메아리치기도 했다. 개찰구엔 사람이 별로 없었다. 짐꾼들이 잰걸음으로 이리저리 돌아다니는 가운데 안쪽 개찰구 앞에 몇몇 사람이 몰려 있을 뿐이었다. 또 다른 개찰구 두 곳에서는 통근객들이 우르르 몰려나오고 있었다.

퀸 부자는 밴더빌트 애버뉴 쪽에서 천천히 대리석 계단을 내려갔다. 두 사람의 눈길은 역 구내 중앙에 있는 대리석의 원형 부스, 즉 역 이용 안내소에 붙박여 있었다. 특징적인 파란색 제복 차림에 비쩍 마른 몸집의 전보 배달부를 찾아내는 일은 별로 어렵지 않았다. 배달부는 발치에 커다란 삼각형 캔버스 가방을 놓은 채 안내소 북쪽에 서서 누군가를 기다리고 있었다. 꽤 먼 거리에서도 배달부가 끊임없이 주위를 두리번거리는 모습을 똑똑히 볼 수 있었다. 파란 모자 밑의 삐쭉한 얼굴은 파랗게 질린 듯했다.

"저 녀석, 못쓰겠는데. 무슨 고양이처럼 저렇게 바짝 긴장하고 있어서야 제대로 될 일도 망치겠어."

계단을 다 내려왔을 때 경감이 불쑥 내뱉듯이 말했다.

퀸 부자는 매표소가 있는 남쪽 벽을 향해 어슬렁어슬렁 다가갔다.

"남의 눈에 띄지 않게 행동하는 게 좋겠구나, 엘. 상대방이 눈치채지 않게 조심해라. 그 녀석 역시 몹시 경계하고 있을 게 틀림없어. 우리를 알고 있는 녀석일 거야. 조금이라도 우리 모습이 드러나기라도 한다면 그대로 내빼버리겠지."

두 사람은 42번가 쪽의 중앙 출입구로 어슬렁어슬렁 다가가 한쪽에 조용히 멈추어 섰다. 출입객들 눈에는 띄지 않으면서도 출입구와 건너편 역 안내소 너머에 있는 배달부를 손바닥 보듯 지켜볼 수 있는, 완벽한 위치였다.

"벨리 경사님은 어디 있죠?"

엘러리는 담배를 피우면서 나직하게 물었다. 그는 지금 스스로가 느끼기에도 대단히 신경이 곤두서 있었으며, 평소보다 훨씬 낯빛도 창백했다.

"걱정할 것 없다. 어딘가에 있을 게야."

경감은 전보 배달부에게 눈길을 박은 채 말했다.

"다른 사람들도 어딘가 있을 테지. 아, 저기 해그스트롬이 있군. 낡은 여행 가방을 들고 있는 사람 말이다. 안내소 앞에서 안내원과 대화를 나누고 있는 모습 보이지? 영리한 녀석이야!"

"접선 시각은요?"

"배달부 꼬마가 조금 일찍 왔다. 몇 분 지나지 않아 상대방이 튀어나올 거야."

그들은 기다렸다. 적어도 엘러리가 느끼기에는 마치 영원과도 같은 시간이었다.

안절부절못하는 파란 제복의 배달부를 지켜보던 엘러리는

틈틈이 눈길을 들어 안내 부스 위에 설치된 네 개의 거대한 금박 시계를 흘끔흘끔 쳐다보았다. 시간은 느릿느릿 흘러갔다. 엘러리는 일 분이란 시간이 이렇게나 긴 줄 지금까지 전혀 몰랐다. 기다림은 길고 공허할 뿐만 아니라 사람을 몹시 지치게 만들었다.

경감은 얼굴빛 하나 바꾸지 않고 지켜보고 있었다. 이런 일에는 익숙한 데다가 오랜 경험에서 온 인내심으로 지금부터 일어날 일을 머릿속에서 상상하면서 지루함을 견뎌내고 있는 모양이었지만, 엘러리가 생각하기에는 그 일이 별로 탐탁스러울 것 같지는 않았다.

두 사람은 딱 한 번 벨리 경사의 모습을 확인했다. 거구의 경사는 위층 대합실 동쪽 발코니에서 아래쪽으로 날카로운 눈길을 쏟고 있었다. 주저앉아 있는지, 아니면 웅크리고 있는지 아래층의 두 사람이 보기에는 그리 몸집이 커 보이지 않았다.

일 분 일 분이 느릿느릿 흘러갔다. 수많은 인파가 오고 갔다. 안내 부스 언저리에 있는 해그스트롬의 모습이 보이지 않았다. 너무 오랫동안 한곳에서만 어슬렁거리는 일은 현명하지 못하다고 판단한 모양이었다. 그러나 바로 그 자리에는 피고트 형사가 대신 지키고 있었다. 그 역시 경감 휘하의 베테랑 형사 중 한 사람이었다.

배달부 소년은 계속 기다렸다.

짐꾼들이 그 옆을 부산하게 오갔다. 재미있는 해프닝이 몇 가지 일어났다. 졸린 얼굴의 뚱뚱한 개를 끌고 지나가던 여인이 짐꾼과 입씨름을 벌이기도 했으며, 또 한번은 유명인이 나타나는 일도 있었다. 몸집이 아주 작고, 신선한 난초꽃으로 치장한 여성이었다. 신문기자들과 카메라맨들이 뒤를 따르며 시끄럽게 법석을 떨었다. 그녀는 24번 플랫폼 입구에서 포즈를 취했다. 여성이 미소를 짓자 플래시가 터졌다. 여성의 모습이 사라지자 몰려들었던 군중들도 흩어졌다.

하지만 배달부는 여전히 그곳에서 꼼짝도 않고 기다렸다.

안내 부스 주변을 지키고 있던 피고트 형사는 어디로 갔는지 사라졌고, 대신에 풍채가 당당하며 시원시원한 성격의 리터 형사가 시가를 피워 문 채 머리가 희끗희끗한 안내원에게 큰 소리로 뭔가를 묻고 있었다.

차분한 성격의 존슨 형사는 어슬렁거리면서 열차 발착 시간표를 살펴보고 있었다.

배달부는 여전히 그 자리에서 기다리고 있었다. 엘러리는 손톱을 물어뜯으면서 수백 번이나 거듭하여 큼직한 시계로 눈길을 던졌다.

아무런 성과 없이 두 시간 반이 흘러갔을 무렵, 경감은 발코니 쪽에 있는 벨리 경사를 손가락질하여 부르고는 어쩔 수 없다는 듯 어깨를 으쓱해 보인 다음, 입을 꽉 다문 채 대리석 바닥을 가로질러 안내 부스 쪽으로 뚜벅뚜벅 걸어갔다. 배달부도 완전히 지쳐버린 듯, 무기력한 얼굴로 여행 가방 위에 엉덩이를 걸치고 있었다. 그의 가벼운 체중 밑에서 캔버스 가방은 납작하게 쭈그러들어 있었다. 배달부는 고개를 들고, 자기 쪽으로 다가오는 벨리 경사를 열심히 쳐다보았다.

"가방 이리 내놔."

굵은 목소리로 말한 경사는 배달부 소년을 조심스럽게 밀어내고 가방을 집어 들었다. 경감을 비롯해서 역 구내 여기저기에서 몸을 숨기고 있던 형사들이 우르르 몰려나왔다.

"이거 헛물을 켠 것 같군, 토머스. 상대방이 눈치를 챈 모양이야. 겁을 먹고 도망을 친 게 분명하네."

경감은 쓴웃음을 지으면서 말했다. 그러면서도 경감은 흥미롭다는 눈초리로 가방을 바라보았다.

"그런 것 같습니다."

벨리는 우울한 목소리로 말했다.

"하지만 녀석이 도대체 어떻게 눈치를 챘을까요? 우리가 서툰 짓을 한 것도 아닌데……."

"그럼. 자네가 전부 지휘를 했으니까 빈틈이 없었을 게야. 하지만 어쨌든 이미 엎질러진 물이지……. 새삼 울고불고해봤자 소용없네."

"아마도 이건 극히 초보적인 실수라고 봐야 할 거예요."

엘러리는 눈살을 찌푸리면서 덧붙여 말했다.

"녀석은 금방 눈치챈 게 틀림없어요. 어쩌면 처음부터 함정이었다는 사실을 알고 있었을지도 모르죠."

"놈이 도대체 어떻게 눈치를 챘다는 건가, 퀸 군?"

벨리 경사가 못마땅한 얼굴로 되물었다.

"일이 다 끝난 뒤에 똑똑한 척하기란 아주 쉬운 일이죠. 두 시간쯤 전에 언뜻 이런 생각이 들더군요. 무대 뒤에 숨은 채 5달러 지폐와 함께 편지를 보낸 사람은 자신이 노출되지 않게 대단히 세심한 신경을 썼을 거란 생각 말입니다."

"그래서?"

경감이 다음 말을 재촉했다.

엘러리는 느릿느릿 말했다.

"그래서 말이죠……, 그 녀석이 어떻게 행동했을 것 같아요? 운을 하늘에 맡기고 제 마음대로 날뛸 것 같습니까?"

"네 말뜻을 전혀 못 알아듣겠구나."

엘러리는 어이없다는 얼굴로 말했다.

"녀석은 결코 바보나 멍청이가 아니에요! 챈슬러 호텔 로비를 어슬렁거리면서 수하물 보관소를 감시하다가 전보 배달부가 보관표를 내미는 모습을 지켜보는 것 정도는 엄청나게 간단한 일이라는 생각 안 드세요?"

"맙소사! 그걸 생각하지 못했다니……."

벨리 경사가 얼굴을 시뻘겋게 물들이며 쉰 목소리로 고함을 질렀다.

엘러리를 물끄러미 바라보는 경감의 차갑고 작은 눈에 차츰 확신의 빛이 서리기 시작했다.

"그래, 분명 그랬을 게야. 듣고 보니 틀림없어."

경감의 목소리에는 말할 수 없는 아쉬움이 깃들어 있었다.

엘러리는 씁쓸하게 말했다.

"분통이 터지지만 저도 거기까진 미처 생각하지 못했습니다. 생각이 났을 때는 이미 늦었고요. 정말 황금 같은 기회였는데. 하지만 한 가지 알 수 없는 일은, 도대체 어째서……. 아니, 물론 상대방 쪽에서도 상당히 경계를 했을 거예요. 눈곱만 한 착오도 없도록 세심한 주의를 기울였겠죠. 그리고 안전한 곳에서……."

"더구나 거기 챈슬러 호텔에서 '살고 있는' 사람이라면 더욱 안전했을 테지."

벨리 경사가 중얼거렸다.

"평소 그 호텔에 자주 드나들었던 사람이라도 마찬가지예요. 그러므로 그런 건 별로 중요치 않습니다. 녀석은 배달부가 챈슬러에서 가방을 찾아가는 모습을 지켜보다가 그랜드 센트럴까지 뒤쫓아 갈 속셈이었던 게 틀림없어요. 그렇게 하면 모든 일을 확실하게 진행할 수 있었을 테니까요."

"그렇다면 녀석은, 수하물 담당자가 나이 지배인과 브루머 경비원에게 연락하는 것은 물론 토머스랑 다른 형사들도 봤다는 얘기로군……."

경감은 어깨를 으쓱했다.

"어쨌든 이미 엎질러진 물이야. 적어도 가방은 확보했으니까 그걸로 만족할 수밖에. 본청으로 돌아가서 내용물을 조사해보자고. 뭐, 완벽한 헛걸음은 아니었어."

시내로 돌아가던 도중 엘러리가 느닷없이 고함을 질렀다.

"이런 멍청이! 세상에 나 같은 얼간이는 또 없을 거야! 아무래도 머리 검사를 받아봐야 할 것 같아!"

"동감이다."

경감이 차갑게 말했다.

"그래, 또 그 진실인지 뭔지가 생각난 모양이지? 가끔 보면 너는 꼭 네 머릿속에서 벼룩처럼 톡톡 튀어 다니는 것 같단 말이야."

"가방 말이에요, 아버지. 지금 막 떠올랐어요. 아무래도 나이를 먹으니 정신도 무뎌지나 봐요. 대뇌가 굳어버린 것 같아요. 예전 같았으면 일이 터지자마자 즉시 깨달았을 텐데……. 피해자가 뉴욕 시민이 아니라면 분명히 개인 짐이 있을 거라는 아버지의 추리는 아주 논리적이었어요. 그래서 수하물 수색을 시작한 거고요. 그건 좋다고 치더라도……."

엘러리는 미간을 찡그렸다.

"그런데 살인범은 어째서 그 가방을 손에 넣으려고 애를 썼을까요?"

"너 이 녀석, 아무래도 배터리가 다 된 모양이구나."

경감은 콧방귀를 뀌고는 말했다.

"도대체 왜 그랬을 것 같으냐? 그래, 하긴 나도 범인이 가방에 관심을 가지리라고는 예상하지 못했던 건 사실이다. 하지만 잘 생각해보면 그런 것쯤은 간단하게 설명할 수 있지. 범인은 시체의 신원을 숨기려고 온갖 수단을 다 동원했어. 그렇지? 그런 상황에서 피해자의 여행 가방이 경찰의 손에 들어가기라도 하면 신원이 당장 밝혀질 텐데, 범인이 팔짱을 끼고 가만히 앉아서 지켜보고만 있을 것 같으냐? 당연히 그럴 턱이 없지! 녀석은 그 가방 속에 피해자의 신원을 밝혀줄 만한 뭔가가 들어 있지 않을까 하고 걱정했든지, 아니면 그런 게 들어 있다는 사실을 미리 알고 있었던 게 분명해."

"아, 그렇겠네요."

엘러리는 발밑에 놓여 있는 가방을 미심쩍은 눈초리로 바라보면서 대꾸했다.

"그런데 뭘 그렇게 소리를 지르고 야단인 게냐? 원 세상에, 그딴 질문을 하다니 나는 어이가 없어서 깜짝 놀랐다."

"그건 그냥 순수하게 수사학적인 질문이었어요."

엘러리는 여전히 가방을 바라보면서 중얼거리듯 말했다.

"놋쇠 보관표의 존재만으로도 해답을 알아내기란 충분했어요. 범인은 그 몸집 작은 남자를 살해한 다음 주머니를 뒤지다가 챈슬러 호텔의 보관표를 갖고 있는 걸 알게 됐겠죠. 보관표를 본 순간 모든 사정이 일목요연해진 겁니다. 따라서 범인은 그 보관표를 슬쩍해서 도망쳤겠죠. 하지만, 범인은 왜 지금까지 가방을 찾아가지 않고 그냥 놔뒀을까요? 도대체 지금까지 손 놓고 기다리고 앉아 있던 이유가 뭘까요?"

"두려웠던 게야."

경감은 거만하게 말했다.

"배짱도 없었고, 만일의 경우를 두려워했던 거다. 가방을 맡겨둔 곳이 챈슬러 호텔이었으니까 더더욱 그랬겠지. 그 사실 하나만으로도 범인이 그 호텔과 어떤 식으로든 관련이 있는 인물이라고 확신하기에는 충분하다, 엘. 다시 말하면 그 호텔 측에 잘 알려진 사람이란 뜻이지. 그리고 경찰이 챈슬러를 감시하고 있다는 것도 알고 있었을 거다. 만약 전혀 관계가 없는 외부 인물이었다면 가방 하나 처리하는 데 이렇게까지 거창한 연극을 하진 않았겠지. 하지만 이쪽도 잘 알고 있는 인물이었기 때문에 직접 나타나는 게 두려웠던 게야."

"그건 그렇겠군요."

엘러리는 한숨을 내쉬면서 말했다.

"빨리 이 가방을 열어보고 싶어서 몸이 다 근질근질한데요. 도대체 뭐가 들어 있을까요?"

"서두를 것 없다. 곧 알게 될 텐데 뭘."

경감은 태연한 얼굴로 말했다.

"범인에게 목줄을 걸 기회는 놓쳤지만, 이 가방이 우리한테 제법 재미있는 이야기를 들려줄 것 같은 유쾌한 예감이 드는구나."

"저도 진심으로 그러기를 바랍니다."

엘러리는 혼잣말처럼 중얼거렸다.

아무리 봐도 그저 낡고 평범해 보이는 여행 가방 하나를 앞에 두고, 퀸 경감의 사무실은 엄숙한 분위기로 가득 차 있었다. 문을 닫고 나서 외투와 모자를 한쪽 구석에 아무렇게나 벗어 던진 경감과 엘러리, 벨리 경사는 각자 진지한 표정으로 경감의 책상 위에 놓인 가방을 응시했다.

이윽고 경감이 숨을 죽인 목소리로 입을 열었다.

"자, 이제 열어보자."

경감은 가방을 들어 낡고 더러운 캔버스 천으로 된 거죽을 세심하게 살폈다. 라벨 비슷한 것은 보이지 않았다. 금속으로 된 고리에는 녹이 슬어 있었다. 캔버스 천은 잔뜩 구겨지고 닳아 해져 있었으며 글자나 표식이 될 만한 배지 같은 건 눈에 띄지 않았다.

벨리 경사가 신음하듯 입을 열었다.

"무척 오래 사용한 것 같군요."

"그런 것 같군."

경감이 중얼거렸다.

"토머스, 그 열쇠 이리 주게."

벨리는 말없이 열쇠 다발을 상관에게 건넸다.

경감은 열쇠를 대여섯 개가량 맞춰본 끝에 가까스로 녹슨 가방의 자물쇠에 맞는 것을 찾아냈다. 열쇠를 돌리자 작은 잠금장치가 풀리는 소리가 희미하게 울려 퍼졌다. 경감이 가방 양쪽 가장자리 잠금 고리를 위로 잡아당기고 금속 한가운데 부분을 누르자 가방이 양쪽으로 벌어졌다.

엘러리와 벨리 경사는 책상에 기대 서 있었다.

퀸 경감은 마치 실크해트에서 물건을 끄집어내는 마술사처럼 가방에 든 것을 하나하나 꺼내기 시작했다. 맨 처음 꺼낸 것은 낡은 검은색 알파카 코트였다. 구김투성이였지만 깨끗이 세탁된 상태였다.

엘러리는 눈을 가늘게 떴다.

노인은 잽싼 손놀림으로 물건을 꺼내어 책상 위에 늘어놓았다. 그리고 내용물을 깨끗이 비운 다음 가방을 번쩍 들어서 빛에 비춰가면서 세심히 안을 살펴보다가, 무어라 투덜거리고는 한쪽 구석으로 던져버린 뒤 책상 쪽으로 돌아왔다.

"뭐, 하려고만 들면 출처를 못 밝힐 건 없겠지."

경감은 다소 실망한 목소리로 말했다.

"우선 이게 다 뭔지 한번 살펴보자고. 그렇게 많진 않으니까."

코트에는 한 세트로 보이는 바지도 딸려 있었다. 외국에서 맞춘 듯한 느낌이었다. 경감은 바지를 직접 자기 몸에 대보았다. 그의 짧은 다리에 딱 맞는 기장이었다.

"피해자 옷인 모양이군. 하지만 주머니에는 아무것도 없어. 이런 젠장."

경감이 중얼거렸다.

"코트 주머니도 마찬가집니다."

벨리 경사가 보고했다.

"조끼가 없는데."

경감은 생각에 잠긴 얼굴로 말했다.

"뭐, 여름용 정장에는 조끼가 없을 수도 있겠지. 뉴욕에는 그런 옷이 별로 흔치 않긴 하지만."

다음 전시품은 셔츠였다. 리넨과 목면 제품으로 모두 칼라 대신에 넥밴드가 달려 있었다. 깔끔한 모양새를 보니 새것 같았다.

다음은 빳빳한 칼라가 몇 개 나왔다. 폭이 좁고 반질반질 윤이 났으며 유행이 지난 스타일이었다.

그 옆엔 손수건들이 몇 장 널려 있었다.

깨끗이 세탁한 여름 내의류가 한 무더기.

검은색 면양말이 대여섯 켤레 정도.

둥그런 모양의 낡은 검은색 구두가 한 켤레.

"프라우티 박사님이 보면 티눈과 무좀 환자라고 진단을 내리겠군."

엘러리가 혼잣말처럼 중얼거렸다.

가방 속의 의류는 한결같이 싸구려뿐이었다. 또 양복과 구두 이외에는 모두 새것이었으며, 상하이 기성복점의 라벨이 붙어 있었다.

"상하이라면 중국 아니냐, 엘?"

경감은 생각에 잠긴 얼굴로 중얼거리다가 놀랍다는 듯 목소리를 높였다.

"그래, 중국이야!"

"네, 저도 알겠어요. 하지만 그렇다고 해서 특별히 주목할 일은 아니잖아요? 피해자가 미국 내 거주자가 아니라는 실종자 담당 부서의 견해를 보다 더 분명히 해줄 뿐이죠."

"그러나 내 생각에는……."

일단 말을 끊은 경감의 눈빛이 기이하게 번뜩였다.

"설마 이게 속임수는 아니겠지!"

"저한테 물어보시는 건가요, 아니면 아버지 견해를 밝히신 건가요?"

"그러니까, 이런 속임수도 있을 수 있느냐는 뜻이야."

엘러리는 눈썹을 치켜세웠다.

"제가 보기에는 속임수 같진 않아요. 챈슬러 호텔 수하물 보관소의 담당자 증언에 따르면 이 가방을 맡긴 사람은 피해자가 틀림없으니까요."

"그래, 네 말이 맞는 것 같다. 난 원래부터 의심이 많은 사람이라서 말이야."

경감은 한숨을 푹 내쉬면서 책상 위에 널려 있는 옷가지를 바라보았다.

"어쨌든 이걸로 우리도 뭔가 성과를 올린 기분이 드는구나. 그래, 그렇고말고. 허 참!"

경감은 날카로운 눈길로 엘러리를 쏘아보면서 말했다.

"그런데 도대체 너는 무슨 생각이냐? 이번 사건이 중국과 연관이 있다고 줄곧 주장한 건 너 아니냐? 그랬으면서 막상 상하이 옷가게의 라벨이 나타나니까 특별한 의미가 없다고 시큰둥해하는 건 무슨 까닭이야?"

엘러리는 어깨를 으쓱했다.

"제가 한 말을 전부 문자 그대로 해석하시면 곤란해요. 그 성경 좀 보여주세요."

엘러리는 가방에서 꺼낸 잡동사니들을 헤치다가 표지가 떨어져 나간 손때 묻은 책을 한 권 집어 들었다. 너덜너덜한 모양이 마치 싸움할 때 무기 대신으로 쓰기라도 한 것 같았다.

"성경이 아니군요. 흔한 싸구려 성무일도서였네요."

엘러리는 중얼거리듯 말했다.

"흠, 다른 소책자들도 몇 권 있고……. 아, 이건 신앙입문서인데요. 이 사람은 신앙심이 대단한 노신사였나 보군요, 아버지."

"신앙심 깊은 노신사가 이렇게 처참하게 살해당하는 꼴을 봤느냐?"

경감은 흥미 없다는 듯이 말했다.

엘러리는 들고 있던 책을 내려놓고 다른 팸플릿을 집어 들며 말했다.

"게다가 이건 홀 케인의 《크리스천》인데요. 꽤 오래된 런던 발간본이로군요. 펄 벅의 《대지》도 있어요. 미국에서 출판된 원서인데 마치 여기서 곧바로 베이징으로 던져 보낸 것 같은 새 책이에요. 극과 극끼리는 결코 공존할 수 없다고 했던 게 누구였죠? ……이상하네요."

"뭐가 그렇게 이상해? 중국에서 온 사람이라면 펄 벅의 소설쯤은 읽었을 것 아니냐?"

그 말에 엘러리는 갑자기 정신이 번쩍 든 것처럼 보였다.

"아, 참! 그랬죠. 전 혼자 다른 생각을 하고 있었거든요. 책 이야기를 한 게 아니에요."

엘러리는 다시 입을 다물고 엄지손가락을 깨물면서 책상 위에 흩어져 있는 잡동사니를 응시했다.

벨리 경사가 얼굴을 찡그리면서 굵은 목소리로 투덜거렸다.

"이것도 헛수고인 모양이었군요. 이 많은 잡동사니 속에 피해자의 이름을 밝혀줄 단서 하나 없다니……."

"그렇지만은 않아. 그렇게 실망할 것까진 없네, 토머스. 피해자가 어떤 인물인지 금방 밝혀낼 수 있을 거야."

경감이 멍한 얼굴로 말했다. 그러고는 책상에 앉아 버튼을 눌렀다.

"지금 당장 상하이 미국 영사관으로 전보를 쳐서 조회를 해봐야겠다. 그러면 피해자에 관한 모든 것들을 금세 알아낼 수 있겠지. 신원만 파악하고 나면 그다음은 일사천리 아니겠니?"

"그게 무슨 말씀이시죠?"

"범인은 피해자의 신원을 숨기기 위해 온갖 수단을 다 동원했지 않니? 그런 상황에서 우리가 신원을 알아내기만 하면 사건 핵심을 밝힐 유력한 실마리를 금방 찾아낼 수 있지 않겠어?

······아, 어서 들어와. 전보 좀 한 통 쳐주지. 중국 상하이에 있는 미국 영사관으로······."

경감이 전보 내용을 불러주는 사이 벨리 경사는 밖으로 나갔다. 엘러리는 경감의 사무실 의자 중에서 가장 푹신한 의자에 깡마르고 길쭉한 몸을 파묻은 채 찡그린 얼굴로 담배를 뻐끔뻐끔 피웠다. 평소와는 상당히 다른, 아주 기이한 표정이었다. 엘러리는 눈을 들어 책상 위에 흩어져 있는 물건들을 다시 한 번 찬찬히 살핀 뒤 다시 눈을 감고, 목덜미가 의자 등받이에 걸릴 정도로 깊숙이 몸을 묻었다. 정신을 집중해 한 가지 일을 골똘히 생각할 때 그런 자세를 취하는 것이 엘러리의 버릇이었다. 전보 작성을 마친 직원이 나간 뒤 노경감이 껄껄 웃으면서 손을 비비며 돌아볼 때까지 엘러리는 꼼짝도 하지 않았다.

"자, 됐어. 그렇게 오래 걸리진 않을 게야."

경감은 유쾌한 듯 말했다.

"이젠 시간문제다. 이번이야말로 잘될 거야, 엘. 너 혼자 머리를 굴리고 있는 동안 사건 해결 열쇠가 저쪽에서 굴러 들어온 거야. 가령 선박 회사를 훑느라고 쫓아다닌 것만 해도 그래. 우리는 대서양 쪽만 신경을 썼는데 그게 잘못이었던 게지. 그 남자는 태평양 항로로 와서는 샌프란시스코를 거쳐 대륙 횡단 철도를 이용했던 게야."

"그렇다면 도대체 왜 그 사람을 기억하고 있는 사람이 한 사람도 없죠? 챈슬러 호텔 담당자처럼 머리 좋은 사람이 한 사람쯤은 있었어야 하지 않나요? 아버지 부하들이 철도 쪽을 특히 꼼꼼하게 훑은 걸로 알고 있는데요."

엘러리는 중얼거리듯 말했다.

"전에도 한번 말한 것 같다만, 그건 결코 쉬운 일이 아니야. 그렇다고 일을 소홀히 했다는 뜻도 아니고. 피해자는 아주 평범하게 생긴 데다 몸집도 작지. 그러니 아무도 그 사내를 눈여겨보지 않았을 게야. 철도원들은 날마다 몇천 명의 사람들을 상대하기 마련이지. 소설의 경우라면 그 사내를 분명히 기억하고 있는 사람이 있겠지만, 현실에서는 그런 경우가 극히 드물지."

경감은 등받이에 몸을 벌렁 눕혀 꿈꾸는 듯한 얼굴로 천장을 응시했다.

"상하이? 중국. 네 말이 맞는 것 같다."

"뭐가 말입니까?"

"응? 아니야, 아무것도 아니다. 잠시 뭘 생각하느라고……. 어쩌면 우리가 잘못 생각한 건지도 모르겠다. 그 컬리넌이란 사내 말이야. 아무리 생각해도 파리와 상하이를 연관 짓는다는 건 무리야. 곧 장 시아프_{<small>당시의 파리 경찰청장-옮긴이</small>}가 뭔가를 발견해서 연락해주겠지. 그러면 모든 걸 분명히 알 수 있을 거야."

경감은 계속 두서없는 말을 늘어놓았다.

갑자기 우당탕하는 요란한 소리가 울리는 바람에 경감은 몸을 벌떡 일으켜 주위를 두리번거렸다. 그제야 엘러리가 어느새 일어나 있음을 깨달았다.

"도대체 무슨 일이냐?"

"아무것도 아닙니다."

엘러리가 넋 나간 얼굴로 말했다.

"아무것도 아니에요. 하느님 하늘에 계시고 아침 이슬은 진주 되어 맺히니 온 세상이 좋구나.*영국의 시인 로버트 브라우닝의 '피파의 노래'에서-옮긴이* 너무나 좋은 세상. 작고도 완벽한 세계……. 이제야 겨우 알았습니다."

"뭘 알았다는 게야?"

경감은 책상 모서리를 짚으면서 물었다.

"해답을 찾아냈어요. 그 피투성이의 해답 말이에요!"

경감은 앉은 채 꼼짝도 하지 않았다. 엘러리도 그 자리에 얼어붙은 듯 서 있었다. 그의 맑은 눈이 흥분으로 빛났다. 이윽고 엘러리는 혼자 두서너 번 세차게 머리를 끄덕였다. 그러고는 미소를 띠면서 창가로 가서 바깥으로 시선을 던졌다.

"그래서 어떻게 됐다는 게냐? 그 해답이란 게 뭐야?"

경감은 메마른 목소리로 재차 다그쳐 물었다.

"정말 놀라운 일이죠."

엘러리는 고개도 돌리지 않고 느릿느릿 말했다.

"무언가를 머릿속에 떠올린다는 일이 얼마나 경이로운지 모르겠군요. 그저 오랫동안 머릿속으로 생각을 하다 보면, 어느 순간 펑! 소리를 내면서 무언가가 튀어나온단 말이에요. 그게 해답이에요. 그건 처음부터 그 자리에 있었어요. 눈앞에 도사리고 앉아서 이쪽을 응시하고 있었단 말입니다. 항상 그래요! 얼마나 쉽고 간단하고 유치한 일이란 말입니까. 모든 일이 다 그래요. 정말이지 저 스스로도 믿을 수가 없네요."

긴 침묵이 흘렀다.

이윽고 퀸 경감이 한숨과 함께 입을 열었다.

"사설이 긴 걸 보니 나한테 별로 얘기하고 싶지는 않은 모양이로구나."

"아직 모든 가능성을 전체적으로 검토해보지는 못했어요. 단지 사건 전체에 대한 열쇠를 찾아냈을 뿐이죠. 그래서……."

바로 그때 직원이 봉투를 하나 들고 들어왔다. 엘러리는 다시 의자에 주저앉았다.

"그런가? 죽은 사내의 이름은 역시 컬리넌이 아니었군."

경감은 투덜거리며 말했다.

"이건 파리 경찰청에서 온 전보다. 시아프의 말로는 컬리넌은 지금 파리에 있다는구나. 몹시 곤궁하긴 하지만 살아는 있다고 한다. 그건 그렇고, 지금 뭐라고 했니?"

"그러니까, 제가 찾아낸 열쇠로 이 사건에 얽힌 대부분의 수수께끼를 사실상 거의 풀 수 있다고 했습니다."

엘러리는 중얼거리듯 대답했다.

경감은 의심스럽다는 표정이었다.

"모든 것들을 전부, 그러니까 입은 옷과 가구까지 몽땅 거꾸로 뒤집어놓은 수수께끼를 풀 수 있단 말이냐?"

"완전히 풀 수 있습니다."

"단 하나의 작은 열쇠로?"

"단 하나의 작은 열쇠로요."

엘러리는 일어서서 모자와 외투를 집어 들었다.

"하지만 아직 풀리지 않은 문제가 있어요. 그걸 풀어낼 때까지는 과감한 행동에 나서지 않을 겁니다. 그래서 전 이제 집으로 돌아갈 생각이에요, 아버지. 집에 가서 슬리퍼로 갈아 신고서 난롯가에 두 다리를 쭉 뻗고 앉아, 눈앞에 어른거리는 해답을 꽉 움켜잡을 때까지 버텨보려고요. 지금 제 손에 있는 건 해답의 일부뿐이니까요."

다시 침묵이 흘렀다. 이번은 분명히 어색한 침묵이었다. 사건을 완전히 해결할 때까지 굳게 입을 다무는 것이 엘러리의 버릇이었다. 이 때문에 부자간에 말다툼이 벌어진 게 한두 번이 아니었다. 하지만 한 치의 틈도 없이 완벽하게 자신이 마음속으로 만족할 수 있는 이론을 구축할 때까지는, 아무리 애걸

하고 협박해도 엘러리는 입을 열지 않았다. 따라서 지금 다그쳐 묻는다 하더라도 아무 소용이 없음을 퀸 경감이 더 잘 알고 있었다.

그러나 그렇기 때문에 경감은 더욱 분통이 터졌다. 이 녀석은 항상 이렇다!

경감은 짜증을 내며 말했다.

"그렇다면 열쇠를 찾게 된 실마리는 뭐란 말이냐? 난 이 세상에서 가장 구제불능인 멍청이가 아니다. 그러니까 얘기만 똑바로 하면 알아들을 수……."

"가방입니다."

"가방?"

경감은 어리둥절한 얼굴로 책상 위에 눈길을 던졌다.

"하지만 넌 해답이 처음부터 눈앞에 있었다고 했잖니? 하지만 이 가방을 손에 넣은 건 불과 두서너 시간 전의 일이야."

"물론 그렇죠. 하지만 그 가방은 두 가지 역할을 해주었어요. 우선 연상 작용에 불을 붙였고, 또 엄청난 사건의 결과가 밝혀졌을 때 사건 이전에 무엇이 있었는지를 확인해주었죠."

엘러리는 생각에 잠긴 얼굴로 문 쪽으로 걸어갔다.

"우리말로 좀 이야기해주면 안 되겠느냐? 도대체 어느 정도 알고 있는지 분명히 말해봐. 그 죽은 자는 도대체 누구야?"

엘러리는 웃었다.

"제 두뇌로 불꽃놀이를 벌여 아버지를 놀라게 하는 건 그만두기로 하죠. 전 수정 구슬을 읽는 점쟁이가 아니잖아요. 그 사람의 이름 같은 건 사건을 해결하는 데는 아무런 도움이 안 돼요. 하지만 그 사람의 직함은……."

"직함?"

"네. 그가 왜 피살되어야 했는지도 알 것 같아요. 그에 대해선 아직 충분히 생각해보진 않았지만요. 지금 제가 골치를 앓고 있는 건 '누가'나 '왜'가 아니라 '어떻게'예요."

경감은 어이없다는 표정을 지었다.

"이제 보니 너 이 녀석, 머리가 어떻게 된 것 아니냐? 도대체 지금 그 말은 무슨 뚱딴지같은 소리야?"

"제 머리는 멀쩡해요. 아무튼 가장 중요한, 필수적인 문제는 아직 풀리지 않았어요. 지금으로선 저도 정확히 알 수가 없어요. 그 해답을 찾는 것이 바로 지금부터 제가 해야 할 일이에요."

"하지만 어떻게 피살되었는지는 넌 알고 있잖아?"

"이 말이 좀 이상하게 생각되시겠지만, 저는 모릅니다."

경감은 당혹스러운 표정을 지으면서 손톱을 깨물었다.

"너의 그 빌어먹을 수수께끼로 이 아비를 죽일 작정이냐? 상하이 미국 영사가 어떤 답신을 보낼지는 전혀 염두에도 두지 않는 것 같구나!"

"네, 아무래도 상관없어요."

"뭐라고? 영사가 무슨 정보를 알려주든 사건과는 아무런 상관도 없단 뜻이냐?"

"네. 전혀요."

엘러리는 빙긋 웃으면서 문을 밀치더니 말했다.

"솔직히 말하자면 지금 이 자리에서 그 전보 내용을 똑똑히 읊어드릴 수 있어요."

"내가 미쳤거나 네가 미쳤거나, 둘 중 하나가 어떻게 된 게 틀림없구나."

"관점의 차이와 광기는 전혀 다르죠, 아버지. 제가 어떤 녀석인지 아버지도 잘 아시면서 그러세요. 솔직히 말씀드리면 저 자신도 아직 완전히 확신이 서지 않아요."

"그래? 그렇다면 난 궁금증에 활활 타면서 기다릴 수밖에 없겠구나. 그건 그렇다 치고, 누가 범행을 저질렀는지에 대해서는 확신하는 게냐? 뭔가 엉뚱한 생각으로 지레짐작하는 건 아니겠지?"

엘러리는 모자챙 끄트머리를 잡아당겼다.

"누가 죽였느냐고요? 그런 걸 왜 저한테 물으시죠? 당연히 범인이 누군지 저야 모르죠."

경감은 실망해 맥이 빠진 듯 힘없이 의자에 주저앉았다.

"그래, 좋아. 내 포기하마. 네가 거짓말을 둘러대기 시작하면 끝이 없으니……."

"거짓말이 아니라 정말로 전 몰라요. 아무렇게나 짐작할 수는 있지만……."

엘러리는 입술을 깨문 뒤 말했다.

"그렇다고 제가 알기 싫다는 건 아니에요. 전 지금 정말 생각지도 못했던, 아주 멋진 출발점에 서 있어요. 이렇게 된 이상 제 손으로 해답을 찾아내야만 해요. 여기까지 온 이상 반드시……."

"네 말대로라면…… 중요한 건 무엇 하나 알고 있는 게 없잖니? 난 그래도 뭔가 알고 있는 줄 알았는데."

경감은 퉁명스럽게 말했다.

"그야 물론 알고 있는 게 있죠."

엘러리는 참을성 있게 대답했다.

"그럼 피해자 등에 아프리카 원주민의 창 두 자루를 꽂아놓은 건 도대체 무슨 뜻이냐?"

그 순간, 엘러리의 표정을 보고 경감은 깜짝 놀랐다. 그는 엉거주춤 몸을 일으키며 말했다.

"아니, 이 녀석아! 도대체 왜 그래?"

"창!"

엘러리는 넋이 나간 것 같은 얼굴로 아버지를 바라보면서 중얼거렸다.

"창……."

"그게 어쨌다는 게야?"

"이제 알았습니다. '어떻게' 했는지……."

"나도 안다. 하지만……."

엘러리의 얼굴에 생기가 돌았다. 금세 두 뺨에 긴장이 돌면서 눈동자가 반짝거렸다. 엘러리는 입술을 파르르 떨다가 미친 사람처럼 고함을 치기 시작했다.

"유레카! 그게 바로 해답이야! 그 축복받은 창 두 자루!"

엘러리가 바람처럼 사무실을 빠져나간 후, 뒤에 남은 경감은 허탈한 얼굴로 자리에 털썩 주저앉았다.

독자에의 도전

지금껏 써온 수많은 소설들 가운데 나는 어딘가에서 그만 좋은 아이디어를 하나 빠뜨리고 말았다. 퀸이라는 이름의 신사가 추리소설을 쓰고 있다는 사실을 알고 있을 뿐만 아니라 계속해서 그의 훌륭한 작품을 읽어준 고마운 사람들은 초기 작품 가운데 특히 전략적으로 가장 중요한 대목에 '독자에의 도전'이 삽입되어 있었던 것을 기억하고 있을 것이다.

그런데 무슨 일인가가 터지고 말았다. 그것이 무엇인지 나도 정확히는 모른다. 다만 기억하고 있는 것은 소설 한 권을 완성해서 인쇄소에 넘긴 뒤 교정이 끝났을 무렵, 아주 명민한 정신을 소유한 어느 출판사 직원이 평소에 들어가 있던 '도전'이 빠져 있다는 사실을 내게 알려주었다는 사실이다. 아마도 내가 '도전'을 쓰는 일을 깜박 잊은 모양이었다. 나는 다소 민망한 기분으로 허둥지둥 그 부분을 보충해서 가까스로 '도전'이 빠지는 사태를 면할 수 있었다. 양심의 가책을 느끼면서 약간의 조사를 해보았더니, 글쎄 지난번에 나온 책에도 '도전'이 빠져 있던 것이 아닌가. *'Longa dies non sedavit vulnera mentis.*(시간이 흘러도 잘못은 지워지지 않는다.)'라는 격언은 만고의 진리라 하겠다.

 내 책을 내는 출판사는 퀸 시리즈의 완벽을 기하는 데에 아주 엄격하기 때문에, 나는 여기서 독자 여러분에게 바로 그 문제의 '도전'을 제시하고자 한다. 두말할 것도 없이 아주 간단한 문제이다. 《중국 오렌지 미스터리》를 읽다가 이 부분에 이르렀다면, 이미 여러분은 수수께끼를 푸는 데 필요한 모든 단서를 명쾌하게 파악했다고 볼 수 있다. 아니, 단언할 수 있다. 따라서 여러분은 이 시점에서 도널드 커크 사무실의 대기실에서 벌어진 이름 모를 몸집 작은 남자의 살인 사건에 관한 수수께끼를 당연히 풀 수 있다. 그에 필요한 모든 것은 이미 갖추어져 있는 셈이다. 중요한 단서와 사실은 하나도 빠짐없이 모두 제시되었다. 다만 여러분이 그것을 꿰어 맞추기만 하면 되는 것이다. 물론 '어머니'라는 단어를 알아맞히는 일처럼 쉽지는 않다. 과연 여러분은 논리적인 추리를 전개하여 오로지 단 하나밖에 없는 해답을 찾아낼 수 있을 것인가?

E. Q.

16
실험

인간의 두뇌는 참으로 불가사의한 기계이다. 이것은 깊은 심연이 있는가 하면, 얕은 여울도 있어 마치 바다와 같다고 할 수 있다. 차갑고 어두운 해구가 있는가 하면 햇살이 찬란한 수면도 있다. 해변으로 세차게 밀물이 밀려왔다가는 썰물이 되어 슬쩍 빠져나가곤 한다. 약한 바람에 일렁이는 수면 아래에는 거세게 흐르는 조류가 도사리고 있다. 인간의 두뇌에도 밀물 및 썰물과 비슷한 고동이 리드미컬하게 뛰고 있어서 썰물 때가 되면 모든 영감이 아득하게 멀어지고 밀물이 되면 봇물이 터진 것처럼 사고력이 온몸을 휘감아든다.

대니얼 웹스터는 인간 정신을 세상 만물의 위대한 지렛대라고 비유한 적이 있었다. 이렇듯 인간의 사고는 사람이 목적으로 하는 해답을 끊임없이 찾아주는 과정이라고도 볼 수 있다. 그러나 지렛대의 움직임에는 불가피하게 반동이 따르기 마련이며, 웹스터 또한 사고 과정 전체를 비활동 시기와 활동 시기가 교차하는 파상 작용이라고 지적하고 있다.

언제나 자기 두개골 속에 틀어박혀서 일하는 엘러리 퀸 씨는 오랜 경험 끝에 이것이 자기 탐구의 보편적인 법칙이라는 사실을 깨달았다. 또한 엘러리는 지적인 빛을 발견하기 위해서는 지적인 어둠 속에서 고군분투하는 것이 필수적이라고 생각하는 사람이었다. 몸집 작은 사내의 기이한 문제는 엘러리의 수많은 경험 속에서도 극히 드문 경우에 속했다. 엘러리의 두뇌는 몇 날 며칠이고 계속해서 안개 속을 더듬으며 도표를 찾는 데 안간힘을 썼다. 적극적으로 열심히 최선을 다했지만 엘러리는 한동안 무기력 속을 헤매야만 했다. 그러던 것이 어느 순간, 한 줄기 빛이 잔뜩 지친 그의 눈앞에 번쩍 나타났다.

 엘러리는 우주의 평행을 유지하는 조물주에게 고마워할 여유도 시간도 없었다. 이제 활동 상태에 접어든 것이다. 빛이 보였다. 그러나 그 빛은 아직 흐릿한 안개 꼬리 속에 잠겨 어슴푸레하게 보였다. 안개를 걷어내야 했으며 그 방법은 오직 한 가지, 정신을 집중하는 것뿐이었다.

 그리하여 엘러리는 논리적 인간으로서, 모든 정신을 집중했다.

 엘러리는 자기가 가장 즐겨 입는 실내복 차림으로 그 중대한 날의 나머지 시간을 보냈다. 니코틴 냄새가 독하게 밴 그 실내복에는 군데군데 갈색 구멍이 숭숭 뚫려 있었다. 지금까지 수천 개비의 담배들이 죽어간 흔적이었다. 그는 의자 등받이에 목덜미를 기댄 채 거실 난로 앞에 앉아 기분 좋게 불을 쬐면서 천장으로 눈길을 던졌다. 손가락 끝까지 타오른 담배꽁초를 기계적으로 난로 속으로 던져 넣기도 했다. 반듯한 자세를 취할 필요는 없었다. 무엇보다도 그래봤자 봐줄 사람도 없었다. 심술이 난 경감은 본청에서 다른 사건을 처리하느라 정신이 없었고, 주나는 어딘가 어둠침침한 영화관을 찾아가서 자기가 사랑하는 수많은 안짱다리의 영웅들 중 누군가가 등장하는 정신 사나운 영화를 보는 데 넋을 잃고 있었다. 엘러리는 자기 자신에 대한 생각을 할 여유조차 없었다.

예를 들면 엘러리는 이따금 벽난로 위 벽에 걸려 있는 칼을 물끄러미 바라보곤 하였다. 그 칼은 그의 아버지가 젊은 시절부터 소장하던 기념품으로서, 하이델베르크에서 유학하던 시절 함께 지냈던 독일인 친구가 옛 기억을 떠올리라며 선물한 것이었다. 물론 그 칼은 지금 엘러리가 손대고 있는 사건과는 아무런 연관도 없었다. 그런데도 엘러리는 한참 동안이나 그 칼을 응시했다. 고백하자면 엘러리의 눈에 그 칼은 모습을 바꾸어 날이 넓적하고 사악한 임피족 창으로 보였다.

 이윽고 모든 사실을 점검하는 일도 끝이 났다. 엘러리는 더욱 깊숙이 의자에 몸을 묻은 채 골똘한 생각에 잠겨들었다.

 오후 4시, 길게 한숨을 내쉰 엘러리는 의자를 삐걱거리며 일어서서 피우던 담배를 난로 속에 집어 던지고는 전화기 쪽으로 다가갔다.

 "아버지?"

 경감이 전화를 받자 엘러리는 쉰 목소리로 말했다.

 "저 엘러립니다. 한 가지 부탁드릴 일이 있어요."

 "너 어디냐?"

 경감이 투덜거리며 물었다.

 "집이에요. 집에서……."

 "도대체 뭘 하고 있는 게야?"

 "생각에 잠겨 있었죠. 실은……."

 "무슨 생각을 그리 했단 말이냐? 문제는 네 머릿속에서 이미 완전히 해결된 줄 알았는데?"

 경감의 목소리엔 가시가 돋쳐 있었다.

 엘러리가 지친 목소리로 말했다.

"너무 그러지 마세요, 아버지. 제가 일부러 아버지 마음을 상하게 한 건 아니잖아요, 우리 까다로운 영감님? 전 정말 열심히, 최선을 다하고 있단 말이에요. 그런데 뭐 새로운 소식은 없나요?"

"전혀 없다. 그래, 부탁할 일이란 게 뭐냐? 아비는 지금 몹시 바쁘다. 45번가에서 뜨내기 녀석 하나가 총에 맞는 바람에 온통 정신이 없단 말이다."

엘러리는 꿈꾸는 듯한 눈빛으로 난로 위쪽을 올려다보았다.

"혹시 믿을 만한 무대 의상 전문가가 없을까요? 은밀한 부탁을 들어줄 만한 입 무거운 사람이 있으면 좋겠는데."

"뭐? 무대 의상? 이번엔 또 무슨 꿍꿍이속이냐?"

"정의를 위한 실험을 해보려고요. 그런 사람 혹 없을까요?"

"한 사람 있긴 하다만."

경감은 떫은 목소리로 말했다.

"또 그놈의 실험이라도 하려는 게냐! 49번가의 조니 로젠츠바이크라는 친구가 언젠가 내가 부탁해서 비슷한 일을 해준 적이 있다. 그 사람이라면 믿을 수 있을 게다. 그런데 뭘 부탁하려고 그러냐?"

"인체 모형이 하나 필요해서요."

"뭐?"

"인형요. 산 사람이 아니라……."

엘러리는 키득키득 웃었다.

"셔츠에 뭘 쑤셔 넣어 만든 것이라도 무방해요. 이런, 얘기가 빗나가버렸군요. 아버지 친구 그 로젠츠바이크라는 사람에게 부탁해서, 살해된 남자와 비슷한 사이즈의 인형을 하나 만들어주셨으면 해요."

"드디어 네 녀석 머리가 어떻게 되어버린 모양이로구나."

경감은 못마땅하다는 투로 쏘아붙였다.

"정말 이번 사건과 관계된 일이 맞느냐? 혹시 책에 쓰려는 정신 나간 추리소설 아이디어를 실험해보려는 건 아니겠지? 만약 그런 거라면 난 지금 한눈팔 만큼 한가하지 않다, 엘."

"아닙니다. 그런 게 아니에요. 뉴욕의 정의를 왕좌로 인도하기 위한 디딤돌을 놓기 위해서 그러는 거예요. 그 사람, 당장 일을 시작해줄까요?"

"아마 그럴 게야. 살해된 사내와 몸집이 비슷한 인형이라고 했지? 뭐 더 필요한 건 없느냐? 틀니는 어떠냐? 코 성형하는 사람도 불러주랴?"

노경감은 빈정거리듯 말했다.

"아니요, 아버지. 저 지금 진지합니다. 사실은 부탁드릴 게 또 있어요. 희생자의 체중이 얼만지 알고 계세요?"

"물론이지. 프라우티 박사의 보고서에 적혀 있던걸."

"잘됐군요. 인형의 무게도 희생자의 체중과 똑같이 해주세요. 신경을 써서 확실하게 만들어달라고 다짐해주세요. 손발, 몸뚱이, 머리 무게를 진짜와 똑같이 만들 수 있는지 한번 확인해주시고요. 특히 머리 무게가 중요합니다. 그게 이번 실험의 핵심이에요. 아버지 생각에 그렇게 만들 수 있을 것 같아요?"

"할 수 있을 것 같다. 무게에 관해선 프라우티의 도움을 받아야 하겠지만."

"그리고 인형을 자유자재로 유연하게 움직일 수 있도록 만들어달라고 해주세요."

"무슨 뜻이냐?"

"그냥 뻣뻣한 막대기 같으면 안 된다는 뜻이에요. 무게가 나가게 하는 데는 쇠를 넣든 납을 이용하든 뭘 써도 좋지만 머리에서 발끝까지 단 한 덩이로 만들어서는 안 돼요. 발, 다리, 몸통, 팔, 머리 등등 각 부위별로 무게를 내야 합니다. 그렇게 해야만 인형의 각 부위가 피살자 신체의 각 부위와 사실상 동일하게 되니까요. 그게 바로 핵심 사항이에요, 아버지."

"철사 같은 걸로 잘만 엮으면 가능하겠지."

경감이 중얼거렸다.

"마음대로 굽혔다 폈다 할 수 있을 게야. 또 없느냐?"

엘러리는 아랫입술을 깨물었다.

"참, 피해자의 옷을 인형에 입혀주세요. 그게 바로 제 드라마의 하이라이트예요."

"거꾸로 뒤집어서 말이냐?"

"네, 바로 그거예요! 그 인형이 시체와 똑같이 보이도록 해야 합니다."

"이 녀석아, 너 설마 용의자를 끌고 와서 시체가 되살아나는 것처럼 한바탕 쇼를 벌이려는 건 아니겠지? 그런 케케묵은 심리 전술을 쓸 생각이라면, 엘……."

경감은 씹어뱉듯이 말을 해댔다.

"무슨 말씀이세요? 정말 섭섭한데요. 아버지가 제 지능지수를 그처럼 낮게 보시고 계신 줄은 몰랐는걸요. 물론 그런 생각은 눈곱만큼도 없어요. 분명히 말씀드리지만, 이것은 과학이라는 이름하에 이루어지는 실험이란 말입니다. 속임수가 아니에요. 아까 드라마라고 말씀드린 건 그냥 나중에 덧붙인 말이고요. 이해하시겠어요?"

엘러리는 슬프게 말했다.

"그게 다 도무지 무슨 말인지 하나도 알아들을 수가 없구나.

하지만 일단은 알았다. 인형이 완성되면 어디로 보내줄까?"

"여기, 집으로 보내라고 해주세요. 제가 손을 좀 봐야 하거든요."

경감은 한숨을 내쉬었다.

"알았다, 알았어. 하지만 아무리 들어도 네 머리가 정상은 아닌 것 같구나, 하하하!"

경감은 씁쓸하게 웃으면서 전화를 끊었다.

엘러리는 미소를 지으면서 힘껏 기지개를 켜고는 하품을 했다. 그러고는 침실로 들어가서 침대에 벌렁 자빠지듯이 누워, 육십 초도 채 지나지 않아 깊은 잠에 빠져들었다.

그날 밤 9시 반, 벨리 경사가 인형을 가지고 왔다.

"아이쿠!"

엘러리는 길쭉한 상자의 한쪽 귀퉁이를 잡아당기면서 소리를 질렀다.

"엄청 무거운데요! 뭐가 들었죠? 비석이라도 들었나요?"

"경감님 말씀으로는 그 시체와 같은 무게라던데, 퀸 군."

말을 마친 벨리는 상자 옮기는 걸 거들어준 사내에게 턱짓을 했다.

"됐어, 이제 그만 가봐."

사내는 모자챙에 슬쩍 손을 올려 경례하는 시늉을 한 다음 물러갔다.

"자, 이제 꺼내볼까요?"

두 사람은 눈이 휘둥그레져서 서 있는 주나 앞에서 사람처럼 생긴 물건을 끄집어냈다. 갈색 종이로 둘둘 말려 있는 모습이 마치 이집트 미라 같았다. 종이 포장을 뜯어내던 엘러리는 깜짝 놀라 숨을 훅 들이켰다. 인형은 엘러리의 팔에서 미끄러져 거실 바닥으로 굴러 떨어졌다. 팔다리 각 부위가 관절대로 꺾여 축 늘어진 것이 진짜 죽은 사람 같았다.

"이건…… 이건 그 남자 본인이잖아요!"

엘러리 쪽을 향해 웃고 있는 인형의 얼굴은 그 퉁퉁하고 몸집 작은 사내의 번드르르한 얼굴 그대로였다.

벨리 경사가 뿌듯한 눈길로 인형을 바라보면서 말했다.

"틀을 떠서 만든 종이 인형이니까. 로젠츠바이크는 솜씨가 참 대단한 사람이야. 사진을 참고로 했다지만, 페인트와 붓만으로 이렇게나 꼭 닮게 재구성하여 만들 수 있다니 말이지. 저 머리카락 좀 보게나!"

"보고 있습니다."

엘러리는 잔뜩 매혹된 표정으로 중얼거렸다. 벨리 경사의 말처럼 완벽한 예술 작품이었다. 희끗희끗한 머리카락 아래로 분홍색 대머리가 마치 산 사람처럼 번들거렸다. 놋쇠 부지깽이로 얻어맞은 자국까지 그대로였다. 움푹 파인 상처 주변에는 젤리처럼 엉긴 피가 사방으로 번져 있었다.

"저것 좀 보세요. 바지가 거꾸로 입혀져 있어요. 코트도 마찬가지고요. 전부 다 거꾸로예요!"

목을 길게 빼고 지켜보던 주나가 속삭이듯 중얼거렸다.

"내가 부탁했던 대로 만들었군. 이제 됐어."

엘러리는 깊은 숨을 들이마시면서 말했다.

"로젠츠바이크, 내 친구여. 당신에게 경의를 표합니다. 어떤 사람인지 모르겠지만 나는 이 천재에게 큰 빚을 지게 됐군요. 이보다 더 완벽하게 제 의도를 구현해준 인형은 없을 겁니다. 자, 그럼 이걸 가지고……."

"그 사람들을 놀라게 만들 생각인가?"

웅크리고 앉아 인형의 어깨를 들어 올리던 벨리가 물었다.

"아뇨, 그런 게 아니에요. 그런 잔인한 짓을 할 생각은 없습니다. 침실 문 앞의 저 의자에 올려주세요. 예, 거기예요. 자, 됐습니다……. 그런데 벨리 경사님."

엘러리는 허리를 쭉 펴고 약간 얼굴을 붉히면서 덩치 큰 경사의 매서운 눈빛을 마주 보았다. 벨리는 턱을 긁으면서 의심쩍은 표정을 지었다.

"자네 나한테 뭔가 시킬 일이 있는 모양이군? 아무에게도 알리고 싶지 않은 일 말이지."

벨리가 날카롭게 말했다.

"네, 정확합니다. 그리고……."

"경감님에게까지 비밀로 해달라는 거지?"

"아, 네."

엘러리는 별것 아니라는 듯 말했다.

"일부러 놀라게 할 필요는 없으니까요. 아버진 인생이 재미있다는 걸 별로 느끼지 못하는 분이에요."

엘러리는 덩치 큰 벨리 경사의 팔을 잡아당겨 응접실로 끌고 들어갔다. 약간 기분이 상한 주나는 부엌으로 물러갔지만, 여전히 귀를 쫑긋 세운 채 두 사람의 대화를 엿들으려고 신경을 집중했다. 엘러리가 무언가 열심히 얘기하는 소리가 들렸지만 목소리가 너무 낮아 무슨 말인지 알아들을 수가 없었다. 하지만 산더미 같은 몸집의 벨리 경사가 놀라서 천둥 같은 고함을 지르는 소리가 한차례 들려온 것을 보니 경사는 상당히 어처구니없어하는 게 분명했다. 이윽고 현관 문 닫히는 소리가 나더니 웃는 얼굴의 엘러리가 손을 비비면서 돌아왔다.

"주나!"

엘러리가 부르기도 전에 주나는 숨을 헐떡이며 마치 군마와도 같은 자세로 이미 그의 곁에 서 있었다.

"저한테 시키실 일이라도 있나요?"

"물론이야. 우리 베이커 스트리트 부서 대장님."

엘러리는 생각에 잠긴 얼굴로, 미소 띤 인형을 바라보면서 말했다.

"지금부터 너를 제1특별실험실 조수로 임명하지. 여긴 우리 두 사람뿐이야. 엿볼 사람도 엿들을 사람도 없어……."

엘러리는 엄숙한 눈길로 주나를 노려보았다.

"그대는 오늘 밤 있었던 일을 앞으로 영원히 피의 비밀에 부치겠노라고 집시 신사로서 맹세할 수 있는가? 가슴에 성호를 긋고, 죽어도 말하지 않겠다고 맹세할 수 있는가?"

주나는 허둥지둥 가슴에 성호를 그으면서 죽어도 말하지 않겠다고 맹세했다.

"좋아! 그럼 우선……."

엘러리는 엄지손가락을 핥았다.

"아, 그래! 저쪽 창고 벽장에 있는 작은 매트를 가져오너라, 주나."

"매트요?"

주나는 눈을 동그랗게 뜨더니 "알았습니다." 하고는 뛰어갔다가, 금방 엘러리가 시킨 대로 작은 매트를 가지고 돌아왔다.

"그다음엔, 사다리를 갖고 와."

엘러리는 방을 가로질러 난로 뒷벽을 올려다보며 지시했다.

주나가 사다리를 가지고 왔다. 엘러리는 그 위에 올라서서 신성한 최고위 제사장처럼 엄숙한 태도로 위엄을 갖추어, 벽에 걸린 먼지투성이의 장검을 벗겨 들고 내려왔다. 돌돌 말려 있는 매트 옆에 장검을 내려놓은 엘러리는 킥킥 웃으면서 두 손을 비볐다.

"순조롭게 진행이 되고 있군. 주나, 마지막 의뢰다."

"의뢰요?"

"심부름 좀 다녀오너라. 그런데 일단 점잖게 의관부터 갖추고 와야겠구나, 조수여."

주나는 약간 얼굴을 찡그렸으나 곧 싱긋 웃고는 안으로 들어가 외투와 모자를 가지고 나왔다.

"어디로 갈까요?"

"세인트 니콜라스 애버뉴의 철물점 알지? 어마어마하게 큰 상점 말이야."

"예, 알아요."

엘러리는 지폐를 몇 장 꺼내주었다.

"조수여, 그 상점에 있는 모든 종류의 동아줄과 노끈을 조금씩 입수해 오도록 하라."

"네."

"그리고……."

엘러리가 얼굴을 찡그리며 덧붙였다.

"가늘고 탄력 좋은 철사도 조금 필요해. 진리를 간직한 성배를 탐구하는 데는 소홀함이 없어야 하는 법이야. 알아들었나?"

주나는 뛰어갔다.

"잠깐만, 젊은이여. 빗자루도 새것으로 하나 사 와야 할 것 같구나."

"왜요?"

"진부한 말이지만, 빗자루는 먼지를 깨끗이 쓸어주는 것이잖니. 하지만 그렇게 했다간 사실까지 망가지게 될지도 모르겠다. 여하튼 친구여, 그대는 의뢰라는 말만으로 만족해다오."

주나는 고집스럽게 고개를 가로저었다.

"하지만 새 빗자루라면 집에 하나 있는데요."

"하나 더 필요해서 그래. 아, 그리고 집에 있는 톱에는 아무 문제 없니, 주나?"

"창고에 있는 공구함에 들어 있어요."

"좋았어. 칼로 실패를 하면 빗자루로 또 한 번 시도해볼 수밖에. 자, 그럼 얼른 다녀와라. 네 생동감 넘치는 근육 위에 과학을 업고 가는 거다!"

작은 입을 일자로 꼭 다문 주나는 비쩍 마른 가슴을 쭉 펴더니 밖으로 뛰쳐나갔다. 엘러리는 의자에 앉아 두 다리를 쭉 뻗었다.

뛰어나갔던 주나가 문틈으로 다시 머리를 쏙 들이밀고 붉으락한 얼굴로 물었다.

"제가 돌아올 때까지 아무것도 하지 않으실 거죠, 엘 씨?"

"주나, 이 녀석아."

엘러리가 책망 섞인 목소리로 말하자 주나는 다시 모습을 감추었다. 엘러리는 눈을 감고 등받이에 몸을 기대며 소리 높여 웃기 시작했다.

11시 15분, 지친 몸을 끌고 경감이 아파트로 들어섰을 때 흥분한 엘러리와 주나는 난롯불 앞에서 머리를 맞대고 뭔가 열심히 의논하고 있었다. 하지만 경감이 들어서자마자 두 사람은 약속이라도 한 듯 입을 다물었다. 방 한복판에는 인형을 넣은 관이 놓여 있었다. 매트는 물론, 주나가 서둘러 사 온 노끈 뭉치와 빗자루도 어디 갔는지 보이지 않았다. 장검도 난로 위 제

자리로 돌아가 벽에 얌전히 걸려 있었다.

"이 녀석들아, 뭘 그렇게 수군대고 있었느냐?"

외투와 모자를 벗어 던진 노인은 난로 앞으로 와서 손을 비비면서 궁금해 못 견디겠다는 투로 물었다.

"저희가 마침내……."

주나가 신이 나서 떠들어대려고 하자 엘러리가 손으로 소년의 입을 막아버렸다.

엘러리가 엄격하게 말했다.

"조수여! 그렇게 나불나불 떠들어대는 게 신성한 서약을 지키는 일인가? 아버지, 삼가 보고 드립니다. 저는, 아니 우리는 성공했어요. 완벽하고 완전한 최후 단계의 성공입니다."

"그랬느냐?"

경감은 시큰둥하게 대답했다.

"아버진 별로 기쁘지 않으신 것 같군요."

"지쳤다. 피곤해 죽을 것 같구나."

"죄송합니다."

잠시 침묵이 흘렀다. 주나는 부자간의 냉랭한 분위기를 눈치보다가 자기 침실로 슬그머니 도망갔다.

"하지만 제가 말씀드린 건 틀림없는 사실이에요."

"그거 잘됐군."

경감은 끙끙 신음하며 의자에 몸을 걸쳤다. 그러면서 한복판에 있는 관처럼 생긴 길쭉한 나무 상자를 흘끗 쳐다보았다.

"인형이 도착한 것 같군."

"아, 네. 도와주셔서 감사합니다."

다시 침묵이 흘렀다. 엘러리는 다소 풀이 죽은 얼굴로 의자에서 일어나 난로 앞으로 가서 불안한 태도로 철제 촛대를 만

지작거렸다.

"45번가에서 총 맞았다는 그 뜨내기는 어떻게 됐어요?"

"불룩한 배에 바람구멍이 뚫렸더라."

경감이 코를 훌쩍이며 말을 이었다.

"뭐 대단한 사건은 아니야. 총을 쏜 녀석은 체포됐어. 코카인에 중독된 맥가이어라는 주정꾼 짓이었어. 그걸로 그 녀석의 화려한 생애도 끝장이 난 셈이지."

다시 침묵이 흘렀다.

"무엇 하나 물어보시지도 않는군요, 아버지. 퀸 집안에서 말하는 '성공'이라는 용어가 무슨 뜻인지 궁금하지도 않으세요?"

마침내 엘러리가 애원하듯 말했다.

"나도 줄곧 궁금해하고 있었지만……, 너의 그 침묵의 작업이 끝나면 내가 묻지 않아도 얘기해주는 게 네 버릇 아니냐?"

경감은 코담배 통에 손가락을 집어넣으면서 귀찮다는 투로 말했다.

"해결했습니다."

엘러리는 약간 수줍은 얼굴로 말했다.

"축하해야겠군."

"사건의 전모를 완전히 알아냈습니다. 중요한 부분은 전부 밝혀냈어요. 피해자의 이름을 제외하고는요. 뭐 별로 중요한 것도 아니고요. 하지만 누가 왜, 어떻게 죽였는지……, 특히 중요한 것은 '어떻게'입니다만, 여하튼 그걸 전부 다 알아냈습니다. 제 머릿속에서 깨끗이 해결됐어요."

경감은 아무 말도 하지 않았다. 그저 손깍지를 껴서 뒷머리를 받쳐 들고 나른한 눈초리로 난로 불빛을 응시할 뿐이었다.

엘러리는 느닷없이 씩 웃으면서 앉아 있던 의자를 끌고 난로 앞으로 다가갔다. 그러고는 허리를 굽혀 아버지의 무릎을 툭 쳤다.

"여보세요, 불평 많은 영감님."

엘러리는 키득키득 웃었다.

"기분 푸세요. 일부러 그러시는 줄 저도 다 압니다. 이제 확신이 섰으니까 저도 아버지께 이야기해드리고 싶어요. ……아니면 듣기 싫으신 건가요?"

"좋을 대로 하렴."

경감은 볼멘소리로 대답했다.

엘러리는 두 손을 무릎 사이로 늘어뜨린 채 웅크리고 앉아 얘기를 시작했다.

이야기는 한 시간쯤 계속되었다. 그동안 퀸 경감은 꼼짝도 않고 난로 불꽃만 뚫어져라 응시했다. 작은 새 같은 얼굴은 다소 넋이 나간 듯했으며, 눈썹만 다소 치켜세운 채였다.

이윽고 경감이 갑작스럽게 얼굴 전체로 활짝 웃으며 외쳤다.

"이런, 내가 이중으로 뒤통수를 맞았구먼!"

17
거꾸로 돌아보다

엘러리 퀸은 신중하게 무대를 꾸몄다. 온갖 일을 다 경험한 그였지만 이번의 굉장한 실험이 끝난 다음 날 아침만큼 세심하게 신경 쓴 적은 없었다. 그리고 그 옆에는 퀸 경감도 함께 있었다.

두 사람은 어째서 그렇게 신중히, 또 철저하게 준비를 해야 했는지 그 이유를 아무에게도 설명하지 않았다. 그 까닭을 알 만한 유일한 인물은 그 자리에 없었다. 벨리 경사는 평소 더할 나위 없이 꼼꼼한 사람이었는데도 오늘은 보이지 않았던 것이다. 더욱 이상한 것은 벨리 경사의 부재에도 퀸 경감은 평정을 유지하고 있었다는 점이었다.

모든 일이 순조롭게 진행되었다. 험상궂은 얼굴의 본청 형사들이 꼭두새벽부터 사건 관계자들을 한 사람씩 찾아가서 막무가내로 보디가드를 자청했다. 형사들은 "퀸 경감님의 명령입니다."라는 말만 되풀이했을 뿐, 다른 말은 전혀 하지 않았다.

따라서 10시가 조금 지난 시각 도널드 커크 사무실의 대기실, 즉 범행 현장은 호기심 그리고 그보다 더 큰 충격으로 머릿속에 꽉 찬 사람들로 가득 찼다. 휴 커크 박사는 변함없이 으르렁거리면서 풀 죽은 다이버시 양이 미는 휠체어에 실려 대기실로 들어왔다. 해그스트롬 형사가 두 사람을 감시하는 눈초리로 지켜보고 있었다. 도널드 커크와 그 여동생 마르셀라에게는 리터 형사가 따라붙었다. 템플 양은 새파랗게 질린 얼굴로 헤스 형사와 함께 들어왔다. 존슨 형사와 함께 성큼성큼 걸어 들어온 글렌 맥고언은 몹시 화난 얼굴이었지만 불평을 늘어놓지는 않았다. 펠릭스 번은 피고트 형사에게 등을 떠밀리며 내키지 않는 걸음으로 다른 사람들보다 일찍 와 있었다. 피고트 형사는 자기가 맡은 일이 아주 마음에 들지 않는 눈치였다. 퀸 경감은 스스로 아이린 슈얼을 담당했다. 오즈번은 어느 체격이 우람한 경관에게 끌려 들어왔다. 챈슬러 호텔 지배인 나이와 눈썹이 짙은 호텔 경비원 브루머도 정중하게 불려 왔다. 22층 담당인 셰인 부인 그리고 커크가의 집사 허벨도 마찬가지였다.

모두 모이자 엘러리는 잽싸게 문을 닫고 일동에게 미소를 지어 보였다. 이어서 벽 쪽에 줄지어 서 있는 형사들에게 전문가다운 눈길을 보낸 다음 퀸 경감을 향해 고개를 끄덕였다. 복도 쪽 문 앞에 말없이 서 있던 경감이 방 한복판으로 걸음을 옮겼다.

잔뜩 찌푸린 하늘 가득 낀 구름 사이로 어렴풋한 아침 햇살이 창문을 타고 방 안으로 비쳐 들어왔다. 관처럼 생긴 길쭉한 상자가 뚜껑이 덮인 채 사람들 눈앞에 놓여 있었다. 어딘지 모르게 석관을 연상시키는 그 상자에 무엇이 들어 있는지 알 수 없는 사람들은 안절부절못하며 미심쩍은 눈길을 던졌다.

"신사 숙녀 여러분."

엘러리 퀸 씨는 반짝거리는 구둣발 한쪽을 상자에 올려놓으면서 입을 열었다.

"오늘 아침의 이 모임이 도대체 무엇 때문인지 궁금해하고 계시리라 믿습니다. 저는 이 상태로 여러분의 궁금증을 모른 척할 생각은 없습니다. 우리가 오늘 아침 이렇게 모인 것은 바로 며칠 전 이 방에서 일어난 살인 사건의 범인을 밝혀내기 위해서입니다."

 일동은 몸이 굳어진 것 같았다. 끌려들 듯이, 그러나 공포가 서린 얼굴로 엘러리를 주목했다. 그런 가운데서도 다이버시 양이 속삭이듯이 입을 열었다.

 "그렇다면 알아내신 거군요……"

 그러나 그녀는 끝까지 말을 잇지 못한 채, 입술을 깨물고 몹시 당혹한 표정을 지었다. 얼굴도 붉게 물들었다.

 커크 박사가 호통을 쳤다.

 "입 다물고 있어. 그렇다면 퀸, 이건 자네가 그렇게 환장한다는 범죄 수사의 우스꽝스러운 발표회란 말인가? 분명히 말해두지만 나는……"

 "한 번에 한 사람씩만 발언해주시길 바랍니다."

 엘러리는 미소를 지으며 말했다.

 "그렇습니다, 커크 박사님. 말씀하신 그대로입니다. 이 모임의 목적은, 다시 말씀드리면 논리의 절대성을 실제 증명해 보여드리고자 하는 것입니다. 정신이 물질보다 상위에 자리하고 있으며 최후의 승자는 스스로를 단련한 두뇌라는 사실을 증명해 보여드리죠. ……다이버시 양, 당신 질문에 대답하겠습니다. 이제부터 두세 가지 흥미로운 점을 검토하면서, 과연 그것이 어떤 결론에 이르게 되는지 알아볼 생각입니다."

 엘러리는 한 손을 들었다.

 "자, 자. 질문은 더 받지 않겠습니다. ……아, 시작하기 전에 한마디만 더 하죠. 시간과 수고를 절약하기 위해, 그 몸집 작은 남자를 죽인 범인에게 한 발 앞으로 나와달라고 부탁하고 싶지만…… 아마 헛수고겠죠?"

 엘러리는 엄숙한 눈길로 한 사람 한 사람 찬찬히 살폈다. 하지만 어느 누구도 대답하지 않았다. 모두가 켕기는 것 같은 태도로 멀뚱히 앞만 바라보고 있었다.

"좋아요. 그럼 시작하겠습니다."

엘러리는 단호한 말투로 말하고 담배를 피워 문 뒤 눈을 가늘게 떴다.

"이번 사건의 최대 난점은 현장의 모든 것이, 피살자가 입고 있던 옷까지 포함해서 모두가 거꾸로 뒤죽박죽되어 있었다는 사실입니다. 놀라운 일이었죠. 나는 방금 '놀라운' 일이라고 말씀드렸습니다. 이러한 현상을 관찰하고 판단하는 데 익숙해 있는 나조차 솔직히 말씀드려 상당히 놀랐습니다. 덧붙여 말씀드리면 이런 '거꾸로'를 착안하고 실천한 범인 자신조차 이렇게나 큰 반향을 불러일으킬 줄은 몰랐을 게 분명합니다.

충격이 가라앉고 나자, 나는 여러 가지 사실, 아니 한 가지 사실을 분석하기 시작했었죠. 내 경험에 따르면, 범인에게 분명한 목적이 없는 한 적극적으로(이것은 무의식적으로 나오는 행동에 대비되는 개념으로 쓴 표현입니다만.) 무슨 행동을 하는 경우가 극히 드뭅니다. 그런데 이번의 '거꾸로' 현상은 아주 적극적인 행위임과 동시에 귀중한 시간을 무척 많이 소비해야 합니다. 따라서 나는 그렇게 한 데는 분명한 이유가 있다, 겉보기에는 정신 나간 짓처럼 보이겠지만 그 목적만은 적어도 타당할 게 분명하다고 말한 바 있습니다. 그리고 그런 내 견해가 적중했습니다."

일동은 숨을 바짝 죽인 채 귀를 기울였다.

엘러리가 말을 이었다.

"솔직히 고백하자면, 어제까지만 해도 그 목적이 무엇인지 전혀 짐작조차 못 했습니다. 나는 절망에 빠진 상태에서 끈기 있게 추리에 추리를 거듭했지만, 도대체 무엇 때문에 모든 것을 거꾸로 뒤집어놓았는지 알아낼 수가 없었습니다. 물론 사건과 관계가 있는 누군가에게 '거꾸로' 된 점이 있다는 사실을 알리려고 그렇게 한 것이라는 것까지는 쉽게 추정할 수 있었어요. 그것만이 수사의 유일한 단서라고 생각했죠. 하지만 그렇게 추정하고서도 언어학과 우표 수집 연구에 관련된 난해한 전문 용어라는 벽에 부딪히고 말았습니다. 너무도 막막해서 포기해버릴까 하고 생각한 게 한두 번이 아니었죠. 산더미처럼 쌓인 의문점을 하나하나 풀어가야 했어요. 모든 것을 거꾸로 뒤집어놓은 것이 누군가의 특징을 지적하기 위한 것이었다면, 그 누군가도 이번 범죄와 연관된 게 틀림없다고 생각했습니다. 그렇다면 이 '거꾸로'라는 특징의 정체는 무엇일까. 도대체 누구를 이번 사건에 끌어넣으려 한 것이었을까. 그리고 더욱 중요한 것은 도대체 누가 모든 것을 거꾸로 뒤집어놓은 것이었을까 하는 점이었습니다. 누가 누구를 가리키고 있는 것일까."

엘러리는 킥킥 웃다가 얘기를 계속했다.

"여러분도 얼떨떨해하는 것 같군요. 그러는 것도 무리는 아닙니다. 나는 많은 단서를 찾아냈습니다. 훌륭한 실마리들이었죠. 하지만 아무리 그 실마리를 더듬어 가보아도 결국은 또 다른 혼란에 부딪혔을 뿐 문제를 명쾌하게 해결하지는 못했습니다. 그리고 또 한 가지, 과연 모든 것을 거꾸로 뒤집어놓은 건 범인이었을까요? 아니면 우연히 범죄 현장을 목격한 제삼자였을까요? 가령 범인이 누군가 다른 사람을 지목하여 그런 짓을 했다면, 그 누군가는 억울한 누명을 뒤집어쓰게 되는 겁니다. 하지만 어떤 사람을 함정에 빠뜨리기 위한 음모치고는 상당히 이해하기 힘들고 모호한 방법이죠. 그리고 범행을 목격한 제삼자가 했다면 어째서 곧바로 신고하지 않고 이렇게나 복잡하고 거추장스러운 방법으로 범인의 정체를 알리려고 했을까요. 내가 얼마나 엄청난 난제에 부딪혔는지 여러분도 이해해주리라 믿습니다. 그런데, 그러던 중에……."

엘러리는 목소리를 낮추었다.

"나는 이 모든 것이 얼마나 간단한 문제인지를 깨달았습니다. 나 스스로를 엉뚱한 길로 몰아넣었던 건 바로 나 자신이었던 거죠. 사실을 잘못 읽었기에, 내 논리는 불완전했습니다. '거꾸로'라는 특징에는 한 가지만이 아니라 대체로 두 가지 의미가 포함되어 있다는 놀라운 사실을 발견한 것입니다!"

"키케로 못지않은 대연설이긴 하지만 난 도대체 무슨 말인지 알아들을 수가 없는데요. 거기에 뭔가 본질적으로 비유적인 의미가 함축되어 있다는 겁니까? 당신은 지금 자기가 무슨 말을 하는지 알고 있기나 합니까?"

펠릭스 번이 불쑥 끼어들었다.

엘러리가 대답했다.

"'만다린'에서 오신 신사분께서는 정숙한 태도로 예의를 지켜주시기 바랍니다. 곧 모든 것을 알게 될 테니까요, 번 씨. 나는 심사숙고한 결과 이번 수수께끼에 두 개의 해답이 있음을 발견했습니다. 첫 번째는 이미 말씀드렸습니다. 모든 것을 거꾸로 뒤집어놓은 까닭, 그것은 바로 사건과 관계된 누군가에게 '거꾸로'란 특징이 있다는 사실을 알려주기 위한 것이었다고 봅니다. 두 번째, 나를 구원해준 또 하나의 해답은……."

엘러리는 몸을 앞으로 내밀었다.

"모든 것을 거꾸로 뒤집어놓음으로써 사건과 관계된 누군가의 '거꾸로' 특징을 은폐하려 했다는 사실입니다!"

엘러리는 일단 얘기를 중단한 다음 새 담배를 한 개비 뽑아

물고 두 손으로 성냥불을 감싸면서 일동의 얼굴을 찬찬히 훑어보았다. 모두가 당황스러운 표정을 짓고 있었다.

"자세한 설명이 필요한 것 같군요."

엘러리는 담배 연기를 내뿜으면서 느릿느릿 말했다.

"첫 번째 가능성은 범죄에서 실질적으로 멀리 물러서게 됩니다. 반면 두 번째 가능성은 범죄에 더욱 가까이 다가가게 되죠. 첫 번째 가능성은 '폭로'와 관련이 있고, 두 번째 가능성은 '은폐'를 뜻합니다. 아마 이렇게 물어보면 여러분도 분명하게 알 수 있을 것입니다. 시체를 비롯해서 현장의 모든 것을 거꾸로 뒤집어놓음으로써 은폐를 시도한 사람은 도대체 누구였을까요? 사건에 관계된 누군가는 무엇을 감추고 위장하려고 그런 속임수를 썼을까요?"

"그렇군요. 시체가 걸치고 있는 모든 걸 거꾸로 뒤집어놓았다면……, 희생자의 어떤 부분을 은폐하려고 했던 것 같네요."

템플 양이 용기를 내어 낮은 목소리로 말했다.

"훌륭합니다, 템플 양. 바로 핵심을 정확히 찔렀어요. 이 사건에서 모든 것을 거꾸로 뒤집어가면서 은폐하려 했던 것은 단 하나밖에 없습니다. 그건 바로 희생자 자신입니다. 바꾸어 말씀드리면 범인, 혹은 공범자가 있었다면 공범자, 또 목격자가 있었다면 목격자에게서 '거꾸로'라는 특성을 찾을 게 아니라 희생자가 갖고 있는 '거꾸로'의 특성에 집중해야 합니다."

"당신이 거침없이 말하는 걸 듣고 있자니 그럴듯한 것 같긴 하지만, 그래도 난 아직 잘 모르겠군요."

번이 말했다.

엘러리가 입을 열었다.

"호머의 말을 빌자면 '우리를 이해시켜라. 그러면 아이아스도 더는 묻지 않으리.'가 되겠군요. 고전학자에게는 고전 인용이 제격이죠. 번 씨? ……여기서 당연히 일어나는 의문점은 도대체 희생자가 어떤 '거꾸로'의 특징을 가지고 있었을까 하는 점입니다. 말 그대로 피해자가 몸에 걸치고 있던 것 가운데 '거꾸로' 된 것이 있었던 걸까요? 그렇습니다. 우리가 세운 정리를 근거로 살펴보면 범인이 숨기고 위장하려 했던 것은 피해자가 가지고 있었던 '거꾸로' 된 무엇이었을 것입니다. 즉 피해자가 뭔가 한 가지 거꾸로 된 것을 몸에 지니고 있었기 때문에, 범인은 피해자의 모든 것을 숨기려 했던 게 분명합니다. 그렇게 해놓으면 피해자가 처음부터 가지고 있었던 '거꾸로 된' 물건이 무엇이었는지 알아내기가 쉽지 않게 되니까요."

입을 꽉 다문 채 깊숙이 의자에 몸을 묻은 번의 눈동자에 경악의 빛이 서렸다. 이어서 그는 새삼 당황한 표정으로 엘러리를 응시했다. 엘러리는 의미심장한 얼굴로 이야기를 계속했다.

"한참이나 숙고한 끝에 사고가 그 단계에 이르자, 나는 마침내 내가 굳건한 땅 위를 밟고 올라섰다는 사실을 깨달았습니다. 쫓아가야 할 것, 더할 나위 없이 구체적이며 확고한 단서를 잡은 겁니다. 그리고 그때까지의 모든 의문이 풀리고, 눈앞을 가렸던 짙은 안개가 마법에 걸린 것처럼 깨끗이 사라졌죠. 즉 피해자가 처음부터 어떤 거꾸로 된 것을 가지고 있었기 때문에, 범인이 다른 모든 것을 거꾸로 뒤집어놓음으로써 그것을 은폐하려고 한 것이 아닐까 하고 자문자답을 해봤던 겁니다. 그것만으로 충분했어요. 해답은 쉽게 나왔습니다. 내 생각이 적중했던 겁니다."

"실마리를 찾았다는 뜻이오?"

맥고언이 중얼거리듯이 물었다.

"나도 내 눈으로 시체를 보았는데."

도널드 커크도 미심쩍다는 투로 중얼거렸다.

"자, 여러분. 시간이 아깝잖아요. 내가 찾은 실마리란 무엇이 었을까요? 그것은 즉 시체에도, 범행 현장에도 넥타이가 눈에 띄지 않았다는 점입니다!"

만약 엘러리가 큰 소리로 "아브라카다브라!" 하고 고함을 질 렀다 하더라도 그 자리에 있던 사람들이 그렇게 허둥대거나 망연자실하지는 않았을 것이다.

"넥타이가 없었다고? 하지만 그게 뭐 대단한 일이기에?"

도널드는 어이없는 얼굴로 재차 물었다.

엘러리는 참을성 있게 말했다.

"직감적으로 추측했을 때는 피해자가 본래 넥타이를 매고 있었지만 그게 단서가 되어 피해자의 신원이나 행적이 밝혀질 지도 모른다고 생각한 범인이 가지고 갔을 거라고 생각했었죠. 하지만 지금 저는 넥타이는 '처음부터 없었다'고 생각합니다. 피해자는 넥타이를 매지 않았던 겁니다. 생각해보세요. 셰인 부인에게 말을 걸었을 때도, 다이버시 양이 보는 앞에서 오즈번 씨와 얘기를 나누었을 때도 피해자는 목에 스카프를 감고 있었다고 했습니다. 범인이 벗겨 가고 싶었어도 넥타이가 아예 없었으니 불가능하죠."

"하지만 아무리 좋게 봐주려고 해도 그건 너무 이론적인 결론 같군, 퀸. 훌륭한 추론이긴 하지만 진실이라고 볼 수는 없어."

커크 박사는 자신도 모르는 사이 이야기에 빠져든 모양이었다.

"친애하는 박사님, '거꾸로 현상'이 무언가를 숨기려 했던 조작이라는 것이 분명하다면 제 추론 역시 필연적으로 끌어낼 수 있습니다. 하지만 지금까지의 제 설명만으로는 납득이 되지 않는 부분도 있다는 의견에는 저도 찬성합니다. 다행스럽게도 어떤 사실이 제 추론을 실증적으로 뒷받침하고 있습니다."

엘러리는 캔버스 여행 가방 사건에 대해 간략히 설명한 다음, 그 속에 들어 있던 물건들을 열거했다.

"가방 속에는 피해자에게 필요한 모든 것, 그러니까 옷가지와 구두까지 전부 들어 있었지요. 하지만 그 흔한 넥타이는 단 하나도 없었습니다. 범행 현장에서 넥타이를 찾을 수 없었던 것은, 피해자가 평소에 넥타이를 매지 않는 인물이었기 때문이라는 겁니다. 이제 아시겠습니까?"

"흠. 과연 훌륭한 추리에 확실한 증거로군. 그런데 평소에도 넥타이를 안 매는 사람이라면……."

커크 박사가 중얼거렸다.

"그 뒤로는 어린애 장난이나 다름없었죠."

엘러리가 어깨를 으쓱하며 손에 들고 있던 담배를 흔들었다.

"저는 자문해보았습니다. 평상복에 넥타이를 매지 않는 사람들은 어떤 부류에 속할까, 하고요."

"성직자요!"

마르셀라 양이 저도 모르게 큰 소리로 외쳤다. 그러고는 얼굴을 붉히며 자세를 고쳐 앉았다.

"맞습니다, 커크 양. 가톨릭 신부님……. 좀 더 정확히 말하면 가톨릭의 사제, 혹은 성공회 신부님이죠. 바로 그때 또 다른 것이 생각났습니다. 피해자를 직접 봤거나 얘기를 나누었던 증인 세 사람이 한결같이 그 사람 목소리에 독특한 울림이 있다고 한 사실이 기억나더군요. 부드럽고 상냥하면서도 매끄러운 말투라고 증언했죠. 그 세 사람은 당시엔 그것만으로는 어떤 단정적인 결론을 내릴 수 없었을 뿐만 아니라 유력한 실마리라고도 볼 수 없었어요. 하지만 지금 생각해보면 그 모든 것이 성직자로서의 특징과 딱 맞아떨어지지 않습니까? 게다가 가방 안에는 몹시 낡은 일과기도서와 신앙지도서도 들어 있었죠. ……더는 의심할 여지가 없었습니다.

그리하여 저는 '거꾸로 현상'의 핵심을 꿰뚫어 볼 수 있게 됐습니다. 넥타이가 없다는 사실은 무엇을 암시할까, 또는 그 사실이 거꾸로 뒤집혀 있는 그 많은 것 가운데 특정한 무언가를 가리키는 게 아닐까 하고 골똘히 생각하던 중 문득 한 가지 사실을 깨달았습니다. 그 순간 나는 마치 뒤통수를 얻어맞은 기분이었습니다. ……가톨릭이나 성공회에 소속된 성직자들의 옷 칼라는 목뒤에서 잠그게 되어 있는 겁니다. 반대로!"

숨 막힐 듯한 침묵이 흘렀다. 퀸 경감은 복도 쪽 문 앞에 서서 꼼짝도 않은 채 건너편에 굳게 닫혀 있는 사무실 쪽 문을 날카롭게 쏘아보고 있었다.

"그렇게 해서 마침내 나는 이번 사건의 '거꾸로' 수수께끼를 풀어내게 된 것입니다."

엘러리는 한숨을 내쉬고는 말했다.

"범인은 피해자가 성직자라는 사실을 숨기기 위해, 즉 피해자가 넥타이를 매지 않았다는 사실과 칼라가 뒤로 이어 붙여져 있다는 사실을 은폐하기 위해 모든 것들을 거꾸로 뒤집어놓았던 겁니다."

일동은 누군가 신호라도 한 것처럼 동시에 생기에 찬 얼굴로 웅성거리기 시작했다. 그러나 그 와중에 똑똑히 들려온 것은 템플 양의 부드러운 목소리였다.

"퀸 씨, 뭔가 이상한데요. 그건 평범한 칼라 아니었나요? 그렇다면 뒤에 붙은 것을 앞으로 돌려놓기만 하면 됐을 것 아녜요?"

"훌륭한 지적입니다."

엘러리는 미소를 지었다.

"물론 나도 그 점을 생각해보았고, 아마 범인도 그런 생각을 했었겠죠. 말이 나온 김에 지적해두지만, 피해자가 넥타이를 매지 않은 걸 보고 범인도 틀림없이 깜짝 놀랐을 겁니다. 이 사건에 관련된 사람들은 범인을 포함해서 어느 누구도 그 전에 한 번도 피해자를 본 적이 없었어요. 키 작고 뚱뚱한 이 남자가 엘리베이터를 타고 이곳 22층에 소리 없이 나타났을 때까지는 어느 누구도 실제로 그 사내를 본 적이 없었지요. 스카프를 턱까지 둘둘 말고 있었기 때문에, 숨이 끊어진 뒤에야 비로소 범인도 그가 성직자임을 안 거죠……. 여하튼 템플 양, 당신의 질문에 대답하겠습니다. 범인이 칼라를 보통의 일반적인 위치로 돌려놓았다면 아마도 화상을 입은 엄지손가락처럼 금방 눈에 띄었을 겁니다. 넥타이가 없는 건 마찬가지였으니, 범인이 감추려 했던 사실에 오히려 더 시선이 집중되는 꼴이 되었겠죠."

"하지만 그렇다면 범인이 다른 데서 넥타이를 가지고 와서 시체 목에 감았으면 모든 문제가 해결되었을 것 아닙니까?"

맥고언이 이의를 제기했다.

"왜 안 그렇겠습니까?"

엘러리는 눈을 반짝이며 말했다.

"사실 나도 그런 의문을 품었었죠. 또 이번 사건을 추리하는 데 있어서 그 점이 아주 중요한 지표 중의 하나였습니다. 지금 이 자리에서는 충분히 설명드릴 수가 없지만 어째서 범인이 넥타이를 손쉽게 구할 수 없었는지는 곧 알게 될 겁니다. 물론 범인이 자기 넥타이를 사용할 순 없었을 테고요……."

엘러리는 짓궂은 미소를 지어 보였다.

"범인이 남자였다면 다른 사람들과도 만나야 했을 테니까 자기 넥타이를 풀어버릴 수 없었을 것이고, 만약 여자였다면 풀고 싶어도 풀 넥타이가 없었을 게 아닙니까? 그러나 가장 중요한 점은, 나중에 설명하겠지만 범인이 대기실에서 나갈 수 없는 상황에 빠져 있었다는 사실입니다. 아무튼 이 점에 있어서는 내 말을 문자 그대로 받아들였으면 합니다. 범인 입장에서 가장 현명했던 방법은 칼라를 그대로……, 그러니까 거꾸로 놔둔 채 그것을 다른 사람들이 눈치채지 못하도록 다른 모든 것들, 피해자가 걸치고 있던 옷과 가구 전부까지 거꾸로 되돌려놓는 일이었습니다. 그렇게 함으로써 넥타이를 매지 않은 사실을 숨겼을 뿐만 아니라 경찰까지 혼란에 빠뜨렸던 거죠."

엘러리는 잠시 말을 멈췄다가 생각에 잠긴 얼굴로 계속 말했다.

"거기까지 추리를 하던 나는, 지금 내가 상대하고 있는 사람이 굉장한 상상력의 소유자이며 두개골의 용적이 대단히 크고 상당히 체계적으로 움직일 줄 아는, 꼼꼼한 인물이라는 사실을 깨달았습니다. 피해자의 옷만 거꾸로 뒤집어 입혀놓기만 해서는 불충분하다고 판단했다는 것은 즉 그만큼 두뇌가 명석하고 추리력이 뛰어나다는 증거거든요. 옷매무새만 이상하게 되어 있으면 금방 주목을 받기 때문에 오히려 위험해지기 마련이죠. 그래서 범인은 가구를 비롯해서 벽장식에 이르기까지 모든 것을 거꾸로 돌려놓음으로써 피해자의 옷매무새나 목 칼라를 주목할 수 없도록 만든 것입니다. 정말 교묘하고 극히 논리적으로 잘 짜인 술책이었습니다. 하마터면 완전 범죄가 될 뻔했죠."

"하지만, 설령 그렇다 치고 또 피해자가 성직자라 해도……."

도널드 커크가 입을 열었다.

"납득이 가지 않는 부분이 있단 말인가?"

엘러리가 얼굴을 찡그렸다.

"그래, 피살자가 성직자라는 사실은 수사 범위를 그만큼 좁혀주긴 했지만 그렇게 결정적인 단서는 아니었네. 하지만 여행 가방이 또 다른 단서가 되었지."

"여행 가방?"

"응. 사실은 나도 개인 짐에까진 생각이 미치지 못했어. 퀸 경감님의 명예를 위해 여기서 분명히 말해두지만, 피해자의 짐에 착안한 건 경감님이었습니다. 자, 그런데 범인은 무엇이 자기에게 불리하게 작용할 것인지 처음부터 분명히 알고 있었죠. 범인은 성직자의 주머니를 뒤지다가 챈슬러 호텔에 짐을 보관해둔 보관표를 발견한 겁니다. 범인은 피해자의 신원을 숨겨야만 했기에, 챈슬러 호텔 짐 보관소에 있는 피살자의 가방을 경찰보다 한 발 앞서 손에 넣어야 하는 처지에 몰렸습니다. 하지만 그는 두려웠을 겁니다. 경찰이 챈슬러 호텔을 엄중하게 감시하고 있었으니까요. 범인은 공포와 불안 속에서 소심하게 꾸물거리다가 기회를 놓치고 말았습니다. 생각다 못한 범인은 전보 회사를 이용하기로 계획을 세웠습니다. 5달러 지폐를 동봉한 가명의 편지를 보내 여행 가방을 찾아오도록 부탁한 겁니다. 그러나 곧바로 우리에게 꼬리를 잡히고 말았어요. 녀석은 숨어서 지켜보다가 자기 계획이 실패했다는 사실을 깨닫고 그랜드 센트럴 역에는 나타나지도 않았던 겁니다. 가방은 결국 우리 손에 들어오게 되었지요.

그럼 여기서 범인의 그러한 망설임이 범인 자신에게 어떤 치명적인 결과를 낳았는지 살펴보기로 하죠. 가방을 조사한 결과 '상하이'라고 인쇄된 라벨이 붙은 피해자의 옷들을 발견할 수 있었습니다. 모두 새것이라는 점으로 미루어 보아 최근에 중국에서 산 게 틀림없는 듯했습니다. 이것을, 경찰이 이 잡듯이 훑었지만 미국 내 어디에서도 피해자의 족적을 찾아내지 못했다는 사실과 결부해 생각해보았습니다. 만약 살해당한 성직자가 미국 거주자이고 중국 여행에서 돌아온 것이라면, 살해당했다는 소식을 듣고 친구든 친척이든 아무튼 누군가가 나타나서 신원을 확인해주었을 겁니다. 하지만 아무도 나타나지 않았어요. 그렇다면 그 성직자는 동양에서 아예 정착해 살고 있었다고 볼 수밖에 없습니다. 만약 그 사람이 중국에서 온 가톨릭 사제라면 우리는 어떤 사실을 유추해낼 수 있을까요? 불교나 도교 국가에 존재하는 기독교 관계 성직자는 한 가지 계층뿐이죠."

"선교사 말씀이로군요."

템플 양이 느릿느릿 말했다. 엘러리는 미소를 지었다.

"그렇습니다, 템플 양. 상냥한 말투에 자비로운 모습으로, 일과기도서와 신앙지도서를 가방에 넣고 다니다 살해된 그 키 작은 남자는 중국에서 온 가톨릭 선교사였습니다!"

그때 문을 두드리는 소리가 마치 우레처럼 요란하게 울렸다. 문에 비쩍 마른 어깨를 기대고 서 있던 퀸 경감은 잽싸게 돌아서서 문을 열었다. 평소와 마찬가지로 떫은 얼굴을 한 벨리 경사가 서 있었다.

엘러리는 "잠깐 실례하겠습니다." 하고 나지막하게 말하면서 문 쪽으로 급히 다가갔다. 일동은 세 사람이 뭔가 불안하고 걱정스러운 얼굴로 대화를 나누는 모습을 지켜보았다. 벨리 경사의 말투엔 뭔가 불길한 느낌이 서려 있었고 경감은 의기양양한 모습이었으며 엘러리는 벨리의 한 마디 한 마디에 힘차게 고개를 끄덕였다. 이어서 벨리는 커다란 손에 쥐고 있던 무언가를 엘러리에게 건네주었다. 엘러리는 돌아서서 한번 살펴보다가 다시 원래대로 돌아서면서 주머니에 집어넣었다. 그의 얼굴에 미소가 번졌다. 벨리 경사는 퀸 경감과 나란히 문에 기댄 채 서서 꼼짝도 하지 않았다.

"잠시 딴전을 피워 미안합니다."

엘러리는 조용히 입을 열었다.

"실은 벨리 경사님이 아주 획기적인 발견을 하셨거든요. 어디까지 얘기했었죠? 그래요. 그렇게 해서 나는 도널드 커크를 찾아온 사람이 어떤 직업의 사람이었는지 대체로 짐작할 수 있게 됐습니다. 이어서 범인의 직접적인 살인 동기를 알아낼 열쇠도 찾아냈지요. 성직자를 생전에 알고 지냈던 사람은 이 방 안에 한 사람도 없습니다. 이건 분명한 사실입니다. 그런데도 그는 도널드 커크의 이름을 대면서 면회를 요청했습니다. 이곳, 커크 사무실을 자주 드나드는 사람은 세 부류밖에 없습니다. 바로 우표 관계, 보석 관계 그리고 출판 관계 사람들입니다. 출판 쪽은 주로 작가들이죠. 하지만 그 신부는 커크가 신뢰하는 조수인 오즈번 씨에게 용건은커녕 자기가 뭘 원하는지조차 밝히지 않았어요. 아무리 생각해도 출판 계약 때문에 찾아온 것 같지는 않았단 말입니다. 그렇다면 커크의 두 가지 취미, 즉 우표나 보석 문제를 놓고 커크와 교섭하려고 찾아온 게 아닐까 하는 생각이 들더군요.

만약 그것이 사실이라면 이 선교사는 우표나 보석을 팔려고, 아니면 사려고, 혹은 양쪽 모두를 하려고 찾아온 것이라는 추리가 가능해집니다. 볼품없는 차림새와 직업 그리고 그렇게 먼 길을 달려왔다는 사실로 미루어 볼 때 물건을 사러 온 사람은 아니라는 확신이 서더군요. 사러 온 게 아니라면 팔러 온 게 분명하죠. 그건 어딘가 비밀스러웠다는 그 사람의 태도와도 일치하고요. 선교사의 태도를 볼 때 그가 도널드 커크에게 팔려고 한 우표 또는 보석은 아주 값비싼 것임에 틀림없습니다. 따라서 그가 살해당한 이유는 저 멀리 중국에서 가지고 온 우표 혹은 보석 때문이었음이 분명합니다. 또 커크는 중국 우표 전문가이기 때문에, 그 선교사가 가지고 있던 것은 보석이 아니라 중국 우표였을 가능성이 높습니다. 확실히 단언할 수는 없지만 그렇게 생각합니다. 그러므로, 내 나름대로 사건을 해결한 나는 전도사가 가지고 있었던 중국 우표를 찾아내려고 벨리 경사에게 범인의 가택 수색을 부탁했던 겁니다. 물론 보석 종류도 있는지 없는지 찾아보라고 했었죠."

엘러리는 담배에 불을 붙여 문 다음 말했다.

"내 예상이 적중했습니다. 방금 벨리 경사님이 여기 온 것은 수색이 성공했다는 소식을 알리기 위해서였습니다. 벨리 경사님이 중국 우표를 찾아내신 겁니다."

누군가가 몹시 놀라는 것 같았다. 하지만 엘러리가 일동의 얼굴을 둘러보았을 때는 모두 조심스러운 얼굴로 이쪽을 응시하고 있었을 뿐이었다.

엘러리는 미소를 지으면서 주머니에서 길쭉한 마닐라 봉투를 꺼냈다. 안에는 기묘하게 생긴 이국풍의 작은 봉투가 들어 있었다. 겉봉에는 (추정컨대) 중국어로 보이는 주소가 적혀 있었으며, 소인도 찍혀 있었다.

"무슈 커크 그리고 무슈 맥고언."

두 남자가 불안한 표정으로 일어섰다.

"우표 수집가 두 분의 힘을 빌리기로 하죠. 이걸 어떻게 생각합니까?"

두 사람은 내키지는 않으나 호기심에 이끌린 태도로 앞으로 나왔다. 커크가 천천히 봉투를 받아 들자 맥고언이 어깨 너머로 들여다보았다. 그리고 두 사람은 동시에 비명을 지르더니 잔뜩 흥분해서는 낮은 목소리로 뭔가 얘기를 주고받았다.

"음, 이것 보시죠. 두 분의 의견을 듣고 싶은데요. 그 우표의 정체는 도대체 뭡니까?"

엘러리가 나직하게 물었다.

봉투에는 작은 직사각형의 얇은 우표가 붙어 있었다. 네모진 프레임 안에는 중국 고유의 똬리 튼 용 그림이 밝은 오렌지색 단색으로 인쇄되어 있었다. 액면가는 5칸다린초기 중국 우표의 매매 단위-옮긴이이었다. 우표 자체의 인쇄도 조잡했지만, 봉투도 오래된 것인 듯 누렇게 빛이 바랜 상태였다. 봉투 안쪽에는 중국어로 된 편지 글이 적혀 있었다. 그것은 유럽을 비롯한 세계 각국에서 옛날부터 내려오는 풍습으로, 사연을 적은 종이를 접어 그대로 봉투로 사용한 것이었다.

도널드 커크가 나지막하게 말했다.

"이건…… 지금까지 내가 본 것 가운데 가장 훌륭한, 최고의 진품이야. 중국 우표 전문가로서는 엄청난 대발견일세. 중국에서 가장 오래된 관제 우표야. 표준 카탈로그에 최초의 우표로 기록되어 있는 것보다 적어도 몇 년은 앞서 발행된 거로군. 극히 소량을 시험적으로 발행한 것이기 때문에 일반 우편용으로는 며칠밖에 사용되지 않은 진품이야. 봉투에 붙어 있는 것이든 봉투에서 떼어낸 것이든, 지금까지 한 장도 발견하지 못했던 우표로군. 이렇게 아름다울 수가!"

"이건 중국 우표 전문 카탈로그에도 없는 건데."

맥고언은 탐욕스러운 눈으로 봉투를 응시하면서 숨 막힌 목소리로 말했다.

"아주 오래된 문헌 한두 개에 약간 언급되어 있을 뿐인 물건이에요. 색조가 무척 아름답다고 쓰여 있었죠. 마치 영국 최초의 전국적인 공인 우표를 애호가들이 '페니 블랙'이라고 부르는 것과 마찬가지요. 세상에, 정말 훌륭한 진품이야."

"그렇다면 한 재산 잡았다고 할 만한 값어치가 있습니까?"

엘러리가 느릿느릿 물었다.

"가치가 얼마나 되느냐고?"

도널드가 고함을 질렀다.

"이건 제대로 눈이 박힌 우표 수집가들 사이에서는 영국령 기아나 우표보다도 더 값이 나갈 거야. 이게 진짜라면 그렇다는 얘기지만 말이지. 전문가에게 감정을 받아볼 필요가 있어."

"진짜 같은데. 봉투에 붙어 있는 것도 그렇고, 소인도 잘 찍혀 있고……. 게다가 편지 본문까지 봉투 안쪽에 쓰여 있고……."

맥고언이 눈을 가늘게 뜨면서 말했다.

"값을 치자면 얼마나 됩니까?"

"부르는 게 값입니다. 얼마를 불러도 상관없어요. 이런 진품이라면 수집가들 마음먹기에 따라 얼마든지 올라가기 마련이거든요. 정해진 값이 없어요. 영국령 기아나 우표만 해도 5만 달러에 거래되고 있지 않습니까?"

"내가 경제적으로 여유가 있다면 아마 5만 달러쯤은 쉽게 지불했을 거야. 우표로서는 지금까지는 그게 최고 가격이니까 말이야. 어쨌든 이 세상에서 둘도 없는 진품일세."

도널드는 얼굴빛을 흐리면서 말했다.

"아하. 두 분 말씀, 고맙습니다."

엘러리는 봉투를 다시 마닐라 봉투에 담아 주머니에 집어넣었다. 커크와 맥고언은 천천히 자기 자리로 돌아갔다. 한동안 어느 누구도 입을 열지 않았다.

이윽고 엘러리가 말을 시작했다.

"그렇다면 이 중국 우표는 말하자면 '데우스 엑스 마키나'인 셈이로군요. 그 때문에 우리 선교사 양반은 저 멀리 중국에서 이리로 달려왔고……. 내 생각에, 아마도 그는 어딘가 아무도 모르는 곳에서 이 우표를 발견하고 일확천금의 꿈에 부풀었던 것 같습니다. 이 우표 한 장만 있으면 여생을 편안히 보낼 수 있을 테니까요. 그렇게 생각한 순간 그때까지 자신을 지탱해준 정신적 기둥이 와르르 무너져버렸던 게 아닐까 싶습니다. 그래서 선교사직을 사임했는지도 모르죠. 상하이에서 조사해본 결과, 이런 진품이라면 중국 우표를 전문적으로 수집하는 큰손들이 벌 떼처럼 몰려들 것이라는 사실을 알았겠죠. 내 생각엔 상하이 또는 베이징에서……, 아마 상하이가 더 정확할 겁니다. 아무튼 어디선가 수소문한 끝에 도널드 커크의 이름을 들었겠지요. ……하지만 결과적으로 그것이 그 사람의 목숨을 앗아가고 말았습니다. 왜냐하면 이 살인은 도널드 커크라는 이름과도 연관이 있으니까요."

엘러리는 거기서 일단 입을 다물었다가, 생각에 잠긴 얼굴로 발밑에 놓인 관처럼 생긴 상자를 내려다보았다.

"시체의 신원을 밝혀낸 다음(이름까지는 못 알아냈지만, 그건 중요한 일이 아닙니다.) 동기에 대해서도 만족할 만한 결론을 얻었습니다. (이것 역시 논리적인 견지에서 보면 별로 중요한 문제는 아니었고요.) 이어서 나는 가장 중요한 문제, 즉 범인이 누군가를 추리하기 시작했습니다.

사실 이 가장 중요한 문제는 내 머릿속에서 비교적 낮은 비중을 차지하고 있었습니다. 해답은 내 눈앞에 있으며 나는 그것을 찾아내기만 하면 된다고 생각했기 때문입니다. 하지만 이번 사건에는 나를 포함해서 어느 누구도 설명하기 힘든 현상이 몇 가지 있었습니다. 다행스럽게도 나는 경감님이 무심코 했던 질문에서 힌트를 얻어 그 불가해한 점을 해석할 수 있게 됐습니다. 그리고 실험을 통해 모든 과정을 완전히 밝혀냈습니다."

엘러리는 아무런 예고도 없이 느닷없이 허리를 굽혀 상자 뚜껑을 열어젖히고, 말없이 다가온 벨리 경사와 함께 인형을 들어 올려 상자 안에서 일으켜 앉혔다.

마르셀라 커크가 희미한 비명을 지르면서 맥고언에게 매달리듯 기대었다. 다이버시 양이 큰 소리를 내며 마른침을 꿀꺽 삼켰고, 템플 양은 눈을 내리깔았다. 세인 부인은 입속으로 무어라 중얼중얼 기도를 올렸으며 르웨스 양은 토할 것 같다는 표정을 지었다. 남자들조차 모두 안색이 창백해졌을 정도였다.

"놀랄 것 없습니다."

엘러리는 몸을 일으키면서 나직하게 말했다.

"이건 나의 유쾌한 취미 비슷한 것이니까요. 또 인형 제작자의 멋진 예술 작품 가운데 하나이기도 하죠. 자, 모두 주의 깊게 보아주십시오."

엘러리는 사무실로 통하는 문을 밀고 들어갔다가 곧이어 사무실 쪽 문 앞에 깔려 있던, 종이처럼 얇은 인디언 매트를 들고 다시 이쪽으로 나왔다. 엘러리는 그 매트를 문지방에 깔아서 삼분의 이는 사무실 쪽에, 나머지 삼분의 일은 대기실 쪽에 걸치도록 했다. 그리고 나서 몸을 일으켜 오른쪽 주머니에서 가늘고 튼튼해 보이는 끈 뭉치를 꺼내더니 여러 사람들이 볼 수 있도록 번쩍 들어 보였다. 사람들을 향해 미소 지으며 고개를 끄덕인 엘러리는 끈을 풀어 대략 삼분의 일쯤 되는 곳을 가늠해서 잡은 뒤, 사무실과 대기실 사이의 문으로 가서 이쪽 빗장의 금속 손잡이에 끈의 삼분의 일이 되는 곳을 감았다. 끈이 빗장 손잡이에 걸린 채 흔들렸다. 한쪽은 길고 한쪽은 짧았다. 엘러리가 무언극이라도 하듯 아무런 말도 없이 가리킨 노끈에는 매듭이 하나도 없었다. 짧은 쪽 끈을 잡아 문 밑 틈으로 사무실 쪽 깔개 위로 밀어 보낸 엘러리는 빗장 손잡이에 손이 닿지 않도록 해서 문을 닫았다. 문은 닫혔지만 빗장은 걸리지 않았다.

사람들은 인형극에 푹 빠진 어린애처럼 눈을 동그랗게 뜨고 열심히, 그러나 아리송한 표정으로 엘러리의 동작을 지켜보았다. 누구 한 사람 입을 열지 않았다. 다만 들리는 것은 이리저리 움직이는 엘러리의 발소리와 누군가의 무겁고 밭은 숨소리뿐이었다.

엘러리는 의미심장한 침묵 속에서 실험 준비를 착착 갖추어 나갔다. 그는 뒷걸음으로 물러서서 문 양쪽에 있는 책장 두 개를 눈가늠으로 재어보았다. 한참 동안 가늠해보던 엘러리는 성큼성큼 다가가서 문 오른쪽에 있는 책장을 앞으로 당겨, 오른쪽 벽을 따라 약 1미터쯤 앞으로 끌어냈다. 사람들이 지켜보는 가운데 엘러리는 돌아서서 이번에는 문 왼쪽의 책장을 움직이기 시작했다. 책장이 방 한가운데를 향해 불쑥 튀어나올 때까지 밀었다가 당겼다가 안간힘을 썼다. 책장 좌측 뒷부분이 문 경첩에 닿을 때까지 잡아당기고, 우측이 방 안쪽으로 향하게 해서 문과 예각을 이루도록 했다. 그러고는 뒷걸음질로 물러서서 만족스럽다는 듯 고개를 끄덕였다.

엘러리는 침묵을 깨고 쾌활한 말투로 입을 열었다.

"보시는 바와 같이 책장 두 개는 지금, 살인이 있었던 날 우리가 봤던 바로 그 모습대로 놓여 있습니다."

그 말이 신호였는지 벨리 경사가 허리를 굽혀 상자 속의 인형을 들어 올렸다. 엄청나게 무거운 것이었으나 벨리 경사는 아기라도 안아 올리듯 가볍게 번쩍 들었다. 그 방에 있는 사람들은 그 인형이 죽은 사람과 똑같은 옷차림을 하고 있으며, 그것들 전부가 거꾸로 뒤집혀 있다는 것을 깨달았다. 엘러리가 나지막하게 무어라 지시를 내리자 벨리 경사는 인형이 제 발로 똑바로 서도록 세워놓았다. 그리고 그 그로테스크한 인형이 똑바로 설 수 있도록 한쪽 손을 크게 벌려 균형을 잡았다.

"자, 손 떼주세요, 경사님."

엘러리가 천천히 말했다.

모두가 집중해서 쳐다보았다. 벨리가 손을 뗀 바로 그 순간 인형은 흐물흐물 수직으로 무너져, 바닥에 아무렇게나 널브러지고 말았다.

"그 시체와 마찬가지로 근육이 전혀 말을 듣지 않는군요."

엘러리가 유쾌하게 말했다.

"수고하셨습니다, 경사님. 아직 사후 경직이 시작되지 않은 것 같네요. 방금 보신 실험으로 그게 증명되었습니다. 그럼 다음 단계로 넘어가도록 하죠."

벨리 경사가 인형을 일으키자 엘러리는 상자 쪽으로 가서 시체와 함께 발견되었던 임피족 창 두 자루를 가지고 왔다. 엘러리가 창을 인형 바짓가랑이에 집어넣고 쑤셔서 밀자 창끝이 머리 뒤쪽으로 튀어나왔다. 틀에 종이를 발라 만든 인형 두개골 위로 날카로운 창날 두 개가 섬뜩하게 번쩍였다. 그러자 벨리가 인형을 번쩍 들어 얼굴이 오른쪽으로 향하도록 해서 문과 왼쪽 책장 사이의 예각 부분 안쪽으로 옮겼다. 창날 두 개가 머리 뒤로 뿔처럼 튀어나온 인형이 똑바로 서 있는 모습은 제법 위엄 있어 보였다. 두 발은 가까스로 인디언 매트 가장자리를 딛고 섰다.

벨리 경사는 어색한 미소를 지으면서 물러났다.

거기서 엘러리는 이상한 행동을 했다. 빗장 손잡이에 걸려 있는 긴 쪽의 끈을 잡아 적당한 길이로 문 가까운 쪽의 창 자루, 즉 창날 바로 밑 부분에 조심조심 감기 시작했던 것이다. 두 겹으로 감자 창과 빗장을 잇는 끈이 아주 팽팽해졌다. 공중에 걸려 있는 끈은 수평에서 약간 처진 듯한 곡선을 이루었다.

"자, 관찰해보십시오. 창에 감은 끈에는 매듭이 하나도 없습니다."

그렇게 말한 엘러리는 몸을 구부려 창 자루에 늘어져 있는 끈을 잡아 매트와 문 아래쪽 사이의 틈으로 밀어 넣었다. 그러고는 조금 전 짧은 쪽 끈을 밀어 넣었던 것과 똑같이 사무실 쪽으로 들여보냈다.

"아무도 움직이지 마세요."

엘러리는 단호하게 말하면서 일어섰다.

"그 자리에서 저 인형과 문을 똑똑히 지켜보시기 바랍니다."

엘러리가 팔을 뻗어 빗장 손잡이를 감아 슬쩍 문을 자기 앞으로 당겨 열었다. 그러자 끈이 점점 축 처져 내렸다. 문이 충분히 열리자, 엘러리는 조심스레 몸을 굽히고는 끈 밑으로 해서 좁게 열린 문틈 사이로 빠져나가 모습을 감추었다. 이윽고 문이 달칵 소리를 내며 천천히 닫혔으나, 빗장은 걸리지 않았다.

사람들은 모두 숨을 죽인 채 지켜보았다.

족히 삼십 초 동안은 아무 일도 일어나지 않았다.

이윽고 문 밑의 매트가 움직이기 시작했다. 움찔움찔 움직이던 매트는 문 밑을 통해 사무실 쪽으로 끌려 들어갔다.

사람들은 완전히 허를 찔린 것 같았다. 모두가 입을 딱 벌렸다. 마치 무슨 기적을 보고 있는 것처럼 눈이 휘둥그레졌다. 모든 것은 극히 순간적이었다. 전체 과정의 의미를 깨달을 틈도 없이 한순간 시작되어 순간적으로 끝나고 말았다.

매트가 움직임과 동시에 여러 가지 일들이 벌어졌던 것이다. 우선 인형이 움찔움찔 떨면서 등에 창을 꽂은 위엄 있는 자세 그대로 튀어나온 책장 상단을 따라 문 쪽으로 미끄러져 내리기 시작했다. 하지만 다음 순간, 또 다른 무엇인가가 인형의 움직임에 제동을 걸었다. 창과 문빗장을 잇는 끈이 팽팽해지면서 미끄러져 내리는 인형을 잡아당긴 것이었다. 인형은 극히 짧은 순간 동안 흔들리다가, 이윽고 문과 평행한 방향으로 얼굴을 아래로 해서 막대기처럼 쓰러지기 시작했다. 창과 빗장을 이어 맨 끈이 다시 차츰 팽팽해짐에 따라 인형 머리도 바닥에서 30센티미터쯤 당겨 올라왔다. 끈이 완전히 팽팽해지는 순간 기적이 일어났다. 인형이 앞쪽으로 쓰러지자 끈이 팽팽해짐과 동시에 인형 무게까지 겹쳐 빗장이 왼쪽에서 오른쪽으로 미끄러지듯 움직이는가 싶더니 순간 문이 덜컥 잠겨버린 것이다!

문은 완전히 잠기고 말았다.

모두가 자기 눈을 의심하면서 입을 딱 벌리고 있을 때 역시 기적이라고밖에 볼 수 없는 다른 일이 일어났다. 마치 문 저쪽에서 잡아당기는 듯, 짧은 쪽 끈이 움직였다. 빗장 손잡이에 감겨 있는 부분이 한동안 주춤거리는가 싶더니 이윽고 툭 끊어졌다. 매듭이 없는 탓에 잘려진 부분은 여전히 창 자루에 감긴 채 인형과 문 사이 바닥으로 축 처져 있었다. 다른 한쪽은 반대쪽에서 잡아당기자 문 밑으로 빨려 들어가고 말았다.

사람들이 지켜보는 가운데 끈의 다른 한쪽도 감긴 채 팽팽해지는가 싶더니 창 자루를 타고 미끄러져 내리기 시작하면서, 빗장 손잡이 부분에서 끊겨 축 처져 있던 한쪽 끝이 점점 짧아져갔다. 이윽고 끝 부분이 창 자루에 이르러 아래로 미끄러져 내리는가 싶더니 문 밑 틈 사이로 빨려 들어가고 말았다.

곧이어 그렇게 해서 인형은 사건 당시의 시체와 꼭 같은 모습으로 쓰러졌고, 빗장도 잠기고 말았다. 책장과 창과 시체 위치를 제외하면 어떻게 해서 문 저쪽에서 빗장을 걸 수 있었는지를 암시하는 단서는 하나도 없었다.

엘러리가 복도 쪽 문을 통해 방 안으로 뛰어 들어왔다. 방 안의 사람들은 그때까지도 인형과 문을 바라보고 있었다.

형사들은 벽에 붙어 서 있었다. 경감은 뒷짐을 진 채였다.

누군가가 자리에서 일어서서는 창밖으로 보이는 흐린 아침 하늘처럼 창백한 표정과 갈라진 목소리로 속삭이듯 말했다.

"하지만 도대체…… 어떻게, 어떻게 이런 걸 알아냈죠?"

엘러리가 무거운 침묵을 깨고 입을 열었다.

"저 창 두 자루가 모든 걸 얘기해준 셈입니다. 저 창과 사무실 쪽 문 입구 양쪽에 있는 책장 위치가 힌트였어요. 사실을 있는 그대로 하나하나 모아 맞추어서 진상을 밝혀낸 겁니다. 선교사는 우리가 시체를 발견한 장소에서 살해된 것이 아니라 이 방 안, 다른 곳에서 피살된 겁니다. 나는 상당히 이른 단계에서 바닥의 핏자국을 보고 그 사실을 깨달았죠. 거기서 새로운 의문이 생기더군요. 범인은 왜 굳이 시체를 문 옆으로 옮겨놓았는가 하는 의문 말입니다. 아마 시체를 이용해서 뭔가를 할 필요가 있었던 탓이겠죠. 그렇다면 다음 의문은 오른쪽 책장을 무엇 때문에 오른쪽 벽을 따라 방 안쪽으로 끌어당겨 놓았느냐 하는 점이었어요. 대답은 단 한 가지밖에 없었습니다. 바로 문 오른쪽 벽 앞에 공간을 만들기 위해서였던 겁니다. 세 번째 의문은 이렇습니다. 왼쪽 책장을 문 경첩 바로 옆까지 밀어 넣어 책장 오른쪽이 툭 튀어나오게 해서 문과 예각이 되도록 한 까닭이 무엇인가 하는 것이었어요. 거기에 대한 해답을 찾기까지가 몹시 힘들었죠. 하지만 저 창 두 자루와 연관해 생각하자 금방 해결이 되더군요…….

창은 피해자의 옷 속으로 발끝에서 머리까지 꽂아 꿰듯이 꽂혀 있었어요. 창은 단단한 나무 기둥으로 이루어져 있죠. 따라서 마치 나무 장대에 짐승 사체를 꿰어 세우듯 문제의 시체도 매달 수 있었습니다. 다시 말하면 창을 꽂아 인공적인 사후 경직 상태를 만든 것입니다. 죽은 사람을 똑바로 세워서 넘어뜨리면 아무렇게나 뭉개져서 형체를 알아 볼 수 없게 됩니다. 그렇지만 범인은 피해자의 흐늘흐늘한 몸을 창으로 꿰어 뻣뻣하게 만들었기 때문에 시체가 막대기처럼 넘어졌겠죠. 여기서 주목할 점은 오른쪽 책장이 문 앞에 공간을 확보하기 위해 앞으로 옮겨져 있다는 사실입니다. 그래서 희생자는 문 앞으로 쓰러지면서 적어도 신체 밑 부분만은 문 앞 공간에 위치하게 된 겁니다. 그것은 시체가 쓰러진 방향이 문과 '평행'을 이루도록 하기 위한 조치였지요. 그렇지 않았다면 문 옆에 공간을 만들 필요도 없었을 거고요. 그럼 왼쪽 책장을 옮겨놓은 이유는 무엇인가. 또, 누가 보아도 어떤 목적이 있었던 게 분명한 그 예각은 무엇을 의미하는 것일까. 나는 그 각도에 피해자를 세워 놓고 어떤 방식으로 시체를 움직이면 반대편 공간으로 쓰러진다는 사실을 발견했습니다!

하지만 범인은 무엇 때문에 시체가 정확하게 그런 식으로 쓰러지기를 원했을까요? 아무렇게나 쓰러지도록 내버려두지 못한 까닭은 무엇일까요?"

엘러리는 길게 한숨을 쉰 다음 얘기를 계속했다.

"그 의문에 대해 내가 찾아낸 유일한 논리적 해답은……, 뭔가 좀 이상하게 들리긴 하겠지만, 문 옆으로 옮겨 온 시체가 쓰러질 때 정확하게 저 문을 겨냥하여 어떠한 영향을 끼치도록 하기 위해서였다는 것이었습니다……. 나머지는 집중과 실험으로 해결할 수 있는 문제였습니다. 범인 입장에서 가장 중요했던 것은 어떻게 빗장을 거느냐 하는 점이었지요. 범인 자신이 이쪽에서 빗장을 건 다음 다른 문, 그러니까 복도 쪽 문으로 도망칠 수도 있었는데 도대체 무엇 때문에 시체를 이용해서 빗장을 걸어야 했을까요?"

꺼칠하게 갈라진 목소리가 들렸다.

"나는…… 거기까진…… 미처 생각을……."

엘러리는 신중하게 말했다.

"거기에 대해 가능한 유일한 해답은 범인이 복도 쪽 문으로 나갈 수가 없었든지, 아니면 나가고 싶지 않았든지 둘 중의 하나였다는 겁니다. 범인은 사무실 쪽 문으로만 나가고 싶었던 거죠. 그리고 범인이 복도 쪽으로 도망쳤고, 사무실 쪽 문엔 빗장이 걸려 있었다는 것을 모두가 믿어주길 바랐던 겁니다. 그렇게 함으로써 그 시간에 사무실에 있었던 사람이 누구였든지 간에, 사무실 밖 복도로 모습을 드러내지 않는 한 절대로 범인을 알 수 없다는 사실을 모든 사람들에게 믿게 만들려 했던 것입니다!"

제임스 오즈번이 두 손으로 얼굴을 감쌌다.

"그래요. 내가 범인입니다. 내가 그 사내를 죽였습니다."

엘러리는 연민이 담긴 시선으로 몸을 웅크린 사내를 한동안 바라보다가 입을 열었다. 다른 사람들은 공포에 질려 꼼짝도 못 하고 오즈번을 응시했다.

"따라서 지금까지 보신 바와 같이, 문제 그 자체를 하나하나 논리적으로 분석해 해결할 수 있었습니다. 창을 사용한 것, 책장을 옮겨놓은 것, 선교사의 시체를 옮긴 것들은 범인이 범행 뒤 사무실 쪽 문으로 이 방에서 나갔음을 증명하고 있어요. 그래서 범인은 범행 직후에도 사무실에 앉아 있을 수 있었던 겁니다. 그리고 오즈번은 스스로도 인정했지만 살인이 발생했던 시점을 포함해서 줄곧 사무실에 있었던 유일한 사람입니다. 다른 방문자들, 즉 맥고언 씨나 슈얼 양, 템플 양, 또 다이버시 양 등은 제외해도 좋습니다. 그중의 누군가가 살인범이었다면, 남자였든 여자였든 상관없이 복도 쪽 문으로 나갔을 게 분명하며, 따라서 오즈번이 사용했던 것처럼 복잡한 방법이 아니더라도 이쪽에서 사무실 쪽 문빗장을 걸 수 있었겠죠. 바꾸어 말하면 복도 쪽 문으로 나갈 수 있었던 사람은 누구든 사무실 쪽 문빗장을 손쉽게 걸 수 있었다는 뜻입니다. 따라서 복도 쪽 문을 이용할 수 있었던 사람들은 우리가 이미 짐작했던 대로 모두 결백함이 밝혀진 셈입니다.

만약 오즈번이 복도 쪽 문을 이용했다고 한다면, 셰인 부인의 눈에 띄지 않게 사무실로 되돌아가기란 불가능한 일입니다. 따라서 오즈번, 당신이 가장 가능성이 높은 유일한 용의자인 동시에 빗장을 조작할 끈과 창을 필요로 했으며, 범인이 복도 쪽 문으로 도망간 것처럼 꾸밈으로써 덕을 볼 수 있는 유일한 인물로 떠오른 것입니다. 그런데 당신은 도대체 왜 사무실 문을 잠그지 않은 채 내버려두고 그냥 나가지 않았습니까?"

오즈번은 목멘 목소리로 대답했다.

"그건…… 내가 가장 먼저 의심받을 것 같아서 그랬습니다. 안쪽에서 빗장을 걸어두면 퀸 씨, 당신을 포함한 경찰들이 저를 용의자로 보지 않을 것 같은 생각이 들더군요. 지금 이 순간에도 도저히 이해할 수 없는 건……."

"그럴 줄 알았습니다."

엘러리가 중얼거리듯 말했다.

"당신은 너무 복잡하게 머리를 굴린 겁니다, 오즈번. 내가 어떻게 진상을 알아냈느냐 하면, 올바른 조합이 나올 때까지 몇 번이고 시행착오를 거듭했기 때문입니다. 그저 단순히 당신 입장이 돼서 나라면 그럴 때 어떻게 했을까 하고 생각해봤던 거죠. 그건 그렇고, 이제 여러분도 오즈번이 피해자에게 넥타이를 매주지 못한 이유를 아셨으리라 믿습니다. 자기 넥타이를 사용할 수 없었던 건 두말할 필요도 없겠죠. 그렇다고 다른 데서 넥타이를 가져올 수도 없는 형편이었어요. 자기가 사무실 밖으로 나가는 모습을 셰인 부인에게 보여선 안 되니까 말이죠. 대기실 복도 쪽 문을 슬쩍 빠져나가서…… 그래요, 넥타이를 사러 아래로 내려간다는 건 생각도 할 수 없었겠죠. 시간도 많이 걸릴 뿐만 아니라 누군가의 눈에 뜨일 위험도 높으니까요. 또 커크 씨네 아파트로 숨어들어 넥타이를 구하는 것도 마찬가지 이유로 불가능했을 겁니다. 또 오즈번은 이 챈슬러 호텔에서 사는 사람이 아닙니다. 한번은 커크가 내 앞에서 "퇴근해도 좋아"라고 말하는 걸 들은 적이 있죠. 그러니 어딘가에서 자기의 여벌 넥타이를 가져올 수도 없었고요. ……오즈번 씨,

내 상상이긴 하지만 당신은 시체에서 조끼를 벗겨 사무실 어딘가에 숨겨뒀죠? 피해자가 가지고 있던 다른 여러 가지 물건과 함께 사람 눈에 띄지 않게 태워버릴 작정으로 말입니다."

"네."

대답하는 오즈번의 얼굴은 이상할 정도로 얌전하고 침착했다. 핼쑥하게 질린 얼굴로 금방이라도 쓰러질 것처럼 비틀거리는 다이버시 양을 바라보면서 엘러리는 다시 입을 열었다.

"이제 아셨죠? 성직자였던 피해자가 넥타이를 매지 않고 거꾸로 된 칼라를 달고 있었다면 목까지 올라오는 성직자 특유의 조끼를 분명히 입고 있었을 겁니다. 그 조끼를 그냥 뒀다가는 모든 것이 들통이 날 테니까 범인이 벗겨 갔을 거라고 생각했죠. 하지만 그것을 증거품으로 삼기에는 타이밍이 늦어버렸어요. 관계자 전원을 몸수색할 기회를 놓쳤으니까요. ……오즈번, 당신은 도대체 왜 아무 죄도 없는 그 몸집 작은 사람을 죽였습니까? 당신은 살인을 저지를 만한 사람이 아니잖아요. 그리고 이번 살인은 누가 뭐래도 수지 타산이 맞지 않는 범행입니다. 오즈번, 문제의 우표는 사람 눈을 피해 은밀히 팔아야 할 것 아닙니까? 아무리 5만 달러가 큰돈이라 하더라도……."

"이봐, 오지……. 오즈번, 도대체…… 자네가 그랬을 줄 난 꿈에도……."

도널드 커크가 속삭이듯 말했다.

"여자 때문이었습니다."

오즈번은 아까처럼 기이하게 고분고분한 어조로 입을 열었다.

"난 어쩔 수 없는 못난 놈이었어요. 내게 조금이라도 관심을 가져준 여인은 그 사람이 처음이었습니다. 하지만 난 가난하기 짝이 없는 놈이고……, 그녀는 안락한 생활을 보장해주지 않는 사람과는 결혼할 수 없다고 했어요……. 그래서 기회가 왔을 때…….

오즈번은 혀끝으로 입술을 적신 다음 말했다.

"그건 일종의 유혹이기도 했어요. 그 사람은…… 몇 달 전 중국에서 커크 씨 앞으로 편지를 보냈습니다. 내가 뜯어서 읽어보았죠. 커크 씨 앞으로 온 우편물은 전부 내가 뜯어보게 되어 있거든요. 그 사람은 문제의 우표에 관한 것과 전도 일을 그만둘 생각이란 것, 뉴욕으로 돌아와서(원래 미국 출신이라고 하더군요.) 우표를 팔아 은퇴 생활을 즐기겠다는 희망 등을 편지에 자세히 썼더군요. 나는…… 나는 이걸 절호의 기회라고 생각했어요. 나는 알고 있었습니다. 그 사람의 편지가 사실이라면 그 우표는……."

오즈번은 몸을 부르르 떨었다. 누구 한 사람 입을 여는 사람이 없었다.

"나는 그때부터 계획을 세웠던 겁니다. 커크 씨 명의로 그 사람과 편지를 주고받았죠. 커크 씨에겐 한마디도 말하지 않고 말입니다. 물론 나를 사랑해주는 여인에게도 숨겼고요……. 상당히 오랜 기간 편지를 주고받으면서, 미국에는 그 사람의 친척이나 친구가 한 사람도 없다는 사실을 알게 되었습니다. 설령 행방불명이 된다 하더라도 관심을 가질 사람은 없다고 확신하게 되었습니다. 또 미국으로 온다는 사실을 알자 이곳을 방문할 날짜를 지정해주는 등…… 말하자면 일종의 조언을 해 줬던 겁니다. 그 사람이 내 눈앞에 나타났을 때까지…… 죽인 뒤 칼라가 바닥에 떨어졌을 때까지 그가 성직자였다는 것, 넥타이 대신 칼라를 거꾸로 달고 있었다는 사실을 모르고 있었습니다. 그냥 전도사…… 평범한 전도사라고만 생각했어요. 감리교나 아니면 침례교 같은······.”

"그래서요?"

오즈번이 입을 다물어버리자 엘러리가 부드럽게 재촉했다.

"나는 그를 이 대기실로 안내한 다음 일단 사무실로 돌아갔죠. 한참 있다가 다시 이 방으로 와서는 혹시 중국에서 온 분이 아니냐, 그 우표에 대한 건 나도 알고 있다, 커크 씨로부터 모두 들었다면서 말을 걸었습니다. 그러자 그 사람도 안심한 듯 긴장을 풀고 중국 선교단에 소속된 선교사들이 모두 그 우표에 대해 알고 있다는 것, 커크 씨에게 팔려고 미국까지 찾아왔다는 것 등 허심탄회하게 털어놓더군요. 그래서 그 사람을 죽인 뒤에라도 그가 누구인지를 어느 누구도 알아내지 못하게 만들 수밖에 없었어요.”

"왜죠?"

엘러리가 물었다.

"왜냐하면 만약 경찰이 그 사람 신원을 더듬어 올라갔다가 중국 선교단까지 조사하는 사태가 생기면 그 사람이 성직자라는 것, 최근에 미국에 왔다는 걸 경찰이 알게 될 것이기 때문이었습니다. 그럼 결국 그 사람이 우표를 팔기 위해 미국으로 온 게 밝혀지기 마련이고, 경찰은 그 즉시 커크 씨와 나를 조사할 건 뻔한 일 아닙니까? 그리고 커크 씨는 그 우표에 대해 아무것도 모르고 있기 때문에 나만 집중적으로 추궁당할 것 아닙니까? ······이쪽에서 보낸 편지도 찾아낼 것이고, 서명한 필적을 감정하면 그게 내 서명이라는 사실은 금방 들통이 나겠죠. ······나로서는 그렇게 되도록 내버려둘 수 없는 일이었습니다. 내겐 시치미를 뗄 만한 연기력도 배짱도 없어요. 경찰의 추궁을 받게 되면 결국엔 머리를 숙일 수밖에 없어요······. 그래서 나는 순간적으로 그 '거꾸로' 상황을 만들자는 생각을 했어요. 하지만 문과 끈, 시체를 이용한 트릭은 오래전부터 준비해왔던 것입니다. 모든 것을 끝낸 뒤, 그 사람을…… 그 시체를 거기 세워 실제로 움직여보았더니 뜻대로 잘 안 되더군요……. 끈이 생각대로 되지 않았어요. 몇 번씩이나 되풀이하자 겨우 제대로 되더군요. 하지만 넥타이만은 구할 수가 없었습니다……."

차츰 낮아지던 오즈번의 목소리가 마침내 끊어지고 말았다. 망연자실한 표정으로 미루어 봐서 자신이 처한 끔찍한 상황조차 제대로 이해하지 못하고 있는 것 같았다.

엘러리는 가슴이 저릿해지는 것을 느끼며 고개를 돌렸다.

"당신이 말한 그 여자란 다이버시 양입니까? 당신이 아무 말도 하지 않았다는 게 사실이라면, 다이버시 양은 물론 이번 사건과는 전혀 관계가 없겠죠?"

"오!"

다이버시 양이 외마디 비명을 지르며 실신하더니 뒤로 넘어졌다.

그 자리에 있던 어느 누구도 오즈번의 의도를 눈치채지 못한 가운데 그 일이 터지고 말았다. 오즈번의 태도는 아주 얌전했고 표정은 멍했으며 몹시 풀이 죽은 상태였다. 그것이 절망에 빠져 마지막으로 취한 현명한 위장이었다는 사실은, 일이 벌어진 후에야 알 수 있었다……. 엘러리는 등을 돌리고 있었고, 경감과 벨리 경사는 문 옆에 나란히 서 있었다. 형사들은…….

오즈번은 마치 사슴처럼 잽싸게 앞으로 달려가서, 엘러리가 돌아볼 틈도 없이 옆을 빠져나갔다. 퀸 경감과 벨리가 큰 소리를 지르면서 동시에 몸을 날렸으나 불과 한 뼘 차이로 놓치고 말았다. 오즈번은 열려 있는 창문 틀 위로 뛰어올랐다. 짧은 비명과 함께 그의 몸은 사라지고 말았다.

그로부터 삼십 분 뒤, 엘러리 퀸 씨는 인기척이 사라진 대기실에서 점잖게 입을 열었다.

"가기 전에 자네와 얘기할 게 있네, 커크. 자네랑 나 단둘이서만 말이야."

도널드 커크는 무릎 사이로 두 팔을 늘어뜨린 자세로 의자에 꼼짝도 않고 앉아 멍하니 창문만 바라보고 있었다. 몸집이 아담한 템플 양이 그 옆에 조용히 앉아서 두 사람의 대화가 끝나기를 기다렸다. 다른 사람들은 모두 물러가고 없었다.

도널드는 힘겹게 눈길을 들어 올렸다.

"퀸. 난 믿을 수가 없어. 오지가……. 그는 언제나 충실하고 정직한 사람이었어. 그러던 그가 결국에 가서는 여자 때문에 신세를 망치고 말다니……."

커크는 몸을 한 번 부르르 떨었다.

"다이버시 양을 비난하면 안 돼, 커크. 그녀는 책망당할 대상이 아니라 동정을 받아야 하는 사람일세. 오즈번은 상황에 희생당한 사람이야. 지금까지 자기 욕망을 지나치게 억눌러온 데다가 나이로 봐서 무척 위험한 시기에 놓여 있었어. 그러다 결국 상상력이 너무 활발했던 나머지 끝내 흥분하고 말았던 거지……. 게다가 다이버시 양은 상당히 매력적인 여성이고. 그래서 오즈번의 성격 가운데 한 가지 약점이 표면으로 드러났던 거야. ……템플 양, 이해해주실지 모르겠지만 당신 약혼자를 한동안 나한테 맡겨줄 수 없을까요?"

템플 양은 아무 말도 않고 조용히 일어섰다.

하지만 도널드는 그녀의 손을 잡아 자기 쪽으로 잡아당기며 말했다.

"아니, 안 돼, 퀸. 난 결심했어. 이 사람이야말로 남자에게 행운을 가져다줄 수 있는 유일한 여자야. 난 조에게 무엇 하나 숨기고 싶지 않아. 난 알고 있어……."

"훌륭한 결단력이야."

엘러리는 외투를 벗어놓았던 의자로 가서 주머니에 손을 집어넣었다가 자그마한 꾸러미를 꺼내 들고 자리로 돌아왔다.

"이걸 자네에게 주지."

엘러리는 미소를 지었다.

"약혼 축하 선물을 한 지 얼마 되지 않았지만, 이번엔 결혼 선물을 하게 되었군."

커크는 입술을 핥았다.

"편지인가?"

그는 침을 꿀꺽 삼키고 템플 양 쪽을 흘끗 쳐다본 뒤, 긴장한 얼굴로 말했다.

"마르셀라의 편지인가?"

"그래."

"퀸……."

커크는 편지 꾸러미를 받아 두 손으로 꼭 움켜쥐었다.

"이걸 되찾을 수 있으리라고는 꿈에도 생각지 못했어. 자네한테 정말 큰 빚을 졌군……."

"쯧쯧. 보아하니 작은 방화 의식이 필요할 것 같네."

엘러리는 껄껄 웃으며 말했다.

"내 생각엔, 자네 미래의 부인에겐 사실상 이미 모든 걸 밝힌 거나 다름없으니까 어서 이걸 불태워 다른 사람은 모르도록 하는 게 좋을 것 같아."

 엘러리는 가볍게 한숨을 내쉬었다.

 외투를 집어 들면서 엘러리는 다시 말했다.

 "그건 그렇고, 이걸로 끝났어. 오르막이 있으면 내리막도 있는 법. 자네 두 사람이 행복하길 바라네. 좀 의심스럽긴 하지만."

 "의심스럽다니 그게 무슨 뜻이죠, 퀸 씨?"

 템플 양이 나지막하게 물었다.

 "오."

 엘러리는 허둥지둥 말했다.

 "당신 두 사람을 가리킨 게 아니었습니다. 여성 혐오자로서 내가 줄곧 결혼에 대해 관찰해온 결과를 밝힌 것뿐입니다."

 "정말 재미있는 분이세요, 퀸 씨."

 템플 양은 엘러리를 똑바로 쏘아보며 말했다.

 "당신은 이 끔찍한 사건에서 내내 왕처럼 굴었죠. 그래서 전 물어보고 싶은 게 아주 많았지만 꾹 참았어요. ……모든 일을 해결해주신 건 참 감사해요. 하지만 한 가지 궁금한 게 있는데……."

 "당신의 지성이라면 어렵지 않게 깨달을 수 있을 겁니다. 그런데 내가 모든 걸 다 설명하지 않았던가요?"

 "그렇지 않았어요."

 템플 양은 도널드의 팔짱을 끼더니 자기 쪽으로 끌어당겼다.

 "당신은 탄제린을 가지고 한바탕 법석을 떨었어요. 그렇죠, 퀸 씨? 그런데도 지금에 와서는 거기에 대한 건 한마디도 하지 않았어요!"

 엘러리의 얼굴에 그늘이 스쳐 지나갔다. 그는 세차게 머리를 내저으면서 입을 열었다.

"그게 바로 이상한 일이죠. 그 머리 좋은 오즈번이 범한 잘못이 어떤 비극을 가져왔는지는 당신도 잘 알고 있으리라고 봐요. 오즈번이 그 터무니없는 '거꾸로' 상황을 꾸며내면서도 누군가를 끌어들일 생각은 추호도 없었다고 나도 확신하고 있습니다. 어쩌면 물건들을 거꾸로 뒤집어놓은 것에 대해 아무런 의미도 부여하지 않았을지 모릅니다. 단지 칼라와 넥타이를 매지 않았던 걸 은폐하려고 그랬던 것이기 때문에 '거꾸로'에 함축된 의미엔 생각이 미치지 않았겠죠.

하지만 운명의 여신은 그 사내에게 불친절했어요. 운명은 사건과 무관한 두세 가지 사실을 내 앞에 드러냈습니다. 나는 여러 가지 현상의 의미를 알아내려고 노력해봤죠. 하지만 이미 설명해드린 것처럼 나는 엉뚱한 사물의 의미를 쫓고 있었던 겁니다. 그 결과 상대가 누구였든지 간에 '거꾸로'에 관한 건 하나도 빠짐없이 조사하려고 덤볐던 겁니다. 그렇게 해서 템플 양, 당신도 내 그물에 걸려든 것이었어요."

엘러리의 회색 눈이 반짝였다.

"당신은 그야말로 '살아 있는 역방향의 나라' 중국에서 막 귀국한 사람이었죠. 문제의 남자가 탄제린, 다시 말하면 중국 오렌지를 죽기 직전에 먹었다는 사실에 주목한 내가 그 의미를 규명하려 했다 해서 날 비난할 수 있겠습니까?"

"어머. 그렇다면 그 사람이 탄제린을 주워 먹은 건 아무런 의미 없는 일이란 말인가요? 전 또 뭔가 대단한 비밀이라도 숨겨져 있는 게 아닌가 하고 기대했었는데……."

템플 양은 상당히 실망한 표정으로 말했다.

"아무것도 아니었습니다."

엘러리는 천천히 말했다.

"그 사내는 단지 배가 고팠을 뿐이었어요. 게다가 그건 이미 모두 알고 있는 얘기고요. 그가 과일 그릇에서 배나 사과 같은 걸 고르지 않고 탄제린을 골라 먹었다고 해서 그게 특별한 의미를 갖게 되는 건 아닙니다. 나도 중국 오렌지를 참 좋아하지만, 중국 근처에도 가본 적 없습니다. 그나마 시카고까지 가본 게 가장 중국에 가까이 가본 겁니다……. 하지만 단 한 가지, 중국 오렌지에 대해…… 뭐랄까, 그래요. 흥미로운 사항이 있어요."

"그게 뭔데?"

커크가 물었다. 그는 여전히 편지 꾸러미를 꽉 움켜쥐고 있었다.

엘러리는 키득키득 웃었다.

"그건 말이야……, 운명의 장난기 혹은 변덕을 보여주지. 왜냐하면 그 남자가 먹은 중국 오렌지는 사건과 아무런 관계가 없었지만, 그 남자가 중국에서 가지고 온 '중국 오렌지'는 이번 사건과 깊은 관계가 있거든. 범행 동기를 유발했으니까!"

"그 사람이 가지고 온 '중국 오렌지'라뇨?"

템플 양이 당황한 얼굴로 되뇌었다.

엘러리가 설명했다.

"그냥 오렌지가 아니고, 오렌지색 우표 말입니다. 정말 흥미로운 우연의 일치 아닙니까? 만약 내가 저 가엾은 오즈번과 웃는 얼굴의 땅딸막한 중국 선교사에 관련된 사건을 소설로 쓰게 된다면, 제목을 《중국 오렌지 미스터리》라고 붙이고 싶은 유혹을 떨쳐버리지 못할 겁니다!"

"엘러리 퀸의 작품은 문학 사상 가장 성공한 공동 작업이다."
엘러리 퀸 연구가이자 미스터리 평론가 프랜시스 네빈스와의 가상 인터뷰*

인간적으로 다네이와 리는 어떤 사람이었습니까?

내가 이러쿵저러쿵 말하는 것보다 그들의 사진을 보는 것이 더 좋을 겁니다. 사진이 그들의 성격을 훨씬 더 잘 묘사하고 있으니까요. 프레더릭 다네이는 교수의 이미지에 딱 들어맞는 사람이었어요. 보다 정확하게 말하면, 책을 사랑하고 섬세하고 고상한 것들에 취미가 있었죠. 시적 재능도 풍부했고, 실제로 계속 시를 쓰기도 했고요. 실제 생활에서 어떤 문제에 부딪히면 좀 멍한 모습을 보이기도 했어요. 하지만 다네이는 내 평생 처음 보는 가장 날카로운 지적 능력을 타고난 사람입니다.

만프레드 리는 다네이보다 훨씬 더 억세고 말발도 센 사람이었어요. 세상을 떠나기 전 몇 년 동안은 건강이 악화되어 그런 모습을 볼 수 없었지만요. 리는 책이나 마음속에 있는 생각들보다는 자연과 더 잘 어울리는 것 같았어요.

재미있는 것은 다네이는 어린 시절 톰 소여와 허클베리 핀처럼 숲 속과 들판을 쏘다녔고, 리는 브룩클린에 살면서 전형적인 뉴욕 대도시의 분위기 속에서 성장했다는 거예요. 하지만 지금 나는 만프레드 리가 시를 쓰는 장면이나, 프레더릭 다이가 손가락으로 흙을 일구는 장면은 상상할 수가 없어요.

*이 내용은 《Royal Bloodline》(Francis M. Nevins, Jr., Popular Press, 1974)를 참고로 첨삭하여 구성하였습니다.

누가 퀸 소설의 어떤 부분에 공헌을 한 건가요?

그건 시간이 훨씬 지나야 밝혀질 비밀이에요. 한두 사람만이 그 전반적인 이야기를 알고 있을걸요. 다네이와 리는 수차례 인터뷰에서 자신들에게 꼭 맞는 방식을 찾아내기까지 온갖 공동 작업 방법을 모색했다고 말했죠. 이 말에 좀 더 부연 설명을 하고자 호르헤 루이스 보르헤스(Jorge Luis Borges)의 말을 인용할까 합니다.

"공동 작업을 하는 경우, 자신이 명확한 신분을 가졌다는 걸 망각해야 한다. 공동 작업을 성공적으로 이끌려면 누가 어떤 말을 했는지를 생각해서는 안 된다."

그리고 시인 오든(W. H. Auden)도 이와 비슷한 말을 했죠.

"누군가와 공동 작업을 할 때는 양 당사자와는 전혀 별개인 제삼의 인물을 만들어라. 평론가들은 공동 작업의 어떤 부분을 누가 했는지 곧잘 떠들어대지만, 그런 말 중 75퍼센트는 사실과 다를 것이다."

이것 보세요, 네빈스. 잘 알고 계시면서 너무 빼시는 것 아닙니까?

좋아요. 일반적으로 퀸 소설의 주제, 줄거리 구상, 기본적인 등장인물, 추리, 단서 등등의 개념적인 작업은 대체적으로 다네이가 담당했고, 상세한 사건 전개와 등장인물의 구체화, 사건 및 정확한 문장의 선택은 리가 담당했죠.

〈EQMM 엘러리 퀸 미스터리 매거진〉은 어떻습니까?

퀸 작품집과 학술 저작물과 마찬가지로 〈EQMM〉은 전적으로 다네이 혼자서 작업한 거죠.

작가이자 탐정인 '엘러리 퀸'이 등장하게 된 데에는 다네이와 리 중 누구의 영향이 더 컸나요?

'엘러리 퀸'이라는 이 멋들어진 이름을 창조해낸 데는 다네이의 시적인 소질이 어느 정도 영향을 미쳤을 거라고는 생각합니다. 엘러리라는 이름이 다네이의 어릴 적 친구 이름이었고, '오리나무가 자라는 섬 위에서'라는 뜻을 가진 앵글로-색슨어에 기원을 두고 있다는 점에서 다네이의 마음에 와 닿았겠죠.

하지만 구체적으로 누구의 노력으로, 어떤 경로로 만들어졌는지는 기억하기 어려워요. 다만 둘은 주인공의 이름이 약간 독특하고, 기억하기도 쉽고, 리드미컬해야 한다는 데 의견의 일치를 보고, 여러 번의 실패 끝에 마음에 드는 음절의 조합을 찾아낸 거죠.

탐정의 성으로 '퀸'을 선택한 것은 순전히 어감 때문이었을 것으로 생각돼요. 다네이와 리는 한 인터뷰에서 자신들이 어렸을 때는 너무 순진해서 '퀸'이라는 단어에 동성애적인 의미가 있다는 걸 전혀 몰랐었다고 털어놓기도 했죠.

퀸은 전 세계의 저명한 미스터리 작가들 중 밴 다인(S. S. Van Dine)의 영향을 가장 많이 받았는데 이를 어떻게 생각하시나요?

다네이는 이런 말을 했습니다.

"밴 다인은 많은 돈을 벌었기 때문에 우리에게 영향을 미쳤다. 그러다 보니 그 당시에는 그가 한 일들이 다 멋있어 보였다. 그 일들은 복잡하고, 논리적이며, 추론적이고, 거의 완벽하게 지적이었다."

네, 밴 다인은 엘러리 퀸이 더 나은 소설을 쓰도록 하는 데 많은 영향을 미쳤어요. 하지만 몇 가지 면에서는 퀸이 밴 다인의 구조를 좀 더 나은 방향으로 변화시켰죠. 우선 퀸은 초창기 소설에서부터 등장인물의 특성을 잡아내고, 생생하게 사건을 묘사하고, 능숙하게 사건을 전개하는 능력이 있음을 입증했어요. 둘째, 퀸은 밴 다인이 채택했던 일인칭 화법을 과감하게 버림으로써 어떠한 제약도 받지 않고 현장을 묘사하는 유연성을 확보했지요. 하지만 무엇보다도 중요한 것은, 퀸이 탐정보다 앞서서 혹은 탐정과 동일한 시간에 사건 해결에 필요한 정보를 독자들에게 제공함으로써 혁신적으로 페어플레이를 했다는 점이에요. 페어플레이는 밴 다인이 게임을 하면서 채택한 기본 원칙이 아니었어요. 사실 밴스가 해결한 거의 대부분의 사건은 용의자들의 심리를 분석해 얻은 결과였기 때문에 난해하고 때로는 논란의 여지가 있었죠. 이와는 상대적으로 엘러리는 경험적 증거에 입각한 철저한 논리적 추리를 통해 사건을 해결해요. 이러한 경험적 증거는 밴스가 즐겨 찾는 심리적 자료와는 달리 탐정뿐만 아니라 독자들도 손쉽게 접근할 수 있지요. 그리고 퀸은 그 유명한 '독자에의 도전'이라는 형태로 이 점을 강조한 겁니다.

퀸의 최고 걸작이라고 할 수 있는 소설들은 어떤 게 있습니까?

사람마다 다 좋아하는 게 달라서요. 제1기의 작품으로는 1932년에 출간된 네 권의 소설 《그리스 관 미스터리》《이집트 십자가 미스터리》《X의 비극》《Y의 비극》을 들 수 있어요. 단편으로는 《엘러리 퀸의 모험》에 수록된 〈수염 난 여자〉〈돔 글라스 시계〉가 있겠고요. 1935년 출간된 걸작 중편 〈신의 등불〉도 빼놓을 수 없죠. 제2기의 작품으로는 1939년에 출간된 단편 소설 〈자승자박〉과 〈육체보다 정신〉을 꼽겠어요. 1940년대의 작품으로는 《재앙의 거리》와 《꼬리 아홉 고양이》, 단편 소설 〈The Dauphin's Doll〉을 들 수 있고요. 1950년대의 작품으로는 《The Glass Village》와 《Inspector Queen's Own Case》, 아주 짧은 소설인 〈Snowball in July〉가 아주 걸작이죠. 1960년대 작품으로는 《The Player on the Other Side》, 《Face to Face》, 〈에이브라함 링컨의 힌트〉를 꼽을 수 있어요.

마지막으로 각각의 국명 시리즈를 어떻게 생각하시는지요?

저는 국명 시리즈가 포함된 제1기 작품들을 사랑합니다. 이때의 작품들이야말로 작가의 예술성이 최고조로 발휘된 역작이라고 생각해요.

일단 엘러리 퀸의 데뷔작 《로마 모자 미스터리》는 오늘날에 읽어도 전혀 손색이 없을 정도로 놀라운 작품이에요. 독자들에게 공정한 단서를 제시하면서도 누구나 깜짝 놀랄 해결을 선보이죠. 《프랑스 파우더 미스터리》는 《로마 모자 미스터리》보다 기술적으로 한층 더 현란해요. 앤서니 부셰가 "탐정 소설 역사상 가장 멋들어진 결말"이라고 칭송할 만하죠. 50페이지에 달하는 사건 설명 내내 살인자의 이름을 숨기다가 맨 마지막 페이지 단 두 단어로 범인을 지적하는 장면은 그야말로 미스터리 소설 역사상 최고의 명장면이에요. 《네덜란드 구두 미스터리》 역시 놀라울 정도로 아름다운 해결을 보여줘요. 흰 바지와 흰 신발 한 켤레만으로 명쾌한 사건 해결에 이르지요. 이미 이 세 권으로 엘러리 퀸은 범죄를 다룬 소설의 수준을 높이는 데 혁혁한 공을 세웠다고 할 수 있어요. 《그리스 관 미스터리》는 추리 퍼즐에 익숙하지 않은 독자들이라면 정말 놀라 자빠질지도 모를 결말이 기다리고 있어요. 이 작품은 황금기 미국에서 출간된 미스터리 소설들 중에서 가장 복잡하고 뒤통수를 후려치며, 뛰어난 구성을 보여주는 걸작이에요. 기적이라고 말하고 싶을 정도죠.《이집트 십자가 미스터리》는 복잡한 플롯이 촘촘하게 잘 짜여 있고, 사회적·경제적·지리적으로 색다른 배경을 손에 잡힐 듯이 생생하게 재현한 작품이에요. 이 작품도 제1기의 퀸 소설에서 높은 위치에 올려놓을 수 있죠.《미국 총 미스터리》는 이전의 두 작품과 비교할 때 단조롭고 가볍게 보일지는 몰라도 퀸의 다른 작품들과 마찬가지로 오늘날까지 읽고 또 읽을 가치가 있는 작품이에요. 이 작품이 걸작에 반열에 오르지 못한다면 그것은 퀸의 다른 작품들의 수준이 너무나 높기 때문이겠죠.《샴 쌍둥이 미스터리》는 죽음 앞에서의 이성의 힘과 공허함을 아주 멋들어지게 다루죠. 이 작품은 단연코 1933년에 출간된 퀸의 가장 뛰어난 작품이며, 제1기의 작품들 중에서도 걸작이라고 할 수 있어요.《중국 오렌지 미스터리》는 먹는 동안에는 이국적이긴 하지만 식사가 끝나자마자 뭔가 허전하고 만족스럽지 못한 중국식 만찬과 비슷해요. 하지만 앞뒤가 뒤집힌 사내와 모든 게 뒤집힌 괴이한 배경이 제대로 자리 잡기만 했다면 충분히 세기적인 걸작 중의 하나가 되었을 거예요. 국명 시리즈의 마지막 권《스페인 곶 미스터리》에서는 엘러리 퀸의 세계관에 변화가 생기기 시작했다는 점을 알 수 있어요. 엘러리 퀸은《스페인 곶 미스터리》를 끝으로 미스터리 소설 역사상 가장 많은 노력을 쏟아부었던 시기인 제1기를 마감하고, 순수한 추리의 문제에서 벗어나 좀 더 포괄적인 방향으로 나아가게 되는 거죠.

옮긴이 *이원두*

영남대학교 국어국문학과를 졸업하고 〈영남일보〉〈한국일보〉〈내외경제신문〉 등 언론계에서 오랫동안 일했다. 추리소설 창작과 번역 일도 병행하며, 1989년 《폭군의 아침》으로 제5회 한국추리문학 대상을 수상하였다. 지은 책으로는 《찬란한 음모》《바람언덕의 살인》 등이 있고, 옮긴 책으로는 《성서 이야기》《미술로 읽는 성경》 등이 있다.

The Chinese Orange Mystery
중국 오렌지 미스터리

2012년 6월 25일 초판 1쇄 인쇄
2015년 12월 1일 초판 2쇄 발행

지은이 | 엘러리 퀸
옮긴이 | 이원두
발행인 | 이원주
책임편집 | 박고운
책임마케팅 | 임슬기

발행처 | (주)시공사
출판등록 | 1989년 5월 10일(제3-248호)
브랜드 | 검은숲

주소 | 서울 서초구 사임당로 82(우편번호 137-879)
전화 | 편집 (02)2046-2817 · 영업 (02)2046-2800
팩스 | 편집 (02)585-1755 · 영업 (02)588-0835
홈페이지 | www.sigongsa.com

ISBN 978-89-527-6595-6 04840
　　　978-89-527-6337-2(set)

검은숲은 (주)시공사의 브랜드입니다.
본서의 내용을 무단 복제하는 것은 저작권법에 의해 금지되어 있습니다.
파본이나 잘못된 책은 구입한 곳에서 교환해 드립니다.

 **국명 시리즈** *Country Series*

로마 모자 미스터리 The Roman Hat Mystery
로마 극장, 가장 인기 있던 연극의 2막이 끝나갈 무렵 발견된 한 남자의 시체. 두 사촌 형제의 역사적인 첫 공동 작업.

프랑스 파우더 미스터리 The French Powder Mystery
프렌치 백화점 전시실에서 튀어나온 시체. 용의자를 모으고 소거한 후 범인을 지적하다. 미스터리 역사상 가장 멋진 결말.

네덜란드 구두 미스터리 The Dutch Shoe Mystery
네덜란드 기념 병원, 이동식 침대에서 발견된 시체. 흰색 바지와 흰색 신발 한 켤레를 바탕으로 펼쳐지는 놀라운 추리.

그리스 관 미스터리 The Greek Coffin Mystery
미술품 중개업자의 죽음, 사라진 유언장. 최강의 적과 맞닥뜨린 엘러리 퀸의 당혹. 미국 미스터리를 대표하는 걸작.